Enchanting Pleasures
by Eloisa James

甘い嘘は天使の仕業《しわざ》

エロイザ・ジェームズ
白木智子［訳］

ライムブックス

甘い嘘は天使の仕業《しわざ》

主要登場人物

ガブリエル（ギャビー）・ジャーニンガム……………宣教師の娘
アースキン（クイル）・デューランド…………………投機家
ピーター・デューランド……………………………クイルの弟
キティ・デューランド………………………………クイルの母
フィービー・ペンジントン…………………………両親を亡くした女の子
カーシー・ラオ・ホルカール………………………インドのホルカール地方の王子
エミリー・ユーイング………………………………ファッション雑誌の記者。フィービーのおば
リュシアン・ボッホ…………………………………フランスから亡命してきた元侯爵
レディ・シルヴィア…………………………………キティのいとこ。ギャビーの付き添い人
ソフィー・フォークス………………………………公爵夫人

1

一八〇四年
ロンドン、セント・ジェームズ・スクエア

運命はたった今デューランド子爵に、気の弱い、あるいはもっと神経が過敏な者なら打ちのめされたに違いないほどの打撃を与えた。彼は隣でなにか言っている妻を無視し、唖然《あぜん》として上の息子を見つめた。けれども、すぐに気を取り直した。幸い、息子はふたりいるのだ。

デューランド子爵は向きを変えると、今度は下の息子に向かって吠《ほ》えた。「兄が無理なら、ベッドでの務めを果たすのはおまえだ。一生で一度くらい、男らしくふるまえるだろう」

ピーター・デューランドは、父の攻撃が自分に向けられるとは予想もしていなかった。彼は席を立ち、居間の鏡でクラヴァットを整えようとしていた。そうすれば、兄の視線を避けられるからだ。まったく、あんな告白をされてなんと返事をすればいいんだ？　だが父と同様、ピーターも予期せぬ攻撃からすぐに立ち直った。

彼は長椅子の端をまわって腰をおろした。

「つまり、ぼくにジャーニンガムの娘と結婚しろとおっしゃっているんですか？」

「そうだとも！」子爵がぴしゃりと言った。「誰かが彼女と結婚しなければならん。おまえの兄はたった今、自分は不適格だと宣言したのだからな」

「残念ながら、同意しかねます。父上の気まぐれのせいで結婚するつもりはありません」ピーターは冷たい表情で不快そうに言った。

「なんだと？　わたしが命じれば、おまえは結婚するしかないんだぞ！」

「いいえ。父上だろうとほかの誰だろうと、人にけしかけられて結婚する気はありません」

「くだらん！　どうせ誰でもいずれは結婚するのだ」

ピーターはため息をついた。「そうとも言えませんよ」

「この四年間、おまえは結婚市場に出る美しい娘たちをひとり残らずエスコートしてきた。心に思う相手がいるというなら、わたしだって邪魔はしない。しかし今のところ、なんの行動も起こしていないではないか。おまえはジャーニンガムの娘と結婚するんだ。わたしの指示どおりに」子爵が声を張りあげる。「兄が無理なら、おまえが引き受けるしかないだろう。これまでわたしはおまえを甘やかしすぎた。本当なら、今ごろは第七歩兵隊にいてもおかしくないのだぞ。そう考えたことがあるか？」

「妻より軍隊を選びます」ピーターは言い返した。

「そんなことは許さん」子爵はあっというまに意見を変えた。「おまえの兄は何年ものあいだ、命すら危ぶまれていたのだ」

部屋のなかに重苦しい沈黙が広がる。ピーターは眉をひそめて兄に視線を向けた。筋肉質で、健康そのものだと世界中に宣言しているような体つきに見える。磨きあげたヘシアンブーツの表面をぼんやりと眺めていたアースキン・デューランドが顔をあげ、細めた目を父に向けた。「ピーターが結婚しないと決意しているなら、彼女はぼくが引き受けてもいいですよ」

静かな部屋に低い声が響いた。

「どういうことだ？　おまえがまともに務めを果たせないとわかっていて、ジャーニンガムの娘と結婚させるわけには……わたしにも道義心はあるのだ。あの娘にだって、健全な夫を期待する権利がある」

アースキン——親しい友人のあいだではクイルとして知られている——はふたたび口を開きかけたものの、考え直して黙っていることにした。結婚を完遂させるための床入りは可能だが、楽しいひとときにはならないだろう。どんな女性であれ結婚によって得られるはずのものを、クイルは提供できないのだ。怪我《けが》をした体にも慣れ、今では動いてもつらくない。けれども反復運動を伴う行為をしたあとは決まって三日間も偏頭痛に悩まされる現状を考慮すれば、結婚生活が彼に至福をもたらす見こみはかなり低かった。

「反論の余地はないはずだ。違うか？」子爵が勝ち誇った様子で長男を見た。「わたしは悪徳商人ではない。実際は違うのに、無傷だと偽っておまえを売りつけるようなまねはしないぞ。言うまでもなく、ジャーニンガムの娘はなにも知らない。気づいたときにはもう手遅れだ。こちらまで付き添ってもこないとは、あの父親は頭がどうかしているとしか思えん。とにかく重要なのは」下の息子のほうに向き直って続けた。「その娘が結婚するつもりでやってくることだ。だからクイルがだめなら、相手はおまえしかいない。次の船でおまえの肖像画を送る予定だ」

ピーターが食いしばった歯のあいだから、ひと言ずつ区切るように言った。

「結婚したくありません、父上」

子爵の頰が赤くなった。

「もうふらふらと遊びまわるのをやめてもいいころだ。わたしの言うとおりになさい！」

ピーターが父から目をそらした。モーニングコートの黒いヴェルヴェットの襟についた糸《いと》屑《くず》を払うことに没頭しているように見える。やがて彼は顔をあげ、目の前の話題に戻った。

「ご理解いただけていないみたいですね。ぼくはジャーニンガムの娘とは結婚しません」ほんのかすかな声の震えだけが、冷静でないことを物語っている。

心に浮かんだ返答がなんであれ、夫がそれをわめく前に子爵夫人が割って入った。「サーロウ、顔色がよくないわ。この続きはまたあとにしたらどうかしら？　興奮しすぎるとよくないことは、お医者さまに言われてわかっているはずよ」

「そんなものは戯言《たわごと》にすぎん！」そう反論しながらも、子爵は妻に促されて長椅子に戻り、腰をおろした。「ともかく、従ったほうが身のためだぞ、ピーター・デューランド。さもないと、ここから出ていくはめになるだろう」額には血管が浮きあがっていた。

子爵夫人が懇願の目を下の息子に向けた。ピーターの顎は、誰の目にも明らかなほどこわばっていた。

けれどもピーターが口を開く前に、子爵がふたたび勢いよく立ちあがった。「はるばるインドからやってくる娘に、いったいなんと言えばいいんだ？　おまえが結婚を望んでいないと告げるのか？　おまえはわたしの古い友人のジャーニンガムに、あなたの娘との結婚はお断りだと話すつもりなのか？」

「それこそ、まさにぼくが言おうとしていたことです」ピーターが答えた。

「それなら、何年にもわたってジャーニンガムに借りていた金の件はどうなる？　彼はなにも詮索《せんさく》せず、好きなように使えと金を送ってくれたのだ！　クイルが東インド会社に投機してひと財産儲《もう》けていなければ、ジャーニンガムは今も金を貸し続けてくれていたかもしれない。われわれはそれを持参金と見なすことで同意した。だから、おまえは絶対にあの娘と結婚するのだ。さもないと……さもないと……」

子爵の顔はすっかり紫色に変わっており、無意識なのだろうが手で胸をさすっていた。

「借金は兄さんが返せるはずです」ピーターは提案した。

「ばかなことを！　おまえの兄にはすでに、商人になりさがって証券取引所をうろつくことを許してしまった。わたしの借金の返済までさせるつもりは断じてない！」

「どうしてだめなのかわかりません」ピーターは反論した。「ほかの支払いはすべて兄さんがしているのに」

「もうたくさんだ！　おまえの兄が……アースキンが市場のにおいにまみれても許している

のはただ……そう、まともな体でないからにほかならない。だが少なくともアースキンは、年相応のふるまいをしているぞ。それなのにおまえときたら、上流社会の軽薄な若造以外のなにものでもない！」

息を吸うために子爵が言葉を切ると、クイルが顔をあげて弟と目を合わせた。ピーターには、兄の無言の謝罪の奥から結婚という名の枷《かせ》が迫ってくるのが見えた。

父がいらだちで顔を真っ赤にしながらにらみつけている。ピーターは懇願するような視線を母に向けたが、助けてくれそうな気配はまったくなかった。

彼は落胆した。胃がむかむかする。抗議しようと口を開いても、言うべき言葉が見つからない。とうとう、生まれてこのかた身にしみついている服従の習性が勝った。

「わかりました」ピーターの声はうつろだった。

キティ・デューランドが立ちあがって彼に近寄り、ほっとしたように頬にキスをした。「ああ、ピーター、あなたは昔からいつも聞き分けのいい子だったわ。それにたくさんの女性たちをエスコートしながら、これまで一度も結婚を申しこまなかったのは事実よ。でもこのジャーニンガムのお嬢さんなら、きっとあなたにぴったりだわ。彼の奥さまはフランス人だったんですもの」

息子の目が悲しげに翳《かげ》るのを見て、キティの胸は痛んだ。「もしかしてほかに誰かいるのかしら？　あなたが結婚したいと思っていた女性がいるの、ダーリン？」

ピーターが首を振る。

「そう、それなら問題はないわね。そのお嬢さんが……なんという名前だったかしら、サーロウ、サーロウ！」キティは朗らかに言った。

振り返った彼女は、夫が椅子の背にもたれかかっていることに気づいた。顔色がかなり悪い。「胸が苦しいんだ、キティ」彼はつぶやくように言った。

居間を飛び出したキティはひどく取り乱していて、信頼する執事のコズワロップが部屋の前をうろうろしていることをおかしいと感じる余裕もなかった。

「ドクター・プリシャンを連れてきて」彼女は上ずった声で言うと、急いで部屋に戻った。

肉づきがよく几帳面《きちようめん》なコズワロップは好奇心を抑えきれず、従僕を呼ぶ前にデューランド家の長男をちらりとうかがった。とても信じがたい。コズワロップはアースキンの体つきをひそかに称賛していた。ぴったりしたズボンや上着が実によく似合い、メイドたちが階段の陰から盗み見てくすくす笑いをもらすような男らしい体だ。だが、きっと下半身になんらかの障害を負っているのだろう。彼は同情して身を震わせた。

そのときアースキンが振り向き、コズワロップをまっすぐに見た。痛みによる皺《しわ》が刻まれ、よく日焼けした顔のなかで、灰色がかった緑の目に好奇の色が浮かぶ。筋肉ひとつ動かさず、彼は骨まで焼きつくすような視線をコズワロップに投げかけた。

執事は慌てて玄関広間へ戻って、従僕を呼ぶために呼び鈴を鳴らした。子爵は寝室へ移動することになり、心配そうな妻が声をかけながらあとをついていった。ピーターはひどく厳しい顔でドアから飛び出してきた。そのあとからゆっくりとした足取りでアースキンが出てくると、コズワロップは居間のドアを閉めた。

それからおよそ三カ月後、手はずはすっかり整えられた。ミス・ジャーニンガムはカルカッタから小型快速帆船《フリゲート》の〈プラッシー号〉に乗りこみ、一週間以内に到着するはずだった。ミス・ジャーニンガムが着く予定日の前日、ピーターがしばらく田舎に逗留《とうりゅう》するつもりだと言い出し、子爵はもう一度怒りを爆発させた。けれども九月五日の夕食の時間になるころには、不機嫌な未来の花婿はヘレフォードシャーへ行くのをあきらめ、クラブへ出かけていった。デューランド子爵は鳩《はと》のシチューを食べながら、この結婚はすべての問題をおさめるすばらしい解決法になるだろうと繰り返した。口にこそ出さないものの、サーロウと妻のあいだには、ピーターの好きにさせていれば結婚しないかもしれないという共通の認識があった。

「娘が到着すれば気も静まるだろう」サーロウは宣言した。

「きっとかわいらしい子供たちに恵まれるわ」キティが言い添える。

唯一クイルだけが、間近に迫ったこの結婚に不安を募らせていた。両親が食堂をあとにすると落ち着かなくなり、庭園を見渡す窓辺へ歩いていった。前かがみになって曲げた腕に額を押しあてて、痛みを訴える右足からわずかに体重を移動させる。激しい癇癪《かんしゃく》を起こす父には慣れていた。何年ものあいだ、クイルはまず黙って耳を傾け、それから自分の思うように行動することで耐えてきたのだ。だがピーターはいつも折れてしまっていたので、彼が最終的に父の計画に屈したときも驚かなかった。どうやらピーターの頭には、いずれ自分か息子が称号を継ぐことがはっきりした時点で結婚から逃げ出せばいいという考えは浮かばなかったらしい。

けれども、クイルの胸は冷たい不安を感じていた。ほかのみんなが忘れていても、彼はその娘の名前を覚えていた。ガブリエル・ジャーニンガム。ピーターを夫にして、彼女はどんな暮らしを送るのだろうか？　おそらく都会的で洗練された暮らしだろう。クイルがしばしば社交界で見かける若い夫婦みたいな、互いに無関心で友人同士のような結婚生活だ。

クイルは体を起こし、大きくそり返って背中を伸ばした。暗いガラスに姿が映り、服の生地が筋肉を心地よくなでる。自制と運動、そして痛みによって鍛え抜かれた体だ。持ち主は長所も弱点もすべて知りつくしている。ロンドン社交界の平均的な紳士たちのものとは違う体だった。

クイルは髪をうしろに払った。流行遅れであろうと、ふたたび長くするつもりだ。疾走する牡馬《ぼば》に乗っているときの、うなりをあげて顔に打ちつける風や、根元から髪が引っぱられる感触がよみがえり、彼は一瞬凍りついた。

だが乗馬は女性との情事と同様、得られる快感よりも代償のほうが大きくなってしまった。馬の背中に乗って揺られたあとは必ず、鋼の輪で頭を締めつけられるような激しい痛みと吐き気に汗だくで耐えながら、暗い部屋に引きこもる三日間を過ごさなければならない。四年前の頭の怪我のせいで、リズムのある動きに耐えられなくなったのだろうというのが医師たちの診断だった。どんなリズムでもだめらしい。

歯を食いしばり、クイルは全速力で駆ける馬の記憶を頭から振り払った。どうにもできない事態を嘆くほど最悪なことはない。女性も馬も彼にとっては過去のもので、未来には存在しないのだ。

クイルはにやりとした。彼が失って悲しんでいる楽しみ――乗馬や女性との情事――に、ピーターは少しも興味を示さない。外見は似ていても、中身はまったく違う兄弟だ。

ともかく、ガブリエルとピーターの件は心配無用なのかもしれない。結婚はいやがっているしても、ピーターは女性と話をするのが好きだ。上品なフランス人女性となら、噂話《うわさばなし》をしたり流行について論じ合ったり、一緒に舞踏会に出席したりするうちに親友になれるかもしれない。ガブリエルという優雅な名前から思い浮かぶのは世慣れた女性だ。ピーターは美女に対して称賛の念を――情熱ではなく――抱いている。洗練された美しいフランス人女性ならきっと、結婚の約束を守るよう彼を説得できるだろう。

残念ながら、もしクイルがその洗練されたフランス人女性の姿を目にしていたら、彼は彼女にピーターを説得させるという計画を断念したに違いない。

ピーターの婚約者は船室の床にひざまずいて、低い腰かけに座る幼い女の子の真剣な顔をのぞきこんでいた。ガブリエル――ギャビーの髪は耳のあたりまで落ちかかり、流行遅れのドレスは皺になっている。『ラ・ベル・アサンブレ』に載っている洗練されたフランス人女性とは似ても似つかない姿だった。

「虎《とら》は入り組んだジャングルを忍び足で進んでいったの」ギャビーは緊張感に満ちた声でささやいた。「一歩ずつそっと脚を前に出して。遠くでさえずる鵲《かささぎ》の声もほとんど耳に入らなかった。自分の前を駆けていくおいしそうな肉のことを思って、舌なめずりをしたの」

両親を亡くし、イングランドの親戚《しんせき》のもとへ送られようとしている五歳の幼女、フィービー・ペンジントンが身震いした。ギャビーは柔らかな茶色い目を虎のように光らせて話を続けた。

「だけどジャングルの外れまで来たとたん、虎はぴたりと足を止めたわ。山羊《やぎ》は海岸沿いを歩いていたの。白い蹄《ひづめ》でインド洋の青い波のそばを踏みしめながら。虎は水が怖かったのよ。山羊を追いかけたかったけれど、恐怖で心臓がどきどきしていたの。虎は日の光がまだらに差しこむボンゴボンゴの木の陰で――」

「でも、ミス・ギャビー、山羊を食べなかったら、虎は夕食になにを食べたの？　おなかがすくんじゃない？」フィービーが不安そうな顔で話をさえぎった。

ギャビーは茶色い目を愉快そうにきらめかせた。「もしかすると虎は自分の意気地のなさが恥ずかしくて、はるか遠くの山の上へ行ってしまったのかもしれないわ。そして果物と野菜だけを食べて暮らしたの」

フィービーは現実的な女の子だった。

「わたしはそうは思わない。虎は山羊のあとを追いかけて食べちゃったのよ」

「猫と同じで、虎はもともと水が嫌いなの」ギャビーは言った。「虎には岸に打ち寄せる波の美しさがわからなかった。虎の目には、渦巻く波が小さな蟹《かに》の爪に見えたのよ。虎の骨をしゃぶりつくそうとしている蟹に！」

興奮したフィービーが小さく悲鳴をあげたとき、船室のドアが勢いよく開き、ギャビーの声が作り出した物語の世界は一瞬にして消えてしまった。

黒いドレス姿のユードラ・シッボルドは目の前の光景を凝視した。どういうわけか、ミス・ガブリエル・ジャーニンガムが床に膝をついている。髪がほどけかけて、ドレスがくしゃくしゃになっているのは毎度のことだ。ギャビーの金茶色の髪はつややかに輝いていたが、ピンや櫛《くし》からこぼれていつもの姿――半分は結って、半分は垂れ落ちた状態――になっていては、美しいとはとても言えなかった。それどころかフィービーの世話係であるミセス・シッボルドの目には、行儀の悪さが髪の乱れ具合に表れている、おてんばな若い娘に映っていた。

「フィービー」ミセス・シッボルドは錆《さ》びた門のようにキーキーした声で言った。

フィービーが慌てて腰かけをおり、膝を曲げてお辞儀をした。

「ミス・ジャーニンガム」ミセス・シッボルドは反抗的なメイドに話しかけるような口調で続けた。

すでに立ちあがっていたギャビーは、にこやかな笑顔をミセス・シッボルドに向けた。

「お願いだから許して――」

ミセス・シッボルドがギャビーをさえぎった。「ミス・ジャーニンガム、あなたを誤解していたのかもしれません」そう言いながらも、自分が間違うなどありえないと思っているのは態度から明らかだった。「まさか、骨をしゃぶりつくそうとしているなんておっしゃるわけがありませんわよね？」

最悪の場面を見られてしまったわ、とギャビーは思った。

「ええ、もちろんよ」彼女はミセス・シッボルドをなだめにかかった。「わたしはただフィービーに、ためになる聖書の話をしていただけなの」

ミセス・シッボルドがあんぐりと口を開けた。たった今、耳にしたことが、聖書に載っているとは思えない様子だ。

「ヨナと鯨の話よ」ギャビーは急いでつけ加えた。「ご存じでしょうけど、父が宣教師なものだから、わたしはどこでもつい聖書の話をしてしまうの」

ミセス・シッボルドの表情がわずかに緩んだ。「まあ、それならしかたがありませんわね、ミス・ジャーニンガム。それでもやはり、子供はむやみに刺激しないようにしていただかなくては。興奮すると消化によくありませんからね。ところでカーシー・ラオはどちらに？」

「カーシーは昼寝中だと思うわ。自分の船室に戻りたいと言っていたから」

「言わせていただくと、あなたはあの少年を甘やかしすぎですわ。王子であろうがそうでなかろうが、聖書の話なら彼のためにもなるはずです。なんといっても原住民なんですから、どんな影響を受けて育ったか知れたものではありません」

「カーシーはわたしの家で育ったの。フィービーと同じく、彼も間違いなくキリスト教徒よ」ギャビーは言った。

「比較になりませんね。インド人がイングランド人の子供と同じようにキリスト教の教えを守るわけがありません」ミセス・シッボルドが続けた。「そろそろお茶の時間です。ミス・ジャーニンガム、また髪型が崩れていますよ。ご忠告申しあげますけれど、それではたちまち人目を引いてしまうでしょうね」ギャビーを落ちこませる言葉を残して船室を出ていった。

ギャビーはため息をついて椅子に身を沈めた。なるほど細い巻き毛がいくつも顔のまわりに垂れさがっている。そのとき、ドレスが引っぱられるのを感じた。

「ミセス・シッボルドはわたしのことを忘れてるみたい。思い出させてあげたほうがいいと思う？」丸くて青い目が真剣に彼女を見つめていた。

ギャビーはフィービーのひょろりとした小さな体を膝に引きあげた。

「この旅のあいだに、頭半分は大きくなったわね」

「わかってるわ」フィービーがドレスの裾《すそ》を不満げに見た。ブーツを履いた足を突き出す。「ドレスが短くなって、なかのパンタロンが見えそうなんだもの！」そうなったときのことを想像したのか、恐怖に目を見開いた。

「イングランドに着いたら、きっと新しいドレスを作ってもらえるわ」

「わたしを好きになってくれると思う？」フィービーがギャビーの肩に顔を押しつけて訊《き》いた。

「誰が？」

「新しいママ」

「好きにならないわけがないでしょう？　あなたはこの船でいちばんかわいらしい五歳の女の子なのよ」ギャビーはフィービーの柔らかい髪に頬をすり寄せた。「本当のことを言うと、インドを出たどの船に乗っている五歳の女の子より、あなたのほうがかわいいわ」

フィービーが体を押しつけてくる。「だけど、乳母《アーヤ》とさよならしたときに」ほとんど一緒に過ごしていなかった両親の早すぎる死より、アーヤとの別れのほうが痛手だったようだ。「すごくいい子にしてないと、新しいママに好きになってもらえないって言われたの。わたしがお金を持っていかないからって」

ギャビーは心のなかでフィービーのアーヤをののしった。そうするのはこれが初めてではない。「フィービー」彼女はできるだけ毅然《きぜん》とした口調で言った。「母親が子供を愛するのにお金は関係ないわ。たとえ寝間着姿で着いたって、新しいママはあなたを愛するはずよ」

どうか間違っていませんように、とギャビーは心から願った。船長から聞いたところでは、フィービーの唯一の親戚である母方のおばに手紙を送ったものの、いまだに返事がないらしい。

フィービーがためらいがちに口を開いた。「ミス・ギャビー、どうしてヨナと鯨の話をしてたなんて言ったの？　嘘《うそ》は絶対にだめって……とくに使用人に嘘をついちゃだめだって、アーヤが言ってた。ミセス・シッボルドは使用人でしょ？　イングランドまでわたしのお世話をするために雇われたんだもん」

ギャビーはフィービーを軽く抱きしめた。「たいていはアーヤの言うとおりよ。だけど誰かを幸せな気分にするために、小さな嘘をついてもいいときがあるの。あなたが聖書の物語を勉強していると思えば、ミセス・シッボルドはとても喜ぶでしょう。実際にわたしがそう言ったら、彼女はうれしそうにしていたもの」

「ミセス・シッボルドが幸せな気分になることがあるなんて思えない」少し考えたあげく、フィービーが言った。

「あなたの言うとおりかもしれないわね」ギャビーは応じた。「でもフィービー、それならもっと気をつけて、彼女がうろたえないようにしないとね」

「わたしがお金を持ってるって嘘をついたら、新しいママは喜ぶと思う？　わたしを好きになってくれる？」

ギャビーは唾《つば》をのみこんだ。「まあ、わたしが言っているのは小さな嘘の話よ。新しいママにそういうことを言ってはだめ。それは大きな嘘で、小さな嘘とはまったく違うの。それに新しいママみたいに大切な人たちには、たとえ小さな嘘でもつかないことがとても大事なのよ」

納得できないらしく、フィービーは黙りこんでしまった。

ギャビーは懸命に頭をめぐらせた。ぜひとも自分の子供を持ちたいと思っているが、親になるのは想像よりはるかに難しそうだとわかりかけてきた。

「ミス・ギャビーはだんなさまになる人にお金を持ってくの？」ギャビーの肩に顔を押しあ

ているため、フィービーの声はくぐもって聞こえた。

「ええ」ギャビーはしぶしぶながら答えた。「だけど、そのお金のせいでピーターがわたしを愛するようになるわけじゃないわ」

好奇心旺盛《おうせい》な駒鳥《こまどり》が巣から頭を出すように、フィービーが顔をあげた。「どうして？」

「ピーターはお金ではなくて、わたしそのものを愛してくれるはずよ。あなたのママが、あなたそのものを愛するはずなのと同じね」ギャビーは確信をこめて言った。

フィービーがギャビーの膝から飛びおりた。「ふーん。どうしてミセス・シッボルドに、カーシーは自分の部屋でお昼寝してるって言ったの？　本当のことじゃないし、そう言ったからってミセス・シッボルドは幸せな気分にならないと思うけど」

「それはまた別の決まりの話なのよ」ギャビーは説明した。「だってカーシーは、ミセス・シッボルドを死ぬほど怖がっているんですもの」

「どんな決まり？」

「強い者から弱い者を守らなければならないという決まりよ」そう口にしたものの、考え直して修正した。「まあ、必ずそうしなければならないわけではないけれど。だけどカーシーがどんなふうか、あなたも知っているでしょう。彼をミセス・シッボルドに引き渡すのは、山羊を虎に差し出すようなものだわ」

そのときバスタブを隠すために置かれたついたての向こうから、小さな音が聞こえてきた。フィービーがついたてに近づき、向こう側をのぞきこむ。「カーシー・ラオ、いいかげんに出ておいで」小さな手を腰にあてて続けた。「服を着たままバスタブに入ってるあなたを見たら、ミセス・シッボルドはなんて言うかしら？」

「好きなだけそこにいさせてあげて」ギャビーは部屋の反対側から声をかけた。けれどもフィービーはきっぱりと首を振り、ミセス・シッボルドが聞いていたら感心したに違いない、強い口調で宣言した。「お茶の時間よ、カーシー。心配しなくていいわ。ギャビーにはもう二度と虎の話をさせないから」

ついたての端から顔をのぞかせたのは、痩《や》せた少年だった。無邪気な目が顔の半分を占めるくらい大きい。少年はあたりを見まわした。隅の安全な場所を離れるのは気が進まないのだ。

フィービーが彼の手をつかんで引っぱる。

「誰もいないわ。わたしたちだけよ、カーシー」

柔らかな茶色の目が、自分の手をつかんでいる女の子とギャビーの笑顔のあいだを行ったり来たりした。カーシーがバスタブを出たがっているのは明らかだ。だが部屋は広々として隠れ場所がないうえに、ギャビーのところまで行くにはかなりの距離があった。

フィービーがじれったそうにカーシーの手を引っぱった。

「ミセス・シッボルドはあなたがお昼寝中だと思ってるから安全よ」

「一緒にお茶を飲みましょう」ギャビーが安心させるように言うと、カーシーは勇気を奮い起こし、彼女の椅子をめがけて駆け出した。ギャビーの腕の下にもぐりこみ、巣から離れて迷子になっていた雛《ひな》のごとく身をすり寄せた。「おなかがすいたの、リトル・ブラザー？」

「カーシーはミス・ギャビーの弟《リトル・ブラザー》じゃないわ。王子さまなのに！」フィービーが言った。

「ええ、そうね。だけどカーシーのお母さんは、わたしの父の最初の奥さんと親戚なの。カーシーとは一緒に育ったから、本当の弟みたいに思えるのよ」ようやく震えがおさまったカーシーは、ギャビーが首にかけているロケットで遊び始めた。調子外れの歌を楽しそうに口ずさみながら、留め金を外してロケットを開けようとしている。

フィービーが椅子の反対側にまわってギャビーの脚にもたれた。

「だんなさまになる人の絵をもう一度見てもいい？」

「もちろんよ」イングランドへ向けて出発する直前に、未来の花婿の肖像画が届いた。ギャビーはカーシーの不器用な手からそっとロケットを取りあげて開いた。

「この人がロンドンで待ってるの、ミス・ギャビー？」

「そうよ」ギャビーの声に不安はなかった。「わたしたちはみんな、待ってくれている人に埠頭《ふとう》で会えるわ、フィービー。あなたは新しいママに、カーシーはミセス・マラブライトに。そうよね？」彼女は少年のとがった小さな顔を見おろした。

カーシーがうなずくのを見て、ギャビーはほっとした。船が着いたら世話係のミセス・マラブライトが迎えに来ると、毎日彼に言い続けてきたのだ。

「そのあとはどうなるの、カーシー？」ギャビーは質問した。

「ミセス・マラブライトと一緒に暮らす」少年が納得した様子で答えた。「ミセス・マラブライトは好き」そこで瞳を曇らせてつけ加える。「でも、ミセス・シッボルドは嫌い」

「ミセス・マラブライトが自分のおうちに連れてってくれるわ。そうしたら、もうミセス・シッボルドに会わなくていいのよ」フィービーがどことなく偉そうな口調で言った。「だけどわたしは会いに行ってあげる。内緒で行って、誰にもあなたの居場所を言わないわ」

「うん」カーシーが満足そうな声で言い、またギャビーのロケットで遊び始めた。

「だんなさまになる人のことが好き、ミス・ギャビー？」フィービーが尋ねる。

ピーターの肖像画を見るだけで――優しそうな茶色い瞳とウエーブのかかった髪を目にするだけで、ギャビーの胸は高鳴った。

「ええ、好きよ」彼女はそっと答えた。

たとえ五歳でも本質的にロマンティストのフィービーがため息をついた。

「彼はきっともうあなたを愛してるわ、ミス・ギャビー。自分の絵も送ったの？」

「時間がなかったのよ」ギャビーは言った。だが、もし時間があったとしても、彼女のほうからは送らなかっただろう。父が依頼して描《か》かせた唯一のギャビーの肖像画は、恐ろしいほど顔が丸々として見えるのだ。

ギャビーはロケットをしまいこんだ。

けれどもフィービーやカーシーと一緒にパサパサのトースト――何週間も航海してきた今では唯一のご馳走《ちそう》だったが――を食べながらも、ギャビーは婚約者の優しい瞳をうっとりと夢想せずにいられなかった。空想のなかで、神さまは理想のすべてを備えている男性を与えてくださっていた。彼女と静かに会話を続けてくれる完璧《かんぺき》な男性。冷たく怒鳴り散らす父親とは、まったく似ていない男性を。

ギャビーは胸が温かくなった。ピーターはきっと愛情深い父親になるだろう。彼女はすでに、夫と同じ目をした四、五人の小さな赤ん坊の姿さえ思い描いていた。

一日ごとに船はインドから、そしてギャビーの父の激高した叱責《しっせき》から離れていく。〝ガブリエル、どうしておまえは口をつぐんでいられないんだ！　またしてもおまえの礼儀をわきまえないふるまいのせいで恥をかかされたんだぞ、ガブリエル！　最悪だ。ああ、神よ、なぜこのような恥ずべき娘を与えてわたしを苦しめるのですか？　無駄話ばかりしている、最低の娘をお与えになるとは！〟

船が進むごとに、ギャビーは幸せな気分になっていった。

それとともに自信も増してくる。お父さまは一度もわたしを愛してくれなかったけれど、ピーターならきっと愛してくれるわ。ギャビーはピーターの優しい目が彼女の魂を見通し、心の内側を見てくれる気がしていた。そこにいる愛すべきギャビーを、衝動的で不器用なだけではない姿を。本当のギャビー自身を。

もしガブリエル・ジャーニンガムをちらりと見て、彼女が抱く夢の内容を見抜いていたとしたら、クイルは体を揺さぶられるほどの衝撃を受けていたに違いない。

だが過度に想像力がたくましいわけでも、予知能力が備わっているわけでもないので、彼はガブリエルが弟のよき妻となるはずだと思いこんだ。そしてその夜遅くにクラブでピーターに会うと、彼にもそう告げた。

ピーターはいらだっていて、泥酔の一歩手前だった。

「兄さんの推測にすぎないじゃないか」

「金だ」兄は簡潔に言った。

「金？　なんの？」

「彼女の金だ」ある意味で正しいとはいえ、ガブリエルを品物扱いして話すことに、クイルは一瞬、罪悪感を覚えた。「ジャーニンガムの金があれば、おまえの大好きな服を買う余裕ができるんだぞ」

「今だって最高のものを身につけているよ」ロンドンの流行の最先端を行っていると自負するピーターの口調は尊大だった。

「支払いをしたのはぼくだ」クイルが言った。

ピーターは唇を噛《か》んだ。奇跡が起こって偏頭痛が治らないかぎり、その金もいつかすべてぼくのものになるんだぞ。そう思ったものの、彼の性分では口にできなかった。根本的に優しい性質なのだ。

だが、自分の金を持てるのはいい気分に違いない。

ピーターの目に明らかな関心がよぎるのを見て取り、心が軽くなったクイルは声をあげて笑った。彼は弟の背中を叩《たた》いてクラブをあとにした。

2

大海原を航海中には予期せぬ出来事が起こりがちで、船旅の日程はあてにならないものだが、そういうことに詳しくないデューランド子爵は、馬丁見習いの若いジョージを〈プラッシー号〉到着予定日の朝にイースト・インディア・ドックへ行かせた。けれどもそれから二週間がたっても船はまだ入港せず、ついに子爵夫妻はバースへ向けて出発することを決意した。湯治で子爵の体調を回復させたかったのだ。うしろ髪を引かれる思いのキティは、〈プラッシー号〉が到着すればただちに呼び戻すようにとコズワロップに指示して旅立っていった。結局ジョージは、埠頭沿いのパブで一日過ごしたあげくぐったりして屋敷に帰るという生活をさらに一カ月以上続けるはめになった。

ようやく〈プラッシー号〉が港に入り、大きな水音をたてて錨《いかり》をおろしたのは、一一月二日のことだった。ジョージはすぐさまセント・ジェームズ・スクエアに戻った。

ところが、屋敷のなかは静まり返っていた。未来の花婿であるピーターはこのところほとんど姿を見せない。側仕《そばづか》えによれば、ずっとむっつりしているらしく、使用人たちのあいだでも噂になっていた。不機嫌なのは女相続人と結婚したくないからに決まっている、というのが大方の意見だった。

実際のところ、ジョージが戻ったときに屋敷にいたのは、裏手の庭園で腰をおろし、秘書がまとめた報告書に目を通していたクイルひとりだった。およそ四年前に事故に遭ってからというもの、彼は一般的なイングランド紳士が好む娯楽を拒み、その高い知性を投機に向けた。それらの投機がおおいに成果をあげたと知っても、イートン校時代のクイルの教師たちは誰ひとりとして驚かなかっただろう。当時の彼はまれに見る頭脳明晰《めいせき》な生徒として知れ渡っていたのだ。東インド会社への投資で初めて大金を手にしたクイルも、現在はヨークシャーに毛織物工場と、ランカシャーに酒類の貯蔵所を所有するまでになっていた。

しかしクイル自身は所有よりもむしろ、投機そのものに楽しみを見いだしていた。銅山や石炭会社を調査する目的で一五名ほどの人員を雇い、ブリテン諸島のあちこちをまわらせている。最近では調査員たちを内密に派遣するようにしていた。アースキン・デューランドが関心を抱く会社はロンドン証券取引所で確実に値があがるという噂が立ってしまったからだ。

いずれにせよ、畝織《ディミティ》の製造業者〈モーグナル・アンド・バルトン商会〉を査定した報告書を手に持ちながらも、クイルの心は別のところにあった。庭園の小道には落ち葉が積もっていた。怪我から回復し始めた最初の一年、彼は寝室から見える庭園の設計を考えて何時間も過ごした。今や若いプラムの木が果敢にも初めての実をつけ、終わりかけのリンゴが小さな音をたてておりとき足もとに落ちてくる。

だがどういうわけか、ここ数週間はこの場所でさえ落ち着けなかった。読んだうえで指示を出さなければならない報告書がたくさんあるというのに集中できない。クイルは小道を行ったり来たりしてみたが、庭園の改良案を考えることもできなかった。過去三年間ずっと感じていた喜びが急に翳り、庭園が壁で囲まれた牢獄《ろうごく》に、書斎が埃《ほこり》っぽい鳥かごに思えてくる。

クイルが顔をあげるのを、若いジョージは礼儀正しく立って待っていた。そうはいっても、質問されるまで待ちはしない。若い主人は必要に迫られないかぎり、絶対に自分から口を開かないのだ。「〈プラッシー号〉が入港しました。ミスター・ピーター・デューランドがどこにいらっしゃるかわからないので、ミスター・コズワロップは――」

クイルは立ちあがった。

「ミス・ジャーニンガムはぼくが迎えに行くとコズワロップに伝えてくれ」

彼に必要なのはまさにそれ――騒がしい埠頭まで出かけていくことだった。たとえ弟の花嫁を迎えに行くためでも。

三〇分後、クイルの乗る優雅な一頭立ての幌つき二輪馬車《カブリオレ》はコマーシャル・ロードを曲がった。こみ合った通りを苦労して馬車で進むよりはと、彼は若い馬丁に手綱を渡し、埠頭まで残りの道のりを歩き始めた。

そのとき、突然大きな声がした。「やあ、デューランド！　これはこれは。積み荷を確かめに来たのか？」ミスター・ティモシー・ワデルは好奇心を抑えきれなかった。アースキン・デューランドが触れるものすべてが金に変わることは誰でも知っている。投機買いしたばかりのドミアーゴの綿の件で、ぜひとも彼の意見を聞いてみたかった。

をしたがっているとは考えもしなかったのだ。

無礼な発言をしたことにクイル自身は気づいていなかった。ワデルが単なる挨拶《あいさつ》以上の話
「ちぇっ、冷たいやつだな」人ごみのなかへ消えていくクイルを目で追いながらつぶやく。

話したくないというあからさまな表情に、ワデルは思わずたじろぎ、質問をあきらめた。

「今日は違う」クイルは顔をそむけた。


一四番埠頭に到着した彼は、〈プラッシー号〉から下船したばかりと思われるひとりの女性に目を留めた。近づいていくと、彼女が子供の手を握っていることがわかった。ピーターの花嫁は繊細なフランス人女性なのだから、きっと船内で迎えを待っているに違いない。

クイルは埠頭の端まで歩いていき、〈プラッシー号〉の事務長《パーサー》を見つけ出して尋ねた。「ミス・ジャーニンガムはどちらに?」

パーサーがにやりとした。「すぐうしろですよ」

クイルはゆっくりと振り返った。そこには、いぶかしげに彼を見つめる先ほどの女性がいた。くそっ! クイルは内心で悪態をついた。くそっ、くそっ、くそっ! ガブリエル・ジャーニンガムは美しい。それは間違いなかった。見たこともないほど官能的な唇をしていて、瞳は……ブランデーを思い出させる、温かくて優しい色合いだ。けれどもクイルの注意を引きつけたのは、彼女の髪だった。磨きあげた真鍮《しんちゅう》のような金茶色の髪が、今にも崩れそうになっている。まとめた髪からいくつもの房がこぼれ、くしゃくしゃの巻き毛が落ちかかっているさまは、まるでベッドから出てきたばかりのようだ。それも満足して。優雅で落ち着い

たフランス人女性とは正反対の姿だ。くそっ。

そこでクイルは、自分がその女性を見つめたまま自己紹介もせずに立ちつくしていたことに気づいた。

「失礼」女性に歩み寄り、深々とお辞儀をした。「まもなくきみの義理の兄となる光栄に浴した、アースキン・デューランドだ」

「まあ」ギャビーは小さく声をもらした。この男性が未来の花婿のピーターなのかと思って、一瞬どきりとしたのだ。だがよく見ると、アースキンの外見は弟と多少似ているものの、肖像画に描かれたピーターとはまったく違う人物だとわかる。アースキンは恐ろしいまでに男性的だった。なにしろ大きい。それに彼の目はとても……威厳に満ちている。

彼女は膝を曲げてお辞儀をした。けれども口を開こうとする前に、外套《がいとう》を引っぱられた。

「ミス・ギャビー、この人がだんなさまなの？」フィービーの目は興奮できらめいていた。

アースキンと目が合い、ギャビーは顔を赤らめた。「ミス・フィービー・ペンジントンを紹介させてもらってもいいかしら？　フィービーとわたしは航海しているあいだ、長い時間を一緒に過ごしたの。フィービー、こちらはミスター・アースキン・デューランド、ピーターのお兄さまよ」

アースキンに値踏みするように見つめられ、ギャビーは息苦しさを覚えた。かなり堅苦しい男性らしい。もしかすると、弟をファーストネームで呼んだのが気に入らないのかしら？

だがそのとき、驚いたことにアースキンがギャビーから目をそらし、フィービーに向かって優雅に会釈した。「ミス・フィービー」

笑うと顔全体が温かい感じになるんだわ、とギャビーは気づいた。それほど怖い人ではないのかもしれない。いずれにせよ、家族になるのだから、彼を好きにならないと。

「わたしの新しいママがどこにいるか、知ってる？」フィービーが訊いた。

唐突な質問にもかかわらず、アースキンは驚いた様子もなく首を振った。「残念ながら知らないな」彼は問いかけるようにギャビーを見た。

「雨だと思ってたのに」フィービーがおしゃべりを続ける。「アーヤが言ってたの。イングランドの空は悪魔のスープ鍋《なべ》と同じで、いつも真っ黒だって！　どうして雨が降ってないの？　もっとあとになったら雨が降ると思う？」

アースキンがフィービーの頭越しにギャビーの視線をとらえ、先ほど聞いた言葉を繰り返した。「新しいママというのは？」

「フィービーが言っているのは、ミセス・エミリー・ユーイングのことよ」ギャビーは説明した。「ミセス・ユーイングはフィービーの亡くなった母親の妹なの。両親がマドラスで不運な事故に遭って亡くなったために、フィービーはイングランドへ送られることになった。でも船長の話では、フィービーの状況を知らせる手紙がミセス・ユーイングに届いていない可能性があるらしいの。〈プラッシー号〉が出港する時点では、まだ返事がなかったわ」

「それならどうして船に乗せたんだい？」

ギャビーはフィービーがふたりの会話に聞き耳を立てていることを強く意識した。

「手紙が行き違いになったんでしょう」

「それはないだろう。その女性は今日ここへ来ていないんだから」アースキンが言った。

ギャビーはいらだちをこらえて彼に目を向けた。「わたしたちが着いたことを知らない可能性もあるわ、ミスター・デューランド。残念ながらひと月前、〈プラッシー号〉は風で針路を外れてしまったの。カナリア諸島をまわってビスケー湾を抜けるときに嵐《あらし》に遭遇して、海がひどく荒れたのよ」

「ミス・フィービーの世話係は？」

「今はいないわ。航海中の面倒を見るために、ミセス・シッボルドという女性が現地で雇われたけど、船が港に着いた時点で自分の務めは終わりだと考えたらしくて、パーサーにフィービーをゆだねて船をおりてしまったの」

「船長はどこにいる？ ミス・フィービーに責任があるはずだ。この子を彼に引き渡して、それからデューランド・ハウスへ案内しよう、ミス・ジャーニンガム」

「ランボルド船長は好きじゃないわ」小さな声がした。「あの人のところには行きたくない。もう会いたくないの」

「残念ながら、それはできないの」ギャビーはアースキンに言った。「ランボルド船長はやっと陸にあがったのが本当にうれしかったらしくて……一度は船を失うかもしれないと覚悟をしたからだと思うんだけど。彼は自分で出資して、インドで大量の帽子を作らせていたのよ。途方もなく醜い帽子で、〝シャポー・ニヴェルノワ〟なんて呼んでいた。フランス製と偽るつもりだったに違いないわ……」

アースキンが顎をこわばらせたのに気づき、ギャビーは急いで結論を言った。「とにかく、ランボルド船長はすでにここにはいないの。帽子の荷おろしを監督するために行ってしまったから」

そこでつけ加える。「それに、彼は子供が好きじゃないの」

クイルは大きく息を吸った。簡単に動じないことにかけては自信がある。激しい痛みに襲われても平静でいられたのだ。だが脳震盪《のうしんとう》や脚の大怪我すら耐えられたというのに、この女性といると頭がどうにかなりそうだった。彼はピーターの未来の花嫁を無言で見おろした。真剣なかわいらしい表情でクイルを見あげているが、彼女の言葉は少しも頭に入ってこない。どういうわけか、キスで黙らせることしか考えられなかった。ガブリエル・ジャーニンガムは、彼がこれまで目にしたなかでいちばん濃い、サクランボ色の唇をしていた。彼女がなにか尋ねているらしいと、クイルは遅ればせながら気づいた。

「申し訳ない、なんと言ったかな？」

「ギャビーと呼んでほしいとお願いしたのよ」彼女は口ごもりながら答えた。アースキンがとても怖い顔になったのは、わたしのことを軽薄なおしゃべり女だと考えているからに違いないわ。義理のお兄さまが近くにいるときは、口を慎まないと。結婚相手がピーターのほうでよかった！　彼のことを思い浮かべるだけで、ギャビーの心は浮き立った。

「ギャビーか」アースキンが考えこむように言った。「きみに似合っている」そう口にしたとたん、思いがけず彼の顔に笑みが広がった。

ギャビーはおずおずとほほえみ返した。「しゃべりすぎないように気をつけるわ」

「わたしはミス・ギャビーのおしゃべりが好きよ」フィービーが口をはさんだ。

大人ふたりは驚いて幼い女の子を見おろした。

フィービーのことをすっかり忘れていた。ギャビーは未来の義兄に視線を戻した。「フィービーを一緒に連れていってもかまわない？　パーサーにミセス・ユーイング宛《あて》の伝言を残しておけばいいと思うの」

アースキンが埠頭を見まわした。「ほかに選択肢はなさそうだな」

どんなに努力しても、ギャビーには彼の表情が読めなかった。実際、アースキン・デューランドほど無表情な人は見たことがない。笑顔になったときだけは、目がとても生き生きして見えたけれど。緑の瞳――灰色がかった濃い緑の瞳は、ガラスのようになめらかな海を思い起こさせた。

アースキンはそれ以上なにも言わずにパーサーのもとへ歩いていき、ギャビーとフィービーの荷物について尋ね始めた。

ギャビーはフィービーのそばにしゃがみこんだ。「わたしと一緒にピーターの家へ来るでしょう？　残念ながらあなたのママは、わたしたちの船が着いた知らせを受け取らなかったみたい。だけどあなたが一緒に来てくれたら、わたしはとてもうれしいわ」

フィービーがうなずく。ギャビーは、今にも泣き出しそうになっていたフィービーをきつく抱きしめた。

「ママが見つかるまで、わたしがそばにいるわ。あなたをひとりにはしない」

ギャビーの肩に、キンポウゲ色の巻き毛があたる。やがて、フィービーが体を起こした。

「イングランドのレディは思ってることを絶対に顔に出さないものだって、アーヤが言ってたわ」息を詰まらせながら言う。

「それはわたしにはわからないけど」ギャビーは言った。「ピーターと会うのが少し怖いの。それに、もうカーシーが恋しくてしかたがないわ。だからあなたのような、よく知っているお友だちが一緒にいてくれたら、ずっと気分がよくなると思うの」

フィービーが胸を張ってギャビーの手を取った。「心配しないで、ひとりぼっちにはしないから。でも、髪を直したほうがいいみたい。またぐちゃぐちゃになってるわ」

ギャビーはおそるおそる髪に手をやった。「なんてこと」最高の状態でピーターと会いたいと思い、今朝髪をまとめてからできるだけ触らないように気をつけていたのに。彼女は急いでボンネットを脱ぎ、フィービーに渡した。

経験上、くしゃくしゃの長い巻き毛をなんとか見苦しくない形にまとめるには、最初からやり直すしかないとわかっていた。

パーサーとの話を終えて振り返ったクイルは、はっと目を奪われてその場に立ちすくんだ。ガブリエル・ジャーニンガム――ギャビーが髪からピンを引き抜いていた。金茶色の長い房が、もつれながら背中を流れて腰まで落ちていく。彼はごくりと唾をのみこんだ。女性が人前で髪をおろす姿など見たことがなかった。だがギャビーは荷役人夫や船乗りたちがこの場に存在しないかのように、無邪気に巻き毛を揺らしている。

男たちはあんぐりと口を開け、自分たちの目の前で服を脱ぐつもりとしか思えない、若く美しい娘を凝視していた。

クイルは険しい顔ですぐさま彼女のそばに戻った。「メイドはどこにいる?」

ギャビーが目をしばたたく。「いないわ。父がメイドは必要ないと信じているから。ちゃんとしたレディなら、自分で服を着られるはずだと言うの」

「レディは公衆の面前で身繕いなどしない!」

そう言われてギャビーは初めてあたりを見まわし、慌てて顔をそむける男たちに気づいた。

「じろじろ見られるのには慣れているわ」彼女は朗らかに言った。「村でヨーロッパ人は父とわたしだけだったから。わたしの髪は幸運のお守りになると思われていて――」

アースキンに腕をつかまれ、ギャビーは口をつぐんだ。「一緒に来てもらおう、ミス・ジャーニンガム」彼はまだギャビーのボンネットを握りしめているフィービーを見おろした。

「よこすんだ」ボンネットを受け取ると、おかしな格好になるのもかまわず、とにかくギャビーの頭にのせた。

「ミス・ジャーニンガム」アースキンが命令口調で言った。

ギャビーは小さく肩をすくめ、フィービーの手を取った。髪は馬車のなかでも直せるだろう。

馬車に乗りこんでフィービーを隣に座らせると、ギャビーは手早く髪を整え、頭の上でひとつにまとめた。

「さっきよりずっとよくなったわ」念のためにと余分にいくつかピンを刺すギャビーを見ながら、フィービーが言った。

クイルはギャビーに目を向けたものの、言葉が見つからなかった。これほどメイドの助けが必要だと感じさせる女性は初めてだ。ギャビーは豊かな美しい髪をなんとか頭の上でまとめていたが、すでに右側に傾き出していて、あと二分もしないうちにほどけ始めるのは確実だと思われた。

間近で観察してみると、埠頭で彼女を見て感じた洗練されていない印象は、髪だけでなく服装のせいでもあるとわかった。背はそれほど高くなく、どちらかというと……ぽっちゃりした体型だ。

気落ちしたクイルは無言で馬車を走らせた。だが、ギャビーは彼の様子など気にならないらしい。馬車から見えるロンドンの光景のひとつひとつを取りあげ、フィービーとひっきりなしにしゃべり続けていた。ギャビーの声は彼女の顔と合っている。少しハスキーだが、深みのある美しい声だ。ベッドで聞けば、さぞ心地よいだろう。

しかしピーターは……ピーターはなんと言うだろうか？　いくら隠そうとしても、現実は変えられない。レディとしての品位を持ち合わせているとは思えない、ぽっちゃりしてだらしない娘と弟は婚約したのだ。ピーターが称賛するのは、背が高くてほっそりとした優美な女性だ。身だしなみを極度に気にするピーターと釣り合う、落ち着いて洗練された好みの持ち主。そういう女性たちは官能的な唇も、たわいもない話ですら刺激的に聞こえる声も備えていないだろうが。

クイルはひそかにギャビーをうかがった。メイドを雇えばもしかしたら……そうだ、必要なのはメイドだ！　いや、たとえメイドを雇ったとしても、ギャビーが突然上品な女性に変身するとは思えない。急いでまとめた髪が崩れて垂れさがり、頭の右側に落ちかかっていた。屋敷に着いたらすぐにギャビーを部屋へ向かわせて、母のメイドに指示して世話をさせよう。ピーターが戻る前に、あの髪をなんとかしなければならない。

ギャビーはこれからわが家となる屋敷の、柱廊式玄関《ポルティコ》へと続く階段をあがった。フィービーと手をつないでいたが、どちらも同じくらい強く相手の手を握りしめていた。未来の義兄はギャビーを追い立てるようにして馬車からおろした。どういうわけかアースキンは突然急ぎ始め、今も早く屋敷に入れとうしろから突かれている気がした。

ギャビーが階段をあがりきったところで玄関のドアが開いた。現れた恰幅《かっぷく》のいい男性が挨拶らしき言葉をつぶやいている。彼があまりに低く頭をさげたので、髪粉を振りかけたかつらが地面に落ちるのではないかとギャビーは心配になった。それにしても、入念にめかしこんでいる。一瞬、子爵本人だと勘違いしかけたほどだ。アースキンはギャビーをその男性に紹介する気がないらしく、彼女の荷物を埠頭から取ってくるよう指示を与えただけだった。

男性に外套を渡したギャビーは足を止め、彼の腕に手をかけてほほえんだ。

「ありがとう。ミスター・デューランドはあなたをコズワロップと呼ぶの？」

執事が目を丸くした。「さようでございます、お嬢さま。いえ、ミス・ジャーニンガム。コズワロップと申します」

よかった、とギャビーは思った。派手に着飾っている姿には驚いたけれど、見た目ほどもったいぶった人ではないらしい。彼女は目をきらめかせた。「あなたに会えてとてもうれしいわ、ミスター・コズワロップ。ミス・フィービー・ペンジントンを紹介してもいいかしら？　少しのあいだ、わたしたちのところに滞在する予定なの」

コズワロップが女王に謁見するかのように深々とお辞儀をした。「ミス・フィービー、あなたさまが無事にイングランドに到着されましたことを、使用人一同を代表してお喜び申しあげます。ミス・ジャーニンガム」そこでこらえきれずほほえんだ。「たいていの場合、コズワロップとお呼びいただいております。ミスター・コズワロップではなく」

「ごめんなさい」ギャビーは言った。「覚えなければならないイングランドの慣習がたくさんあるみたいだわ。埠頭で髪をおろしてしまって、すでにミスター・デューランドをうろたえさせてしまったのよ」

ギャビーがこれから犯しそうな、あるいは犯してしまった数々の失敗について詳しく語り出す前に、クイルは彼女をさえぎった。「ミス・ジャーニンガムは少し休みたいはずだ、コズワロップ。部屋へ案内してくれ。それから彼女の身支度を手伝うようスティンプルに伝えてほしい」

「申し訳ございませんが、スティンプルはレディ・デューランドに付き添ってバースへ行っております」

クイルは眉をひそめた。母がメイドを連れていくのは当然だ。いったいどうすればいいのだろう？

コズワロップが〈インドの間〉へ続くドアを開けた。「お茶を用意させましょう。よろしければミセス・ファーソルターに、差しあたってミス・ジャーニンガムにはおつきのメイドがいないと伝えましょうか？　ミセス・ファーソルターなら問題を解決できると存じます」

「まあ、ありがとう、コズワロップ」ギャビーは執事に笑みを向けた。「イングランドではおつきのメイドがそんなに重要だとは知らなかったの。申し訳ないけれど、あなたとミセス・ファーソルターのお世話にならないと。その人は家政婦なのかしら？」

彼女は説明を期待してアースキンに向き直った。だがそのとき、小さな声が割って入った。

「わたしもメイドを連れてこなかったわ」

ギャビーはほほえんでフィービーを見おろした。「ミセス・ファーソルターとコズワロップなら、きっとまばたきひとつするあいだにふたり分のメイドを見つけてくれるに違いないわ」

もう少しでくすくす笑いそうになり、コズワロップは自分でも驚いた。「ミス・フィービーが長くご滞在でしたら、ミセス・ファーソルターはメイドより家庭教師をお勧めするのではないでしょうか？」

「どうぞ、お先に、ミス・ジャーニンガム」クイルはいらだちを押し殺した。不機嫌な視線をコズワロップに向けると、執事は急いであとずさりし、ふたりの外套を手に使用人の居住区へ消えていった。

「まあ、すばらしいわ」客間に入ったギャビーが小さく声をあげた。「なんて……なんてすてきなお部屋なの」

クイルはあたりを見まわした。「母の思いつきなんだ」

彼女はテーブルのひとつにそっと近づいた。座った格好の虎を支柱にした、とりわけ巨大なテーブルだ。

小走りであとをついてきたフィービーが、虎の頭をぽんぽんと軽く叩いた。

「この家具はどこで作られたものなの?」ギャビーは好奇心から尋ねた。

「母はこの部屋を〈インドの間〉と呼んでいるんだ、ミス・ジャーニンガム。母にはロンドンの流行を先導したいという望みがあってね。お抱えのデザイナーに、次はインドのものが大流行すると言われたんだよ」

クイルは肩をすくめた。「残念ながら、そうはならなかった。だがインド風にするために大金を注《つ》ぎこんだものだから、父はありきたりのイングランド風に戻すのをいやがったんだ」

ギャビーははっとして彼を見た。アースキン・デューランドの顔は表情に乏しいかもしれないが、口調はかすかながら間違いなく笑いを含んでいた。

彼女はそれを会話への誘いと受け取り、満面の笑みを返した。「変ね。生まれてからずっとインドで暮らしていたのに、わたしの家に虎のテーブルはなかったわ。それどころか、こういう……虎を前面に押し出した家具を見るのは初めてよ」目をきらめかせながら言う。

アースキンの表情に変化はないものの、目は笑っていた。

「母にはその残念な真実を教えないでもらえないかな」マントルピースに寄りかかりながら彼が言った。「このインド風の奇抜な代物を手に入れるのに二万ポンドも費やしたんだ。所有しているインドの宝物のほとんどを、実はフレッド・ピンクルという名の家具職人がサウサンプトンで作っていたと知ったら、母は打ちのめされてしまうだろう」

「フレッド・ピンクル？　家具の出どころを調査したのね！」ギャビーはとがめるように言った。

「調査というほどのものじゃない」クイルは場所を移動して、高い椅子の背にもたれた。「前に東インド会社の株を所有していたから、インドで買った品かどうかわかるくらいの知識はあるんだ」

ギャビーが口もとをこわばらせた。「東インド会社の株を持っていたの？」

クイルは驚いて顔をあげた。ギャビーが鋭い口調で話すのは初めてだ。

「どういうわけか知らないが、きみの気分を害してしまったかな、ミス・ジャーニンガム？」

彼女は顎をあげ、クイルの目を見て冷静に言った。「いいえ、もちろんそんなことはないわ。わたしには関係のない話だから。それより、ギャビーと呼んでもらえないかしら、ミスター・デューランド？　わたしたちは家族になるんですもの」

　クイルは上体を起こした。ギャビーの口調に非難がこめられていると思ったのは気のせいだったのか。デプフォードまで馬車で往復したせいで、彼の脚は悲鳴をあげていた。

「ギャビー、それならぼくのことはクイルと呼んでくれ」

「クイル？　クイル……すてきな名前だわ！」

「本当にすてきな名前だと思うのかい？　それとも、この部屋と同じ種類のすてきなのかな？」

　ギャビーがくすくす笑った。思わず聞き惚《ほ》れてしまうような、低めの笑い声だ。「あなたに適当なことは言えないわね、ミスター・デュー……クイル」いったん言葉を切る。「ひとつ質問してもいいかしら？」

「どうぞ」

「脚が痛むの？」ひどく失礼に思われるかもしれないと不安なのか、彼女はためらいがちに訊いた。

　答えなどわかりきっている。だが育ちのいい若いレディなら、男に対してそういう個人的な質問は絶対に口にしない。ほとんど知らない相手ならなおさらだ。不本意ながら、クイルの口の端が持ちあがった。ギャビーは退屈なデューランド家に刺激を与える存在となるに違いない。

「四年ほど前、乗馬中に事故に遭ったんだ。歩けるまでに回復したのは幸運だったが、長時間立っているのは難しい」

ギャビーの茶色い目に同情が浮かんだ。「まあ、それなら座ればいいのに」

「ミス・ギャビー！」室内を歩きまわり、子爵夫人の家具を飾るたくさんの虎やライオンを吟味していたフィービーが、ギャビーのそばに戻ってきた。「ミスター・デューランドはあなたより先に座れないのよ。アーヤが言ってたわ。イングランドの紳士は、レディの前では絶対に座らないって。つまり、レディが立ってるときは」

ギャビーの頰がバラ色に染まった。「ごめんなさい、クイル！」彼女は急いで長椅子をまわりこみ、音をたてて座った。「こういう間違いをたくさん犯してしまうと思うわ。父は貴族の戯言だと無視していたの。だからわたしは、イングランドの慣習をほとんどなにも知らないのよ」

「どうか気にしないでほしい」クイルはそう言うと椅子に体を沈め、そっと安堵《あんど》の息を吐いた。

フィービーがギャビーのそばの足のせ台に澄まして座った。クイルの目には対照的なふたりが面白く映った。女の子の髪はきれいにウエーブがかかり、まるでとかしたばかりのようだ。座るときには本能的にドレスのひだをたぐり寄せ、脚の両側に均等に広がるように整えていた。今は両手を膝に置き、足首をきちんと交差させている。

それに引き換え、ギャビーときたら！　レディらしくない態度を取っているわけではないが……どうもだらしなく感じられた。ひとつには、また髪が落ちかけているせいだろう。コズワロップにボンネットを渡したときに髪型が崩れたのだ。ドレスもかなり不格好に見えた。近ごろの女性たちのドレスと同様、胸のすぐ下からスカート部分が始まるデザインなのは明らかだったが、ギャビーが着ると布地はなめらかに流れ落ちず、糊《のり》づけした下着をつけているかのように腰のあたりで膨らんでしまっていた。

コズワロップが客間に入ってきた。「すぐにお茶をお持ちします」カードをのせた銀のトレイを差し出す。「ミスター・リュシアン・ボッホがお見えです。お会いになりますか？」

「いや」

ギャビーが愛想よくクイルを見た。「わたしがいるせいで、お友だちを追い返したりしないで。ミスター・ボッホもお茶に加わってもらえばいいでしょう？」

クイルは眉をひそめた。「ぼくたちは客を迎えないほうがいいと思うんだが」自分でも横柄な口調に聞こえた。だが、いったいどうすれば失礼にならずに彼女の髪の状態を指摘できるというんだ？

ギャビーが鼻に皺を寄せて彼を見た。「わたしはイングランドの慣習を知らないかもしれない。だけど、はるばる友だちの家を訪ねてきたのに不在だと告げられたらどんなにがっかりするかはわかるわ！」

クイルがしぶしぶコズワロップにうなずくのを見て、ギャビーはにこやかに続けた。「わたしたちは家族になるんですもの、形式ばる必要はないはずよ。ロンドンで初めての知り合いができたらうれしいわ」そこで躊躇《ちゅうちょ》した。「ピーターも一緒にお茶を飲むかしら？」

クイルは胃のあたりに緊張を感じた。

「どうかな。ピーターは遅い時間まで帰らないことがほとんどなんだ」

「あら」

まるでひよこに向かって、好きな食べ物は鶏《とり》のあぶり焼きだと教えている気分だ。未来の義理の妹は突然寂しそうな顔になって唇を噛んだ。

「彼はロンドンにいないの？　わたしが着いたと知っているのかしら？」

答えるのが難しい質問だ、とクイルは思った。すでに従僕が弟を見つけ出し、〈プラッシー号〉の到着を知らせてある。だがそのせいで、ピーターがひと晩じゅう帰ってこない可能性はますます高くなった。

「いや」クイルはぶっきらぼうに答えた。「きみの到着を知っていれば、弟は自分で迎えに行ったに違いない。知らせが届いたときに家にいたのはぼくだけだったんだ。もっと早く言っておくべきだったが、両親はきみを迎えられなくてとても残念に思っているだろう。ふたりはバースにいる」

たちまちギャビーの顔に輝きが戻った。「まあ、もちろんそうよね。ちょっと考えればわかったのに。ピーターはわたしが着いたことを知らないんだわ！　従僕を使いに出して伝えてもらえる？」ふと浮かべた困惑の表情が愛らしい。「出しゃばりすぎかしら？」

「無理だ。ピーターはどこにいるかわからない」クイルは大きな声を出した。この会話のなにもかもがひどくいらだたしかった。話題にしているのは、一度も会ったことのない男なんだぞ。これが政略結婚だとわかっているのか？　見知らぬ者同士の結婚だと。

ふたたびコズワロップがドアを開けて告げた。「ミスター・リュシアン・ボッホです」黒い服に身を包んだ、品のいい男性が部屋に入ってくる。

クイルの胸に安堵が押し寄せてきた。ギャビーの言うとおりだ。家族になるとはいえ、彼女とふたりきりで話をするのは厄介だった。リュシアンが一緒のほうがまだましだろう。魅力的な男なのだから。

「リュシアン、未来の義理の妹を紹介させてもらってもいいかな？　こちらはミス・ガブリエル・ジャーニンガム、リチャード・ジャーニンガム卿《きょう》のご令嬢だ。そしてミス・フィービー・ペンジントン。わが家に立ち寄ってくれている」

リュシアンがふたりに歩み寄り、脚を引いて優雅にお辞儀をしようとしたそのとき、突然ギャビーが長椅子から立ちあがって彼の前に進み出た。リュシアンは反射的にあとずさりした。このまま頭をさげれば、彼女の膝に頭をぶつけてしまうだろう。彼はもう一歩さがり、しかたなく優美とは言いがたいお辞儀をした。

ギャビーが軽く膝を曲げてお辞儀を返す。

「ミス・ジャーニンガム、お会いできて、大変光栄だ。きみも、ミス・フィービー」リュシアンは、ギャビーと一緒に立ちあがっていた女の子に向き直った。

フィービーがみごとなお辞儀でそれに応《こた》えた。

「おやおや！　これほど洗練された若いレディには、めったにお目にかかれないよ」リュシアンが優雅に会釈した。

フィービーはにっこりしてみせたが、どこか様子がおかしかった。リュシアンにはフィービーが疲れ果て、今にも泣きそうになっているとわかった。それにしてもまあ、なんという組み合わせだろう！　この不格好なガブリエルという娘が、完璧で非の打ちどころのないあのピーターの妻になるというのか？　そもそもピーターはどこにいる？　それに、小さなフィービーはこんなところでなにをしているんだ？

リュシアンが腰をおろした。ぎこちない沈黙が広がって初めて、ギャビーはクイルに会話の主導権を握るつもりがないらしいと気づいた。「フランスの方なの、ミスター・ボッホ？」彼女は客人にほほえみかけた。

リュシアンがうなずく。

「一〇年以上前からこの国にいるが、人生のほとんどを過ごしたのはフランスだ」

「それならフランスにいたときに、わたしの母を知っていたんじゃないかしら？　亡くなった母の旧姓はデュ・ラック、マリー・デュ・ラックというの」

「残念ながら知らないな」リュシアンが言った。「妻とぼくはあまり人とかかわらずに暮らしていたから。パリへ行くこともまれだった。母上は宮廷に出ていたのかい？」

ギャビーは顔を赤らめた。「知らないの。父が母の話をしたがらなかったから」

リュシアンが同情をこめてうなずいた。

「愛する人を失うと、ときにそんなふうになるものだ」

そのとき大きな銀のティーポットとさまざまなご馳走を運ぶ三人の従僕を従えて、コズワロップが客間に入ってきた。隅の小さなテーブルに紅茶の準備が整えられる。執事が引いてくれた椅子に腰をおろして初めて、ギャビーはティーポットが自分の正面に置かれていることに気づいた。

「あの、わたしが……?」彼女はクイルのほうをうかがった。

「お願いするよ」

「ちゃんとした中国のお茶は初めてなの」ギャビーはリュシアンに向かって打ち明けた。

「わたしたちのようにインドで育った者たちは、中国のお茶は不老長寿の霊酒《ネクター》に等しいと教わるから」

リュシアンがおかしそうに笑った。「ぼくたちイングランドにいる者は、金の液体だと考えている。好きなときにお茶を飲めるのは、クイルみたいに東インドの悪漢たちと親しくしているやつらだけだ」

ギャビーは淡い金色の液体を四つの華奢《きやしゃ》なカップに注意深く注いだ。

「まあ、東インドの悪漢? わたしもそのひとりなのかしら?」

「幸いにも違うな」リュシアンが笑う。「東インドの悪漢というのは、東インド会社の経営者たちのことだ。知ってのとおり、彼らが中国からのお茶の輸入を管理しているから」

ギャビーは顔をあげ、まっすぐクイルを見つめた。「あなたは悪漢なの?」

どういうわけか、クイルは非難のこもった冷たい空気を感じ、肩をすくめた。

「ばかばかしい。リュシアンはフランス人だから大げさなんだ」

「ギャビー！　ギャビー！」フィービーが甲高い声で叫んだ。

ギャビーははっとして視線をさげた。恐ろしいことに、ティーポットの注ぎ口をあげ忘れたままクイルのほうを見ていたらしい。磨きこまれたテーブルいっぱいにこぼれた紅茶が、下のアキスミンスター絨毯《じゅうたん》まで滴り落ちていた。

頬が燃えるように熱くなる。ギャビーは慌ててティーポットを起こした。だが急な動きのせいで紅茶が弧を描いて宙を飛び、白いドレスの前面に散った。その瞬間、せっかくいくつか覚えていたレディらしくふるまうための決まり事すら、頭から消えてしまった。

「ああっ！」ギャビーは叫ぶと、音をたててティーポットを置いた。手袋をした手を反射的に伸ばし、テーブルから流れ落ちる紅茶をせき止めようとする。だが流れる向きを変えただけで、紅茶は左側にいたフィービーのドレスにかかった。

ドレスについたしみを目にしたとたん、フィービーがわっと泣き出した。

「まあ、フィービー」ギャビーは驚いて言った。「本当にごめんなさい」フィービーを抱きしめようと前に飛び出す。その拍子に、虎の装飾がついた華奢な脚の椅子がうしろへ傾いた。ギャビーは椅子をつかもうとした。けれどももう少しのところでドレスの裾を踏みつけ、つかみ損ねた。布が破れる大きな音とともに、彼女はクイルの膝の上にうつ伏せに倒れこんだ。

その瞬間、コズワロップが椅子に飛びついた。なんとか背もたれをつかんだものの、結局椅子は倒れ、彼も道連れになった。執事と椅子は床にぶつかり、木が裂ける音とうめき声があたりに響き渡った。

リュシアンが笑いをこらえながら立ちあがり、昔から知っている子にするようにフィービーを腕のなかに引き寄せた。

「さあ、ひよこちゃん」低い声でなだめるように言う。「お茶のしみがついたくらいでどうしてそんなに泣いているのか、話してごらん」彼はフィービーの巻き毛に頬を寄せ、部屋の反対側へ連れていった。フィービーは声を詰まらせながら、自分の身に降りかかった悲劇を次々にあげていった。新しいママが現れないこと、ドレスの長さが足りないこと、おまけに紅茶のしみまでついたこと、アーヤのこと、そしてだらしない女の子をアーヤがどう思うかということ。

クイルの脚の上にまるで膝掛けのように身を投げ出していたギャビーは、早く彼から離れて床に足をつけようと必死にもがいた。こみあげてきた涙で目がちくちくする。恥ずかしさのあまり、このまま死んでしまいたかった。

クイルがギャビーの肩をつかみ、自分も立ちあがりながら彼女の体を起こしてくれた。

ギャビーは彼を見ようとしなかった。紅茶をこぼしたうえに、いちばん上等な手袋にはおぞましい黄色のしみがついていた。いちばん上等なドレスのボディスにも同じようなしみが広がっている。しかも、ドレスは破れているのだ。裾にギリシア雷文模様の飾り布がついたドレスだったが、その細長い布地が破れてぶらさがっていた。クイルに、上品さのかけらも

にきらめいていた。
「移動しないか？　ここにいると邪魔になりそうだ」驚いたことに、クイルの目は楽しそう
　力強い指がギャビーの肘をつかんだ。
ないと思われているに違いない。

　ギャビーはテーブルを振り返った。誰もいない。従僕たちはコズワロップのまわりに集まり、彼を助け起こそうとしていた。ギャビーの顔から血の気が引いた。

「コズワロップは怪我をしたんだわ」

「部屋の端から駆けつけて、息を切らしているだけだろう」クイルが言った。「従僕たちがあんなふうに集まっているのは、それでもまだギャビーが心配していると、彼はつけ加えた。「従僕たちがあんなふうに集まっていると、抵抗する患者をみんなで押さえつけて歯を抜こうとしているみたいに見えないか？」

　ギャビーは鼻に皺を寄せた。「わたしをばかにしているのね？」

「まさか」クイルが言った。その言葉を信じてしまいそうになるほど真面目《まじめ》な顔だ。「ぼくはそれほど礼儀知らずじゃない。完璧な礼儀作法を身につけた者にも、似たような事故は起こるものだ。多少の威厳は損なわれたかもしれないが、コズワロップ自身が傷ついたわけじゃないよ」

「そう」ギャビーは自分の姿を見おろした。「わたしが完璧な礼儀作法を身につけたレディだとは、とても信じてもらえないわね？」

彼女はクイルと視線を合わせた。楽しそうな彼の目を見て背筋がほんのり温かくなり、思わずくすくす笑ってしまった。

神の摂理によって幸運にも膝に倒れこんできた柔らかな曲線の感触にまだ酔いしれていたクイルも、つられて笑みをこぼした。とうとうこらえきれなくなったのか、ギャビーがどっと笑い出す。

ドアを押し開けて客間に入ってきたピーターが目にしたのは、そんなふたりの姿だった。

3

ドアが開く音を耳にして、ギャビーは急いで振り返った。ほんの三メートル前に立っているにもかかわらず、すぐには誰かわからなかった。笑みをたたえたクイルの瞳のせいで、全身がちくちくとうずいていたのだ。

ところが現れた人物の正体に気がついたとたん、その感覚はたちまちどこかへ消えてしまった。

ピーターだわ。もうすぐわたしの夫になる人。ギャビーは一歩近づいたところで足を止めた。ピーター……本当に彼なのね。とても優しそうな茶色い瞳をしている。

たっぷりと髪粉が振られていて、髪も茶色いのかどうかはわからなかったが。

ピーターは襟と袖口《そでぐち》、そして前身ごろに刺繍《ししゅう》を施した黒い上着を着ていた。それにあのベスト！　オレンジがかった赤いシルク地にびっしりと野草の模様が刺繍されていた。首もとを飾っているのは金糸で縁取られた銀のレースだ。シルクの靴下は真っ白で、靴には銀の大きな留め金がついていた。

ギャビーはぽかんと開けていた口をはっとして閉じた。

鼓動が速まり、喉で血管が脈打つのがわかる。男性――彼女の未来の夫――はなにも言わない。黒い帽子を片手に持って客間の戸口に立ち、ただギャビーを見つめていた。室内に沈黙が広がっていく。

ギャビーは唇を嚙み、無理やり笑みを浮かべた。彼女が口を開こうとしたそのとき、背後からクイルの低い声が聞こえてきた。

「宮殿に出向いたのかと思っていたんだが、ピーター」

ピーター――やはり彼だったのだ――が兄に目を向けた。「今日は一一月二日だよ、兄さん」それで説明は十分だと考えているらしい。

彼は帽子を腕に抱えると、片脚を引いてギャビーにお辞儀をした。「お目にかかれて光栄だ」まだフィービーの手を握っているリュシアンのほうを向き、もう一度お辞儀をした。

「挨拶を返してもらわなくても結構だ、ボッホ。手がふさがっているのはわかるから」

ギャビーは咳払《せきばら》いをした。「一一月二日?」

振り向いたピーターが彼女に視線を戻した。しみのついたブーツからもつれた髪まで、じろじろと眺めている。視線が鋭くなり、目に非難が浮かぶのがわかった。

「一一月二日はエドワード王子の誕生日だよ」

返事を聞くころには、ギャビーの胃はすでにぎゅっと締めつけられていた。

ピーターが部屋に入ってきた。

「まさかコズワロップはなにかの発作を起こしたわけじゃないだろう?」

クイルが首を振る。「怪我はしていないようだ」その言葉どおりコズワロップは立ちあがり、黒いフロックコートをいつものごとく完璧に整えようとしていた。

「彼は椅子につまずいてしまったの」ギャビーは息をのんで言った。「そうしたらお茶がこぼれて、それでわたしのドレスがこんなふうに」彼女はクイルの顔を見られなかった。

ピーターの視線がわずかに和らいだ。「きみがミス・ジャーニンガムだね？ 兄が紹介してくれるのを待っていたんだが、どうやら主《あるじ》としての責任を無視しているらしい。ぼくはピーター・デュー――」

ギャビーが急いで彼に駆け寄った。垂れさがるドレスの裾を踏みつけ、よろめいてピーターの左手をつかむ。帽子を持っていないほうの手だ。

「どうぞ、ギャビーと呼んでちょうだい。だってわたしは……わたしたちは……」

ピーターは息を詰まらせた。彼はそっとギャビーの手から腕を引き抜き、自分の手袋に紅茶のしみがつかなかったか確かめたい衝動をこらえた。とにかく、ティーポットを落としたのはいまいましい執事の仕業で、彼女は悪くないのだ。こんなひどい格好で立っていなければならず、ギャビーはとても恥ずかしい思いをしているに違いない。

「ミス・ジャーニンガムは部屋に戻りたいんじゃないかな」ピーターはわざとギャビーの視線を避け、クイルを見ながら言った。「執事が衣装《アンサンブル》を台なしにしてしまったみたいだ」彼女が身につけているぞっとする代物を調和《アンサンブル》の取れた組み合わせと呼ぶのは、厨房《ちゅうぼう》のやかんに金めっきを施すようなものだったが。

ピーターは部屋を出ていくコズワロップを通すために脇《わき》へ寄った。

「いったいどういうつもりなんだ、兄さん？」このばかばかしい状況に対する不満を声にこめ、彼は続けた。「本来なら今朝は宮廷にいるべきだろう。エドワード王子の誕生日を祝おうと誰もが集まっていたんだ。プリニーはエドワード王子と特別仲がいいわけではないかもしれないが、弟公が軽んじられるようなことがあれば必ず気づくだろう。歩けるようになったんだから、脚の怪我を無礼の言い訳にはできないぞ」

「忘れていた」クイルは物憂げに言うと、ギャビーのすぐうしろへ移動した。

「忘れていただって！」胃のなかにわき出る酸っぱいものが口調にも表れ、ピーターの声が高くなった。「王子たちに敬意を表する喜ばしい機会を忘れる紳士なんているものか。紳士なら、こんな状態のレディを人目にさらしたままにしておかないのと同じだよ」彼は未来の花嫁の汚れた服にもう一度目をやった。

「まったく、コズワロップはいったいどうしたんだ」ピーターは続け、ようやくギャビーと視線を合わせた。「いつもはこれほどそそっかしい愚か者ではないんだけれどね」彼女が感じているに違いない苦悩を思いやり、口調を和らげた。かわいそうに、青くなって顔を引きつらせているじゃないか。「母上の椅子がひとつ、すっかりだめになってしまったな。もっとも椅子が壊れたことなど、ミス・ジャーニンガムへの無礼に比べればなんでもないが」

クイルがギャビーのほうを向いたが、彼女は顔をそむけた。そそっかしい愚か者というのは自分のことだなんて、とても言い出せないわ。こんなに洗練された婚約者の前では無理だ。

たとえクイルの笑みが、黙っているなんて五歳の子供がすることだとほのめかしていたとしても。

ピーターがひもを引いて呼び鈴を鳴らした。「きみのメイドを呼んで部屋まで付き添わせよう。きみが動揺してぼくたちと一緒に夕食をとりたくないと思ったとしても、ぼくは気を悪くしたりしないから。初めてイングランドへ来たというのに、こんな耐えがたい災難に遭ってしまったら……いや、初めてでなくても同じだ。ぼくなら神経を静めるのに、少なくとも丸一日かかるよ」

彼はもう一度優雅に脚を引いて会釈した。

ギャビーも慌ててお辞儀をした。ピーターの言っていることになにひとつ対応できていない気がする。こんなのはピーターじゃない。いや、ピーターなのだ。最初のショックがおさまってみると、目の前にいる男性の顔は肖像画とほぼ同じであることがわかった。だけどこれほど活動的で、洗練されていて、辛辣《しんらつ》な……気取り屋だなんて！　おまけにいいにおいまでする。彼に手をつかまれたときに気づいた。

ギャビーは唾をのみこんだ。泣いてしまいそうだった。これまでの人生で気まずい瞬間はいやというほど経験しているが、今ほど自分が粗野で不器用だと痛感したことはなかった。そのとき誰かに手を取られ、ギャビーは息をのんで顔をあげた。ぼやけた視界に突如として、肖像画のままのピーターが現れる。彼は優しくほほえみかけていた。

「せっかくわが家に来てくれたのに、コズワロップの不始末のせいで気落ちさせてしまって申し訳ない、ミス・ジャーニンガム」

ギャビーはハンサムな若い男性にはにかんだ笑顔を向けた。「ギャビーと呼んでもらえないかしら？　わたしたちは結婚するんでしょう？」どうしても声に出さずにいられなかった。ピーターに単なる訪問客と見なされている気がしたのだ。

全身をこわばらせたように見えたものの、彼はうなずいた。

そのときになって初めて、ギャビーはピーターが自分との結婚を喜んでいないかもしれないと思い至った。彼女自身は父の家から逃れられるのと、肖像画のピーターが優しそうなのがうれしくて、婚約者の気持ちなど少しも考えなかったのだ。

「ギャビーを部屋へ案内しようか？　母上は〈青の間〉を用意させていたと思うが」クイルはうなだれている未来の義理の妹を見おろした。ギャビーの瞳に浮かぶ緊張を目にすると、弟の顔面にパンチを食らわせてやりたくなった。

「とんでもない」ピーターが鋭く反論した。「兄さん、言っておくがミス・ジャーニンガムは良家のレディなんだぞ。どんな事情があろうと、私的な空間である上階へ彼女をエスコートしてもらうわけにはいかない。ただちにメイドを呼ばないと。話し相手《コンパニオン》なしの旅行をお許しになるなんて、きみの父上の判断は疑問だと言わざるをえないな、ミス・ジャーニンガム」

「父はおつきのメイドやコンパニオンは不要だと考えていたの。父が言うには――」

型にはまらない父親について、ギャビーの口から大量の情報があふれ出すに違いないと感じ取ったクイルは、彼女の言葉をさえぎった。新事実がこれ以上発覚しても、ピーターが受け入れられるとは思えない。

「ギャビーとはまもなく家族になるんだ、ピーター。義理の妹を部屋まで送っていったとしても、不適切ではないだろう」

「まだ義理の妹じゃないぞ！」ピーターがぴしゃりと言い返す。

ギャビーの心は沈んだ。ピーターがわたしと結婚したくないことは明らかだわ。彼女はクイルが腕に添えていた手を振り払った。

「あなたはわたしとの結婚を望んでいないのね？」こみあげる涙をこらえているせいで、いつもよりさらにハスキーな声になった。

ピーターがぽかんと口を開けた。

リュシアンがフィービーを立たせ、ふたりでそっと部屋の隅へ移動した。フィービーはまだほんの五歳だが、礼儀作法が身についている子供だった。

「取り決めを別の形にすることもできたのに」ギャビーはみじめな気持ちで言った。「あなたが望まないことを無理強いしようなんて、これっぽっちも思っていなかったわ」

クイルはギャビーの洞察力に驚いた。「もちろんピーターはきみと結婚したいと思っている」荒々しい口調で割って入り、彼女の肘をつかんだ。「ピーターの言っていることは正しい。きみは部屋へ行って着替えるべきだ」

ギャビーがクイルを無視して婚約者を見つめた。「どうしてわたしがはるばるインドからここへ来る前に、この取り決めは気に入らないと父に伝えてくれなかったの?」今や彼女は、声を詰まらせていた。「あなたのお父さまからの手紙では、あなたが……あなたが……」

うつむいてしまったギャビーの頭越しに、クイルは弟が思わず身震いするほどの厳しい視線を送った。

ピーターは手を伸ばし、ふたたびギャビーの手を取った。「誤解しているみたいだね、ミス・ジャーニンガム……ギャビー。ぼくはきみとの結婚を楽しみにしているよ」そして涙に濡《ぬ》れた彼女の瞳を目にしたとたん、本当にそんな気持ちになれる気がした。しみがついたみっともないドレスを着て立っているギャビーの姿がとても哀れだったのだ。ピーターは目つきを和らげた。結局のところ、品位に欠けるのはギャビーにセンスがないからというより、インドにろくなドレスメイカーがいないせいだろう。

「厳しい口調になってしまったのは、執事の嘆かわしいふるまいが面目なかったからなんだ。今もまだ恥ずかしくてしかたがないよ。きみがどんな目に遭わされたか知って、ぼくも同じように苦痛を感じた。実を言うと、コズワロップを解雇するよう父に話すべきかもしれないと思っている。こんな不届きな使用人がいるなんて我慢できないからね。きみへのぼくの気持ちは揺るがないことを、どうか信じてほしい」

ピーターはそう言ったものの、続けて口にした言葉には自信が持てなかった。

「婚礼が待ちきれないよ」

ギャビーは震える息を大きく吸いこんだ。ピーターのほっそりとした白い手が、上品な印章つきの指輪で飾られた指が目に入り、思わずうっとりと見入った。

だが、その手はすぐに彼女の視界から消えた。ピーターは自分の無作法な行為に未来の妻が困惑していると思ったのだ。手を取って許されるのは六秒までとされている。

「ぼくが部屋まで付き添っていこう」彼はギャビーの腕を取り、ドアへ導いた。

振り返った彼女がすがるような目でクイルを見た。

クイルはほほえみを浮かべてギャビーを安心させた。

「フィービーには、きみのところに近い部屋を用意させておくよ、ギャビー」

ギャビーは唇を噛んでうなずいた。クイルも一緒に来てほしいと頼むのはぶしつけなのだろう。わずか一、二時間前は話しづらくて恐ろしい存在だったのに、今ではピーターのいらだちを含んだ洗練された話し方のほうが別の意味で怖かった。ピーターに促されるままに廊下へ出た彼女は、彼の話にぼんやりと耳を傾けながら階段をあがり、青い壁紙を張った明るくて広々とした部屋へ入った。

「フィービーは隣の部屋になるのかしら？」ギャビーはお辞儀をして出ていこうとするピーターに尋ねた。

「フィービー？　フィービーというのは？」

「ミスター・ボッホと一緒にいた子よ」説明したところで、ピーターにはまだ紹介していなかったと気づいた。「フィービーも〈プラッシー号〉に乗ってきたの。船が着いたのに彼女の親戚が埠頭に来ていなかったから、あなたのお兄さまがここへ連れてきてくれたのよ」

ピーターが口をすぼめる。「それはまた異例の措置だな。きみがなぜ子供を船長に預けてこなかったのか理解できないよ。その子がいないとわかれば、親戚も無用な心配をしてしまうだろうに」

「あなたの言うとおりかもしれないわ。だけど、問題があるの。フィービーの親戚……ミセス・エミリー・ユーイングが、姉夫婦の死を知らせる手紙を受け取ったかどうかもわからないのよ。ミセス・ユーイングが埠頭に現れなかったので、わたしはフィービーを手もとに置いておくのがいちばんだと考えたの。だって、もしミセス・ユーイングの居場所を突き止めるのに時間がかかったら？〈プラッシー号〉の乗組員のほとんどは、港に着くとすぐに船をおりてしまったわ。風で船が針路を外れたせいで到着が遅れたから、みんな急いで家族のもとへ帰りたかったのよ。誰にフィービーを任せていいものかもわからなかったし」

ギャビーはいったん言葉を切った。

「わたしばかりおしゃべりしているわね。どうか許してちょうだい」

ピーターが自分の腕に置かれたしみだらけの手袋を凝視したので、彼女は慌てて手を引っこめた。「気にしなくて結構だ」彼は丁重に言うと、もう一度会釈した。「子供を一緒に連れてくる以外、きみに選択肢がなかったのはわかった。ミセス・ユーイングを捜す手配をしておこう」さらにもう一度頭をさげてから部屋を出ていった。

ギャビーはベッドに腰をおろし、手袋を外した。涙があふれてくる。ピーターは、一瞬疑ったように結婚を渋っているわけではないのかもしれないが、どうやら冷淡で打ち解けない人らしい。いずれにせよ、彼にとっては礼節を守ることがすべてなのだ。涙が頬を伝い落ちた。ピーターを狼狽《ろうばい》させたいなら、わたしはおあつらえ向きの相手ね。彼は未来のイングランド国王とも親しい間柄なのよ。皇太子をプリニーと呼ぶなんて！　それに引き換えわたしときたら、いつもながら不器用きわまりないわ。

いったいどうしてコズワロップに罪を着せたりしてしまったの？　ピーターがだらしないわたしの姿にぞっとしているのがわかって、つい嘘が口をついて出てしまった。クイルはどう思っているかしら？　正直に打ち明けるべきだったけど、失態を演じたのがわたしだとピーターに知れたら……。紅茶を注ぐ程度の簡単なことで惨事を引き起こしたとわかれば、彼は結婚を拒否するだろう。でも、お父さまのもとへは戻れない。数多くの過ちをあげつらわれ、厳しく叱責される毎日には戻れない。

ギャビーは震えながら息を吸った。わたしがもっとおしとやかになればいい。それで万事解決だわ。ピーターが結婚したいと思うような女性になればいいのよ。

ドアに軽くノックの音がした。彼女は涙の跡が残る頬をこすって立ちあがった。

「どうぞ」

クイルの低い声が言った。「きみの顔を見せにフィービーを連れてきた。自分を置いて、きみがインドに逃げ帰ったかもしれないと思っているんだ」

ギャビーは急いで床に膝をつき、フィービーに両手を差し伸べた。「ああ、フィービー、わたしはなにがあっても絶対に、あなたをひとりで残していなくなったりしないわ」

フィービーがギャビーの腕のなかへ飛びこんだ。フィービーを抱きしめて前後に揺すり、髪に口づけてささやくギャビーを見ながら、クイルはまるで伝書鳩みたいだと思った。フィービーは運のいい子だ。彼はふたりから視線を引きはがし、窓辺で自分が手がけた庭園を見ようと部屋を横切った。

「ピーターは別に批判するつもりはなかったんだ」クイルは唐突に言った。「確かに自分の影響力を過信してはいるが、悪いやつじゃないよ」

ギャビーには彼の言わんとするところがうまく伝わらなかったらしい。

「あなたのお父さまがコズワロップを解雇する可能性はあるのかしら?」

クイルは振り返った。フィービーを抱いているギャビーの姿を目にしただけで、胸に奇妙な感覚がわき起こる。「きみは罪悪感を覚えているのかい?」彼はにやりとした。

恥ずかしさのあまり、ギャビーはクイルのからかいに調子を合わせられなかった。「なぜ嘘なんてついてしまったのかわからないわ、クイル」彼女は真剣な顔で言った。「ただ、ピーターがショックを受けた顔をしていたから――」

「役に立つ嘘だと思うよ。目下のところは」

「彼の言うとおりよ、ミス・ギャビー」フィービーが話に割りこんできた。「人を幸せな気分にするための嘘なら許されるって、わたしに話したのを忘れちゃった? あなたのドレスをだめにしたのは執事だと思ったとたんに、ミスター・デューランドは元気になったわ」

「子供に説得されるとはね」クイルはつぶやいた。

ギャビーは彼を鋭くにらんだ。「ばかにしていればいいわ。わたしは気の毒なコズワロップのことでひどい嘘をついてしまった。しかも彼の怪我はわたしのせいなのに！」

彼女がすっかり打ちひしがれているので、クイルはかわいそうになってきた。「コズワロップなら心配はいらない。彼を辞めさせるくらいなら、父は右手を切り落とすだろう。長年わが家で勤めているんだ。ぼくがコズワロップのところへ行って、きみからの謝罪を伝えるというのはどうかな？」

「わたしが自分で謝るわ」ギャビーが意を決した様子で言った。

「絶対にだめだ！」クイルは反対した。「レディは使用人の居住区へ平気でおりていったりしない」

「罪を犯してしまった場合、礼儀作法は脇に置くべきよ。父なら間違いなくそう言うはずだわ」

「きみの父上はかなり変わった人らしいな」クイルは言った。「いずれにせよ、フィービーの言うとおりだ。ピーターは今の説明で満足している。きみの足首を見た衝撃から立ち直らないうちに、また別の無作法な行動に出られてはかなわないだろう」

ギャビーは顔を赤らめてドレスを見おろした。ドレスの破れ目から、足首のハーフブーツに覆われていない部分がのぞいていた。クイルをうかがうと、やはりドレスの裾から視線をあげた彼と目が合った。その瞳の奥にあるなにかに、ギャビーは興奮をかきたてられた。彼女はまた自分の足首に視線をさげた。白いコットンに覆われた、どう見ても平凡な足首だ。彼

この光景が多少なりともピーターにショックを与えるとは信じがたい。

作法にこだわる弟が、ギャビーの寝室へ同行することを兄に禁じたのは正しかったのかもしれない、とクイルは気づき始めていた。ぼくの血管がこんなに脈打っているのは、ベッドがすぐそばにある親密な空間にいるせいだろうか。彼女のほっそりとした足首をちらりと見ただけで、あのさえない――今ではみだらな――ドレスに隠された脚が目に浮かんでくる。

「使用人の居住区を訪れるのは禁止する。自然な成り行きでならしかたないが、これ以上むやみに弟を動揺させる必要はない」クイルはぶっきらぼうに言った。

ギャビーが目を細めた。「そのもったいぶった言いまわしはどういう意味かしら？　自然な成り行き、、、、、ですって？　わたしと結婚すれば、夫となる人が苦しむだろうとほのめかしたいの？　それは……わたしが損な買い物だったから？」

「苦しむというほどのものじゃない。世の中の結婚した男が味わうものと同じだ」クイルは言った。「独身時代の気ままさが失われるとか、そういうことだよ。結婚を〝足枷〟と呼ぶ理由もそこにある」

だが、もちろんギャビーは納得しなかった。「あなたは『禁止する』と言ったわね？　どういう権利があって、あなたがわたしの行動を禁じるの？」

クイルの口の端がぴくりと痙攣《けいれん》した。「父の不在中は、ぼくがこの家の主人だからだ」

ギャビーはかすかに眉をひそめた。これまで考えてもみなかったが、クイルは明らかにピーターよりずいぶん年上だ。

「だけど……」彼女はそこで口をつぐんだ。父は娘が子爵の跡継ぎと結婚するものと思っていたのに、実際は下の息子と結婚することになった。そのいきさつを尋ねるのはあとでもかまわないだろう。ギャビーは話題を変えた。「フィービーをベッドに連れていかないと」幼い友人は不安だらけの一日に疲れ果て、彼女の膝の上で眠っていた。

「ミセス・ファーソルターがメイドのひとりをこの子の世話係に任命した」不本意ながらクイルの視線は、フィービーが頭をもたせかけているギャビーの胸に吸い寄せられた。「隣の部屋へ運ぼうか？」

彼を見あげたギャビーが口をすぼめる。「脚が痛まない？　ふたりで一緒に運べばいいんじゃないかしら？　フィービーはそんなに大きくないもの。あなたが頭と肩を持ってくれれば、わたしが足を持つわ」

クイルは顔をしかめた。「ぼくは毎日ダンベルで体を鍛えているんだ、ギャビー。小さな子供を隣の部屋へ運ぶくらいなんでもない」

「ダンベル？　ダンベルって？」

「両端に重りをつけた短い棒のようなものだ。事故のあと、ぼくは脚を動かすのが困難になっていた。そんなとき、トランケルスタインというドイツ人の医者に出会ったんだ。彼は、怪我をした脚はできるだけ動かすべきだという考えの持ち主で、そのために特別に工夫したダンベルを考案してくれた」

クイルには一瞬、ギャビーの同情に満ちた視線が愛撫《あいぶ》のように感じられた。全身に震えが走る。ギャビーに不自由な脚のことを持ち出されても気にならないのはなぜだろう？　ほかの誰かに言われると、とたんに激しい怒りがわき起こってくるのに。彼はフィービーを抱きかかえ、隣の部屋へ運んだ。

ギャビーが世話係のメイドに自己紹介し、フィービーのドレスを脱がせて洗うよう頼んでいるあいだ、クイルは戸口でうろうろしていた。どうしても立ち去りがたかったのだ。

ギャビーはうるさくて不器用でぽっちゃりして、きちんとしているとはとても言えない。

濃いまつげと豊かな髪は、キスをせがむ魅惑的で奔放な娘のように見える。

困った立場に置かれると嘘で逃れようとする、精神的に弱い面もある。

そしてクイルの不自由な脚を哀れむのではなく、ちょっとした不便な点にすぎないかのように接してくれた初めての女性だ。

なんとしてでもギャビーを避けるべきなのは明らかだった。

クイルは背筋を伸ばし、挨拶もせずに部屋をあとにした。無礼な態度だ、と階段をおりながら思う。

だが男の自衛本能として、無礼な態度が認められる場合もある。

彼は疲れ果てた農耕馬がにおいを頼りに納屋へ戻るように、無意識のうちに自分の書斎へ向かっていた。放置してあった報告書の処理に取りかかり、国王御用達《ごようたし》の〈モルトレイク・アンド・マッドランド商会〉の株を保有するのが望ましい理由を総括した数値表に目を通した。

それでも従僕がやってきて来客を告げると、クイルは躊躇なく仕事を放《ほう》り出した。〈モルトレイク・アンド・マッドランド商会〉はどうでもいい。胸に孤独感がまつわりついて集中できなかった。このままでは自分を哀れんでしまうかもしれない。数年前、人々のしつこい同情の目にさらされた彼は、自己憐憫《れんびん》は不健全な生き地獄に結びつくと身をもって学んでいた。

だが、訪問客のカードを見て驚いた。ブレクスビー卿は引退間近の外務大臣だ。少なくとも、世間ではそう言われている。クイルとはほとんど面識のない人物だった。

両手をこすり合わせながらせわしなく部屋に入ってきたブレクスビーは、とても引退が近いふうには見えなかった。

「やあ、こんにちは。突然押しかけて、迷惑でなければいいのだが」

クイルは彼に椅子を勧めた。ダウニング・ストリートにある外務省の優雅なオフィスを出て、ブレクスビー本人がやってきた理由はなんだろうといぶかりながら。

「お父上と話すつもりでうかがったが、町を出ていらっしゃるとは知らなかった」

クイルはうなずいた。「お見えになったことを知らせましょう。それともなにか特別なご用件がおありでしたら、バースの父の滞在先をお知らせします、ブレクスビー卿」

「今回の訪問は秘密でもなんでもない」ブレクスビーが陽気に言った。「実のところこちらへ立ち寄ったのは、ミスター・ピーターの婚礼が近いと聞いてお父上を祝福するためでね。近く、ジャーニンガムの令嬢をロンドンに迎え入れると耳にした。ジャーニンガムというのは、もちろん若いほうだが。前の公爵の弟、リチャード・ジャーニンガムだ」ジャーニンガム公爵のアルマンドは最近亡くなり、一四歳の息子が爵位を受け継いでいた。

「ミス・ジャーニンガムは今日到着しました」クイルは慎重に言葉を選んだ。全身の神経が警告を発している。ブレクスビーが無駄話をするためにわざわざ訪ねてくるとは考えられなかった。

「まわりくどい話はやめよう」ブレクスビーが言った。「われわれはお父上の手助けを必要としているのだ、デューランド。あるいは、ミス・ジャーニンガムの手助けと言うべきかもしれない」

クイルは眉をひそめた。

「そのとおりだ」無言の批判を感じ取り、ブレクスビーが応じた。「英国政府ともあろうものが良家のうら若きレディに、いったいどんな手助けを求めるのかと思っているんだろう？だが、ガブリエル・ジャーニンガムの父親はとんでもない変わり者でね。残念ながらどれほどの変人か、最近まで誰も気づかなかった」ブレクスビーの口調が厳しくなった。

「なにをしたんです？」

「なにをしたかより、なにを支持しているかが問題なのだ。彼は内政問題とインドのある統治者の件で、東インド会社と対立している」

クイルは考えをめぐらせた。一時期、東インド会社の大株主だったので、会社が軍を持つことに関するさまざまな論争を耳にしてきた。

「その問題はホルカールと関係があるのですか？」

インドの内政に関するクイルの知識が豊富なことに、ブレクスビーは驚いた様子を見せなかった。「まさしくそうだ。知っているだろうが、ホルカールはインド中央のマラータ同盟に加わる王国のひとつだ」

「マラータ同盟のなかに、東インド会社に所有、もしくは支配されている国はありません」クイルは言った。

「そのとおり。だからこそわたしはこうして、東インド会社の本部の誰かでもインド総督の代理人でもなく、きみと話しているのだ。わたしを含む政府側の大多数は、インド庁がその、なんと言うか、好戦的な東インド会社軍を十分に抑制できていないと見ている。これまでわれわれは、穏やかな方法で意見を表明してきた」

クイルはまつげ一本すら動かさなかった。政府の穏やかな方法について彼がどう思っているか、その表情からは推し量れなかったに違いない。

けれどもブレクスビーも、現在の地位をたまたま手に入れたわけではなかった。「わかっている、わかっているとも」彼はため息をついた。「確かにわれわれの努力は不十分だ。だが仮にそうだとしても、リチャード・ジャーニンガムがみずから行動を起こしているのは明らかだ。マラータ地方全体を脅かすやり方で」

「なにをしたんです？」

「ホルカールの現在の統治者がどうかしてしまっていることは知っているかな？」

「トゥコジ・ラオ・ホルカールですか？　噂は耳にしています」クイルは慎重に答えた。実際に聞いたのは、ホルカールが東インド会社の者に提供されたチェリーブランデーの中毒になっているという話だった。

「完全に正気を失ってしまった」ブレクスビーが続けた。「一日じゅう座りこんで、正体をなくすまでブランデーをがぶ飲みしていたそうだ。親類たちが彼を縛りあげ、ミルクだけを飲ませているらしい。確か庶子がふたりいて、物陰に隠れて獲物をねらうジャッカルのようにそばに控えているはずだ。ところがトゥコジには嫡出の跡継ぎがいる。問題は、ジャーニンガムがその子をどこかへ隠してしまったということなのだ」

クイルは驚いた。「どうしてまた？」

「どうやらその跡継ぎもまともではないらしい。知能に障害のある子が王位に就いたら、マラータに対して東インド会社が優位に立ってしまうとジャーニンガムは信じているようだ。彼は庶子のほうに跡を継がせて、東インド会社を追い出したいに違いない」

「それであなたは、ミス・ジャーニンガムがなにか知っていると思うのですか？」

「おそらくは」ブレクスビーがすかさず答える。「かなり奇妙な家庭なのだよ、ジャーニンガム家は。彼が宣教師としてインドに渡ったことはきみも知っているだろう？」

「当初はそのつもりで赴いたとしても、結局は務めを放棄したと聞いていますが」

「そうだ。今ではマラータに入りこみ、向こうで名士を気取っているらしい。自分では現地の人々の魂を救っているつもりなのだ。現実には魂の救済よりも、中国への輸出で財産を築いたのだが。アヘン貿易を始めたひとりだと言う者もいる。わたしは信じないがね」

「彼はどういういきさつでホルカールの後継者問題にかかわるようになったんですか？」

「トゥコジ・ラオ・ホルカールの跡継ぎはジャーニンガムの甥《おい》にあたるのだ。最初の妻の側の。その少年はジャーニンガム家で、彼の娘と一緒に育った」

「親戚関係というだけでは説明がつきませんよ。いずれ王位に就きそうだから、ジャーニンガムがその子を隠したというんですか？」

「ジャーニンガムは東インド会社に敵意を抱いていて、彼らの邪魔をするためなら手段を選ばないらしい」ブレクスビーはベストにさげた金の時計をちらりと見た。「この問題について、いずれお父上と話し合うのを楽しみにしているよ。それから先ほども言ったとおり、きみの弟の結婚も祝福したい」

ブレクスビーが去ったあとも、クイルは閉じられた書斎のドアをしばらく見つめていた。彼は不意に短く笑い声をあげた。ギャビーと知り合ってまだそれほど時間がたっていないが、彼女は父親を強力に支持するだろう。そして困った状況になっても、眉ひとつ動かさず嘘をついて切り抜けるに違いない。ずる賢い古狐《ふるぎつね》のブレクスビーは好敵手と出会うことになりそうだ。

4

翌朝、目を覚ましたギャビーは最高の気分で伸びをした。狭苦しい寝台以外の場所で目覚めたのは数カ月ぶりだ。体の下に揺れや波のうねりを感じることもない。昨晩カーテンを開けておいたので、窓を通して淡い光が差しこんでいた。外からは雲雀《ひばり》のさえずりが聞こえてくる。少なくとも、彼女は雲雀に違いないと思った。父の持っていた詩集には、イングランドの庭園で鳴く雲雀のことが書かれていたのだ。

床に就いたときのギャビーはこの結婚にかなり不安を感じていたものの、朝の光を浴びているとふたたび希望がわいてきた。昨夜の晩餐《ばんさん》は形式ばって堅苦しく、ピーターはそのあいだずっと王室の人々について彼女に教授していた。悲しいかなその点においてギャビーの教育はおろそかにされてきたようだと彼は指摘したが、まったくそのとおりだった。だが未来の夫がプリニー――ピーターは皇太子をそう呼んだ――を重視しているのは明らかだったので、ギャビーは王族の動向に関心を持とうと決意した。プリニーの偉業の数々を少々……うんざりすると感じたとしても、それは別の問題だ。

重要なのは、ピーターがとてもすてきだということだ。ギャビーは王室とドイツ貴族とのつながりを詳しく説明する彼をひそかにうかがい、うっとりするほど魅力的だと思った。肌は象牙《ぞうげ》のごとく白い。これほど色白の男性を見るのは初めてだった。父の屋敷にはイングランドの男性たちも出入りしていたが、インドの日差しのせいでみんな黒く日焼けしていた。それに比べてピーターは髪も淡い栗色《くりいろ》で、完璧に整えた巻き毛が額にかかっていた。

ギャビーは勢いよくベッドを出て窓辺に歩み寄った。聞いた話によると、一一月初めの庭園は植物が枯れて茶色くなっているものらしい。イングランドの冬は殺伐とした平野に風が吹きすさび、同時に氷のように冷たい雨が顔を切りつける状態が数カ月も続くという。雪に埋もれると人は眠りに落ち、二度と目覚めないのだとか。そしてマンゴーほどもある氷のかたまりが突然降ってきて、家々の屋根をつぶしてしまうそうだ。インド人の使用人たちはイングランドの冬にまつわる話や、血に飢えていてよそよそしくて強欲なイングランド人の性質が引き起こした事件をたくさん知っていた。寒さのせいだ、と彼らはギャビーに語った。

けれどもここは——金色とルビー色の葉をつけた、茶褐色のリンゴの木がたくさん植えられた庭園はとても美しかった。外は寒そうに見えない。ギャビーは豊かな髪を肩から払い、身を乗り出して窓に顔を近づけた。まだ夜が明けたばかりで、屋敷のなかは静まり返っている。午前五時過ぎぐらいだろうか。耳を澄ましてみたが、かすかな人の声も足音も、なにも聞こえない。

少しくらいなら外を出歩いてもかまわないだろう。

ギャビーは急いでガウンを身にまとい、髪をリボンで結んだ。一瞬ためらってから顔を水で洗い、歯を磨く。庭園が彼女を呼んでいたが、目覚めたばかりの口のなかをすっきりさせておきたかった。

それから、ようやくハーフブーツを履いた。白い寝間着の裾からのぞくブーツは、いっそうくたびれて汚く見えた。ギャビーは忍び足で部屋を出ると、幅の広い階段をおり始めたが、そこで足を止めた。庭園へはどうやって行けばいいのだろう？　玄関のドアを出ればそこはもう通りだ。通りから庭園に道が通じているとは思えない。

玄関広間の奥にドアがあった。前の晩、ギャビーたちの外套を持ってコズワロップが姿を消したドアだ。使用人たちの居住区に続いているのだろう。彼女は記憶をたどり、虎を模したテーブルが置かれていた客間は庭園に続いていなかったことを思い出した。可能性のあるドアはあとひとつだけだ。ギャビーは静かにノブをまわし、庭園に通じる背の高いドアの片側を押し開けて、そっと外へすべり出た。とたんに冷たい空気に包まれ、小さく身震いする。

空はごく淡い青色で、熱い油を塗ったようにつややかなインドの青い空とは似ても似つかなかった。空気のにおいも違う。豊かでみずみずしく、まるで雨を吸いこんでいるみたいだ。ギャビーは幽霊が漂うようにふらふらと庭園に足を踏み出した。視線を下に向けると、小さなブーツの爪先に露がつき、黒い色のしみになっていくのが見えた。

目の前では庭園が三方向に広がっていた。ギャビーは花に縁取られた一本の小道を選んだ。最後の花びらを懸命に保っている鮮やかなチェリーレッドのバラや、淡いピンクの繊細な花が群れ咲いている。空気のにおいはさらに変わり、昨日の夜初めて食べたアップルソースのように刺激的な香りが満ちてきた。花を摘み取ろうとしたギャビーは、それがあまりに美しく、しかも濡れていたので、思い直して手を引っこめた。

遠くからロンドンの町が目覚める音が聞こえてきた。高い石壁の向こうを通る荷車の大きな音と、鳥たちの眠たげな朝のさえずりがまじり合う。ギャビーは父の屋敷を取り巻く鮮やかな果樹の輝きや、花々のあいだに隠れて甲高く鳴く鳥を思い出しながら、さらに歩みを進めた。ここロンドンでは鳥たちが身を隠すのは生け垣で、声を震わせて雛に聞かせる歌を歌い始めている。

石の小道を踏みしめるたびに、ブーツが小さな音をたてた。緩やかな曲がり角をもうひとつ越えたところで、ギャビーは立ち止まった。

未来の義兄が石造りのベンチに座っていた。脚を前に投げ出し、頭をうしろに倒して目を閉じている。眠っているのかしら？　ギャビーは近づくのをためらった。いつも庭園で長い時間を過ごしているのかもしれない。太陽の光がクイルの顔を蜂蜜色《はちみついろ》に輝かせていた。ギャビーはイングランドへ来てすぐに、人々がとても色白なことに気づいた。まるでチョークか真珠みたいだ――わたしと同じだけれど。彼女の父は絶対にボンネットなしで外へ行かせてくれなかった。日焼けで肌に色がついたら、結婚市場で売れなくなるというのだ。

未来の夫――ピーター――は、ギャビーよりも色が白い。きちんと切り揃《そろ》えた茶色い髪から白い肌まで、ピーターは完璧だわ、と彼女は甘美な震えを感じながら思った。

それに比べてクイルは、すべてにおいて弟より色が濃い。早朝の薄明かりのなかでさえ、彼の髪はバラ色の光を浴びて輝くマホガニーのように、ワイン色のきらめきを放っている。温かみのある肌の色にぴったりだ。でも、髪は切らないと。そう思ってギャビーはほほえんだ。クイルには誰か面倒を見てくれる人が必要だ。ロンドンで知り合いができたらすぐに、彼が奥さんを見つけられるよう手助けしよう。

ギャビーは忍び足で前に進み、ベンチのクイルの隣にそっと腰をおろした。

彼がはっと息を詰まらせて目を開けたので、ギャビーはうろたえた。

「ごめんなさい。空想にふけっているのかと思ったの」

クイルが無言で彼女を見つめた。まぶたは半ば閉じられている。瞳の色は濃すぎて、何色かはっきりとはわからなかった。

「ここで誰かに会うと思っていなくて」ギャビーは朗らかに言い訳した。目覚めたときに機嫌が悪い人たちには慣れている。「眠っていると知っていれば起こさなかったわ。まさか、ひと晩じゅう外にいたんじゃないでしょうね？」

クイルは幽霊でも見るような目つきで彼女を凝視していた。ギャビーはかすかにいらだちを覚えた。これまで接してみて、彼がおしゃべりをくだらないと考えていることはすでにわかっていた。

ギャビーはクイルに満面の笑みを向けた。それでもこの大柄で寡黙な義兄が好きだった。

「あなたはこう言えばいいのよ。『おはよう、ギャビー。イングランドでの初めての夜はよく眠れたかい？』って」

さらにつけ加える。「わたしはイングランド流のしきたりをよく知らないかもしれないけど、まもなく家族になる相手に挨拶するのは普通のことだと思うわ」

クイルの反応は友好的とは言えなかった。「いったいどうしたんだ！」

ギャビーの笑みがわずかに薄れた。「ここはあなた専用の庭園というわけじゃないんでしょう？　入ってはいけないとは誰にも言われなかったわ。眠りを妨げて本当にごめんなさい。だけど、誰かに会えてとてもうれしかったのよ。だって訊いてみたかった――」

クイルがさえぎった。「ギャビー」

「なあに？」

「ギャビー、きみは服を着ていない」

「服ならちゃんと着ているわ。寝間着の上にガウンをはおって、ごらんのとおりブーツも履いているのよ」ガウンの裾から小さなブーツを突き出してみせる。一瞬、ふたりは揃ってギャビーのブーツを見つめた。

「礼儀作法なら心配はいらないわ」彼女は明るく言った。「だって、わたしたちふたりしかいないんですもの。使用人たちもまだ起きていないし、誰にも話さなければいいのよ」この場合〝誰にも〟というのはピーターのことだ。ピーターと初めて顔を合わせてからまだ二四時間もたっていないが、彼がひどく礼儀作法を気にする男性なのは明らかだった。

ギャビーは目を輝かせてクイルを見た。彼はまだ黙りこんだまま、賛成しかねるという目でギャビーをうかがっている。ところがピーターのそういう視線を思い浮かべると息苦しく不安になるのに対して、クイルが激怒していると思うとなぜかギャビーの心は浮き立った。恋人と兄の違いなのかもしれない。そう気づいて、彼女はうれしくなった。

ベンチを横にすべり、クイルの腕に腕を絡める。

「さあ、沈黙にこだわっているのでなければ、ここにある植物の名前を教えてちょうだい」

クイルは岩のように押し黙ってギャビーを見た。事態がまだ理解できていない。脚の痛みのせいで眠れず、彼は外に出た。すると早朝の霧のなかで、芝生に覆いかぶさるようにして立つ灰色の木々が見えた。引きつる脚をなだめながら歩き、ようやく腰をおろして――奇妙な夢を見たのだった。

ギャビーが出てくる、とんでもない夢を。クイルは油断ならない自分の心が紡ぎ出した光景について考えるのを拒んだ。そうして目覚めると、目の前にギャビーがいた。ついさっきまで見ていた夢の名残のように、彼女の髪は肩から背中へ流れ落ちている。彼が見ているあいだにも、緩く結んだリボンから髪がこぼれていった。

「ギャビー」クイルは荒々しい声で言った。想像にすぎないはずなのにどういうことだろう？「寝間着のまま庭園に出てくるべきじゃない。服を着ていない状態で、決して部屋の外に出てはならないんだ」

ギャビーはその言葉を無視して立ちあがり、彼も引っぱって立たせた。

「あと五分は大丈夫よ、クイル。五分だけ。そのあとはなかに戻るから」

ギャビーにはかなわない。クイルにもわかっていた。とりわけ、起きたばかりの彼女の唇が赤く染まって膨らみ、自分に向けられた目がとても……誘っているように見えるときは。バラ色の光で輝く肌を目にするとクイルの鼓動は速まり、ギャビーに触れたくて指がうずいた。分厚いガウンをかき分けて、それから……ああ、彼女の前にひざまずき、クリームのようになめらかな肌に顔をうずめて……。

押し殺した悪態をつくと、クイルはギャビーの手を取って庭園の小道を歩き始めた。「あれはナンバンサイカチ……プディング・パイプ・ツリーだ」一本の小さな木を顎で示す。「東屋《あずまや》のそばに植えてあるのが西洋ナシ。それからこれはリンゴの木だ」

「まあ、待って、クイル、待ってちょうだい」ギャビーが声をあげた。「プディング・パイプ・ツリーを見たいわ。花が咲いているあの木」

クイルは手を伸ばし、金色の花をつけた枝を折り取った。さっと振ると、花々についた露がきらきら輝きながらシャワーのように飛び散った。「普通ならもう花は終わっているんだが、今年の秋は暖かかったから」彼は枝を差し出した。

「すてきだわ」鼻をうずめながらギャビーがうれしそうに顔を輝かせた。やがて顔をあげた彼女の鼻先には、おかしな具合に黄色い粉がついていた。

クイルは思わず手を伸ばして、親指でギャビーの鼻をこすった。小さくてまっすぐだが、貴族的な鼻をしている。ジャーニンガムが何代も続く家柄だという証拠だろう。少なくとも、鼻に関しては本物の良家の出身なのだ。

「きみのご両親はどうやって出会ったんだい？」リチャード・ジャーニンガムについてはよ

く知らないが、徐々に興味が増していた。

「母はフランスからの亡命者だったの」突然の質問を無礼だとは思わなかったらしく、ギャビーが説明した。「父は出会って二週間で母と結婚したわ。結婚生活は一年も続かなかった。わたしを産んだときに母が亡くなったから」

木々のあいだから差しこむ日の光が強くなってきているのが、背中に感じるぬくもりからわかった。ふたりきりで庭園にいるところを誰かに見つかったらどうなるか、ギャビーは少しも理解していないらしい。クイルは彼女を引っぱって向きを変えさせ、足早に戻り始めたが、屋敷の手前で足を止めた。「きみはひとりでなかに入らなければならない」

「クイル！」ギャビーはハスキーな声にいらだちをにじませた。「わたしは大事な話をしているところだったのよ。無視するなんて、それこそ無作法だと思うわ。わたしは母が出産で亡くなったと話したの。あなたは少なくともお悔やみを言うべきよ」

ギャビーを見おろしたクイルは、キスで彼女を黙らせたくなる衝動をふたたびこらえた。「きみのご両親の話をもっと聞きたい」一瞬ののちに、彼は言った。「だが、使用人に見られるのが心配なんだ。今ごろはもう起き出して、屋敷のあちこちにいるだろう」

「それってそんなに恐ろしいこと？　わたしたちは家族なのよ」ギャビーがクイルを見あげてほほえんだ。赤ん坊のように無邪気で親しげな瞳で。

「きみはまだピーターと結婚していない」クイルは指摘した。「ぼくたちがふたりで庭園にいるところを見つかったら、人は最悪の事態を考えるに違いない。きみの評判が台なしになってしまう」

ギャビーが眉根を寄せる。「それで思い出したわ。わたしはどうしてピーターと結婚するの？　いえ」彼女は急いでつけ加えた。「別にいやなわけじゃないのよ」

ギャビーの晴れやかな笑みを見れば、本当にいやだと思っていないことがわかる。

「ただ父は、わたしがあなたと結婚すると思っているの」ギャビーが混乱したように言った。「それとも、ピーターをあなただと勘違いしたのかしら。ともかく、父はわたしがいつか子爵夫人になると信じているわ。でも、それはありえないのよね。そうでしょう、クイル？　子爵夫人になるのはあなたの奥さまだもの」

「きみは子爵夫人にならないかもしれない。しかし、きみの息子はきっと子爵になるだろう。ぼくは結婚しないから」

「だけど――」

クイルはギャビーの言葉をさえぎった。「ギャビー、今すぐ自分の部屋へ戻るんだ。さあ、行って！」そう命じて、〈黄色の間〉の方角へ押しやった。

ギャビーは言われたとおりにするしかなかった。階段をすばやく駆けあがり、屋敷のなかへそっとすべりこみながら、頭ではクイルの言葉を懸命に考えていた。もちろん、彼は結婚するはずよ。わたしが子爵夫人になるかどうかはどうでもいい。お父さまだって、知らなければ腹の立てようがないわ。でも、クイルは孤独だ。厳しい視線のなかにそれが見て取れた。彼には笑わせてくれる誰かが必要だわ。たとえ笑うのが目だけだとしても。

部屋に戻ったギャビーはハーフブーツを脱ぐと、濡れた靴の先がベッドカバーで隠れるように気をつけてベッドの下にしまいこんだ。それから上掛けのなかに戻り、呼び鈴を鳴らしてメイドを呼んだ。

マーガレットという名の若いメイドが現れるまで、ギャビーは庭園から持ち帰った花のついた枝のことをすっかり忘れていた。メイドは部屋に入ったとたんに――きちんとお辞儀をしたあとだったが――声をあげた。「なんてきれいな花でしょう、お嬢さま!」

「ええ、本当に美しいでしょう?」ギャビーは明るい声で応じた。「あなたはマーガレットだったかしら? イングランドの名前よね。インドにはこういう花がないの。プディング・パイプ・ツリーというんだけど、イングランドらしい名前だわ。そう思わない?」

ギャビーに親しげな目を向けられてうれしくなり、マーガレットはてきぱきと部屋を片づけて暖炉に火をおこした。きれいに磨くためにギャビーのブーツを脇に抱えたが、それが濡れていることには気づきもしなかった。グラスに入れて若いお嬢さまのベッドのそばに置いた、採ってきたばかりらしい花についても深く考えなかった。こんなに親しみやすい上流階級のレディは初めてだった。友人のひとりであるかのような態度で接してくれるのだから。

フィービーと手をつないで朝食室に現れたギャビーは、なめらかなウエーブが出るように髪をマーガレットに整えてもらい、顔にかからないようヘアバンドで留めてもらっていた。

ピーターの存在に気づいたギャビーが顔を輝かせるのを見て、クイルは強いいらだちを覚えた。

「おはよう、ピーター！」彼女がうれしそうに言った。「おはよう、クイル」

「おはよう、ミス・ジャーニンガム、ミス・フィービー」ピーターはギャビーよりずっと冷静な口調で言った。朝を好きだと思ったことは一度もない。だが婚約者をドレスメイカーのもとへ連れていくためなら、早すぎる時間にベッドを出るはめになってもしかたがないと感じていた。こんなおぞましい衣装を身にまとっている未来の妻を友人たちの誰かに見られるくらいなら、自殺するほうがましだ。

ギャビーとフィービーが従僕から朝食の給仕を受けるまで待って、ピーターは口を開いた。

「食事がすんだら、マダム・カレームのところへ案内しよう」

「まあ、すてき」ジャムをたっぷり取りながらギャビーが言った。「こんなにおいしいトーストを食べたのは生まれて初めてよ。これはなんのジャムかしら、フィリップ？」

彼女が従僕に話しかけていると気づき、ピーターは愕然《がくぜん》とした。従僕のほうも、まるで対等な立場であるかのようにほほえみ返している。

「ブラックベリーのジャムでございます、お嬢さま」

怒りに満ちたピーターの視線を本能的に感じ取ったのだろう、フィリップは急いで壁際の定位置に戻った。

「うーん」ギャビーがうっとりとした声をあげた。「ブラックベリーのジャムは大好きよ。あなたはどう、フィービー？」

フィービーは疑わしげにジャムを見た。「アーヤはお砂糖が入ってるものは絶対に食べさせてくれなかった。太るからよ。そうなったら結婚できないもの」

「あなたのアーヤはひどい暴君だったのね。ねえ、食べてごらんなさい」

ピーターは眉をひそめた。糖分を避けるべきなのはギャビーのほうだと思えた。もちろんドレスのせいという可能性もあるが、彼女はロンドンではやっているフランス風のドレスを着るにはふくよかすぎる。だがその話題はふたりきりのときに持ち出すべきだろう。

ギャビーが彼のほうに向き直り、下唇をそっとなめた。ピーターの眉間《みけん》の皺が深くなった。クイルがギャビーをちらりと見たかと思うと不意に席を立ち、きちんと断りもせずに部屋から出ていった。兄ですら品位に欠ける態度に気づくくらいなのだから、彼女は本当に矯正を必要としているのだ。

「マダム・カレームはあなたのお友だちなの？」

「なんだって？」ピーターは一瞬、ギャビーの質問の意味が理解できなかった。

「マダム・カレームよ。朝食のあとで訪ねると言っていたでしょう」

「いや、マダム・カレームはドレスメイカーだ。フランスではモディストと呼ばれている。彼女はロンドンでいちばんだという評判だよ。きみのためにできるかぎり早急に衣装を揃えなければならないから、予約を入れておいたんだ」

「あら、その必要はないわ」ギャビーがのんきな口調で言う。「インドで作ったこういう白いドレスが二〇着もあるの。『ル・ボウ・モンド』の最新号のスタイルをまねしたのよ。ファッションについて書かれている雑誌なの」

「『ル・ボウ・モンド』なら、ぼくもよく参考にしている」ピーターは応じた。彼自身が載ったことも一度ならずあった。「しかし、そのデザインはきみに合っていない」

「本当に？」ギャビーは袖が引っぱられるのを感じた。視線をさげると、フィービーが懇願のまなざしで彼女を見ていた。そういえば、スカートの丈が短いことでフィービーはひどくみじめな思いをしていた。

「わかったわ」ギャビーは言った。「マダム・カレームのところへフィービーも一緒に連れていっていいかしら？　わたしたちはふたりとも、新しいドレスを注文するべきかもしれない」

ピーターは賛成した。彼はフィービーをかなり気に入っていた。自分の立場をわきまえている子供らしい。本来なら当然、勉強部屋にいるべきだが、大人と一緒に食事をするという思いがけない栄誉にも平然と対処している。フィービーがブラックベリーのジャムをつけたトーストを数口食べてから脇へ寄せたことに気づき、ピーターは感心した。レディが容姿に気をつかうのに若すぎるということはない。一方のギャビーは、三枚目か四枚目のトーストを食べていた。

ピーターはとうとう我慢できなくなった。「ジャムつきのトーストは、あまりたくさん食べないほうがいいんじゃないかな？」彼自身、朝食はごくわずかしかとっていない。紅茶を一杯とリンゴをひと切れかふた切れだけだ。クイルはまるで農民のようにたくさん食べている。いつもそうだ。ピーターは優雅な手つきで紅茶にほんの少し砂糖を足し、スプーンがカップにあたって音をたてないよう気をつけながらまぜた。

ギャビーは手にしたトーストを驚いた顔で見ていたが、やがて皿に戻した。「ご忠告ありがとう」彼女はピーターにほほえみかけた。

少なくとも従順らしい、とピーターは思った。もしかしたら、ギャビーを変身させられるかもしれないぞ。芸術作品のように。

「ブラックベリーのジャムを食べすぎると体によくないとは知らなかったの」ギャビーが続けた。「おなかが痛くなるのかしら？　それとも」いったん言葉を切る。「別の問題があるの？」

ピーターは紅茶にむせてしまった。ちらりと従僕をうかがったが、フィリップは慎重に平静な顔を保っていた。ギャビーの質問には答えないことにしよう。

「食事が終わったなら、馬車を用意させるよ」そう言うと、ピーターはわざと彼女の頭上に視線を向けた。

ギャビーは唇を嚙んだ。わたしの気のせいかしら？　それともデューランド兄弟は、ふたりとも会話能力に問題があるの？　そこで、はっと気づいた。きっとブラックベリーのジャムは消化不良を起こすんだわ。だって、ピーターが無作法なことを口にするわけがないもの。

ギャビーはナプキンを丁寧に折りたたんで、テーブルに置いた。

マダム・カレームの店を訪れたギャビーは、関係者全員に衝撃を与えた。堅苦しい執事が淡い金色にまとめた部屋に一同を通すと、別のドアからマダム・カレーム本人が姿を現し、大仰な身振りでピーターを歓迎した。実際のところ、ふたりはとても親しい友人らしい。ピーターは間髪をいれず、前日の公爵の誕生会でレディ・ホランドが着ていたドレスがとても魅惑的だったと褒めた。マダム・カレームは挨拶のしるしにうなずいたきり、ギャビーの存在を忘れてしまったらしかった。フィービーの姿も見えていないのかもしれない。

ギャビーはため息をつき、あたりを見まわした。部屋のひとつの壁にたくさんの鏡がかけられている。フィービーの様子をうかがうと、同行してきたメイドの隣に澄まして座っていたので、彼女は鏡のところへぶらぶらと歩いていった。面白いことに、鏡は前に立つ人がうしろと両側を同時に見られるよう三面に配置されている。

鏡をのぞきこんでいるギャビーの背後から、マダム・カレームとピーターが近づいてきた。マダム・カレームは最初よりはるかに親切な笑みを浮かべ、ギャビーの手を取った。「お詫《わ》び申しあげなければなりませんわね。ムッシュ・デューランドの婚約者でいらっしゃるとは存じあげませんでしたの」

ギャビーは笑みを返した。ピーターが高く評価されていると知ってうれしくなった。

「未来のご主人はすばらしいセンスをお持ちですわ」マダム・カレームが続けた。「お召し物はつねに趣味がよくて、それでいながら独創的で、とても感じのいいものばかり。衣装をただ身につけるものではなくて、みごとな作品に変えてしまわれます」

ギャビーは目をしばたたいてピーターを見た。三面鏡には彼の姿も映っていた。黒でまとめた、すっきりと品のいい服装をしている。正直なところ彼女は、宮廷へ出向いたときの派手な刺繍と金のレースで飾られたものより、今日の服のほうが好きだった。マダム・カレームが返事を待っているらしいと気づき、ギャビーは弱々しい声で言った。

「本当にピーターはとても洗練されているわ」

「洗練！」マダム・カレームの訛《なま》りがきつくなった。「きっと見当もつかないでいらっしゃるのでしょうね、ミス・ジャーニンガム！　ムッシュ・デューランドから、あなたがイングランドに到着されたばかりだとお聞きしました。とはいえ、あなたはロンドンの男性のファッションを確立した方と結婚なさるんですよ。ある晩に白のシングルのベストを選んで外出されたら、次の夜にはほとんどの紳士がまったく同じ格好をするような方と」

「いくらなんでも大げさだよ、マダム・カレーム」ピーターが口をはさんだ。「褒めすぎだ」

「わたくしはフランス人ですもの。大げさでもなんでもありませんわ。つねに真実を口にしているんです。ムッシュ、あなたがもっとお若いころには、いったい誰が男性のファッションを決めるのか、はっきりしない時代もありました。昔の話ですよ。ですが、今はあなたが全権を手になさっているのです。あなたに異を唱える者がいれば、誰であろうとわたくしは認めません」マダム・カレームが尊大な口調で応じた。

ギャビーは目を丸くしてピーターを見た。

「マダム・カレームは社交界における、ぼくのささやかな影響力を誇張しているんだよ」彼は頭をさげ、マダムの指先に軽く口づけた。「わかってもらいたい。あなたの賛辞に対するぼくの答えが、こうして未来の花嫁をあなたに預けることなんだ、マダム・カレーム。ほかの誰でもなくあなたに！」

「ええ、そうですわね」マダム・カレームがギャビーを振り返った。うれしそうな表情があっというまに薄れる。頭のてっぺんからハーフブーツの爪先まで、彼女はギャビーをじろじろと眺めまわした。

「骨が折れると思うが、ロンドンで最高のドレスメイカーにしか引き受けられない難題だ」ピーターが説得するように言う。

「本当に」虎が山羊の周囲をまわるように、マダム・カレームはギャビーのまわりを一周した。

「白いドレスはだめだ」ピーターが言った。

「よく考えてみなければ」マダム・カレームは宣言した。「ひと月か、あるいはもっとかかるかもしれません」

「それくらいはかかるだろうな。ちょっとした頼みを聞いてもらえないかな、マダム・カレーム？」ピーターが声を低めた。「ミス・ジャーニンガムのために、急いで仕立て直せるドレスがなにかないだろうか？　このままでは、婚約者を馬車で公園へ連れていくことさえかなわない。あなたにならわかるかと思うが、実を言うとこちらへ来るのに、屋根つきの馬車を用意させなければならなかった」

「すばらしい対策ですわ。ただ、緊急事態だというのはわかりますが、普段着を一、二着くらいしかご用意できそうにありません。ミス・ジャーニンガムは少し、その……」

ギャビーがほっとしたことに、彼女がマダム・カレームにどんな難題を与えているのかが明らかにされる前に邪魔が入った。ドアが開き、メイドを伴ったレディが現れたのだ。

「ジズル公爵夫人でございます」満足げな顔の執事が厳かに告げた。

マダム・カレームの表情がぱっと明るくなった。

「公爵夫人! ロンドンに戻っていらっしゃるとは存じあげませんでしたわ!」

ピーターもうれしそうな声をあげて公爵夫人のそばへ駆け寄った。

ギャビーは嫉妬《しっと》を覚えながらその様子を見ていた。この公爵夫人なら、マダム・カレームに難題など与えないだろう。ドレスはハンカチ用の布で作ったかと思うほど薄く、体つきがほかの部分同様に完璧だとはっきりわかる。

ピーターはギャビーが見たこともないほど生き生きと話していた。彼女はごくりと唾をのみこんだ。もしかするとピーターが結婚を渋っているのは、この公爵夫人が原因かもしれない。彼女に激しく恋をして、いまだに忘れられずにいるのかも。ふたりが並んでいる姿は非常に美しく、公爵夫人もピーターと同じくらい洗練されて輝いていた。このふたりのあいだになら、さぞかわいらしい子供が生まれるだろう。

それに、彼らはとても親しそうだ。愛し合っていたのに、公爵夫人が無理やりほかの男性と結婚させられたのだろうか。ギャビーは突然こみあげてきた涙をまばたきして振り払った。愛する女性がほかの人と――きっと年老いて背骨の曲がった老人と!――結婚するのを見なければならなかったなんて、ピーターはどんなにつらかっただろう。

結婚式のあいだじゅう苦悩に顔をゆがめているピーターを思い浮かべ、ギャビーが涙をこらえて唾をのみこんだそのとき、公爵夫人が挨拶をしに近づいてきた。ギャビーのロマンティックな部分は、究極の悲しみに暮れる女性を勝手に作りあげていたが、良識的な部分は、彼女が幸せな輝きを放っていることに気づいていた。

「初めまして」

公爵夫人が手袋をつけた手を差し出した。握手をするべきかしら？ それともキスをすればいいの？ ギャビーは迷いながら手を取った。公爵夫人に対するふるまい方などさっぱりわからない。お辞儀をしたほうがいい？ 結局彼女は、公爵夫人と短く握手をしてから手を離した。

「こちらはぼくの婚約者です」ピーターが話している。「ミス・ジャーニンガムは昨日、インドからこちらへ到着したばかりなんです」

おそらくはドレスのせいで、彼はギャビーを紹介するのが苦痛らしい。

ところが公爵夫人は、なにも問題はないと思っているようだ。

「わたしも船をおりたばかりよ！ 夫とわたしはオスマン帝国から戻ってきたの。長いあいだ旅に出ていたんだけど、服を持たずに帰ってきちゃったわ」公爵夫人はにっこりしてマダム・カレームに向き直った。「ねえマダム・カレーム、連絡もせず急に訪ねてしまったのはそういうわけなの。すっかり困っているのよ」

彼女はギャビーに視線を戻した。「マダムとお話し中だったのに、邪魔してごめんなさいね、ミス・ジャーニンガム。ところで、ロンドンはいかが？」

公爵夫人の陽気な青い目に見つめられ、ギャビーは思わず答えていた。

「大好きです。実際のところは、まだほとんど町を見ていませんけど」

「あなたの打ち合わせが終わったら、一緒に少しボンド・ストリートを歩かない？　ほかに予定がなければ」

その提案にピーターがぎょっとしたのがギャビーにはわかった。マダム・カレームがましなドレスを用意してくれるまで、ロンドンの人々にわたしの姿を見られたくないのだ。

「どうやらわたしはマダム・カレームの最新作を着ることになるみたいなんです」ギャビーは軽い口調で言った。「変身する前にこのドレスで人前に出て、マダムの評判を落としたくありませんわ」

ピーターは内心でうめき、マダム・カレームは眉をあげて指摘した。

「あなたのドレスをわたしの作品だと勘違いする人はまずいないでしょう」

公爵夫人は思いやりのある女性のようだ。「公園でほんのちょっと馬車を走らせるのもだめかしら？　少しでいいのよ。わたしは昔から、カルカッタをひと目見たいと思っていたの。だから、あなたの話を聞かせてもらえるとうれしいわ」

公爵夫人に不可能はないらしい。ただし、ギャビーの白いドレスを人目にさらすことには失敗したけれど。それからすぐに、ギャビーは奥の部屋へ連れていかれ、マダムの助手たちに服を脱がされた。ギャビーがコルセットをつけていないと知り、彼女たちはいささか驚いた。

「父がコルセットは必要ないと考えていたの。女性はひとりで服を着られるべきだと言って」ギャビーは説明した。

それを聞いたマダム・カレームがぞっとしたように身を震わせ、鏡に映るギャビーと視線を合わせた。「鯨骨のコルセットを試してみましょう。できるかぎり手をつくします」声には力がなかった。

「あなたならきっとわたしを社交界のしゃれ者に変えてくれると思うわ」ギャビーは安心させるように言った。

「とんでもない。しゃれ者とは男性について言うことですよ」マダム・カレームが言った。それでも少し元気が出たらしく、小首をかしげる。「そうだわ！」彼女はパチンと指を鳴らし、助手のひとりをどこかへ行かせた。助手はくすんだオレンジ色の薄い生地で仕立てたドレスを持って戻ってきた。

「レディ・インゲール伯爵夫人のために作ったものです」マダム・カレームが打ち明けた。「でも注文しておきながら、もうひと月以上も取りに来ていないんです。どうせまたお手当を使いすぎたんでしょう。このドレスをあなたにまわせば、あちらにもいい教訓になるはずです。ロンドンでいちばんのドレスメイカーをいいかげんにあしらうことはできないと」

「そのとおりね」ギャビーは消え入りそうな声で言った。マダム・カレームの助手のひとりにコルセットをきつく締められていた。胸が押しあげられて飛び出し、ウエストがありえないほど細くなっている。ギャビーの胸におぼろげながら希望がわきあがってきた。マダム・カレームなら、わたしを洗練された美女に作り変えてくれるかもしれないわ。

誰かがギャビーの頭から散歩着をかぶせた。たちまちふわりとしたモスリンが体をすべりおりていく。

「悪くないですわね」マダム・カレームが感想を述べた。

茶色いヴェルヴェットの布を組み合わせたハイネックのドレスは、スカートまで淡い茶色の縞模様《しまもよう》が入っていた。固く糊づけされたギャビーの白いドレスとはまったく異なり、かすかな風にも軽やかに揺れる。スカートが浮きあがらずにすんでいるのは、裾につけられた毛皮のおかげだ。

ギャビーの目にはとても洗練されたドレスに映った。「わたし……」彼女は小さく息を吸った。きついコルセットのせいで、そうするのが精いっぱいだった。「わたしはずっと、オレンジはきれいな色だと思っていたの、マダム・カレーム」

「オレンジ！　これはオレンジブロッサムであって、オレンジじゃありません！　そんな色で作ったりするものですか」マダム・カレームが軽蔑《けいべつ》のこもった声で言った。「それに、裾につけているのは最高級のチンチラの毛皮ですよ」

マダム・カレームの辛辣な物言いにも慣れてきた。「わたしには着こなせないんじゃないかしら。それだけが心配だわ」鯨骨のコルセットのせいで、ギャビーは鎖骨あたりにまで胸が押しあげられている気がした。ドレスの胸の部分は生地がぴんと張りつめている。

すかさずマダム・カレームが助手たちに命じ、ギャビーの腕の下にはさみを入れさせた。手直しが終わると、ふたたび頭からドレスをかぶせられる。

「悪くない、悪くないわ」マダム・カレームはひとり言のようにつぶやき、再度ギャビーを一回転させた。「もう少し考える必要がありますね。たとえば、この色では髪の色が引き立ちません」

ギャビーは鏡に映る自分の姿に目を向けた。崩れ落ちた髪を、助手のひとりが手早くピンで頭のてっぺんに留めていく。

「それに、このドレスのスカートでは幅が狭すぎます」マダム・カレームが続ける。ほとんど息ができない事実を除いて、ギャビーにはドレスに悪いところがあるとは思えなかった。

「新しいスタイルを作り出さなければ」マダム・カレームが言った。「あなたの場合、こういうフランス風のデザインは向いていません。おわかりでしょうけれど、ムッシュ・デューランドのお相手としてふさわしくあるために、あなたは流行の最先端に立たなければならないのです」

ドレスに不満はなかったものの、マダム・カレームが苦悩しているように見えたので、ギャビーは彼女を慰めようとした。「偉業はたやすく達成できないものだわ、マダム・カレーム。このいまいましいコルセットを最初に考案した人のことを考えてみて。鯨骨を曲げて、ひもと布を組み合わせて……一夜にして完成したとはとても考えられないわ」

ギャビーは部屋に足を踏み入れてから初めて、マダム・カレームが彼女を――ドレスではなくギャビー自身を――見てくれているのを感じた。一瞬、マダム・カレームが驚いた顔になった。

ギャビーは瞳をきらめかせた。この短気なフランス人女性をかなり好きになり始めていた。

「目に浮かぶわ。あなたはわたしを……ねずみから女王に変身させるの。わたしがピーターと腕を組んで舞踏室へ入っていくと、ロンドンじゅうの人々が息をのんで道を空けるでしょう。彼らの頭に浮かぶのはただひとつの疑問だけ。〝いったい誰がミス・ジャーニンガムのドレスを作ったのだろう?〟」

自分の考えた物語にすっかり引きこまれ、ギャビーは声を低くして言った。「でも、わたしはすぐに教えるつもりはないわ。期待を持たせたままにしておくのよ。わたしの変身を手がけたドレスメイカーの名前を知りたくて、みんなうずうずするはず」

マダム・カレームの口の端がぴくりと動いた。

「服のことをあまりご存じないんですね、ミス・ジャーニンガム?」

「ええ、そうなの」ギャビーは認めた。「でも、これからは努力して気をつけるわ。ピーターにとっては大切な問題みたいだから」

「ファッションに関して、偉大な真理がひとつあります」マダム・カレームが率直に言った。

「その女性に存在感がなければ、たとえこの世でもっとも美しいドレスを身につけようと、なんの効果もありません。かつて社交界にデビューするご令嬢のためにこのうえなく美しいドレスを仕立てたのですが、そこで気づきました。わかってしまったのです。男性は誰も彼女に注意を払わないだろうと。ですが、あなたの場合は……ええ、きっと注目を集めるに違いありませんわ」

「どうかしら。父はわたしが男性と接する機会をめったに与えてくれなかったの。だけど、そんなのはどうでもいいことね。だって、わたしはピーターと結婚するんですもの」

「ええ、そうですわね」マダム・カレームが言い、一瞬、困惑した顔になる。「それはともかく、あなたにふさわしい新しいスタイルを考えましょう。お約束しますわ、ミス・ジャーニンガム。あなたの靴の爪先にキスをさせてほしいと、ロンドンじゅうの男性に乞《こ》わせてみせますとも」

「なんだか楽しそう」ギャビーはにっこりした。

マダム・カレームが珍しく噴き出した。「実に独特な方ですわね、ミス・ジャーニンガム。今度の仕事は、これまでとはまったく違うものになる気がしますわ」

「ありがとう」ギャビーは言った。

ジズル公爵夫人と腕を組みながらマダム・カレームの店をあとにする未来の花嫁を見て、ピーターは思い描いていた人生が目の前を通り過ぎていくように感じた。

ギャビーはまるでかぼちゃだ。丸々としたかぼちゃ。ドレスの胸まわりは今にも生地が裂けそうだった。実際のところ、彼女の胸がかなり大きいとわかって、ピーターは非常に恥ずかしくなった。女性の胸はあんなに大きくてはいけない。未来の花嫁が胸もあらわなイヴニングドレスを着たところを想像して、ピーターは身震いした。彼の前を歩くギャビーのスカートは腰のあたりが膨らみ、裾につけた毛皮が前後に揺れていた。一歩一歩が大きすぎる、とピーターは思った。レディらしくない歩き方だ。

それだけでなくギャビーは、公爵夫人に礼儀正しく質問するわけでもなく、社交界でもっとも身分の高いレディのひとりと話しているのを意識する様子もなく、インドについて延々としゃべっている。インドだと！　ピーターはぞっとした。インドの話を聞かされるほど退屈なことはない。ロンドンにはそういう人々が大勢いる。せめて女性からは、うんざりする話を聞かされたくなかった。

未来の妻は微妙な匙《さじ》加減というものをまったく理解していないらしい。ロンドン社交界を構成する序列や、その重要性を把握できていない。友人たちは彼女を見てどう思うだろうか？　どんなふうにぼくを陰で笑い物にするだろう？

ギャビーはまだ話し続けていた。ああ、なんてことだ、公爵夫人にヒンドゥー語の文法を教えているぞ。ピーターは歯ぎしりした。苦いものがこみあげてくる。

やはり無理だ。

品位も直感も持ち合わせない、このおしゃべりでやぼったくて太った女性とは結婚できない。どれほど財産を持っていようが、かまうものか。彼女をレディにするより、商人の娘をレディに仕立てあげるほうがずっと簡単だ。

ピーターは冷たい指が背筋を這《は》いのぼってくる気がした。この不格好な娘は、ぼくの幸福がかかっている社交界の秩序を、いともたやすくぶち壊してしまうだろう。それでいて、自分がなにをしているのかまったく理解しないのだ。不公平きわまりない。これはあまりにも不当で間違っている。

ぼくはあらゆる階級の人々と親しくなりながら、ロンドン社交界で今の地位を築くのに四年かかった。自分より下の者を踏みつけにしたり、残酷な発言をしたりして上位にのぼりつめようとする人々をいいとは思わない。ぼく自身はいつも変わらず他人に親切な態度を取り、敗北も潔く受け入れてきた。たとえば昨年、ブラディントンがプリニーの四一歳の誕生日を祝うために開いた親しい者たちだけの集まりに、ぼくは招待されなかった。だが焼けつく胸の痛みを感じながらも、次にブラディントンと顔を合わせた際には完璧に愛想よく接してみせた。プリニーはぼくがどこにいるのか知りたがり、ぼくがいないパーティーは少しも面白くないと言っていたと、誰もが口を揃えて話してくれたからだ。

ふたたび苦いものがこみあげてきて、ピーターは歯を食いしばった。父上にこんなことを強要する権利はないはずだ。

両親は未来の義理の娘に会うため、今日の午後にバースから戻ってくる予定だった。父に反抗してうまくいったためしはなかったものの、今回ばかりはやるしかない。

ギャビーと結婚するのは無理だ。

5

ギャビーとピーターとフィービーがデューランド・ハウスに戻ると、ちょうど旅行用の優雅な馬車が停《と》まるところだった。

「新しいママが迎えに来てくれたんだわ！」フィービーが叫んだ。

ピーターは同情のこもった視線をフィービーに向けた。その女性——ミセス・ユーイングだっただろうか？——を捜すことを忘れないようにしなければ。「残念ながら違うよ、フィービー。あれはぼくの両親の旅行用の馬車だ。ミス・ジャーニンガムを歓迎するために、バースから戻ってきたんだろう」

ギャビーはフィービーを脇に引き寄せて抱きしめた。「あなたのママは絶対に見つけるわ、フィービー。それまでは、マダム・カレームがあなたのために作ってくれる、あのすてきなドレスのことを考えていればいいのよ」彼らはフィービーのためにも衣装をひと揃い注文していた。

フィービーの表情が明るくなった。

「マドモワゼル・ルシールは、ピンタックとパフスリーブのドレスだって言ってたわ」

「そのとおりよ」ギャビーは応じた。「ねえ、ピーターがまだママを見つけていなくて、かえってよかったのかもしれないわ。だって、あなたと一緒にいられるもの。それに新しい衣装は、あと数週間しないと届かないでしょうから」

フィービーの目にはまるで若い女性かと思うような情熱が輝いていた。五歳にしてすでに第一印象の重要性を理解しているのだ。フィービーはマダム・カレームの助手のひとりであるマドモワゼル・ルシールと一緒に『ラ・ベル・アサンブレ』に載っている子供服の絵を眺めて、楽しい時間を過ごした。「わたし、パフスリーブのドレスを着るの。そうしたら、ママはわたしをもっと好きになるわ」

ギャビーが眉をひそめて口を開こうとしたとき、従僕が馬車の扉を開けた。子爵夫妻と対面すると思うと緊張せずにいられなかった。ピーターみたいに、ふたりがわたしを見てがっかりしたらどうすればいいの？

ところが、子爵は姿を現さなかった。数分後にギャビーが居間に入っていくと、彼女が子爵と顔を合わせる機会はもうないかもしれないことが明らかになった。

「サーロウはずっと眠っていたの」すすり泣き、両手をよじり合わせながら子爵夫人が言った。「ようやく起こすとわたしのほうを見たけれど、わたしが誰だかわかっていなかった」

クイルは無言で部屋の中央に立っていた。蒼白《そうはく》になったピーターが椅子に沈みこむ。

子爵夫人が続けた。「でも、ゆうべはわたしのことがわかったのよ。お医者さまによれば、手足を動かせるまで回復する見こみはないんですって。最悪なのは口がきけないことだわ！

今朝、ロンドンへ戻ってなにが起きたかあなたたちに報告しなければならないとわたしが説明したときは、サーロウは間違いなく耳が聞こえていた。わたしの言うことがわかったら目を閉じてと頼むと、そのとおりにしてくれたんですもの。まばたきをしたのよ」

すすり泣きが激しくなった。クイルがそばへ歩み寄り、ぎこちない動きで母親を抱きしめた。ピーターが近づいていくと、キティが空いているほうの手をあげる。ギャビーは彼らに背を向けて部屋をあとにした。キティ・デューランドがふたりの息子にすがる姿を見て、涙がこみあげてきたのだ。ギャビーはこれまでずっと父を喜ばせようと努力してきた。だがその父は彼女を抱きしめるどころか、褒めることすら思いつきもしないだろう。

ギャビーは唾をのみこみ、階段をあがって自分の部屋へ向かった。本心を言えば、もし父が発作を起こして話せなくなれば、彼女はありがたいと思うに違いなかった。恐ろしい考えだ。

わたしだってきっとお父さまの世話をするわ、とギャビーは言い訳するように思った。だが父を優しく介護する様子を想像しながらも、それが父の愛情を得ようとするいつもの試みのひとつにすぎないとわかっていた。そして、それが失敗に終わることも。子供時代を通してギャビーが学んだのは、どんなに懇願したところで、自分を愛してくれるよう父を仕向けるのは不可能だということだった。

ギャビーが呼び鈴を鳴らすと、しばらくしてマーガレットがやってきた。「わたしがお嬢さまつきのメイドを務めさせていただきます」彼女はうれしそうに告げた。「ミセス・ファーソルターに言われたんです」

「まあ、すてき」ギャビーは口を開いた。「それならマーガレット、お願いだからこのいまいましいコルセットを緩めるのを手伝って」

驚いた顔をしたものの、マーガレットはオレンジ色の散歩着の背中にずらりと並ぶ小さなボタンを外し始めた。

ところが深呼吸できるようにコルセットのひもを緩めると、ドレスの胸の部分がよけいにきつくなってしまった。

マーガレットがいぶかしげな視線を向けた。「ミセス・ファーソルターは針仕事の達人なんです。縫い目を広げられないかどうか調べてみるといいかもしれませんね」

「もうマダム・カレームがやってくれたの。ショールをかけることにするわ。ほらね？　前にかかるようにしておけば、ボディスが少しきついことなんて誰にもわからないでしょう」

「本当にそれでよろしいんですか、お嬢さま？　あとほんのちょっとならコルセットを締められますけど」

「絶対にだめよ。これから家で昼食をとることになりそうだもの」ドレスの胸のあたりが張りつめていても、屋敷じゅうで気づくのはピーターくらいだろう、とギャビーは思った。

マーガレットがうなずく。「ご主人さまの状況を考えれば、お嬢さまはすぐにご結婚なさるのでしょうね。ミスター・ピーターは特別許可証をお取りになるかもしれません」

ギャビーはいぶかしく思ってメイドを見た。

「出しゃばったことを言うつもりはありませんでした、お嬢さま。ミスター・コズワロップにも発作を起こしたおじさんがいて、その人は長くもたなかったそうです。同じような結果になれば、ご一家は喪に服することになるでしょう」

「まあ、もちろんそうね」ギャビーはつぶやいた。おそらくマーガレットは、喪中は結婚できないと言っているのだろう。またしても、今まで知らなかったイングランドのしきたりだ。これが一週間前なら、特別許可証でピーターと結婚するという考えにもっと胸が高鳴っていたに違いないが、どういうわけか今はそれほど興奮を感じない。

ギャビーはもやもやした気持ちを振り払った。もう昼食の時間だ。彼女はひどく空腹だった。

食事の席には張りつめた雰囲気が漂っていた。「わたしはバースへ戻らなければならないの」キティ・デューランドはギャビーに説明した。「わたしがいないあいだは、いとこのレディ・シルヴィアに付き添い《シャペロン》を務めてもらうよう頼んでおきましたからね」

シャペロンの人選についてクイルが小声でつぶやくのを聞いて、キティはわずかに元気を取り戻したらしい。「レディ・シルヴィアは最高の人材よ」ぴしゃりと言ってつけ加える。「それに、シャペロンを確保するのはとても難しいの。社交シーズンが終わって、リトル・シーズンの真っ最中なんですもの！」

そう口にしたとたん、わっと泣き出した。

「ああ、もし議会に出席できなかったら、サーロウはひどく落胆するに違いないわ」

ピーターが絶えず母親を気づかい、手をさすりながら耳もとで慰めの言葉をささやく姿は、ギャビーの目にとても好ましく映った。クイルはふたりの向かいに無言で座っている。子爵夫人が三度目か四度目に泣き出したころから、ギャビーには彼がいらだち始めたのがわかった。それにしても……気の毒なレディ・デューランド。夫が寝たきりになるなんて、これまで考えたこともなかったに違いない。耐えがたいつらさだろう。

昼食が半ばまで進んだころ、キティがピーターの手首をつかみ、震える声で宣言した。「これ以上、じっと座っていられないわ。わたしの帰りを待つサーロウの顔が目に浮かぶの」彼女は立ちあがった。「お会いできてよかったわ、ガブリエル。サーロウが起きあがれるようになれば、一緒におしゃべりする時間がたっぷり取れるでしょう。ええ、数日もすれば戻ってこられるはずよ」

ギャビーは同意の言葉をつぶやいた。だがかなりの運がなければ、歩くのは言うまでもなく、子爵がふたたび話せるようになる可能性は低いと思われた。

「ひとりでバースに戻るなんてだめです、母上」ピーターが口を開いた。ふたりの息子はキティに合わせてすでに立ちあがっていた。「ぼくも一緒に行って、必要なだけ付き添います」

「まあ、そんなことはさせられないわ。今、あなたがいなくなったら、ガブリエルに迷惑をかけてしまう」キティが動転した口調で言った。

ピーターとギャビーが同時に口を開いた。「ぜひ付き添うべきです」ギャビーは熱心に言った。ピーターと母親には明らかに特別な結びつきがある。

「これほど苦しい試練のときに母上のそばにいないなんて、考えられません」ピーターが言う。

「でも、あなたのお友だちはどうするの？　婚約者をロンドンに置いてバースに滞在していたら、奇妙に思われるに違いないわ」キティが弱々しく反論した。

「そんなことはありません」ピーターの声は自信に満ちていた。社会的規範において、自分の行動が疑問視されるわけがないと知っているのだ。「ぼくのいるべき場所は母上のそばです」母親の手を握る。

キティは震える笑みを息子に向けた。「だめよ、認められないわ」

クイルだけが眉をひそめていた。「ピーターはギャビーと一緒にここにいるべきだと思いますが。ふたりはこれから結婚するわけだし、彼女はインドから到着したばかりです。話を聞くかぎり、父上は差し迫って危険な状態ではなさそうだ。二、三日なら、ぼくがバースへ同行しましょう」

ギャビーはクイルをちらりと見た。「レディ・デューランド、あなたに必要とされているあいだ、ピーターは付き添って一緒にいるべきです」温かな口調で言い添える。「ぜひそうしてください。彼ならあなたを慰められるとわかっているのに、ここにとどまってもらうわけにはいきません」母親には、クイルよりピーターのほうが慰めになるに違いない。

「いずれにせよ、ギャビーはまだ社交行事に出席する準備が整っていません。今朝は彼女のために新しい衣装を注文したのですが、マダム・カレームの見積もりでは、それらを仕上げてこちらへ届けるまでひと月以上かかるとのことでした。それにレディ・シルヴィアが来てくださるなら、ギャビーがロンドンに残っていても作法上なんの問題もありませんよ」ピーターが言った。

キティが明らかにほっとした顔になる。「そういうことなら、あなたの申し出を受けてもかまわないかもしれないわね、ピーター。本当にがっかりしない、ガブリエル？　サーロウは一週間もすればよくなると思うの。こんなことでわたしとあなたの関係を悪くしたくないわ。あなたが義理の娘になってくれるのを、とっても楽しみにしているんですもの」

ギャビーは身を乗り出して、キティの頬にキスをした。

「あなたが必要となさるかぎり、ピーターはあなたのものです、レディ・デューランド」

キティが手を伸ばしてギャビーの頬に触れる。「あなたを家族に迎えられて、わたしたちは幸運ね。おおいにわたしの慰めになってくれそうだわ」その言葉は、サーロウが回復しないかもしれないと認めたも同然だった。

旅行用の馬車――屋根にピーターの鞄《かばん》一個を危なっかしく積みあげてある――に乗って出発するキティとピーターを、ギャビーはうらやましく感じながら見送った。息子の同行を喜ぶキティにではなく、母に付き添えてうれしそうなピーターのほうに、多少の腹立たしさを感じた。母親を見るときのように熱のこもった視線を、ピーターはこの二日間で一度もギャビーに向けてくれなかった。

わたしにそれだけの価値がないからよ、と彼女は心のなかで思った。ピーターはお母さまを愛している。だけど、わたしのこともこれから愛してくれるようになるわ。

クイルはギャビーの横で、敷石を踏みしめて立っていた。彼女の唇に視線が引き寄せられる。

「今日の午後はなにをするつもりかな?」口にしたとたん、彼は自分でも驚いた。普段は日中に出かけたりしない。片づけるべき仕事が山のようにあるのだ。こうしているあいだも、待っている報告書の山を思うと緊張が高まってくるほどだった。けれども、弟がいないせいでギャビーの顔が曇るのは見たくない。少なくとも、彼女に泣き出しそうな気配はなかったが。クイルは昔から、女性の涙が嫌いだった。

「少しロンドンを見てまわろうと思うの」ギャビーは答えた。「でも、ついてきてもらわなくて結構よ、クイル。貸し馬車を雇うわ。この言葉で間違っていないわよね?」ロンドンの乗り物事情については、マーガレットから情報を仕入れてあった。

「とんでもない」クイルが反論した。「行きたい場所があるなら、どこへでもぼくが連れていこう」

「実を言うと、今回はひとりで出かけたいの」

「だめだ」

ギャビーは続きを待ったが、クイルはそれ以上説明する気がないらしかった。

「今も話したとおり、わたしひとりで行きたいのよ。よかったらあなたの馬車を貸してもらえる?」彼女は丁寧に繰り返した。

クイルがため息をつく。「ギャビー、レディというものはどこへも絶対にひとりで出かけたりしないんだ。ロンドンの地理に詳しいなら、馬車に乗ってちょっとした買い物をしたり、誰かを訪問したりするかもしれない。だが、イングランドのレディがひとりで行動するのはその程度だ」

「それなら、わたしは完全なイングランド人じゃなくてよかったわ」ギャビーは愛想よく言った。「午後をひとりで過ごしても安全だと思えるのは、フランス人の血が流れているせいかもしれないわね。あなたのお仕事の邪魔をしたくないの」

サインすべき書類のことを考えていたにもかかわらず、クイルはたちまち気が変わった。

「今日の午後は仕事の予定を入れていない。ぼくがきみと一緒に行こう」

ギャビーは不意に思い至った。もしかすると、クイルはひとりになりたくないのかもしれない。お父さまのつらい知らせを聞かされたんですもの。彼のお母さまも、長男より次男のほうをより気に入っていることを、あれほどあからさまに示すべきではないのに！　クイルがなおざりにされていると感じてしまうわ。

ギャビーはきびすを返すと屋敷のなかに戻り、うわの空でコズワロップにカシミヤのショールを渡した。

クイルは思わず唾をのみこんだ。いったいギャビーはマダム・カレームのところでなにを調達してきたんだ？　これほどそそられるドレスは初めてだ。まるで高級娼婦《しょうふ》じゃないか。うしろから見ると丸みを帯びたヒップの形がはっきりわかる。ぼくの手で包みこんでほしいと、その曲線が懇願している。

ボディスの部分はさらに悪い。薄っぺらなモスリンが、胸にぴったり張りついている。

「ミセス・ユーイングの居場所を突き止めた」クイルはぶっきらぼうに言った。

「まあ、すばらしいわ！　彼女はロンドンに住んでいるの？」

「そうだ」

「きっとインドからの連絡を受け取っていないのね。わたしが直接手紙を書くわ」ギャビーが興奮して言った。「子供を連れて、しかもお姉さまに関する悲しい知らせを携えて、突然訪ねていくわけにはいかないもの」

クイルはただうなずいた。「きみが午後にどこへ行くつもりなのか知りたい」

ギャビーは断固として教えようとしなかった。

クイルは近寄って、ギャビーの顎を持ちあげた。こんなふうにすぐそばに立っていると、彼女からジャスミンの魅惑的な香りが漂ってくるのがわかる。

「ギャビー」

静かな声ではあるが、ギャビーはそれが命令だと気づいた。たとえば〝あなたを信用していいの？〟といった愚かな質問はするだけ無駄だ。クイルが信頼できるのは間違いない。大柄で物静かなこの未来の義兄以上に、頼りになる人物がいるとは思えなかった。

「つまらない用事よ」ギャビーは必死になって言った。

「ギャビー」

「わかったわ。ホアー銀行に行きたいの。父から手紙を預かっていて――」

「レディはホアー銀行を訪れたりしないものだ。手紙は誰かに届けさせればいい。そうすれば、銀行の担当者がわが家を訪問してくるだろう」

「下級の代理人は絶対に信用するなと父に言われているわ」ギャビーは引きさがらなかった。

「わたしが自分でリチャード・ホアー卿と話したいの。銀行の責任者をわざわざ家に呼び立てるわけにもいかないし」

「それならぼくが同行しよう。いいかい、ギャビー。女性にとっては、なによりも評判が重要で……」クイルは言葉を切った。彼女は明らかに聞いていなかった。

「ギャビー、ぼくと一緒に行くね？」

クイルはすぐ目の前に立ち、懸命に道理を説いて聞かせようとしている。あの腕をわたしにまわしてくれたらいいのに。ギャビーの心に奇妙な願いが浮かんだ。わたしは頭がどうかしてしまったに違いないわ。未来の義理の兄に抱きしめてほしいですって？　そんなのはただの……。彼女はなんとか分別を取り戻した。クイルは並外れてハンサムな男性だわ。目が合うと膝に力が入らなくなり、おなかのあたりが熱くなってきてもしかたがないのよ。

ギャビーは理論的に説明しようとした。お父さまがわたしに男性とかかわることを許さなかったのが問題なんだわ。だからこうして、男の人なら誰にでも圧倒されてしまうのよ。ピーターがバースへ行ってしまわなければよかったのに、と彼女は初めて思った。キスをされたことなんて一度もないんですもの。

クイルはじっと動きを止めて、ギャビーの返答を待っている。

彼女は不安に駆られて唇を噛んだ。クイルの目に浮かぶ表情に、面白がっているという表現は絶対にあてはまらない。

「ギャビー」クイルが言った。低くて……なにかがこめられた声だ。

ギャビーがかすかにふらつくと、大きな手が彼女の肩を支えてくれた。あとほんの少しでクイルの腕に包まれる。

「わたし……わたし……」激しい感情の波に揺さぶられ、ギャビーは黙りこんだ。キスをしてほしい。これ以上一瞬たりとも、キスを知らないままでいたくない。

「母はわたしが生まれたときに亡くなったの。それに、父は感情をあらわにする人じゃないから」ギャビーはクイルの唇を見つめながら言った。

「そうなのか？」彼の親指がギャビーの鎖骨のつけ根あたりを小さくなで始めた。

ギャビーは全身を小刻みに震わせた。

クイルには、午後の外出の件でギャビーが真実を告げていないことがわかっていた。まったく、ホアー銀行だって？　彼女は嘘をつくと、それが目に表れるのだ。だがその美しい目でこんなふうに見つめられると、どうしようもなく血がわき立ってくる。ギャビー自身は気づいていないだろう。無垢《むく》な目つきとはとても言えない。

そのときギャビーの体が彼のほうへ傾き、ふたたびジャスミンの香りが漂ってきた。それ以上なにも考えられず、クイルは彼女の唇に唇を重ねていた。タンポポの綿毛が地面に落ちていくようにそっと、母親が赤ん坊の頭に口づけるように優しく。

ギャビーは目を閉じ、両手を脇に垂らしたまま、身動きもせずに立っていた。

彼女の味は香りよりもっとすばらしかった。クイルはギャビーを引き寄せ、豊かな腰に両手をすべらせた。

「ぼくの首に腕をまわしてくれ、ギャビー」彼はささやいた。

「わかったわ」ギャビーが驚いたように言い、ささやき返した。「これってとても楽しいのね」

「黙って、ギャビー」クイルが低い声で言ったとき、ギャビーの背筋に震えが走るのがわかった。彼は、ギャビーが返事をしようと唇を開いた瞬間を利用した。優しさが激しい渇望に変わる。

ギャビーはなにを話そうとしていたのか忘れてしまった。頭が真っ白になり、生まれて始めて体の欲求に支配された。ふたりのあいだで合図が交わされる。ギャビーはクイルの首に腕をまわしてしがみついた。クイルの唇に火をつけられて彼の胸で溶け、キスに夢中になりながら、恥知らずにも硬い体の感触を楽しんだ。

優しさは過去のものになった。唇が押しつぶされる。クイルの腰が、手が、舌が呼び覚ます要求が、ギャビーの脚のあいだに炎を放ち、息を奪った。

「ギャビー、一緒に……」われを忘れていたクイルを目覚めさせたのは、欲望でこわばってかすれた自分自身の声だった。「くそっ、なんてことだ」はじかれたようにギャビーから手を離した。よろけてあとずさり、彼女に背を向けて深呼吸をする。「馬車を呼ぼう」

クイルの大きくて温かい体が離れた瞬間、ギャビーの体が揺らいだ。全身が熱く燃えている。

「今すぐ……行かなきゃだめ？」

ハスキーな声は経験豊富な妖婦《ようふ》よりもなまめかしい。ギャビーの姿を目にするのが怖くなり、クイルはおそるおそる振り返った。「自分で自分を撃つべきだな」

「どうして？　キスが楽しくなかったの？」

つかのま、彼は目を閉じた。ギャビーほど感情が目に表れてしまう女性には会ったことがない。そこに浮かぶものを読み取ったとたん、クイルの股間《こかん》に衝撃が走った。まじりけのない純粋な切望だ。彼女はぼくを求めている。

ギャビーが足を踏み出してふたたびクイルの前に立ち、彼の首に腕をまわして唇を押しあてる。下唇に息がかかり、クイルはどうしても――どうしても、ギャビーをのけぞらせるか、引き寄せるか、あるいは外へ連れ出さなければならない気がした。あの官能的な体が自分の体にぴったりと添うのをもう一度感じられるならなんでもいい。

なんてことだ。ギャビーの濃いサクランボ色の唇を無視することはできなかった。クイルは彼女をきつく抱き寄せて唇を奪った。さっきとは違う。ギャビーはもうキスを知ってしまった。彼女は美しい唇を開いてクイルにもたれかかり、舌と舌が触れ合うなり喉の奥から押し殺した小さなうめきをもらした。

そして、ふたりはキスという名のダンスを踊った。ギャビーの髪からピンをすべてふるい落とし、言葉では言い表せないほどなめらかな髪に両手を差し入れていることにクイルが気づくまで。次の瞬間、キスは激しく求めるものに変わり、ダンスは官能的に、そしてむしろゆっくりになった。ギャビーも両手をクイルの髪に差し入れ、彼の腰の動きに合わせて体を揺らし始める。

最悪だ。

クイルは、廊下へ続くドアの取っ手が動くのを背中に感じた。

唇を離し、首からギャビーの腕を引きはがす。「向こうへ行くんだ」彼は閉じたドアの向こう側に向かって吠えた。

不思議そうに顔をあげたギャビーがほほえんだ。歓《よろこ》びを発見してきらきらと輝く笑みだ。

「ありがとう」

「なにがだ？」

「知らなかったの。キスがこんなに……こんなに楽しいものだなんて」ハスキーな声でギャビーが言う。「楽しいという言葉はあてはまらないわね。色あせた感じがするもの。今のキスに比べれば」ギャビーがふたたび前に進み出てきたが、クイルは彼女の手をつかんで止めた。ギャビーは憤慨もせずにほほえんでいる。

「どうして父が男性と過ごさせてくれなかったか、今ならわかるの。ピーターがお母さまとバースへ行ってしまって、本当に残念だわ」

その言葉にクイルは凍りついた。

「ああ、そうだな。もちろんそうだろう」なんとか声を絞り出した。これほど男女のことをなにも知らないとは、ギャビーはいったいどんな育ち方をしたのだろう？

「ギャビー、きみは決してキスを求めてはいけない。その……未来の夫以外には」クイルはかすれた声で言った。どうしてもピーターの名前を口にできなかった。

ギャビーの瞳が晴れやかに輝いた。

「予想もしていなかったの、クイル。つまり、キスのことだけど」

「ああ」小さな声しか出なかった。ブランデーが必要だ。まだ午後の早い時間だが。「部屋へ戻って、髪を直したほうがいい」クイルはドアを開けた。「もう少ししたら、ホアー銀行まできみと一緒に行くよ」

復讐《ふくしゅう》の女神に追い立てられているかのような勢いで彼が立ち去るのを、ギャビーは胸の痛みを感じながら見送った。クイルがキスをしたことを後悔しているのは明らかだ。彼女はため息をつき、クイルのことを頭から追いやった。

うっとりと夢見るような目で階段をあがる。ピーターが戻るまでには、マダム・カレームから新しいドレスが届けられるだろう。そうすれば彼も、先ほどのクイルと同じように称賛のこもった熱いまなざしでわたしを見つめてくれるに違いない。色欲がもたらす害についての、父の説教の数々が思い出される。

だがそれらのどれひとつとして、ギャビーの身にしみてこなかった。なんて……なんてすてきなキスだったのだろう。どういうわけか、ピーターが彼女を引き寄せ、クイルがしたようにむさぼらんばかりにキスをする姿を想像するのは難しかった。ピーターとのキスは、もっと優しいものになるに違いない。

自分の部屋へ戻り、ギャビーはピーターの父親が送ってくれた肖像画を取り出した。優しい目に柔らかそうな茶色い髪をした彼がほほえんでいる姿を見ると、心が落ち着いた。ギャビーの口もとに笑みが浮かんだ。きっと楽しい結婚生活になるわ。ピーターが戻ってくるのが待ちきれない。

レディ・シルヴィアは予定より一時間ほど遅れて到着した。ギャビーはちょうど、コズワロップと満足のいく話し合いを終えたところだった。玄関広間に姿が見えなかったので、彼女は使用人の居住区までおりていった。客間でつまずいたせいでコズワロップが怪我をしなかったかどうか確かめたかったのだ。そして恥を忍び、嘘をついたことを謝った。

「クイルは全部知っているの」ギャビーは真剣な顔でコズワロップに言った。「デューランド子爵は絶対にあなたを手放さないって、わたしを安心させてくれたわ」

コズワロップは軽く頭をさげ、わかっていると言わんばかりの笑みを浮かべた。屋敷の使用人でピーターの気難しさを知らない者はいない。動揺するあまり嘘をついたからといって、この若いレディを責めることはできなかった。「ミス・ジャーニンガム、もう忘れましょう。わたしをつまずかせてティーポットを落とさせたのは天使の仕業だったんですよ」彼は慰めるように言った。

「あら、だめよ。わたしが不器用だからなの。これまでもずっとそうだったわ」ギャビーが申し訳なさそうに言う。

「それもきっと、天使が足を出してつまずかせたのでしょう」コズワロップは言った。「わたしが膝にすり傷を作って家に帰るたびに、母がいつもそう言っていました」

ギャビーはにっこりした。「優しいお母さまなのね」

コズワロップが彼女を案内して玄関広間へ戻るころには、ふたりはすっかり仲よくなっていた。

使用人用のドアから広間へ出たとたん、ギャビーは自分のシャペロンを務めるレディ・シルヴィアが到着していることに気づいた。それにしても、なんというシャペロンかしら！

ギャビーはぽかんと口を開けそうになり、ドアを背にして立ち止まった。

キティのいとこのレディ・シルヴィアは、いつも悲しげで感情に流されやすいクイルの母親とはまったく似ていなかった。今もクイルが言ったなにかに反応して大声で笑っている。彼女は驚くほど胸もとの開いた、たくさんのリボンで飾られた鮮やかなピンク色のドレスを着ていた。まわりでキャンキャン鳴いている三匹の犬は、頭のてっぺんで巻き毛を束ね、飼い主のドレスとお揃いのピンクのリボンをつけている。

ところがそんな女性らしい服装にもかかわらず、レディ・シルヴィアの顔はどちらかというと男性的だった。しかも吸っているのは両切り葉巻《チェルート》だ。

そのとき、クイルが肩越しにギャビーを振り返った。「ああ、ミス・ジャーニンガムが来ましたよ。レディ・シルヴィア、弟の婚約者のミス・ガブリエル・ジャーニンガムを紹介させていただけますか？　ミス・ジャーニンガム、こちらはレディ・シルヴィア・ブレイクネトルだ」

　レディ・シルヴィアはギャビーをちらりと見てからクイルに視線を戻した。「このお嬢さんは使用人のところなんかでいったいなにをしていたの、アースキン？　まさかあなたったら、もとが悪くても磨けばよくなると思っているんじゃないでしょうね？　使用人と親しくするのは感心しないわ」鼻にかかった大きな声だが、鋭い洞察力が感じられる。

「それで？　猫に舌を抜かれて口がきけなくなってしまったの、お嬢さん？」

　ギャビーはわれに返り、慌ててお辞儀をした。

「あの、献立のことでミセス・ファーソルターに相談していたんです」

「使用人みたいな雰囲気ね」レディ・シルヴィアがずけずけと言う。

　ギャビーは首のうしろが熱くなった。

「そんなお辞儀しかできないの、お嬢さん？」

「わたしの名前はガブリエル・ジャーニンガムです。最敬礼《ラ・レヴァランス・オン・アリエール》も習いました」ギャビーは膝を折って深くお辞儀をし、体を起こして続けた。「ですが、王族の方々の前でだけするようにと教えられました」

　かすかに鋭くなったギャビーの口調を聞いて、レディ・シルヴィアがにやりとした。

「そう、少なくとも根性はあるようね、お嬢さん」

レディ・シルヴィアにちゃんと名前を呼んでもらうのは無理らしい、とギャビーはあきらめた。〝お嬢さん〟としか見なされていないのは明らかだった。

「これはわたしの〈三美神《スリー・グレイシーズ》〉なの」レディ・シルヴィアが火のついた葉巻で犬たちを指し示すと、顔のまわりに霞《かすみ》のような青い煙が漂った。

「かわいいですね」ギャビーはつぶやいた。

「希望《ホープ》と真実《トゥルース》と……」レディ・シルヴィアがあたりを見まわした。「ああ、あそこにいるのが美《ビューティ》よ」

彼女が示した先に全員が目を向けた。ちょうどビューティが、通路に並べられた椅子のひとつの下にしゃがみこんだところだった。水たまりが大理石の床に広がっていく。

「あの子はとても賢くて、わたしの言うことは聞かないの」レディ・シルヴィアは平然と言った。「三匹ともフランス生まれよ。だからフランス人みたいにふるまうわ。華やかで気難しいのよ」

コズワロップがそっと咳払いをした。

「〈スリー・グレイシーズ〉はお部屋に置かれますか？」

「当然よ、コズワロップ。絨毯をはがす必要はありませんからね。ビューティは馬車に乗せられていた不満を表明しただけなんだから。すぐに落ち着くわ」

コズワロップが合図すると、従僕のひとりがかがんでビューティをつかまえようとした。

すかさず彼女がその手を噛む。

「いらいらさせるわね、まったく！」レディ・シルヴィアが声をあげた。「犬を扱ったことがないの、コズワロップ？　知らない人には抱かれないわ。とても賢いの」

従僕の顔は明らかに、できればその賢い犬を玄関から外へ蹴《け》り飛ばしたかったと言っていた。そのとき、レディ・シルヴィアが身をひるがえし、開いているドアの外へ向かって大きな声で呼びかけた。

「デジー？　入っていらっしゃい、デジー！　あれはわたしのコンパニオンよ」ギャビーに説明する。「デズデモーナというの。わたしのかわいい子たちの面倒は彼女が見るわ」

陽気な表情の女性がドアから入ってきた。「トランクは裏口にまわすよう言っておきました。玄関から入れるわけにはいかないでしょうから」

「ちょっと見てちょうだい、デジー。悪い子のビューティが床に不満をぶちまけたのよ」

デジーが身をかがめて問題の犬を抱きあげ、ぴしゃりとお尻を叩いた。

「もっとお利口なはずでしょう」

頭のてっぺんで毛を束ねたビューティがうなだれて意気消沈した顔つきになるのを、ギャビーは魅入られたように見つめた。

レディ・シルヴィアが満足げに言った。「この子たちはわたしがなにを言っても見向きもしないのに、デジーのことは崇拝しているの。ビューティがここの玄関で用を足しても知ったことではないけれど、わたしの家で同じことをやろうものなら挽《ひ》き肉にしてやるわ」

ギャビーはくすくす笑いそうになるのを我慢した。デジーはすでに犬を三匹とも抱きかかえ、コズワロップのあとから階段をあがり始めていた。背中をこわばらせているところをみると、執事はかなり不服らしい。

クイルが咳払いをした。「お部屋までご一緒してもよろしいですか、レディ・シルヴィア？」彼は腕を差し出した。

「もちろんよ」レディ・シルヴィアが応じる。「寝室へついていきたいという紳士の申し出を断るほど、年は取っていないわ」彼女は葉巻を置く場所を探してあたりを見渡した。適当な容器がないと見て取るや、開いているドアから外へ放り投げる。

ギャビーは煙をあげながら弧を描いて飛んでいく葉巻を目で追った。ついにこらえきれなくなり、押し殺した小さな笑いをもらす。

レディ・シルヴィアが鋭くギャビーを見た。「中身はもう少しましなんでしょうね、お嬢さん？　感傷的な娘には我慢がならないわ。ライオネルとわたしには子供がいないから、シャペロンの役なんてしたことがないのよ。今回引き受けたのは、キティに約束してしまったからなの。かわいそうなあの人はサーロウの発作を心配して、放っておけばいつまでも泣き続けていそうだったわ」

階段をあがりかけたレディ・シルヴィアが、不意に振り返った。

「ちょっと、お嬢さん」

「なんでしょう、レディ・シルヴィア？」ギャビーは返事をした。

「これから部屋で少し休むわ。でも、夕食にはおりていきますからね。そんなおぞましいドレスを食事の席で目にしたくないわ。あなたには小さすぎる。どんな間抜けだってわかるわよ。下品な格好をするのは、わたしが許しませんからね。もちろん、レディは自分の財産を誇示するべきだとは思うわ」そう言って、みずからの大きな胸を誇らしげに見た。「だけど、それならそれで似合うものを着なさい。理解できていないみたいだけど、シャペロンの務めはちゃんとした服装をさせることにまで及ぶのよ」

ギャビーは顔を赤らめて自分を見おろした。肩にショールをかけておくつもりだったのをすっかり忘れていた。

レディ・シルヴィアが甲高い声で笑った。「アースキンはさぞその光景を楽しんだでしょうね、お嬢さん！　別に害はないわ。だけどコースのひと品目からボディスがはじけるのを見たくはないの。食欲が失《う》せてしまう」彼女はクイルを肘で突いた。「あなたの気持ちはきっと違うわね。どうなの？」

クイルは辛抱強く耐えながらギャビーをうかがった。レディ・シルヴィアは昔から家族にとって厄介な存在だった。彼女がイングランドでもっとも古くからある家柄でなければ、かかわろうとする者は社交界に誰もいないだろう。

ギャビーがもう一度お辞儀するのを見てから、クイルはレディ・シルヴィアに付き添って階段をあがった。

「ひとりで歩ける姿を見られてよかったわ、アースキン」部屋へ向かって廊下を歩きながら、レディ・シルヴィアが陽気に言った。「あの馬に乗っていたときに起こった出来事は残念だったわね、本当に。だけど、もっと悪い事態にならなくてよかったとも言えるわ。あなたのお父さまはなぜ、あの女相続人を弟のピーターと結婚させようとしているの？　兄のほうではなくて。遠慮なく言わせてもらうけれど、ちょっとした噂になるでしょうね。あなたがあの事故から完全には回復していないのではないかって」

クイルは内心で身震いした。自分が抱える問題を、歯に衣《きぬ》を着せないレディ・シルヴィアにさらけ出したくはない。

「黙っているところをみると、やはりそうなのね」しばらくして、レディ・シルヴィアが言った。

クイルは彼女の誤解を正した。「いいえ。結婚することは可能ですが、子供をもうけられるかどうかわからないんです」

「ああ、なるほど。それはお気の毒ね、アースキン。一族のなかではあなたが最高だとつねづね思っていたのに。でも子供には恵まれなかったけれど、ライオネルとわたしは結婚したことを後悔していないわ。まあ、最初からわかっていたら結婚しなかったでしょうけど」レディ・シルヴィアは彼の腕を優しく叩きながら続けた。「誰にも話さないわ」

クイルがレディ・シルヴィアの部屋のドアを開けると、〈スリー・グレイシーズ〉がおとなしく並んで座り、メイドに荷ほどきを指示するデズデモーナをじっと見つめていた。彼は会釈をして、また夕食のときにとレディ・シルヴィアに告げた。彼女はほほえみ返した。クイルが怒りで体をこわばらせていることに気づいた様子はなかった。

彼は階段をおり、書斎のドアを後ろ手に閉めた。そこでやっと、腹が立つあまり、噂好きな人々を困惑させるためだけに結婚してやろうかと考えていたことに気づいた。だが、そうしたところでどうなる？　子供の父親になれれば非常に幸運だと言わざるをえない状況なのだ。しかもそれまでのあいだ、結婚は失敗だったとかなんとか、さんざん噂されるに違いない。妻はいっそうみじめな思いをするだろう。それでなくても、夫はダンスも踊れず、馬にも乗れず――定期的に愛し合うこともできないのに。

クイルは悪態を嚙み殺して庭園へ向かった。つらさをかき消すほど脚が痛くなるまでひたすら煉瓦《れんが》敷きの小道を歩き、自分を疲れ果てさせるしかない。

寝室の窓から、ギャビーは庭園の小道を歩いていく未来の義兄の姿を見つめていた。今すぐ部屋を出て一緒に歩こうかと考えたが、荒々しい歩き方を目にして思いとどまった。夕食のときにまた会えるだろう。けれどもクイルは食事の席に現れず、脚が痛むので失礼したいとの伝言をコズワロップに託していた。

6

翌朝クイルが朝食室へ入っていくと、ギャビーとフィービーがふたりだけで食事をとっていた。

「レディ・シルヴィアはまだ起きていないの」クイルのいぶかしげな視線に応えてギャビーが口を開いた。「あら！　わたしまで同じことをしているわ！」

クイルは眉をひそめた。「きみがなにをしているって？」

「あなたが話さないですむようにしてしまっているのよ。わたしが気づかないと思った？　あなたが黙っていても、まわりのみんながあなたの要求を満たしてくれていることに。だけどあなたの家族と違って、わたしはあなたを甘やかさないと決めたの」

クイルは鼻を鳴らすと、フィービーに向かってお辞儀をした。

「すばらしい知らせがあるんだ」

「ほら、まただわ！　『調子はどうだい、ギャビー？』とか、『フィービー、よく眠れたかな？』とか訊けないの？」ギャビーが割りこんだ。

彼は深く息を吸った。

「調子はどうだい、ギャビー？　どうしてそんなに不機嫌なんだ？」

「これはちょっとした礼儀の問題で、別に機嫌が悪いわけじゃないわ」

そのつもりはなかったにもかかわらず、クイルは彼女に笑みを向けていた。まったく、愉快な癇癪持ちだ。ギャビーの頬はピンク色に染まり、髪はマーガレットが整えてから三〇分もたっていないだろうに急速に崩れかけていた。

「ミセス・ユーイングから連絡があった。一時間ほどでここへ来るはずだ」

クイルが驚いたことに、フィービーは喜ぶどころか打ちひしがれた表情になった。

「だめ、だめよ！　まだ服装がちゃんとしてないのに」

「服装」クイルは繰り返した。

大きな涙がフィービーの頬にこぼれ落ちる。「新しいママにだらしないと思われるわ！」

「そうだろうか。むしろ、幼い子供らしいと感じるんじゃないかな」クイルはそっけなく言った。

フィービーがギャビーの肩に顔をうずめた。「幼い子供じゃないわ」すすり泣きの合間に訴えた。「こんな姿をママに見られたくない！　新しいドレスを……ピ、ピン、ピンタックのドレスを着たいの！」

そのとき、ちょこちょこ走る三匹の犬を引き連れて、レディ・シルヴィアが部屋に入ってきた。「まあ、なにが起こっているの？」彼女は足を止めた。

アーヤに厳しくしつけられたせいで、フィービーには礼儀作法がしみついていた。ギャビーが立たせてやると、フィービーは膝を折って美しいお辞儀をしてみせた。体を沈めるときに小さなすすり泣きがこぼれるのは抑えられなかったが。

「レディ・シルヴィア、ミス・フィービー・ペンジントンを紹介させていただいてよろしいでしょうか？」クイルが口を開いた。「ミス・フィービーはぼくたちのところに滞在しています。ちょうど、服装のことで不安になっていたところなんです」

「わたしに言われてもね」レディ・シルヴィアはそっけなかった。「人の身なりの問題まで引き受けていられないのよ。自分の装いですら苦労しているんだから」

ギャビーは笑ってしまいそうになるのをかろうじてこらえた。胸もとに小枝模様のレースをあしらい、淡い緑のモーニングドレスに身を包んだレディ・シルヴィアの装いは完璧だった。手袋や靴や犬たちのリボンまでドレスに合わせている。

レディ・シルヴィアは椅子にゆったりと腰をおろし、コズワロップに向かって緑のハンカチを面倒そうに振った。「ホットチョコレートだけでいいわ。トースト一、二枚くらいはあってもいいけど。食事を控えようと考えているの」

フィービーがギャビーの肩にもたれかかった。ピンタックのドレスの件をまだ気に病んでいるらしい。

「そこのかわいらしいお嬢ちゃん、なにをそんなに嘆いているの？」レディ・シルヴィアが声をかける。

フィービーが顔を赤らめ、小さな声で言った。

「レディらしくないふるまいでした。どうか許してください」

「ばかばかしい！　泣くのがいちばんレディらしいふるまいじゃないの。わたしの言うことが信じられないなら、アースキンの母親に尋ねてごらんなさい！」レディ・シルヴィアは豪快に笑い出した。

「フィービー、新しいママはあなたのドレスの長さなんてこれっぽっちも気にしないはずよ。ドレスを新しくしたから好きになるわけじゃない。あなたを愛するのは当然だもの」ギャビーはきっぱりと言った。

「あら、それはどうかしら」レディ・シルヴィアがにやりとして、ギャビーの視線をとらえた。「でもまあ、親に関して言えば真実でしょうね。彼女の言うことは正しいわ、フィービー。そのドレスを見たって、あなたの母親は驚きもしないわよ」

それから一〇分後、コズワロップがミセス・ユーイングの到着を告げた。フィービーはさらに顔を青くしてギャビーの手をきつく握った。

「どこへお通ししたんだ、コズワロップ？」クイルが訊いた。

「〈インドの間〉でございます」

レディ・シルヴィアは従僕から半熟卵の皿を受け取り、今は五枚目のトーストを食べているところだった。「どうぞ行ってらっしゃい。アースキン、このお嬢さんに付き添ってかまわないわ。でも、理性だけは失わないで」

ギャビーは好奇心に駆られてレディ・シルヴィアを見た。

「そもそもなぜシャペロンが必要かというと、紳士は機会さえあればすぐ欲情してしまうものだからなの」口いっぱいに卵を頬ばりながら、彼女はギャビーに説明した。「キスを盗むとか、ほかにも同じくらい罪深いことを、コズワロップの目の前であろうが平気でするわ。だけど、あれこれ考えていてもしかたがないでしょう。あなたがお手洗いを使いたいと言うたびに、いちいちついていくつもりはないの」険しい顔のクイルに得意げにほほえみかけた。

クイルとギャビーとフィービーが客間に足を踏み入れた瞬間、ドレスの丈が短くても新しい母親は気にしないと言ったレディ・シルヴィアの言葉は正しかったと判明した。ミセス・ユーイング自身のスカート丈が短すぎたり長すぎたりするからではない。それどころか、彼女はまるで『ラ・ベル・アサンブレ』の挿し絵から抜け出てきたかと思うような姿だった。両袖にずらりと蝶《ちょう》結びのレースを飾った、ギャビーが見たこともないほど優美なモーニングドレスを着ている。そしてしゃれた小さな帽子を、靴とお揃いの色に染めたシルクで結んでいた。

ところがそれほど上品な装いにもかかわらず、ミセス・ユーイングはフィービーのくたびれた格好に気づいてもいないようだった。三人の気配を感じて窓から振り返り、息をのんだかと思うと急に駆け出して、フィービーの前にひざまずいた。「ああ、神さま」ささやいて、フィービーの顔を両手で包みこむ。「キャロリンにそっくりだわ。そうだと知っていた？」

フィービーはよくわからない質問を無視して、冷静に女性を見つめ返した。

「あなたが新しいママなの？」

ミセス・ユーイングの目に涙があふれるのを見て、ギャビーは胸に奇妙なうずきを感じた。

「そうだと思うわ。わたし……わたしはあなたの新しいママになれたらうれしいわ、フィービー」ミセス・ユーイングがほっそりした手を伸ばしてフィービーを引き寄せ、きつく抱きしめた。「知らなくてごめんなさい」フィービーの髪に顔をうずめて言う。「知っていれば、絶対にあなたをひとりぼっちにしなかった。インドまで自分で迎えに行っていたわ。だけど、キャロリンと義兄《にい》さんが事故に遭ったなんて思いもしなかったの」

彼女はフィービーを抱いたまま立ちあがった。

「どうぞ、ミセス・ユーイング！ フィービーも一緒に座ってちょうだい」ギャビーは急いで言い、長椅子を示した。

「ええ、そうですね」若い女性はそう答えると、わずかによろめきながら長椅子に近づいて腰をおろした。「ああ、フィービー、もう四歳になるなんて」

フィービーが顔をあげる。「四歳じゃないわ。もう五歳よ！」

「五歳ですって？」ミセス・ユーイングの目に涙が光った。彼女は明るい声で続けた。「あなたのお誕生日を知らせてくれないなんて、キャロリンはうっかりしていたのね」

ミセス・ユーイングの膝に座っている状態にもかかわらず、フィービーは澄まして自分の両手を重ねた。「わたしの誕生日は五月よ。次は六歳になるの」

「まあ」ミセス・ユーイングが言った。

ギャビーは腰をおろして客人を観察した。とてもきれいな人だ。痩せすぎて、疲れた顔をしているけれど。

「ミセス・ユーイング、あなたはフィービーのお母さまの親戚なのね？」

「ええ、そうです」疲労の色は隠せないが、ミセス・ユーイングの瞳は美しい青灰色をしていた。「フィービーのおばのひとりですわ。この子の母親のキャロリンはわたしを後見人に選んだみたいですが、どうやら知らせるのを忘れていたらしくて」

フィービーが首を振った。「ママとパパは誰にも知らせなかったの。だから、イングランド領事のミスター・ストークスが書類を調べないといけなかった。そのあと、あなたがわたしの後見人で、たったひとりの親戚だって教えてくれたの」ミセス・ユーイングの顔を不安そうにのぞきこむ。

「それが、あなたの親戚はわたしだけじゃないのよ」ミセス・ユーイングが言い、フィービーを強く抱きしめた。「あなたのもうひとりのおばさんのルイーズが、会えるのを楽しみに家で待っているわ。それから……ほかの家族もいるの」

ほかの家族という曖昧《あいまい》な説明は、明らかにおかしな印象を与えた。

「ミセス・ユーイング、まだ自己紹介をしていなくてごめんなさい」ギャビーは口を開き、クイルに不満げな視線を送った。彼はくつろいだ様子で壁にもたれ、屋敷の主人としての務めを完全に無視していた。「手紙を送ったからわかっているかもしれないけれど、わたしはミス・ガブリエル・ジャーニンガム、そしてこちらはミスター・アースキン・デューランドよ」

クイルが上体を起こして会釈した。「お会いできて光栄です」

ミセス・ユーイングを見る彼の感心した目つきに気づき、ギャビーはいらだちを覚えた。あんなふうに既婚女性を熱心に見る権利はないはずよ。

「残念ながら、わたしの家族はキャロリンと連絡を取り合うのを怠っていました。だから、今度の件ではとても驚いてしまって」ミセス・ユーイングの笑顔が曇った。「ミス・ジャーニンガム、あなたが助けてくださらなかったら、フィービーはどうなっていたか。同じ船に乗り合わせてくださって、本当に幸運でしたわ！」

「お互いにとって運がよかったの。フィービーと旅ができて、とても楽しかったわ」ギャビーは言った。身を乗り出してミセス・ユーイングの言葉に聞き入っているクイルは、本当に気に障る。

「姉からはめったに連絡がありませんでした」ミセス・ユーイングが言う。「キャロリンは根っからの探検家で、姉の夫も同じく勇敢な人でした。あいにくこの七年で、一通しか手紙をもらっていません」

「パパとママは何カ月もいないことがあったわ。とっても大切なお仕事があったの」フィービーが口をはさんだ。

ミセス・ユーイングがフィービーの巻き毛に軽くキスをした。

「一度も連れていってもらわなかったの？」

「ええ、そうよ」フィービーが興奮した声で言った。「だって、大切なお仕事なんだもの。

ママはいつもわたしを連れていきたがってたけど、行くのは安全な場所じゃないからだめだった。だからわたしはアーヤと一緒に残って、パパとママは時間ができたときに会いに来てくれたの」

「きみの父親はロデリック・ペンジントンだったのか？」

クイルの突然の質問に驚いた顔をしながらも、フィービーはうなずき、誇らしげに言った。

「パパは有名な探検家だったのよ」

「確かにそうだ。ガンジス川をたどった最初の西洋人だよ」クイルが断言する。

ミセス・ユーイングが立ちあがった。「そろそろおいとましないと。わたしたちが戻るのを、あなたのおばさんのルイーズが首を長くして待っているはずよ。それにミス・ジャーニンガムとミスター・デューランドにもご予定がおありでしょうから」

ギャビーは声をあげた。「いいえ、どうかそんなに急がないで、ミセス・ユーイング。一緒に過ごすうちに、わたしはフィービーが大好きになってしまったの。まだ帰る姿を見たくないわ。ぜひ昼食までいらしてちょうだい」

「もしよろしければ、後日フィービーがこちらへうかがえるかもしれませんわ」ミセス・ユーイングが言った。「お誘いには感謝いたします。でも残念ながら、変更できない約束があるんです」

ギャビーはためらった。結局のところ、彼女にはどうすることもできない。ミセス・ユーイングの手を握りしめているフィービーの前にひざまずく。

「大丈夫かしら？」

フィービーが真面目な顔でうなずいた。

ギャビーは胸が締めつけられて、フィービーにすばやくキスをした。

「訪ねてきてくれる？」

「ええ。だけど、あなたは来てくれないの？」フィービーが必死に言う。「コズワロップがあなたの訪問カードを注文したと言ってたわ。だからうちを訪ねてこられるでしょ？ルイーズおばさまとはまだ会ってないし」

「喜んでうかがうわ」ギャビーは応じた。背筋を伸ばし、ミセス・ユーイングと目を合わせる。「ミセス・ユーイング、ぶしつけだとはわかっているけれど、明日フィービーを訪ねてもかまわないかしら？航海のあいだ、ずっと一緒にいたから、離れ離れになるのは本当につらいの」

ミセス・ユーイングが唇を噛み、少しためらったのちに言った。

「フィービーが明日の朝、こちらをお訪ねするのならかまわないと思います」

気持ちが変わらないうちにと、ギャビーはその答えに飛びついた。

「よろしければ、フィービーを迎えに馬車を送るわ」

ミセス・ユーイングが上品にうなずく。

「助かりますわ。妹とわたしは馬車を持っていませんから」

ふたりが部屋から出ていくのを待って、ギャビーは口を開いた。「クイル、ミセス・ユーイングの家族にはなにかおかしなところがあるわ。フィービーを行かせるべきじゃなかったのかもしれない。ミセス・ユーイングはわたしに訪ねてきてほしくないみたいだった。あなたは気がついていた？」

「来るほどの価値はない家だと考えているんだろう。フィービーのおばは裕福ではなさそうだ」

「だけど、ミセス・ユーイングのドレスはとても華やかだったわ。それにどんな家に住んでいようが、わたしは気にしないのに」ギャビーは口をつぐみ、はっと目を見張った。「彼女は……彼女はちゃんとした人よね？」

クイルがにやりとした。「そんなことを言い出すとは、さぞ娼婦に関する知識があるんだな、ギャビー。ミセス・ユーイングなら大丈夫だ。ぼくの意見だが、フィービーの母方の一族であるソープ家は、社交界でも高く評価されている家柄だ。確かヘレフォードシャーに地所があるはずだよ。だがおそらくは結婚したせいで、ミセス・ユーイングは暮らし向きが悪くなったのかもしれない」

「それはおかしいわ」ギャビーは鋭く反論した。「貧しいなら、あれほど優雅な装いはできないでしょう？」

「ドレスは洗練されたデザインだったかもしれないが、簡素なキャンブリック地で仕立てられていた。靴も染め直してあったし、なにより疲れきった様子だった。ミセス・ユーイングはなんらかの仕事をしているに違いないよ。彼女がそれほど切迫しているなら、ソープ家にとっては不名誉なはずだ。きっと実家とは疎遠になっているんだろう」

「まあ、そんな」ギャビーは息をのんだ。

次の瞬間、ギャビーの頰にそっと手が添えられた。「きみにはどうしようもないんだ、ギャビー」クイルが言った。大きな手で彼女の顎を持ちあげ、指先で唇をかすめる。

ギャビーはじっと彼を見あげた。

我慢できない、とクイルは思った。漂ってくるジャスミンの香りも、心のうちを映し出す彼女の瞳も。クイルは頭を傾けた。ふたりの唇が合わさる。ギャビーはかすかにブラックベリージャムの味がした。けれども彼の下半身でいっきに燃えあがった炎は、ありふれたその味とは関係ない。恥ずかしげにそっと、だが無垢とは言えない彼女の舌に触れたせいだ。クイルの自制心はもろくも崩れた。大きな手でギャビーの背中をなでる。もっと近くへ引き寄せようと、甘美な説得を試みながら。

そのとき、部屋に甲高い声が響いた。「おやおや、だから警告したでしょう、お嬢さん。一瞬でも気を許すと、男は欲望に負けてしまうのよ」

急いで離れたために、ギャビーはもう少しでバランスを失うところだった。「どうか許してください、レディ・シルヴィア」彼女は息をあえがせた。

「なにを許すというの？」キャンキャン鳴く犬の声とともにレディ・シルヴィアが部屋に入ってきた。「わたしがキスをされたわけでもないのに。デューランド家の人たちは昔から好色だったわ」彼女は考えこんでつけ加えた。「キティの初めての社交シーズンを覚えているけれど……」

クイルは身震いした。両親が若いころの軽率な行動など耳にしたくない。

「お約束します、レディ・シルヴィア。このような不届きなふるまいは二度としません」

レディ・シルヴィアが横柄に手を振った。「もう行ったら？　なにか頭を使うことをしなさい、アースキン。こういうときはお説教をしなければならないと思うんだけど、あなたにまわりをうろうろされたくないのよ」

クイルは眉をひそめた。

「さあ、行って」レディ・シルヴィアがうなるように言う。

「レディ・シルヴィア、ミス・ジャーニンガム」クイルは会釈をして部屋を出ていった。

「怒りっぽいわね。そう思わない？」レディ・シルヴィアが虎のテーブルのほうへ歩いていった。「あらまあ、なんておかしなテーブルかしら。でたらめなものからぞっとするものまで、キティの好みはいろいろね」

彼女は続けた。「もちろん、わたしには関係のないことだけれど」シャペロンとしての務めは無視するつもりらしい。「キスをする相手を間違えているんじゃない、お嬢さん？」

ギャビーはうなずいた。頬が燃えるように熱い。

「それとも、アースキンと結婚したいの？　まあそのほうがいい組み合わせに見えるけど」

「違います！」ギャビーは声をあげた。「わたしはピーターと結婚することになって喜んでいますわ、レディ・シルヴィア」

「それなら覚えておきなさい、お嬢さん。結婚するつもりのない男とキスをしても意味がないの。少なくとも結婚してしまうまでは。これがわたしのお説教よ」独特の豪快な笑い声をあげると、レディ・シルヴィアはドアへ向かった。「あなたにお客が来ているわよ、お嬢さん。コズワロップは、ジズル公爵夫人のレディ・ソフィーを〈黄色の間〉へ通したと言っていたわ」声には問いかけがこめられていた。

「昨日、マダム・カレームのお店で公爵夫人とお会いしたんです」ギャビーは言った。熱い頰にてのひらを押しあてる。

「うしろめたいメイドみたいなそぶりはやめなさい。行ってその人に会うといいわ」レディ・シルヴィアが言った。「個人的に知っているわけじゃないけど、レディ・ソフィーには感心しているの。キスのひとつやふたつ、気にもしない人だと思うわ」

クイルは静かに自室へ入った。狼狽している自分が恥ずかしい。いったいガブリエル・ジャーニンガムのなにが、ぼくに愚か者のようなふるまいをさせるのだろう？　弟の婚約者にキスをするとは！　人が見れば、嫉妬しているように映るかもしれない。いや、嫉妬ではなく気晴らしだ、とクイルは自分に言い聞かせた。

彼は服を脱ぎ、下着姿で化粧室へ向かった。数年前に家具を片づけ、今ではドクター・トランケルスタインの器具だけを置いている。クイルはいらだちを覚えながら、ドイツ人医師が考案した奇妙な形のダンベルをつかんで宙にあげ始めた。しばらくすると速度を落として、いつものリズムを刻み出す。

一時間が過ぎるころには肌が汗で光り、運動のせいで脚に痛みを感じていた。クイルは隅に置いた機械に不機嫌な目を向けた。馬のような動きをする仕掛けで、それもまたドクター・トランケルスタインが考案したものだ。だがダンベルを使った運動は楽しめるものの、室内用の馬に乗るのは気が進まなかった。医師は機械の揺れる動きで練習すれば本物の馬の動きに慣れるだろうと考えたのだが、今のところ効果は出ていない。それでも几帳面な性格のクイルは、その機械を無視できなかった。

ため息をつき、タオルで手をぬぐってから馬にまたがった。ほかに言いようがないが、まるでおもちゃに乗っている子供のように感じてしまうのだ。クイルが馬を揺らすと腿の筋肉が隆起し、腰に焼けつくような痛みが走った。次に吐き気がこみあげてくる。いろいろと試行錯誤した結果、偏頭痛を引き起こさずに乗っていられるのは長くても五分が限界だと判明していた。

今日も歯を食いしばりながら五分間を耐え抜き、視界の隅にかすかな紫色の光が見えた時点で動きを止めた。もっと長時間挑戦するには日が悪い。ギャビーをもてなす立場にあるあいだはだめだ。

7

翌朝、フィービーとちょうど同じ時間にリュシアン・ボッホも訪ねてきた。ギャビーが急いで客間へ行くと、ふたりは一緒に腰をおろし、レディ・シルヴィアが近くの肘掛け椅子から彼らに物憂げな視線を投げかけていた。

「新しいママは重要人物なの。ロンドンの人たちの服装を決めるのよ」フィービーが話している。

部屋に入ってきたギャビーを見て、リュシアンが立ちあがった。「お元気そうだね、ミス・ジャーニンガム。ごらんのとおり、ぼくはミス・フィービーと旧交を温めていたんだ」

ギャビーはハンサムなフランス人に軽くお辞儀をした。「またお会いできてうれしいわ」

彼女はフィービーに向き直った。「調子はどう?」

「おかげさまで上々です、ありがとう」フィービーは大人びた口調で答えたあと、礼儀作法へのこだわりをかなぐり捨てて続けた。「新しいママはとってもとっても偉い人なのよ!

それにルイーズおばさまは、精霊が入ってるティーポットを持ってて、悪い言葉をたくさん使うの。おばさまが『ちくしょう』って言ったから、わたしの前ではそんなことを言っちゃだめってママが注意したの。そしたらルイーズおばさまは、『ちぇっ！』って言って、ママはものすごく怒ったわ」

ギャビーは声をあげて笑った。「あなたは運がよかったみたいね」

フィービーがうなずく。アーヤに仕込まれた不自然な堅苦しさから脱却しつつあるらしい。

「ママが裾をおろしてくれたの。わかる？」ドレスの下から小さなブーツをのぞかせた。

「あなたのママが自分で裾おろしをしたの？」

「そうよ。うちはここみたいに使用人がたくさんいないの、ミス・ギャビー。料理人と、お掃除をするサリーと、それからシャーマンだけ。シャーマンはドアを開けてくれるんだけど、すごく年を取ってるから昼間でも寝てしまうの。ママは、よく知らない人たちに囲まれてるより居心地がいいって言うわ。その代わり、わたしたちは自分の役割を果たさなくちゃならないの。だから今日は朝食のあと、自分でお皿を厨房へ運んだのよ」フィービーは息を継ぐために言葉を切った。

リュシアンはおおいに面白がっている様子で耳を傾けていた。「ミセス・ユーイングはかなり勇猛な女性のようだね」そう言うと、目をきらめかせてギャビーを見た。「どうやっていったい、とってもとっても偉い人になったのか、見当もつかないな。ロンドンじゅうの人々の服装を決めているとは」

「書いてるの」フィービーが口を開いた。「ママが書いて、それをみんなが読むのよ。ママがいいと言わなかったものは、誰も着ようとしない。服装のことをなんでも知ってるの。ピンタックの話をしたら、わたしの新しいドレスは間違いなくすてきでしょうねって」ギャビーはわけがわからず、助けを求めてフィービーの頭越しにレディ・シルヴィアを見た。

レディ・シルヴィアが口をはさんだ。「ミセス・ユーイングは服飾関係の雑誌に記事を書いているようね。そういう雑誌がいくつかあるわ。もっとも影響力があるのは『ラ・ベル・アサンブレ』よ」

「ママの書いたものは、ロンドンじゅうの人たちに読まれてるんです。なにを着て、どうふるまったらいいのかも教えてるんですよ」フィービーが説明した。

「それなら、『ラ・ベル・アサンブレ』の可能性が高そうだわ」レディ・シルヴィアが言う。「あなたのお母さまはよく社交行事に出るのかしら？」

「そうじゃないと思います」フィービーが答えた。

そのとき、コズワロップが客間のドアを押し開けた。「ミス・ジャーニンガムにお会いしたいと、インド総督秘書官のウォレン・ヘイスティングズ大佐がお越しでございます」声は興奮で震えんばかりだった。「図書室へご案内しておきました」

「ちっ」思わずギャビーの口からもれた言葉に、リュシアンが驚いた顔をした。「コズワロップ、ミスター・デューランドはいらっしゃるかしら？」

「残念ながら、ミスター・デューランドはご在宅ではありません」

レディ・シルヴィアがのんびりした口調で言った。「そのヘイスティングズとやらを追い返してもいいのよ。この屋敷の主人は不在なのだから、会わなければならない理由はないわ」

今朝、ギャビーは朝食を食べ終えたあともしばらくぐずぐずしていたのだが、クイルは姿を現さなかった。彼女はため息をついた。「ミスター・ボッホ、申し訳ないけど、ヘイスティングズ大佐をあまり待たせないほうがいいと思うの」

リュシアンはもう立ちあがりかけていた。「気にしないでくれ。午前のうちに訪問しなければならないところがあるんだ。ただミス・フィービーを自宅まで送らせてもらえるとうれしいんだが、どうかな？」

「いいのかしら？　そうしてもらえるとありがたいわ」ギャビーは声をあげた。

リュシアンが目を輝かせて親しげな笑みを浮かべた。「実を言うと……重要人物のミセス・ユーイングに興味があるんだ。ぜひ会ってみたい」

レディ・シルヴィアがフィービーに目を向けた。フィービーはお気に入りの虎のテーブルにさよならを言うために駆け出していった。「別に謎《なぞ》というほどじゃないわ」声を低めて言う。「フィービーの新しい母親はエミリー・ソープよ。以前はね。ヘレフォードシャーのソープ家の娘。不名誉な事件を起こして大騒ぎになって、ソープは娘をふたりとも追い出したのよ。確か問題を起こしたのは、姉ではなくて妹のルイーズだった。それ以来見かけていないけれど、五、六年前に姉のほうがミセス・ユーイングという名前になったことは聞いているわ。つまらない雑誌に記事を書いていたとは知らなかったけど」

エミリー・ソープがミセス・ユーイングという名前になった――レディ・シルヴィアの言い方に、ギャビーはどこか引っかかった。だが、今はそれを解明している時間がない。いずれにせよ、フィービーの前で持ち出すのにふさわしい話題ではないだろう。

リュシアンも同じ気持ちだったらしい。レディ・シルヴィアが説明したソープ家の過去には触れず、流れるような動きで優雅にお辞儀をした。

別れの挨拶を交わす際に、フィービーがギャビーの耳もとに口を近づけて熱心にささやいた。「内緒で会いに行く約束を忘れてないわよね、ミス・ギャビー？」

「ほかの人がいる前でささやくのはお行儀が悪いのよ」ギャビーはフィービーの手を握った。「もちろん、忘れていないわよ。来週の午後にあなたを連れ出せるかどうか、ミセス・ユーイングに手紙を書いて訊いてみるわ。それでいい？」

ふたりが帰っていくと、彼女はレディ・シルヴィアに向き直った。

「一緒に図書室へ行ってもらえませんか、レディ・シルヴィア？」

「その前にまず、どういうことか説明して」

「ヘイスティングズ大佐はわたしに敬意を表しにいらしたんだと思います。父はとても影響力がありますから」ギャビーは言った。

「くだらないことを言わないで！　東インド会社にかかわる人物がただの女に、しかもインドではなくイングランドにいるのに、わざわざ敬意を表しにやってくるわけがないわ。彼はあなたになにを求めているの？」レディ・シルヴィアは、彼女の小さな犬たちと同じくらい頑固そうに見えた。

しかたがなく、ギャビーは折れた。「彼はトゥコジ・ホルカールの跡継ぎの居場所を尋ねるつもりだと思います。ホルカールというのは、マラータ地方の王国のひとつです」

「マラータ？　マラータですって？　いったいどこにあるの？」レディ・シルヴィアはギャビーに答える暇を与えなかった。「つまりあなたは、異教徒の王子が行方不明だと言いたいのね。インドの王子が」

ギャビーはうなずいた。「その子の名前はカーシー・ラオ・ホルカールというんです」

「ヘイスティングズはどうしてまた、あなたが居場所を知っていると思うの？」

「カーシーとわたしはきょうだいのようにして育ちました」ギャビーは説明した。「父の最初の結婚で生じた姻戚関係により、彼は父の甥になるんです。ずっとわが家で暮らしていました。もうすぐ一一歳になりますし、カーシーの父親は具合がよくないので、おそらく彼がホルカールの王位に就くでしょう。ただ……」

「その子が姿を消してしまったのね」レディ・シルヴィアがあとを引き継いだ。「そしてその件に、あなたの父親が関係しているのは間違いない。わたしが覚えていることから考えても、手あたりしだいに王子たちを誘拐しかねないくらいの変わり者だったわ」

「わたしはなにも知りません」落ち着いた声で話せているよう祈りながら、ギャビーは言った。

レディ・シルヴィアが鼻を鳴らす。「その言葉は大佐のためにとっておきなさい」そこで黙りこみ、ギャビーが話しかけようとすると手をあげて制した。「ちょっと待って、お嬢さん。わたしたちだけで大佐と話をするのは愚かだわ。脅されるかもしれない。アースキンが戻るまで待って、彼に対処させましょう」

「でも、わたしがなにも話さなければ、大佐はあきらめて帰るかもしれません」

「ばかばかしい！」レディ・シルヴィアがぴしゃりと言う。「男性の付き添いもなく、女性ふたりで出向いていくなんて無防備すぎるわ。向こうはあなたを怖がらせて真実を聞き出そうとするでしょう。だけど人を欺くという点では、女性のほうが一枚うわてなの。信じられないなら、わたしの夫のライオネルに訊いてみるといいわ。あらいやだ、もう亡くなっているから無理ね。神よ、彼を安らかに眠らせたまえ」

いったいなんと返事をしていいのかわからず、ギャビーは黙っていることにした。

「頭が鈍いふりをしましょう。犬たちも連れていくわ。必ず助けになってくれるから。わたしは優柔不断な年寄りの役よ」レディ・シルヴィアが宣言し、振り向いて大声を出した。「ちょっとあなた、コズワロップ！」

コズワロップがびくりとした。「はい、奥さま？」

「犬たちを連れてきてちょうだい。それから、図書室までわたしたちに同行して」

執事は口を開きかけたが、思い直したようにまた閉じた。

「ただちに連れてまいりましょう」

コズワロップが立ち去ると、レディ・シルヴィアがまた鼻を鳴らした。「あの男にはどうもうさんくさいところがあるわね。本当はわたしのかわいい子たちを連れに行くのがいやなのよ。図書室の敷物を心配しているのかもしれないけど。さて、お嬢さん、愚かな女のふりができると思う？　男は……とくに軍隊での肩書きを持つ男たちは、女なんてどうせ頭が悪いと考えているものなの。だから、ふりをしているだけだなんて疑いもしないはずよ」

ギャビーはうなずいた。「ヘイスティングズ大佐は正式な軍人と言えるのかどうか。東インド会社は独自の武装集団を組織しているんです」

レディ・シルヴィアが肩をすくめる。「それでも彼はなんらかの地位にあるんでしょう。軍人なんて、窮屈な上着に合わせて頭も縮んでいるものよ。そうでないと似合わないから」

そこへ、けたたましく鳴きながら犬たちが入ってきた。厳しいデジーから解放されてうれしいのだろう。レディ・シルヴィアが二匹を抱えた。ギャビーも残りの一匹を抱きあげようとしたものの、指を嚙まれそうになってあとずさりした。

「その小さな悪魔は無視しておいて。勝手についてくるから。さて……行くわよ、コズワロップ！」レディ・シルヴィアが言った。

ヘイスティングズ大佐は軍服を着ていなかった。樽《たる》のような体型で、頭はかなり禿《は》げかけている。白黒の粗い銅版画みたいだわ、とギャビーは思った。団子鼻で、二重か三重になってどこにあるのかよくわからない顎が、高い襟のなかへ消えていた。額からずいぶん後退したところから、ようやく髪が生え始めている。

大佐はレディふたりが現れたのを見て急いで近づいてきたものの、子供を相手にするような気でいるのは明らかだった。レディ・シルヴィアがギャビーに勝ち誇った笑みをすばやく投げかけた。

「ミス・ジャーニンガム、お目にかかれて大変光栄です」大佐が大儀そうにお辞儀をした。

レディ・シルヴィアが作り笑いを浮かべて声をかけた。「あら、正直なところ、わたしは同じように申しあげられませんわ。あいにく今は誰も男性がおりませんので、かわいらしいミス・ジャーニンガムが付き添いなしでこちらへうかがうことは許可できません。あなたのようにご立派な方との同席が心配だというわけではないのですが……」語尾を濁すと、膝を折って低くお辞儀をした。あまりに低いので、起きあがれないのではないかとギャビーが心配になったほどだ。

ヘイスティングズが尊大に会釈した。

「これはこれは。お会いできてこのうえなく幸せに存じます、ミス……ミス……」

レディ・シルヴィアが扇を振ると、ヘイスティングズの頭に残るわずかな髪を風が乱した。

「レディ・シルヴィア・ブレイクネトルですわ。どうかお許しください、ヘイスティングズ大佐。イングランドでもっとも勇敢で優れた男性を前に舞いあがってしまって、名乗りもせずにお声をかけてしまいましたの！」感情の高ぶりを示すように、扇を持つ手を震わせる。「あなたにお会いするだけで、荒涼とした大陸の未開の地を切り開いて、快適な文明とはかけ離れた暮らしに耐える軍の方々の姿が目に浮かぶようですわ！」

「まったくそのとおりですよ」もう一度深いお辞儀をして体を起こしたヘイスティングズが、

不満そうに言った。「とても信じられないと思いますが、あちらではまともなお茶の一杯すら手に入れるのが難しいのです。茶葉の栽培はしていますが、現地人に淹《い》れ方まで教えるのは不可能です」ギャビーのほうを向いた。「ミス・ジャーニンガム、この文明の地に到着されて、さぞお喜びでしょう。インドはあなたのように立派な家柄のレディが住む場所ではありません」

ギャビーのこわばった顔を一瞥《いちべつ》して、レディ・シルヴィアがふたたび会話に加わった。「その話なら何度となく聞かされましたわ！　野蛮人の土地。わたしどもはそう呼んでおりますのよ。まあ、失礼いたしましたわ、大佐。どうぞお座りくださいな。コズワロップにお茶を持ってこさせましょうか？」

今度はわたしが発言する番だ、とギャビーは感じた。「きっとちゃんとしたお茶をお出しできると思いますわ、大佐。恐れ知らずの戦士でいらっしゃるのですもの、できるかぎりのおもてなしをさせていただかなければ！」

尊敬のこもったまなざしをまっすぐに向けられて、ヘイスティングズが顔を赤らめた。そして、紅茶を一杯もらうと答えた。

腰をおろすと、彼は身を乗り出した。「ミス・ジャーニンガム、無駄足だろうとわかってはいるのですが、わたしも上に仕える身なので」いったん言葉を切る。

ギャビーはかろうじて笑いをこらえた。大佐は、いかにも宣教師らしい話し方をするときの父にそっくりだった。自分に有利な取引をしたいときに、父もよく仕える身であることを強調したものだ。「わたしが仕えているのは、インド総督であるモーニントン伯爵リチャード・コーリー・ウエルズリーその人です」

「まあ」ギャビーは感心した顔で息をのんでみせた。「総督ご自身とお会いする栄誉に浴したことは一度もありません。でも……でも……」彼女は口ごもった。軍国主義のウェルズリーを屋敷に招き入れるくらいなら、父は身を投げたほうがましだと考えるだろう。

レディ・シルヴィアが割りこんだ。「あらあら、偉大な人物との対面を想像しただけで圧倒されて、言葉を失ってしまったのね！」

「ウェルズリー卿は優れた人物ですよ」ヘイスティングズが言う。「実に優れています！しかしながら、あなた方をお訪ねせよという伯爵からの要請は、どうやら無駄足だったようですね」

ギャビーは彼にほほえみかけて先を促した。

「あなたのように麗しい若いレディが、インドの政治に関する問題をご存じだと考えるなんて愚かしいにもほどがある」

そのときクイルが現れ、ギャビーは返事をせずにすんだ。彼女がふと顔をあげると、クイルが戸口に立っていた。彼はいつも物音ひとつたてずに部屋に入ってくる。静けさをまとっているかのように。

レディ・シルヴィアがうれしそうに声を震わせて笑った。「よかったですわ。そうお思いになりません、ヘイスティングズ大佐？　こちらはわたしの甥のミスター・デューランドです。彼ならどんなご質問にも答えられるでしょう。わたしたち女の頭はすぐに混乱してしまって、答えを導き出せるようには作られていませんからね」

ヘイスティングズが顔を輝かせて立ちあがった。やたら大騒ぎする女性たちに質問するのに、まともな男性の助けが得られると考えて喜んでいるのだろう。

それまでギャビーはこの茶番を楽しんではいなかったが、クイルが部屋に入ってきたとたん、めまいがするほどの喜びが背中を駆けあがった。彼女は扇を持っていなかったので、代わりにまつげをぱちぱちさせた。「まあ、ミスター・デューランド、来てくださって本当にうれしいわ！　考えてもみてくださいな。わたしにインドの政治について尋ねるために、インド総督がわざわざヘイスティングズ大佐を寄こされたんですのよ。あなたはご存じでしょうけど、わたしは名前とか、そういうことを覚えるのがとても苦手なんです。メイドの名前でさえ、ときどき思い出せなくなるんですもの」クイルにまぶしい笑みを向けた。

クイルは鋭くギャビーを見返し、それから訪問客に会釈した。

大佐がさっそく話し始める。「わたしの質問は、お美しいミス・ジャーニンガムがおっしゃったようなばかばかしいものではありません、ミスター・デューランド。ただ……おふたりに話していたところだったのですが、こちらへうかがったのは無駄足だったと確信しています。それでもわたしは仕える身ですからね、ミスター・デューランド。上の者の命令は絶対なのです。インド総督ご自身が、わたしに調査を命じたのですから」

「なんと」クイルが腰をおろした。「ミス・ジャーニンガムがインドの政治のなにを知っているとウェルズリー卿が思うのか、想像もつきません」

ギャビーは甘い声で言った。「あら、ミスター・デューランド、レディの知性を過小評価してはなりませんよ。ヘイスティングズ大佐がたくさんご質問なさっても答えられますとも」彼女は小首をかしげた。「たとえば、そうね、あの国を実際に動かしているのは東インド会社ですわ」

「そう、そのとおりです、ミス・ジャーニンガム」五歳の子に教えるような調子で大佐が応じた。「だがあなたがお育ちになった、マラータと呼ばれる広大な地域にまでは力が及んでいません」

ギャビーはかわいらしく笑った。「ほら！　父はわたしもインドのことを知っておくべきだと言って聞かなかったんです。わたしはインドールで育ちました。マラータの一部にあたります。そしてマラータは中央インドの大きな地域なんです」掛け算の表を暗唱するような口調で言った。「ですがヘイスティングズ大佐、インドのことなら間違いなくあなたのほうがよく知っていらっしゃるでしょうに」

ギャビーにうっとりと見つめられ、大佐の顔がまた赤くなり始めた。

「ホルカール一族についてはご存じですか、ミス・ジャーニンガム？」

彼女は困惑顔で沈黙したかと思うと、急にまくし立てた。「インドールはホルカール家がおさめているんですわ！」両手を叩く。「うまく答えられているでしょう、大佐？」

「おみごとです」ヘイスティングズが同調した。「われわれは、あなたのお父上のもとで育てられた、ある少年の居場所が知りたいのです、ミス・ジャーニンガム。あなたとはきょうだいのようにして育ったと聞いていますよ。彼の名はカーシー・ラオ・ホルカール、ホルカールの王位継承者です」

ギャビーを観察していたクイルは目を細めた。いったいどういうつもりなんだ？　あと一度でもあんなふうに媚《こ》びた笑みを向けたら、この老人は心臓発作を起こすぞ。

「ええ、カーシー・ラオなら知っています。だけど、なんてことをおっしゃるのかしら。インド人の子をわたしの弟のように扱うなんて、父が許すわけがありませんわ、大佐！　わたしはイングランドのレディで、父は公爵の息子なんですよ！」ギャビーが朗らかに笑った。

「ええ、確かに」ヘイスティングズ大佐が言う。「ですが、カーシー・ラオの現在の居場所をご存じではありませんか？」

「いいえ、知りません」ギャビーの軽薄なそぶりが一瞬崩れ、知性が感じられる口調になった。

レディ・シルヴィアがすばやく割って入った。「わたしが預かっているこのお嬢さんが野蛮なインド人とまだ連絡を取り続けているだなんて、まさかそんなことをほのめかしていらっしゃるわけじゃないでしょうね、ヘイスティングズ大佐！　彼女は何カ月も前に、イングランド行きの船に乗ってインドをあとにしているんです。あんな辺鄙《へんぴ》な国には二度と戻らないつもりで。それに、彼女はわたしの甥と婚約しております。立派なイングランドの紳士ですわ。甥はヨーロッパ大陸へ行ったこともないんですのよ！」

「ですから先ほども申しあげたように、これは無駄足だったのです」ヘイスティングズは疲れた様子だった。

ギャビーが優雅に立ちあがると、大佐の隣に座った。「お答えできればよかったのですけれど。お役に立てたならどんなに誇らしかったでしょう。ですが残念ながら、レディ・シルヴィアのおっしゃるとおりなんです。カーシーとはもう何年も会っていません。ご存じでしょうが、わたしは現地人との交わりを許されていませんでした。子供のころは一緒に遊んだかもしれませんけど、ずいぶん昔の話ですわ」大佐の手を軽く叩いた。「なにかわかればお知らせします。カーシーにはまたぜひ会いたいですから」

ギャビーが馬車を借りたいと言っていたことを思い出し、クイルはため息をついた。カーシー・ラオ・ホルカールは間違いなくロンドンにいる。おそらくはギャビーと同じ船に乗ってきたのだろう。

「その少年がいなくなって、どのくらいになるんですか？」クイルは尋ねた。

「わかりません」ヘイスティングズがいらだった声で言った。「あちらの国でまともな回答を得るのは不可能に等しいのですよ。こんなことを言って申し訳ないのですが、ミス・ジャーニンガム、あなたのお父上は途方もなく頑固な人ですね。彼はわれわれに少年の居場所を教えようとしませんでした。このまま誰もカーシー・ラオを見つけられなければ、ホルカールの王座は彼のふたりの兄弟のどちらかが継ぐでしょう」

「東インド会社としてはそうなってほしくないのですか?」クイルは訊いた。

「倫理上の問題です」大佐はそう答えると、落ち着かない様子で女性たちに視線を移した。「カーシー・ラオは王とその妻のあいだに生まれた、唯一の正式な子供なのです」

東インド会社が庶子のどちらかではなくカーシーに跡を継がせたいのは、彼が唯一の嫡出子である事実とはなんの関係もないだろう。クイルはそう考え、心のなかで肩をすくめた。彼自身は、数年前に東インド会社の株をすべて手放していた。会社がわざと政府の命令をひけらかし、株主の取り分を増やさないよう画策していることに気づいたからだ。実際のところ、クイルはギャビーの父親の意見に賛成だった。カーシー・ラオはロンドンに身を隠しているべきだ。

ヘイスティングズが立ちあがり、にこやかに別れの挨拶をしてレディ・シルヴィアの手に口づけた。レディ・シルヴィアも作り笑いを浮かべ、先ほどからの浮かれた態度で挨拶を返した。自分が部屋を出た次の瞬間の光景をもし大佐が目にしていたら、骨の髄まで驚いただろう。

図書室のドアが閉まったとたん、レディ・シルヴィアが大きな声で言った。「さて、お嬢さん、ヘイスティングズがイングランドで一、二を争うほどの大ばか者でなければ、たちまちあなたから真実を聞き出していたでしょうね。まったく、あなたは嘘が下手すぎるわ」

「そうでしょうか」クイルは考えこみながら言った。「ギャビーはそつなくふるまっていましたよ。その王子の居場所を正確に知っているにしては」

ギャビーは顔を赤らめたが、レディ・シルヴィアのおかげで返事をせずにすんだ。「もちろん知っていますとも！　あなたの父親がどこかへ隠したのよね？　インドは広いわ。あの人たちには決して見つけられないでしょう」レディ・シルヴィアが満足そうに言う。「東インド会社の人たちは好きじゃないの。でも、リチャード・ジャーニンガムも昔から愚かなおどけ者だったわ。宣教師になるなんて言い出して。公爵の息子なのに！　きっとなにか理由があって、リチャードがその子を誘拐したのね。どんな理由かは知りたくもないけれど。さあ、いらっしゃい、あなたたち」彼女は二匹の犬をすくいあげたが、例によって三匹目はどこかへ姿を消していた。

「いまいましいこと！」レディ・シルヴィアが悪態をついた。ギャビーは革製の椅子のうしろをのぞきこみながら、図書室のなかを捜してまわった。「いつもこそこそ逃げまわるのよ、ビューティは。デジーを呼んできて捜させるわ」そう言うと威厳たっぷりの身ぶりで、部屋を出るようギャビーを促した。

夕食が終わり、女性たちのいる居間へ行くまで、クイルはギャビーと話す機会がなかった。彼女はまたあのオレンジ色のドレスを着ていた。手袋のようにぴったりと体に張りつき、クイルを放埒《ほうらつ》な気分にさせるあのドレスだ。紳士らしからぬ好色な悪党――弟の婚約者を誘惑する悪党に変えてしまうドレス。いくら自分をののしっても、どうにもならない。

「カーシー・ラオはいくつなんだい？」クイルは尋ねた。ギャビーをじろじろ見てしまわないためなら、どんな質問でもしただろう。すでにブランデーを二杯飲んでいたが、血を熱くわき立たせ、彼女にもう一度触れたいという思いが強くなっただけだった。

「一月五日に一一歳になるわ。残念ながら、年相応の能力はないの。今は文字を習っているところで……」

ギャビーが話しているあいだ、クイルは物思いにふけっていた。いったいどうすればいいんだ？ 旅に出るか？ 離れた場所にある会社を視察に出かけようか？ たとえばジャマイカとか？ それともペルシャ？ 未来の義理の妹に欲望を抱いてしまった場合、人はどうするものなのだろう？ 〝距離を置くんだ〟良心の声がした。〝『ハムレット』のクローディアスになにが起こったか考えてみろ。彼は兄を――ハムレットの父親を――殺し、それから……〟シェイクスピアの芝居について考えてもしかたがない。昔は誰もが大げさに騒いでいたのだから。

まず、ぼくは家を離れられない。父の容態を考えれば不可能だ。それにギャビーをもてなす立場でそんなことをすれば礼儀に反する。彼女に二度とキスをしなければいいのだ。屋敷の主人の役に徹しよう。野蛮人ではなく。彼はシェイクスピアが戯曲のなかで描いてみせた、不誠実な行為を考えないようにした。兄の妻と結婚したあと、クローディアスにとって物事がうまくいかなくなったのは誰でも知っている。まったく、ロンドンを離れられればそれに越したことはないのに。

ギャビーはまだ話していた。「たとえ簡単なことでもカーシーにとって覚えるのがどれほど難しいか知っていれば、彼が信じられないくらい頑張っているとわかるわ。いくつかの文字は反対向きになってしまうの。ミセス・マラブライトが勉強を続けさせてくれているといいけれど」

クイルは現実に意識を戻した。「ミセス・マラブライトというのは？」

「父は最初、カーシーを施設に入れようと考えたわ。でも、インドからでは手配が難しくて。それに、東インド会社の人たちに行方を知られてしまうに違いないと思ったの。だからカーシーはここロンドンで、ミセス・マラブライトに保護されているわ。彼女はインドに二〇年住んでいたイングランド人の女性よ。カーシーもよく知っている人だから、家を離れるショックが少しは和らぐかと思ったの」

「カーシー・ラオはずっときみと一緒に暮らしてきたのかい？」

「ええ、そうよ。生まれて数カ月のときにわたしの家へ来たの」ギャビーがにっこりした。

「彼がホルカールの王位を継ぐのは不可能なのか？」

「まず無理でしょうね」ギャビーはためらわず答えた。「父は、東インド会社がカーシーを傀儡《かいらい》にして、ホルカール地方の実権を握るつもりだと考えているわ。普通ならできることでも、かわいそうなあの子にはできないことがあるの。父が言うには、カーシーの母親が妊娠中にチェリーブランデーを飲みすぎたせいなんですって」

「カーシー・ラオの父親は、妻の飲酒に関してどう思っていたんだろう？」

「ふたりともチェリーブランデーが大好きなの」ギャビーが澄んだ瞳をクイルに向けた。

「わたしが最後に宮殿を訪れたとき、カーシーの父親はその日三本目のチェリーブランデーを飲んでいたわ。妻もすっかり正体をなくしていた。実質的に王国を動かしているのは、ホルカールの愛人のトゥラシ・バイなのよ」

クイルは眉をひそめて彼女を見た。「愛人なんて言葉を口にしてはいけない、ギャビー。きみは酔っ払いばかりの宮殿を訪れるべきではなかったんだ」

ギャビーが目をきらめかせる。「わたしはチェリーブランデーに夢中なわけじゃないわ。トゥラシの息子はいつか、ホルカールのすばらしい統治者になると思うの」

「馬車を借りたいと言ったとき、きみはカーシー・ラオを訪ねるつもりだったんだな」

「ええ。カーシーがロンドンにいることは誰にも、あなたにもあなたのお父さまにも話してはならないと、父に指示されていたの」ギャビーは躊躇した。「だけど知られてしまったことだし、ミセス・マラブライトの家へ同行してもらえないかしら、クイル？　あなたが一緒に行ってくれると心強いわ。何日もカーシーに会っていないから、寂しくてしかたがないのよ。彼が幸せかどうか確かめて、必要なら手を打つように、父からも言われているの」

「もちろん、お供しよう」クイルは言った。「レディ・シルヴィア、明日の朝でご都合はよろしいですか？」

「あなたたちふたりだけで行ってもかまわないと思うわ」レディ・シルヴィアが答えた。

「慈悲の心からの用事で出かけるんですもの。けちをつける人は誰もいないでしょうよ」

「ヘイスティングズ大佐の前で、口裏を合わせてくださってありがとうございます」ギャビーが言った。「東インド会社がカーシーの居場所を知れば、恐ろしい事態になっていたに違いありません」

「わたしも楽しんだわ」レディ・シルヴィアの声は少しぶっきらぼうだった。「あなたはいい子ね、ガブリエル。その少年を気づかう様子を見ればわかるわ。でも、ギャビーなんて異教徒みたいな呼び方をするつもりはありませんからね。それに、あなたはおしゃべりだし」

ギャビーはレディ・シルヴィアにほほえみかけた。「おしゃべりでよかったですわ。そうでなければ、ヘイスティングズ大佐を半分もうまくあしらえなかったでしょうから」

「さて、もう寝る時間よ」レディ・シルヴィアはギャビーと犬たちを部屋から追い立てた。

けれども、ギャビーは眠れなかった。大佐の訪問のせいで、不安な気分になっていた。

カーシーを守らなければならない。お父さまが思っているよりはるかに、東インド会社はカーシーに関心を抱いている。つまりカーシーをロンドンにかくまうというお父さまの計画は、いずれ破《は》綻《たん》するに違いない。東インド会社はカーシーが見つかるまで捜し続けるか、あるいは別の傀儡を据えて王子を発見したと主張するだろう。

数カ月前インドにいたころに、ギャビーは彼らを阻止する計略を思いついていた。だが彼女の父は唇をゆがめ、直情的で愚かな考えにすぎないと却下した。カーシーの疑うことを知らない目を思い出し、ギャビーは唾をのみこんだ。彼がミセス・マラブライトのもとから連れ去られるのを黙って見ていることはできない。カーシーが無理やり人前に出されるなんて、想像するだけでも恐ろしい。

試してみたところで、失うものはなにもないはずだ。こうしている今も、猟犬たちがカーシーの跡を追っている。それにここには、彼女の意見を否定する父もいない。

決意を固めたギャビーは迷うことなく立ちあがり、部屋の隅に置かれた書き物机に向かった。引き出しから紙を出して羽根ペンの先を削り、手紙を書き始める。計算では、計画の実行には四通の手紙が必要だった。どれもできるだけ早くインドへ届けなければならない。

翌朝ギャビーがデューランド家の御者に渡したのは、サックヴィル・ストリートの住所だった。セント・ジェームズ・スクエアを出発してほどなく、馬車はきちんと塗装されて手入れの行き届いた、けれどもかなり質素な小さい家に到着した。

「まあ、カーシーが慣れ親しんできた環境とはずいぶん違っているわ」ギャビーが不安そうに口を開いた。

「きみたちは大きな屋敷に住んでいたのか?」

「ええ、そうよ。まるで宮殿みたいな」ギャビーは少しも悪びれずに説明した。「父は贅沢《ぜいたく》が大好きなの。それもあって、宣教師の活動が我慢ならなくなったのよ」

「そうだろうな」クイルはそっけなく応じた。

ミセス・マラブライトはカーシーより少なくとも六〇キロは体重が重そうな、にぎやかで思いやり深いイングランド女性だと判明した。

ギャビーの父親がその王子にホルカールの王座を継がせまいと決意した理由を、クイルはすぐに理解した。カーシーは優しい目をしたとても小柄なインドの少年で、一〇歳というよりは七歳くらいに見えた。少年はまるで開けた場所に足を踏み入れる用心深い鹿《しか》のように体を斜めにして部屋へ入ってきたかと思うと、いきなり隅に向かって走り出した。ひとりひとりの顔を見つめ、そのたびに不安そうに目を光らせる。

だが、それもギャビーを見るまでのことだった。ギャビーに気づいたとたん、少年は急いでそばに駆け寄り、彼女のドレスをつかんだ。「お話しして、ギャビー！」つい先ほども会ったかのように話しかける。

ギャビーがカーシーの顔を両手で包んだ。

「もちろんお話ししてあげるわ。でも、まずは挨拶よ」

カーシーがにっこりしたので、クイルは思わずどきりとした。恥ずかしそうな笑顔だ。

「こんにちは《ナマステ》、ギャビー」カーシーは両のてのひらを合わせて小さく頭をさげた。

「あらあら、だめよ」ミセス・マラブライトが割って入った。「今はイングランドにいるんだから」

カーシーはやり直した。「はじめまして、ギャビー。お会いできてうれしいです」

「それは知らない人《ストレンジャー》に言うのよ。ミス・ジャーニンガムのことは知っているでしょう」ミセス・マラブライトが助け船を出した。

少年は困惑した顔になり、うしろへさがってもう一度頭をさげた。

「はじめまして、ミス・ストレンジャー。ぼくは……ぼくは……ぼく……」だんだん声が小さくなる。

ギャビーが真面目な顔でうなずき、返礼のお辞儀をした。

「どうもありがとう、ミスター・カーシー・ラオ。会えてうれしいわ」

カーシーが顔を輝かせた。これで挨拶が終わった。

「ねえ、お話ししてよ、ギャビー、お願い、お願い」

ギャビーは申し訳なさそうにミセス・マラブライトとクイルを見た。

「カーシーに短いお話をしてもかまわないかしら？」

ミセス・マラブライトがにこやかに言った。

「彼から聞いていますよ。あなたのお話を聞くのが大好きだって」

ギャビーとカーシーは寄り添って長椅子に座った。ギャビーが話し始める。「むかしむかし、とっても小さなねずみがいたの。名前はジョージー。古い時代の中国の皇帝たちがいたころのお話よ。ずっとずっと昔のことだから、あなたも、あなたのおじいさまも、ひい、ひい、ひいおじいさまも、ジョージーとチーズを分け合ったことはないはずだわ」

クイルは口もとをほころばせ、今日初めて体の力を抜いた。けれどもミセス・マラブライトは、客を放置して子供向けの話を聞かせておくようなまねはしなかった。

「カーシーは煮こんだプルーンに夢中なんですよ」彼女は重要なことだと言わんばかりの口調で話し出した。「だから、毎日作っています。裏庭から取ってくるリンゴも喜んで食べますわ」

「もうロンドンの町を見せてまわったんですか？」クイルはぼんやりと尋ねた。実はジョージーの話に耳をそばだてていたのだ。ねずみは皇帝の大きな玉座の脚をのぼり、危険な領域をさまよい始めていた。

「いいえ」ミセス・マラブライトがきっぱりと言った。「カーシーは知らない人がまわりにいると落ち着けませんから。一日に一度は彼を裏庭へ押しこめなければならないんですよ。高い壁に囲まれているというのに。それほど神経質なんです」

「無言劇なら見たがるかもしれませんよ」

「いいえ、だめだと思います。それが現実です」ミセス・マラブライトは子熊《こぐま》を守ろうとする大きな母熊のように見えた。「ここで幸せに過ごしているんですもの。外へ連れ出して、怖がらせる必要はないでしょう。カーシーに外の世界は存在しません」

ねずみのジョージーは、皇帝のいちばんいい帽子につけた羽根からよそへ飛び移るといった、信じられないほど大胆な離れ業をやってのけていた。

「カーシーはまだ文字の書き方を学んでいるんですか？」

「上達していますよ。今では〝J〟が反対向きになるだけです」ミセス・マラブライトはカーシーが書いたものを取りに行くために足早に立ち去り、そのあいだにジョージーの物語は輝かしい結末を迎えた。

「そしてその日から、ねずみのジョージーは皇帝のいちばんの友だちになったの。皇帝はジョージーのために、金と真珠でできた特別なベッドを作らせたわ。ジョージーは、昼間はずっと皇帝の肩にのっていたのよ。また別の愚かな家来が中国に戦争をさせようと提案してきたら、すぐに反対できるように。ジョージーは戦争が恐ろしいものだと知っていたから、その皇帝がおさめていたあいだの中国は、もっとも平和で幸福な時代だったと、人々の記憶に長く残ったの」

カーシーが幸せそうにため息をついた。「ジョージーがぼくの友だちならいいのに、ギャビー」彼は部屋を見まわした。「ぼくの友だちがどこへ行ったか知ってる？　この家には住んでないんだ」

ギャビーが理解するまでに、一瞬の間があった。「それはフィービーのこと？」

カーシーがうなずいた。「フィービー」満足そうな声で言う。

「フィービーもあなたのことを尋ねていたわ。ミセス・マラブライトさえかまわなければ、二、三日のうちに彼女と一緒に訪ねてくるつもりよ」

「フィービーはねずみのジョージーを連れてくる？」カーシーが訊いた。

ギャビーは少年の飛躍する思考回路に慣れているらしい。「もしかしたらミセス・マラブライトが、ペットとしてねずみを飼わせてくれるかもしれないわ」

そのとき、カーシーの書いたものを持ってミセス・マラブライトが戻ってきた。彼らはそれからさらに三〇分ほど過ごし、ミセス・マラブライトのお手製の、香辛料のきいたおいしいジンジャーブレッドを食べ、それからようやく家路に就いた。

クイルは、レディ・シルヴィアがミセス・マラブライトの家へ同行しなかった理由をじっくり考えた。彼がこの機会に乗じ、好きなだけギャビーにキスをすると思っているなら大間違いだ。レディ・シルヴィアを満足させるつもりはない。ギャビーはピーターの婚約者であり、それはこれからも変わらない。

彼女がクイルとキスをしたいそぶりを見せたわけでもなかった。ギャビーは帰り着くまでずっとカーシーとミセス・マラブライトの話をしていた。クイルが、腕のなかの彼女がどれほど柔らかかったかということばかり考えているとは気づいていないらしい。ギャビーがどんなふうに体を震わせ、どんなふうに小さくあえいで唇を開いたかを何度も思い返し、もう一度抱きしめたくてたまらない気持ちでいることなど、知るよしもないのだろう。

8

リュシアン・ボッホの懸命な努力が実を結ぶまで――フィービー・ペンジントンと彼女の養母のミセス・ユーイングとおばのルイーズとの昼食にこぎつけるまで――二週間かかった。右側のフィービーと左側のエミリーにはさまれて、彼は小さなテーブルについていた。女性たちがリュシアンと同席したくないと思っていることははっきり伝わってきた。実際のところ、彼はまったく歓迎されていない客なのだ。紳士であるにもかかわらず、リュシアンは明らかな兆候をすべて無視して食事を続けた。

フィービーを家まで送った当初は、重要人物だという彼女の新しい母親に好奇心を抱き、会ってみたいと思っただけだった。ところが疲れ果てた顔のほっそりしたエミリーを目の前にしたとたん、彼の感情はあっというまに説明しがたい変化を遂げた。

リュシアンはとっておきの魅力的なお辞儀をして、彼女の手に口づけた。さらにフランスにいたころは侯爵だったと思わずつけ加えてしまい、自分が恥ずかしくなった。どうしてそんなことを口走ってしまったのだろう？　イングランドへ亡命してきてもなお、もはや存在しない爵位にしがみついている同胞たちを軽蔑しているというのに。

エミリーが非常に美しかったせいではない。確かに彼女は美しい。しかもこのうえなく優美な装いに身を包み、リュシアンが目にしたなかでもっとも流行の先端を行く小さな帽子をかぶっていた。けれども翌日も、そのまた翌日も彼がこの家を訪問したのは、エミリーの青灰色の瞳に浮かぶなにかのせいだった。リュシアンはとうとう、わざと非常識な時間に訪れ、エミリーがしかたなく昼食に彼を誘わざるをえないように仕向けた。美しいエミリーは警戒している様子だった。リュシアンがあまり好きではないのだろう。指にはいつもインクのしみがついていたし、全体的に痩せすぎている。だが、それでも彼は魅了された。

リュシアンがこうして彼女たちと一緒にテーブルを囲み、無能なメイドが取り分けた野菜のパイを食べているのには、そういういきさつがあった。

「ミス・フィービーから、きみが雑誌記者だとうかがったんだ、ミセス・ユーイング」リュシアンは言った。彼女は食事の前に指のインクを洗い落としていた。美しい手だ。細くてとても長い指をしている。

エミリーは招かれざる客に目を向けた。いったいこの人はここでなにをしているのかしら? これほどハンサムな人が独身だとは思えない。もっとも、独身男性なら恥ずべきソープ姉妹のもとを訪れてもいいというわけではないけれど。エミリーは心のなかで肩をすくめた。彼がわたしたちとかかわるのを嫌うお高くとまった俗物なら、こうして一緒に食事をしようとはしないだろう。「女性向けのファッションを扱う雑誌の記事を書いているのです」

「『ラ・ベル・アサンブレ』かな?」リュシアンが尋ねた。

なるほど、ミスター・リュシアン・ボッホが訪ねてきた理由はそれね、とエミリーは思った。彼は競合する雑誌の社主に違いないわ。新しい雑誌が刊行されるという噂だし、去年はドイツの雑誌の社主から、自分のところで記事を書くように誘われたもの。そうよ、それで説明がつくわ。ほかにフランス貴族がわが家のテーブルにつく理由は考えられない。エミリーは奇妙な胸のうずきを感じた。ミスター・ボッホの称賛のまなざしが記事ではなくわたし自身に向けられていたなら、さぞ気分がよかっただろうに。

「ええ、『ラ・ベル・アサンブレ』です」エミリーはそっけなく答えた。「それに今のところ、ほかの誰かのために書くつもりはありませんわ」

「ああ……なるほど」リュシアンは言った。

あともう少しで、ぼくに邪心がないことをエミリーに理解してもらえるだろう。ただ……。ただ、リュシアンは次になにを言えばいいのか考えつかなかった。そこで、さらに質問を続けた。「ほかの誰かのために書くとすればどんな理由からだい？　つまり、ほかの雑誌のためという意味だが」

「絶対にありえません」エミリーが鋭い口調で返答した。

どうやらこの会話は終わりらしい。リュシアンは必死に別の話題を探した。

「ミス・ソープ、きみも『ラ・ベル・アサンブレ』に書いているのかい？」

「いいえ」大きなリンゴを勢いよくかじりながら、ルイーズが答えた。「家族のなかの堕落者ですもの。わたしが書いているのは『エセレッジズ・ポルテンツ』で、いわゆる男性向けの文芸誌よ。ファッション関連の原稿をすべて担当しているの。こんなことを言ってあなたの気に障らないといいんだけど、わたしはオリーブグリーンのフロックコートに目がないのよ。まさにあなたが着ているようなものが理想だわ」

リュシアンは困惑気味に自分の上着を見おろした。

「ありがとう。きみが書いているのは『エセレッジズ・ポルテンツ』だと言ったかな？」

ルイーズがくすくす笑う。「わたしの記事を読んでいるかしら？〝ファッションに関する概説〟というタイトルなの」リュシアンの怪訝《けげん》な顔を見て、彼女はつけ加えた。「署名はエドワード・エセレッジだけど」

「残念ながら、拝見する喜びに浴したことはないな」

ルイーズがあきれたように目をぐるりとまわした。「喜びだなんて、わたしの文才を買いかぶりすぎだわ。ファッションに関して、姉は本当に確かな目を持っているけど、わたしは単にくだらない話を書き散らして、そんなものでも読みたがる愚かな人たちのために出版しているだけよ」

「厳しいことを言うわね」両手でパンをぼろぼろに崩しながら、エミリーが口を開いた。リュシアンは彼女が野菜のパイをほとんど食べていないことに気づいた。「ルイーズはとてもユーモアに富んだ文を書くんです」リュシアンに向き直って言う。

「だけど読者はみんな、わたしが真剣だと思っているのよ！」こらえきれないようにルイーズが口をはさんだ。

「きみはさぞ……非の打ちどころのない文を書くのだろう」リュシアンの口調はぎこちなかった。彼はあえてエミリーを見ないようにした。リュシアンが視線を向けるたびに、エミリーが眉をひそめて彼をうかがっていることに気づいたからだ。まるで銀器を盗みに来た泥棒を見るような目つきで。あるいは彼女の貞節を奪いに来たとでも言わんばかりに。リュシアンは不安げに身じろぎして、椅子に座り直した。これほど女性に惹《ひ》かれるのは久しぶりだった。実を言うと、妻が亡くなってから初めてだ。だが、なぜだろう？ 痩せて険しい顔つきのエミリーは、ふっくらとして優しかったぼくの妻とは似ても似つかない。物思いにふけっていたリュシアンは、はっとわれに返った。

ルイーズがサイドボードから紙の束を取り出し、『エセレッジズ・ポルテンツ』に書いた最新の記事を、エミリーとフィービーに読み聞かせていた。

「〝上品でありながら風変わりでもあり、容赦ないけれども心酔もされるファッションというものは、喜びという名の壮麗な宮殿で、次々に主が変わる王の椅子に鎮座している〟」彼女は重々しい厳かな口調で、右手を宙に振りかざしながら宣言した。

「〝ファッションは魅惑的な彼女を崇拝する信者に、拒むことのできない命令を下す。彼女はわれわれの暮らしとベストに影響を与える女神であり、われわれのクラヴァットのひだの具合を決定する天使であり、偶像で――〟」

「いいかげんにして、ルイーズ！」

「止めないで、姉さん」ルイーズが嘆願した。「まだ最初の部分よ。これから面白くなってくるの。ファッションの精霊がいかにしてクラヴァットのデザインを比較するかを述べているのよ。待っていて!」彼女は紙の束を振ってみせた。

エミリーがため息をつく。「申し訳ありませんが、そろそろ失礼しなくては、ミスター・ボッホ、それにフィービーも。今日の午後は仕事がたくさんありますの」

「だめよ、ママ、カスタードを食べてくれなくちゃ。わたしが卵を五つも泡立てたのよ!」フィービーが声をあげた。

「あまりおなかがすいていないのよ」エミリーが頭をさげてフィービーにキスをした。「あとで話を聞かせてもらうわ。いい?」

それから最後に小さくほほえみ、部屋から出ていった。

リュシアンはふたたび自分に言い聞かせた。だめだぞ。エミリーのあとを追って、美しい青灰色の瞳から緊張の色が消えるまでキスをするなんてだめだ。

メイドが軟らかすぎるカスタードの皿を運んできた。

「まったく」ルイーズが陰気な声を出した。「姉さんはひと口も食べずに行ってしまったけど、このカスタードは火を通し足りていないみたいだわ」

フィービーはもう自分の皿によそった分を食べ始めていた。

「わたしはおいしいと思うけど」

「卵の泡立て具合は完璧ね。見ただけでわかるわ」ルイーズはフィービーの髪をくしゃくしゃにした。

「差しでがましいようだが、姉上は時間に追われているのかい？　とても切迫した様子に見えるが」リュシアンは尋ねた。

「もうすぐ月末で、締め切りが近いせいよ」ルイーズが答える。「姉の書くものはとても人気があるの。毎月『ラ・ベル・アサンブレ』の記事のほとんどを書いているけど、社交行事に参加しない姉にとっては大変なことなのよ。誰がなにを着ていたかを記した長い報告書に目を通して、情報を拾い出さなければならない。一四紙ほどと契約しているし。なかでもとくに大事な仕事の期日が迫ってくるたびに、姉はどんどん神経質になっていって。今はきっと、レディ・フェスターの舞踏会の件で気をもんでいるのよ。リトル・シーズンの幕開けとなる重要な舞踏会なの。それに、レディ・フェスターは招待客を厳選するもの」

「よくわからないが、なぜミセス・ユーイングが気をもむ必要があるんだ？」

「その舞踏会でもっとも着こなしのすばらしかった女性を発表しなければならないから」ルイーズが説明した。「でも、正確な情報を手に入れるのが難しいの。とくに限定された催しでは、姉の知り合いがひとりも招待されない事態が起こるんじゃないかと、いつも心配しているのよ」

「姉上には密偵がいるのか？」

「密偵というわけじゃないわ」ルイーズがむっとした顔で言った。「ファッションに敏感で、小額の報酬でも喜んでくれる年配の女性たちがいるの。彼女たちに招待客の様子を教えてもらって、それで姉は記事を書くのよ。たとえば……」手を宙でひらひらさせた。「〝もっとも高貴なレディはたっぷりひだを寄せたペチコートをつけていた〟とかなんとか。そのレディが誰か、読者には簡単に想像がつくというわけ」

「ミセス・ユーイングがご自分で舞踏会に出席すればすむんじゃないのかい？」

エミリーが投げかけていたのとまったく同じ疑わしげな視線を、ルイーズはリュシアンに向けた。「いったいどうやって？　わたしたちは舞踏会に招待されていないのに」

リュシアンは思いきって尋ねた。「なぜ招かれないんだ、ミス・ソープ？　ぶしつけな質問を許してくれ。だが、きみたちが名家の出身なのは明らかだ」

ルイーズがフィービーのほうをちらりと見ながら言った。「父は短気な人なの。わたしは一五歳のときに家を出された。ありがたいことに姉がわたしをかばってくれて、そのせいで自分も追い出されてしまったのよ。それで結局、こうなってしまった」

もっと詳しく聞きたかったものの、リュシアンはそこでやめておくことにし、代わりに言った。「ぼくはレディ・フェスターの舞踏会に招待されている。ミセス・ユーイングは一緒に出席してくれると思うかい？」

ルイーズの瞳も姉と同じく青灰色だったが、どういうわけかリュシアンは少しも心を動かされなかった。新しい馬を選ぶかのように彼女にじろじろ見つめられても、なにも感じない。

「姉がどう考えるか、わたしにはわからないわ」ようやくルイーズは小声で言った。

「ママはあなたと一緒に行くべきだと思うわ、ミスター・ボッホ」突然、フィービーが口をはさんだ。「だって、ミスター・ヒズロップの話を聞くよりずっといいもの」

「ミスター・ヒズロップを知っているの？」驚いた様子でルイーズが訊いた。

「ママがサリーに、近くにいてちょうだいって言うのを聞いたの。ミスター・ヒズロップがキスをしようとするといけないから。彼はとってもいやな人だってサリーが言ったら、ママもそう思うって。だけど、失礼な態度は取れないんですって」

リュシアンはじりじりと焼けつく痛みを胃に感じた。

「きみはぼくがミセス・ユーイングの密偵を女性だと思うように仕向けたね」ルイーズのほうを向いて言う。

彼女は顔を赤らめた。「ほとんどは女性よ。でも、ミスター・ヒズロップはあらゆる催しに招かれているらしいの。情報と引き換えに報酬を払わなくてもいいし。彼はただ……その……」

「卑劣な男だ」リュシアンは言った。自分でも驚くほど冷たい声だった。「エミリーはこれからそいつと会うのか？」ファーストネームで呼んだことには気づかなかった。

ルイーズはまだ推し量るように彼を見つめていた。だがリュシアンには、彼女のまなざしがわずかに和らいだように思えた。

「ミスター・ヒズロップはたいてい、火曜の午前一一時にやってくるわ。そうよね、フィービー？」ルイーズが立ちあがった。「忙しいでしょうけれど、時間を見つけて姉を舞踏会に誘っていただけないかしら、ミスター・ボッホ？」

リュシアンはただちに席を立った。「火曜の朝なら空いている」同じ思いをたたえたふたりの視線が交錯する。

「うまくいくことを願っているわ」そう言って、ルイーズがお辞儀をした。こんなみすぼらしい部屋で暮らす女性ではなく、上流社会にふさわしい教育を受けた若い女性がするような、堂々とした美しいお辞儀だ。

数分後、リュシアンは眉をひそめて馬車のシルクの内張りを見ていた。あのふたり――ほっそりとして知的なソープ姉妹は変わっている。ミスター・ユーイングが実在の人物ではなかった可能性はおおいにあると思われた。エミリーは未亡人というより、びくびくしているうぶな女性に見える。

リュシアンにはわかるはずだった。つれあいに先立たれた者がどんなふうに見えるか、自分自身が経験しているのだから。不意に、美しいエミリーと出かけることを考えるだけでも、自分は年を取りすぎているように思えてきた。彼は年老いて――もうすぐ三五歳になるのだが――疲れていて、そして……ひとり身だ。優しいフェリスと結婚していたのがずいぶん昔に感じられた。息子のミシェルのことはもっとはっきり覚えていた。ふっくらした小さな頰やバラのつぼみのような唇は心の奥に深く刻まれていて、いまだにときどきふと思い出しては、喉が締めつけられる思いがするのだ。

リュシアンは声に出さずに悪態をつくと、馬車の屋根を叩いた。御者に指示して行き先を変更し、クラブへ向かわせる。これまでの経験から、急に記憶がよみがえってきたときには、誰もいない屋敷に帰らないほうがいいとわかっていた。

やはりエミリーをフェスター家の舞踏会に誘うわけにはいかない。ひとつには、明らかに社会のはみ出し者である彼女が、おそらく居心地の悪い思いをするに違いないからだ。そしてもうひとつの理由は、エミリーが若すぎることだった。彼女には同じくらい若い男がふさわしい。つらい記憶や終わりのない後悔に苦しむ男ではなく。

新しいドレスの仮縫いを監督するためにマダム・カレームがみずからやってくるころには、ギャビーは退屈のあまりどうにかなりかけていた。毎朝馬車に乗ってカーシーを訪ねてはいるものの、それでもこのひと月はこのうえなく退屈だった。レディ・シルヴィアは毎日のように友人を訪問していたが、ギャビーが同行させてほしいと頼むと身震いして言った。「その格好ではだめよ、ガブリエル」それで終わりだ。

クイルが留守にすることは珍しかった。二度ほどバースへ出向いたけれど、どちらのときもひと晩滞在しただけで戻ってきた。それなのに屋敷内で姿を見かける機会はめったになく、彼がギャビーにロンドンの案内を申し出ることもなかった。わたしの白いドレスのおぞましさに耐えきれなくなったのかしら、とギャビーは考えずにいられなかった。もしかするとクイルは、たとえロンドン塔であろうと、わたしと一緒にいるところを人に見られたくないのかもしれないわ。

ギャビーは毎日『モーニング・ポスト』を読み、いわゆる社交シーズンではないが、あちこちで小規模なパーティーが開かれていることを知った。しかしクイルは、音楽の夕べやほかのどんな集まりにも彼女を誘おうとしなかった。

彼は毎日バースから知らされる父親の健康状態を、ギャビーにも教えてくれた。ときおり彼女やレディ・シルヴィアとともに夕食をとり、カーシー・ラオは元気にしているかと、毎回几帳面に尋ねてくれた。それでもやはりギャビーを自分の友人に引き合わせようとはせず、芝居に誘うこともなかった。

そんな状況だったので、にぎやかな助手の一団を連れたマダム・カレームが屋敷に到着したとき、ギャビーは思わずほっとした。ところがマダムの持ってきたドレスを目にするなり、今度は安堵とはほど遠い気持ちになった。

「このドレスは着られないわ。無理よ!」ギャビーは叫んだ。動揺が激しくなる。

「これが流行《モード》ですわ」マダム・カレームは抗議の声を気にも留めなかった。なにしろ若いころから数々の顧客に衝撃を与えてきたのだ。

「ミス・ジャーニンガム、あなたはムッシュ・デューランドと結婚なさるんです。ご自分のスタイルというものを強く誇示しなければなりません。卓越した審美眼の持ち主が夫になるのですから、まわりから厳しい目で審査されるでしょう。残念ながら、あなたにはセンスが欠けています。だからこそムッシュ・デューランドは、あなたをわたくしの手にゆだねられたんですわ」

そう聞かされても、ギャビーは憤慨しなかった。

「だけど、このドレスを着て人に見られるのはわたしなのよ」抵抗は試みた。

「見られるのではありません。称賛されるのです」マダム・カレームがぴしゃりと言い返した。した。「男性たちはあなたの足もとにひれ伏すでしょう」

少し心が惹かれた。いいえ、やっぱりだめよ。お父さまがこのドレスを見たらなんと言うか！　想像すると身震いがした。

「普段のわたしの作品より、いくらか重い生地を使って衣装を揃えました」マダム・カレームがきびきびとした口調で続けた。「腰の曲線を隠せますからね」

ギャビーは目をしばたたいた。そこは気に入っているのに。クイルもそうだと思うわ。彼がギャビーの腰のあたりに指をとどめ、愛撫していたことを思い出した。

「胸は重要な財産です」マダム・カレームはまだ話し続けている。「だから見せましょう。ヒップも有用です。したがって、どのドレスにも……日中用にも夜用にも小さな裳裾《トレーン》をつけました。歩くたびに上下左右に揺れる効果が期待されます」

胸は間違いなく見えているわね、とギャビーは思った。試着したイヴニングドレスは、胸をかろうじて押しこめている状態にすぎなかった。

「さあ、これで公共の場に出ていってもかまいませんわ」マダム・カレームが満足そうに告げた。「ムッシュ・デューランドも喜んでくださるはずです。そうお思いになるでしょう？」

「ええ、きっと喜んでくれるわ」ギャビーは急いで言った。「でも、マダム・カレーム、もしこのボディスが……」不安そうに布地に触れた。「もしこれが下へ落ちてしまったら？」

「下へ落ちる？　下へ落ちるですって？」

両肩を軽くよじり、ギャビーは驚くほど簡単にそれを実践してみせた。

ギャビーの動きに応えてあらわになった淡いピンク色の胸の頂を、マダム・カレームが怒りに満ちたまなざしでにらみつけた。

「そんなふうに動くものではありません。わたしの顧客のイヴニングドレスは、すべて胸もとが大きく開いています。見せるほどのものをお持ちでない方も含めて。あなたは胸があってありがたいと思うべきですわ、ミス・ジャーニンガム。それに下着をつけると、わたしのボディスのラインが台なしになってしまいます。絶対に肩をよじってはいけません。わたしの顧客はどなたもそんなことをしませんよ」

もちろんそんなことをするわけがないわ、とギャビーは思った。考えただけでぞっとする。

だが、家に閉じこもっているのはもうたくさんだった。作り直すためにマダム・カレームがドレスを持ち帰ったら、どこかへ連れていって誰かに——誰でもいいから——紹介してほしいとクイルに頼めなくなってしまう。

結局、ギャビーはそのままドレスを受け取り、マダム・カレームを見送った。マーガレットに手伝ってもらって、キンポウゲが一面に飾られたモーニングドレスを着る。その上からごく薄い赤にピンクのシルクで裏打ちした、大きなフードつきのマントをはおった。そばでマーガレットが興奮した声をあげる。

「こんなにきれいなマントは見たことがありません」最後にもう一度フードの位置を直しながら、メイドがうやうやしく言った。

「ピーチブロッサムという色なんですって」ギャビーは言った。「だけどマダム・カレームがなんと言おうと、ピンクをおしゃれに言い換えたにすぎないわ、マーガレット」

「まあ、だめですよ、ミス・ギャビー。正しい呼び方を教えていただかなければ」マーガレットが熱心に言う。「階下《した》ではわたしの話を聞くのを、みんなが楽しみにしているんです」

彼女は女主人に、同じピーチブロッサム色で縁取りがされたハンカチを手渡した。

ミセス・ユーイングの小さな居間に足を踏み入れたとたん、ギャビーはマダム・カレームのデザインの効果を初めて実感した。フィービーをカーシーのところへ連れていくために、彼女は週に一、二度この家を訪れ、フィービーの養母と少々堅苦しいものの友好的な関係を築いていた。

けれども今朝のミセス・ユーイングは、ギャビーが着ているものを目にしたとたん驚いたように足を止めた。ギャビーは内心でほほえんだ。これまではフィービーの母親の装いがとても垢抜《あか》けているので、そばにいると自分が救いようのないほどやぼったく感じられてしかたがなかったのだ。

「感想を述べさせていただけるなら、ミス・ジャーニンガム、今朝のあなたはすばらしく優雅ですわ。本当に美しいドレスだこと」

ギャビーはにっこりした。「マダム・カレームから受け取ったばかりなんです」

「ドレスに小さなトレーンをつけたんですね」ミセス・ユーイングが歩み寄りながら言う。「なんて興味深い選択かしら！　しかも、そのマントはメリノ地でしょう？」

「わからないわ」ギャビーは陽気に言った。「わたしが知っているのは、ただのピンクではなくてピーチブロッサム色と表現しなければならないらしいことだけ」ミセス・ユーイングに顔を近づけ、秘密めいた口調でささやいた。「わたしは教えてもらって喜ぶべきなの。だって、品のない人しか着ないような色は恥だと思わなければならないそうだから」

それを聞いて、ミセス・ユーイングが笑い声をあげた。ギャビーの記憶にあるかぎり初めてだ。

「マダム・カレームはとてもお高くとまっていますわ。そう思いませんか？　初めて会ったときは怖かったですもの」

そのとき、子供用の外套を着て小さなバスケットを持ったフィービーが部屋に入ってきた。

「ミス・ギャビー」息を切らして言うと、膝を折ってお辞儀をした。「待たせてごめんなさい。厨房で料理人を手伝ってたの」

「こっちへいらっしゃい、鵞鳥《がちょう》さん」ギャビーが愛情をこめて声をかけると、少女は腕のなかに飛びこんできた。

「カーシーに小さなパイを作ったのよ」フィービーがバスケットを覆っていたナプキンをめくってみせた。「ひとりで……ええと、ほとんどひとりで作ったの。気に入ると思う？」

「きっと大喜びするわ。じゃあ、そろそろ出かけましょうか？」ギャビーはミセス・ユーイングにほほえみかけた。「ご都合がよければ、数時間でフィービーをお返しするわ」

「ご親切にありがとうございます」ミセス・ユーイングはフィービーを抱きしめてキスをし

た。

ギャビーとフィービーがサックヴィル・ストリートに到着すると、その日はカーシーにとって特別につらい日だとわかった。掃除用具入れの暗い隅にうずくまった彼を、フィービーが説得して出てこさせるのに三〇分以上かかった。

ミセス・マラブライトが悲しそうに言った。

「夜警のせいなんです。寄付を集めに戸口へやってきたんですよ。わたしが止める間もなく、居間へ入ってきてしまって。カーシーは二階にいると思っていたんですが、実際は一階にいたんです。かわいそうに、あの子は気づくと四人の男に囲まれていました。そのうちのひとりがカーシーに挨拶をしたんです。とても礼儀正しかったんですが、あの子には耐えられませんでした。それからずっと掃除用具入れに隠れていたんです」

「わかるわ、ミセス・マラブライト。暗い隅からカーシーを出てこさせようとして、一時間くらいかかったことが何度もあったの。それがあの子なのよ。父は必死にその癖をやめさせようとしていたけれど」ギャビーは言った。

ミセス・マラブライトが目に不安を浮かべ、両手でエプロンを握りしめた。

「そういうときは引きずり出すよう、お父さまから指示されていたんです、ミス・ジャーニンガム。だからカーシーを無理やりクローゼットから引っぱり出したことがありました。でも、あの子はひどく興奮してしまって……それで……」

「なにが起こったかわかるわ」ギャビーは慰めるようにほほえみかけた。「わたしはあなたの意見に全面的に賛成よ、ミセス・マラブライト。カーシーを苦しめてもなんの意味もないわ。今のあの子を見て！」

カーシーは長椅子の端に腰かけ、フィービーが作ったパイをうれしそうに食べながら、おしゃべりする彼女をじっと見ていた。

「少しもまわりを気にしていないわ。自分が望むときに出てこられるなら、カーシーは完璧に幸せでいられるのよ」ギャビーは言った。

「ええ、もとはとても明るい子ですね」ミセス・マラブライトが同意した。「外へ連れ出されたり、知らない人たちに囲まれたりして狼狽しないかぎりは。いずれにせよ、わたしはあまり外へ出るのが好きじゃありませんし」

その夜、ギャビーは考えこみながら、マダム・カレームのイヴニングドレスのひとつに着替えた。歩くとうしろのトレーンが床をすべり、思わず身じろぎしたくなった。下半身は上下左右に揺らすのが好ましく、ウエストから上は絶対に動かしてはならないと言われたことを実践しようと試みる。正直なところ、上下左右の動きはそれほど不快に感じなかった。彼女はもう少しだけ大きく身を沈めてみた。ギャビーはそうやって腰を揺らしながらクイルの書斎へ行き、ドアを軽くノックした。

部屋に入っていくと、彼が顔をあげた。書斎の薄明かりのなかでクイルの顔は暗くて厳しく、彼女を歓迎していないように感じられた。離れているあいだはクイルの口もとがどんな感じだったか忘れてしまうが、こうして改めて見ると唇はふっくらとしていた。ピーターの薄くて完璧な形の唇とは驚くほど違う。クイルの体は全身が、彼に苦しみを与えている脚でさえ、たくましくて筋肉質だった。

「明かりが必要だわ」ギャビーは言った。普段の調子で歩き始めたものの、腰を揺らすはずだったと思い出す。

そこで必要もないのに方向転換し、書斎の壁に取りつけた燭台《しょくだい》の蠟燭《ろうそく》の芯《しん》を確かめてまわった。戻ってくるころにはクイルの瞳の色がはっきりわかるほど濃くなっていて、ギャビーは満足感を覚えた。

「今夜は外出したいの、クイル」

「外出？」クイルがぼうっとした顔で彼女を見つめた。足もとにひれ伏して涎《よだれ》を垂らすほどではないが、それに近い。

「外出よ」ギャビーはゆっくりと言った。「劇場かパーティーに行きたいの。今夜はレディ・ストークスがダンスつきのカードパーティーを開いているわ。わたしたちも招待されているのよ」彼女はピーター宛に毎日届き、コズワロップがうやうやしくマントルピースの上に置く、浮き彫り模様で飾られた招待状のひとつを差し出した。

「パーティーに」クイルがぼんやりと繰り返した。「無理だ。ぼくはそういう催しには行かない」

「どうして？」

クイルは答えなかった。ダンスや長時間立っていなければならない場を避ける理由にギャビーが気づかないなら、わざわざ教える必要もないだろう。

「劇場へは行けると思うが」クイルはしぶしぶ言った。

ギャビーはぱっと笑顔になり、彼に近づいて机の端に腰かけた。マダム・カレームのボディスの効果がクイルに及んでいるかどうか確かめたかったのだ。

ほんの一瞬で、彼女は効果があったと確信した。クイルの瞳にはほの暗い危険な光が揺れていた。めまいがするほどの強い興奮を感じ、ギャビーはクイルのほうへわずかに身を乗り出した。

「ドーセット・ガーデン劇場に行けたらうれしいわ。大好きなシェイクスピアのお芝居が上演されているの。『じゃじゃ馬ならし』よ」

なにを言われても誘いかけに聞こえる。クイルは感覚が麻痺《まひ》しつつあった。ぼくの弟は、こんなにも熱い期待を抱かせる声の持ち主と結婚しようとしているのだ。

弟。ピーター。クイルは崩れゆく自制心を懸命に引き留めた。

「申し訳ないが、今夜は重要な約束があったのを忘れていた」こわばった声で言うと、椅子をうしろに引いた。「どうか許してほしい」

ギャビーが滑稽《こっけい》なほどがっかりした様子を見せた。そうかと思うと、落胆した子供の顔が突然、うっとりするほど魅惑的な女性の顔に変わった。

「だけどクイル、一日じゅうずっと家に閉じこもっているのには飽きてしまったのよ」

「まもなくピーターが戻ってくる」

「毎日届く手紙では、そんな気配はなかったけど」ギャビーが指摘する。「お母さまにとって、ピーターの存在は大きな慰めなんですもの」

「もうそろそろ慰めもいらないはずだ」クイルはぴしゃりと言った。「今のところ、父の容態に急激な変化はない。ピーターに手紙を書いて、戻ってくるよう伝えるつもりだよ」

確かにデューランド子爵はバースで最高の宿に落ち着き、快適な環境のなかで静養している。二度と歩けないのは間違いなさそうだが、もう一度話せるようにはなるかもしれないと、医師たちは一縷《いちる》の望みを抱いていた。父の意識ははっきりしていて、思うようにならないいらだちをあらわにしながら、読みにくい文字を書いて意思を伝えているらしい。

「ピーターの手紙によれば、父は何年も今の状態が続く可能性があるそうだ」

「お願いだから、ピーターに連絡しないで。お母さまが彼を必要としているときに、引き離すようなまねはしたくないの」ギャビーが懇願した。

納得できない気持ちがクイルの顔に出た。

「だってピーターとわたしは結婚して、これから長いあいだ一緒に暮らすのよ」ギャビーが懸命に食いさがり、クイルの膝に手をかけた。「ピーターとお母さまのあいだに割りこむのはよくないわ。インドにいるときに、そういう状況を何度も目にしてきたの。愛し合っている夫婦のあいだをぎくしゃくさせてしまうわ」

クイルは息苦しさを覚えた。ギャビーのそばにいることすらも、だんだん難しくなってくる。彼女がうっとりと目をきらめかせ、男女の愛について語っているときはとくに。

彼は椅子をさらにうしろへ引き、机に座っているギャビーから離れた。

「きみが劇場へ行きたがっていると弟に知らせよう」そこで、つけ加えずにいられなかった。

「きみがそんな格好をしているとピーターが知れば」彼女のドレスを指し示す。「仲間に見せびらかしたくて、急いで町へ戻ってくるに違いない」

ギャビーはクイルの声にひそむ冷たい皮肉を無視した。彼の言い方に気持ちをくじかれる。わたしが言ったなにかに、クイルは腹を立てているんだわ。男性にしては、クイルは気分が変わりやすい。けれどもギャビーは経験から、不機嫌な態度は無視するのがいちばんだと知っていた。

「そう思う、クイル？　マダム・カレームのドレスは美しいでしょう？」彼女はあからさまに褒め言葉を要求した。

クイルはドレスについて否定的な意見を言って、ギャビーに反撃する気になれなかった。彼女は自分のイヴニングドレスがひどく挑発的だと承知しているに違いない。マダム・カレーム――抜け目ない熟練のフランス人――はギャビーをイングランドの華奢な令嬢風に仕立てあげようとしても絶対にうまくいかないと気づき、ハスキーな声や豊満な体つきや、にじみ出る官能を利用する手法を選んだらしい。マダム・カレームの作品を身にまとったギャビーは、全人類にとって危険な存在と言えた。

「今夜、ピーターに手紙を書いて送っておこう」

かすれた声が出て、クイルはぎょっとした。やはりジャマイカの会社を視察に行くほうがよさそうだ。ザンジバルでもいい。ジャマイカは近すぎる。どうしても出席したいらしい舞踏会で踊っているギャビーの姿が、容易に想像できてしまいそうだ。男の腕に抱かれる姿が目に浮かぶ。舞踏会で、そして……舞踏会のあとで。

クイルは唾をのみこんだ。急に立ちあがったために、弾みで椅子が倒れそうになった。彼は威厳たっぷりにお辞儀をした。

「失礼するよ、ギャビー。今、気づいたんだが、今夜の約束にすでに遅れているんだ」

「まあ、クイル、わたしも一緒に行ってはだめ？」

「とんでもない。レディが男の個人的な約束に同行するなどもってのほかだ」クイルはそっけなく言った。

「どうして？」

ギャビーのまつげはとても濃い茶色で、カールした先端のところで髪と同じ淡い金茶色に変わっていた。

「レディは紳士の約束について尋ねたりしない」クイルは厳しい声で言った。

「ああ」ギャビーの顔が明るくなり、笑みが広がった。「愛人《シェーラミ》を訪ねるのね。あなたにそういう人がいてよかったわ！　わたしも好きになれそうな人かしら？」

「まいったな」クイルはつぶやいた。ギャビーを表すのに型破りという表現では足りない。それに、ごまかすこともできないらしい。彼女は自然のままなのだ。南極圏よりもっと遠くに仕事はあるだろうか？　北極熊の毛皮取引でも始めるべきかもしれない。「ぼくにシェーラミはいない」彼はぶっきらぼうに言った。「それに、ぼくに向かってそういった話題を持ち出すのはなによりも無作法だ」

「わかったわ」ギャビーは愛想よく言った。どんどん増え続ける、イングランドでしてはいけないことのリストに、またひとつ決まりをつけ加えた。「でも、どうしていないの、クイル？」

クイルはまたしても会話の流れが見えなくなった。「いないって、なにが？」

「どうしてあなたにはシェーラミがいないの？　インドにいたイングランド人の男性たちには、全員そういう女性がいたわ。少なくとも、わたしはそう聞いた。非難しているわけじゃないのよ」ギャビーが急いでつけ加えた。「ただ質問しているだけなの、クイル。あなたはもう家族みたいなものでしょう？　だから訊いてもかまわないかと思って」

家族だからかまわないと、ギャビーはいったい何度口にしただろう。クイルはむっつりと考えた。

「きみとその問題について話し合うつもりはないんだ、ギャビー」クイルがあまりにも怖い顔をしたので、今回はギャビーも不機嫌で片づけてしまえなかった。

「親しみをこめて質問しただけなのに」

クイルがどっと笑い出した。「ピーターのまわりでそういう質問はしないことだ」

その気になれば、ギャビーは上手に傷ついた顔ができた。

「あなたのことは個人的な友だちみたいに思っているのよ、クイル。イングランドにいる、古くからの友人みたいに。あなたが教えてくれなければ、いったい誰がわたしにちゃんとしたふるまい方を教えてくれるというの?」

「ピーターだ」クイルは断言した。「ピーターはそういう事柄を教えるのがきわめて得意なんだよ」彼はバースから弟が戻ってくることを初めてうれしいと思った。

机から腰をあげたギャビーが書斎のなかをうろうろと歩きまわっていたので、クイルは紙を取り出してピーター宛の手紙を書き始めた。

未来の花嫁の服装はカレームによって適切に整えられた。彼女は社交を楽しむことを要求している。ただちに戻ってほしい。さもなければ、ぼくがみずから世間に紹介せざるをえなくなる。

その手紙はクイルの期待どおりの効果をもたらした。ギャビーをロンドン社交界に紹介するという、繊細な注意を必要とする仕事を自分以外の誰かが引き受けると思うと、ピーターの背中に震えが走った。しかもその誰かが兄――無頓着《むとんちゃく》で繊細とはほど遠い兄――となれば、髪も逆立つ思いだ。

デューランド子爵夫人も下の息子と同じ気持ちだった。「ダーリン、あなたはすぐロンドンへ戻らなければならないわ」彼女はピーターを促した。「クイルはよくできた息子だけれど、手際がいいとは言えませんからね。あなたのお父さまの状態も安定していることだし」

ピーターはうなずいた。それから一週間足らずで、ロンドンへ向けて出発した。ちょうどよかった、と馬車の片隅でピーターはひそかに考えた。膝丈のブーツは、左足の靴底の裏におぞましい引っかき傷ができていた。新しいブーツが必要だ。センスのいいまともなブーツはホビーにしか作れない。バースにはなにも、なにひとつとして買うに値するものはなかった。

9

美しいソープ姉妹について調べてまわるような無作法なまねはできないが、相手がエミリーの密偵のヒズロップであれば、リュシアンはなんのためらいも感じなかった。しかも耳に入ってくることは、どれも最悪の疑念を裏づけるものばかりだった。ヒズロップは女好きで知られる若造だったのだ。

リュシアンは不本意ながら、火曜日の午前一一時きっかりにエミリー・ユーイングの小さな家のドアの前に立った。ヒズロップと対決する一方で、リュシアン自身が抱く関心はおじが姪《めい》に向けるたぐいのものだと、エミリーにはっきり表明するつもりだった。時間をかけて考えた結果、フィービーとエミリーの両方に対して父親の役割を果たそうと決めたのだ。妻を亡くして年老いた身にはそうするのがふさわしいだろう。

ドアを開けたサリーがお辞儀をして、ミセス・ユーイングは訪問を受けられないと告げた。だが、メイドもシリング硬貨の誘惑には勝てなかった。

彼女はエミリーの書斎のドアを指差してささやいた。「奥さまがお会いにならないのは、人が訪ねてくる予定があるからです」硬貨を握りしめて下の階へおりながら、サリーは自分に言い訳をした。あのフランス人の紳士があんまりハンサムだから教えてしまったのよ。それにたとえフランス人だろうと、彼と結婚するのは奥さまにとっていいことだわ。外国人はたいてい気に入らないけど、ミスター・ボッホは……罪深いほどすてきだもの。

書斎のドアが開けられ、エミリーはいらだちを覚えながら顔をあげた。彼女はヒズロップをできるだけ堅苦しく迎えたかった。この家の住人であるかのような感覚を抱かせたくないからだ。

ところが戸口に立っていたのは、ヒズロップではなくリュシアン・ボッホだった。たちまちエミリーの胸でなにかが弾み始めた。この数週間、気づくといつのまにかリュシアンについて考えていたことが何度となくあった。

「どういうご用件でしょう、ミスター・ボッホ？　申し訳ありませんが、ずっと仕事が忙しくて、お客さまをお迎えする準備ができていないんです」エミリーは机から立ちあがり、インクが飛び散った場合に備えてモスリンのドレスの上につけていたエプロンを外した。手のほうはもうすっかり汚れている。「残念ながらお話しする時間もあまりないんです。来客の予定があるものですから」

リュシアンはどうすればいいかまったくわからなかった。ドラゴンを退治するつもりでやってきたのに、肝心の敵がまだ来ていないらしい。

「ぼくと一緒にレディ・フェスターの舞踏会へ行くかどうか、尋ねるために来たんだ」

エミリーはゆっくりと息を吸いこんだ。別のファッション誌に書かせるためにわたしを引き抜くのが目的ではないみたいだわ。「わたしは社交界の一員ではありませんので」彼女は曖昧に返答した。

リュシアンが片方の眉をあげた。「機会を提供しようと申し出ているんだが」

「ありがたいお誘いですけれど、残念ながらお断りしなければなりません」

「理由を訊いてもいいかな？」リュシアンは失礼を承知で尋ねた。レディに拒絶のわけを問うなど、紳士には決して許されない行為だ。だがヒズロップがやってきたときにこの部屋にいるためには、なんとかして会話を続けなければならなかった。

「正式にデビューしていないんです」エミリーが説明した。「実家を離れる前にいくつか舞踏会に出席しましたが、大きな集まりでは居心地の悪い思いをするだけでしょう。でも、お声をかけてくださったことには大変感謝しておりますわ、ミスター・ボッホ」

「ミス・ソープから事情を聞いたよ。社交界の女性たちの装いを調査するには絶好の機会だと思うけれどね」必死になっていると思われないよう口調に気をつけながら、リュシアンは説得した。「上流社会の人々はみなフェスター家の舞踏会に出席するはずだ」

エミリーはためらった。もしかすると、彼は好色なヒズロップと同類ではないのかもしれない。ヒズロップもこれまでに彼女をさまざまな社交行事に誘っていたが、それは馬車でふたりきりになるのを利用して言い寄るつもりだからだ。最近では、誘いを受けなければ情報を与えないとほのめかすようにさえなっていた。

リュシアンはまだ部屋の真ん中に立っていた。エミリーに歩み寄り、お辞儀をして穏やかな口調で言った。「きみが一緒に行ってくれる以上に光栄なことはない」

エミリーは息ができなかった。こんなにまつげの長い男性がいるなんて。わたしを見つめる黒い瞳がこれほど……魅力的だなんて。

「ご親切にありがとうございます」ようやく声が出た。

「ぜひご一緒したい」リュシアンが言った。「妹さんも加わってもらえるとうれしいんだが。シャペロンとして」

「妹がシャペロンですって」エミリーはもう少しで鼻を鳴らしそうになった。そんな提案をするところをみると、リュシアンはわたしたちについて調べていないらしい。ルイーズがイングランドじゅうに尻軽でふしだらな娘として知れ渡り、その評判は地に落ちていることを知らないに違いない。「妹は公の場に出ません」きつい口調で言った。

「それなら、ぼくの知り合いに同行を頼もう。ぼくとふたりできみが不快な思いをするといけない」

リュシアンと目を合わせたエミリーは、彼がヒズロップと同じ堕落した男性かもしれないと疑ったのが恥ずかしくなった。

「喜んでフェスター家の舞踏会にご一緒させていただきますわ。気が変わりました」

「気が変わるのは女性の特権だよ」リュシアンがほほえんで目を輝かせ、もう一度お辞儀をした。「光栄だ」

「それと、お知り合いの方にシャペロンの役を頼まなくても大丈夫ですから」エミリーは急いで言い添えた。「わたしは未亡人ですから、シャペロンは必要ありません」

「ああ、もちろんそうだな」リュシアンがつぶやいた。

彼の目に皮肉が浮かんだように見えたけれど、気のせいかしら？　不安に駆られたエミリーは、頭にのせた小さな帽子に手をやった。

リュシアンはそれ以上滞在を引き延ばす理由を思いつけなかった。あきらめて帰ろうと向きを変えたそのとき、ドアが押し開けられ、サリーが厳しい声で告げた。「ミスター・ヒズロップがお越しです、奥さま」廊下を歩いてくるあいだに二度も触られたせいで、彼女は機嫌が悪かった。ヒズロップをひとにらみすると、サリーは足音も高く去っていった。

バーソロミュー・ベイリー・ヒズロップはハンサムな男性ではなかった。リュシアン・ボッホと同じ部屋にいるのは彼にとって残酷なことだと、エミリーはすぐに気づいた。黒ずめの服に身を包んで立つリュシアンはすらりとして、物腰も装いも侯爵という地位を如実に物語っていた。正しくは元侯爵だが。

それに引き換え、ヒズロップは仕立屋に恵まれていないらしい。今朝は、おそらく自分では流行の最先端だと思っているに違いない格好――金属製の巨大なボタンがずらりと並んだオリーブ色のフロックコートの前を開け、強烈な色合いの紫と黄色の縞模様のベストをのぞかせた格好――をしていた。もじゃもじゃのもみあげをかなり長く伸ばしているのは、それが大流行していると信じているからだろう。完全なX脚ではないものの脚は細く、目を好色そうにきらめかせている。これこそが、肉屋のひとり息子にして跡取りのバーソロミュー・

ベイリー・ヒズロップの姿だ。牛骨を煮て作った膠《にかわ》で父親が巨万の富を築いたおかげでケンブリッジ大学に行き、現在はロンドンで暮らしている。

エミリーは普段より明るくヒズロップを迎えた。「ミスター・ヒズロップ、またお会いできましたね！」彼が会釈するのを見つめ、小さくお辞儀を返した。「ミスター・リュシアン・ボッホを紹介させていただきますわ」

ヒズロップはミスター・ボッホに見覚えがなかったが、そんなことはどうでもよかった。ミスター・ボッホがどの仕立屋を利用しているかに気づいたのだ。「お会いできてよかった！実にうれしいです！　ぼくもシングルのフロックコートは着ないと誓いを立てたんですよ。もう三カ月ほど前になるかな。少し鳩胸に見えますからね。あなたの場合はあまり影響がないようですが。その独特のフロックコートは〈ガンスリーズ〉のものでしょう？」

リュシアンは会釈した。「きみも同じ仕立屋を見つけたんだね」

「そういうわけではないんです」ヒズロップが言った。「ぼく自身は利用していません。残念ながら仕立屋には、言うなればもう少し大胆な方向性を求めているので。確かミスター・ガンスリーは現在、リーデンホール・ストリートの二七番に店を構えているのでは？」

「そのとおりだ」

「ぼくはどうもこういう問題が気になるんです。ひと目見てあなたは外国の方だとわかりますよ、ミスター・ボッホ。だからおそらく噂は耳にしていらっしゃらないでしょうが、ぼくはこの上流社会の、流行の先端を行く人々のあいだで評判を築きつつあります。ぼくには見る目があると思うんです。天賦の才能が。それに」ヒズロップは横目でエミリーを見た。「ぼくの最大の喜びのひとつが、観察した事柄をミセス・ユーイングと分かち合うことです。多少なりとも『ラ・ベル・アサンブレ』に貢献していると思うと非常にうれしいんです」

リュシアンはエミリーをうかがった。リュシアンが向けた視線に嫌悪感を読み取ったらしく、彼女は眉をひそめて見つめ返してきた。

「ミスター・ボッホ、とても残念ですけれど、そろそろお帰りいただかなければ。ミスター・ヒズロップは、ジズル公爵夫妻のためのパーティーでみなさんがどんな装いをなさっていたか、ご親切にも教えてくださる予定なんです。あなたはきっと、退屈でつまらないとお感じになるでしょう」

「公爵夫妻はオスマン帝国から戻ってこられたばかりなんですよ。レディ・ジズルはもちろん、マダム・カレームの作品を着ていらっしゃいました」ヒズロップがもったいぶって言う。

リュシアンはあきらめてドアへ歩いていき、お辞儀をしてエミリーに苦笑いを向けた。「ドラゴンを退治するつもりで来たんだ」彼女にだけ聞こえる声でつぶやく。「フィービーの話から、ヒズロップが不愉快な男だと思ったから」

エミリーがほほえんだ。「ドラゴン退治ならいつでも歓迎しますわ」彼女の穏やかな声は、リュシアンの耳に音楽のように響いた。「ロンドンには退治してくださる方がほとんどいませんもの。でも、ミスター・ヒズロップのことなら心配はご無用です。いい友人ですから」

彼女が書斎のドアを閉めるあいだも、ジズル公爵夫人が着ていたエジプト製のヴェルヴェット生地の重さについて話し続けるヒズロップの声が聞こえていた。

リュシアンはサリーの手をわずらわせることなくひとりで家の外に出た。メイドの姿はどこにも見あたらなかったのだ。彼は眉をひそめながら玄関の外の階段をおりた。エミリーがヒズロップを頼りにするのは気に入らない。思い違いでなければ、ヒズロップが毎週彼女のもとを訪れているのは『ラ・ベル・アサンブレ』に貢献する栄誉のためだけではないだろう。ヒズロップは美しいエミリーに関心がある。だがリュシアンには、彼が貧しい未亡人との結婚を考えているとはとうてい信じられなかった。

ギャビーの変身に関して、ピーターはおおむね好意的な評価を下すことができた。ふたりが顔を合わせたのは彼がロンドンへ戻ってきた翌日の夕食の席だったが、ピーターはその夜に催されるレディ・フェスターの舞踏会に同行してほしい旨を書面にしたため、前もってギャビーに送っておいた。

マダム・カレームのドレスに身を包んだギャビーは、婚約者の姿を見たとたんに喜びで顔を輝かせた。マーガレットが真珠のついたヘアピンを大量に使ったので、遠くからではギャビーの金茶色の髪が真珠色に光って見えた。つややかな髪はしっかりと持ちあげられて固定されている。重要なのはそこだ。それにドレス。舞踏会用のブロンズ色のドレスは襟ぐりが非常に大胆で、オーバードレスの裾に短いトレーンがついているところは間違いなく当世風《ア・ラ・モード》だ。ピーターはギャビーを観察しながら思った。未来の花嫁でなくてもこのドレスを着ていれば、ぼくはたちまち目を引かれていたに違いない。ありがたいことに、ギャビーの大きな胸に似合うデザインだ。

「それはティファニー織りかな？」ピーターはコンソメスープをもてあそんでいる彼女に身を寄せて尋ねた。

ギャビーは顔をあげた。ピーターの視線はふたりが初めて会ったときよりずっと優しい。

「わからないわ」彼女は正直に言った。

「いいかな？」ギャビーがうなずくと、ピーターはドレスの生地を指でつまんだ。「紗《しゃ》だな……金糸で刺繍が施されている。きみにぴったりだよ」彼は断言した。

けれどもギャビーは、その生地に不満を抱いていた。「ショールならいいけど、これではなにもかも見えてしまうわ！」身支度を整えていたとき、彼女はマーガレットにそう嘆いたのだ。

「ひだを寄せておけばいいんですよ」メイドが説明した。

ピーターがこんなに関心を示してくれるなら、カシミヤのショールをかけないよう説得してくれたマーガレットに感謝しないと、とギャビーは興奮気味に思った。

クイルは半ば閉じたまぶたの下から、幸せそうなふたりを見つめた。今夜は外へ出かけて正体がなくなるまで酔っ払おうか。そんな贅沢にふけることはめったにないが、今は大量のブランデーですべてを忘れるのがいちばんだと思われた。

「ぼくたちと一緒に行くかい、兄さん？」

クイルは首を振った。この気分では、寛大にふるまうピーターを見てもいらだちを覚えるだけだろう。社交界のしゃれ者にとって、足が不自由なうえに人づきあいの悪い兄を持つのは面倒に違いない。けれどもピーターはいつも必ず、さまざまな行事に一緒に顔を出すようクイルを誘った。

「あとで立ち寄るかもしれない」自分でも驚いたことに、クイルはいつのまにか口走っていた。

ギャビーが彼に満面の笑みを向けた。

「きっとすてきよ、クイル！　楽しみに待っているわ」

婚約者を馬車に案内したピーターは、彼女の外套もマダム・カレームがドレスに合わせてデザインしたものだと気づき、満足感を覚えた。「今夜のきみはとても見栄えがする」ほの暗い馬車のなかで彼は言った。

「ガブリエルは美人よ」レディ・シルヴィアも同意した。「あなたは運がいいわ、ピーター。外国から花嫁を迎えるのは危険ですからね。わたしのまたいとこはスコットランドの女性と婚約したんだけど、会ってみると青白い顔の生意気な小娘だとわかったわ。結局、彼は結婚式の前に、アメリカへ逃げてしまったの」

ギャビーは安堵のため息をもらした。やったわ。ピーターが認めてくれたのよ。

だが、当のピーターは不安を抱いていた。「踊り方は知っているかい？」

「ええ。男性と踊ったことはないけれど。父が雇ったイングランド人の女性に教えてもらったの」

それを聞いて、ピーターはほっとした。ギャビーがステップを間違えたとしても、自分の許嫁《いいなずけ》はまだ一度も男の腕に抱かれたことがないせいだと説明すればいい。ロンドンじゅうを探しても、そう言える男は多くないはずだ。

「心配はいらないよ。なにもかもぼくが教えるから」彼は慰めるように声をかけた。

ギャビーの胸は喜びでいっぱいになった。ピーターの態度は夢に見た優しい紳士とまったく同じだわ。思慮深くて、わたしを守って称賛してくれる。「ああ、ピーター」感きわまって声が高くなった。「わたしたちが結婚することになって、とてもうれしいわ！」

ピーターはあっけに取られた。いったいどんな言葉を返せばいいのだろう？　それにレディ・シルヴィアがいるというのに、どうしてそんな親密な話題を持ち出すんだ？「それはよかった」彼はやっとの思いで言った。

ギャビーはそれほど落胆しなかった。わたしみたいに期待をあらわにするのは、ピーターにはまだ早すぎるんだわ。だけどもしかすると、今夜わたしたちはキスをするかもしれない。クイルとしたようなキスを。あのときはクイルの引きしまった硬い体にも、濃くなった瞳にも、はっきりと期待が感じられた。今夜が終わるまでに、ギャビーはピーターのなかに同じ期待を見いだすつもりだった。

レディ・イザベル・フェスターは自分の舞踏会が毎年、議会が開会される直後に行われる最初の社交行事となることをおおいに誇りに思っていた。実際のところ、舞踏会が必ずリトル・シーズンの幕開けになるように細心の注意を払っていたのだ。今年は国王の健康状態を懸念して議会の開会が延期されたため、レディ・フェスターは大胆にも議会と同じ理由をあげて舞踏会を中止し、国王が危険を脱してから招待状を送り直した。彼女の舞踏会は、ある意味で評判になっていた。レディ・フェスターのように四月か五月まで田舎でじっとしていられない者たちにとって、上流社会《ラ・オート・ソシエテ》の人々がロンドンに戻ってきたことを知らせる合図の役目も果たしている。娘の縁談をまとめるのが目的の母親たちは、イースターが終わるまで湿っぽいカントリーハウスにこもらせておけばいい。強いられた場合はともかく、真に洗練された《エレガンテ》人たち――乳母がフランス人だったレディ・フェスターは、フランス語を多用して教養の高さをひけらかすのが好きだった――はロンドン以外の場所でむなしく人生を終えたいとは絶対に思わないだろう。

そういう考え方の持ち主なので、ロンドンでもっとも洗練された男性のひとりであるリュシアン・ボッホが執事に案内されてやってくるのを見たとたん、彼女は心から彼を歓迎して顔を輝かせた。

「まあ、侯爵」レディ・フェスターは優しい声で言った。ボッホがもはや爵位を名乗っていないことは百も承知だが、そのようなどうでもいいことは見て見ぬふりをするべきだと信じていた。

リュシアンが大げさにお辞儀をして彼女の指に口づけた。「これはこれは、レディ・フェスター。ミセス・ユーイングを紹介させていただいてよろしいでしょうか?」

レディ・フェスターはわずかに目を細めた。エミリー・ソープ――本人がなんと名乗ろうとエミリー・ソープに違いない――は舞踏会に歓迎したい女性ではない。けれども冷淡な言葉が口をついて出る直前に、レディ・フェスターの目はエミリーのドレスをとらえた。イタリア製と思われる琥珀色《こはくいろ》の紗織りの下にもう少し濃い色合いのクレープ地を重ね、身ごろと袖にビーズが縫いつけられている。実のところエミリーのドレスは、レディ・フェスターが今夜これまでに目にしたなかで文句なく、もっとも独創的なドレスだった。『ラ・ベル・アサンブレ』の次号で詳しく紹介されるのは間違いない。それはレディ・フェスター自身がぜひ浴したいと切望する栄誉でもあった。羨望《せんぼう》が胸に突き刺さり、一瞬目がくらむほどの痛みを感じる。

「お会いできてうれしいですわ、ミセス・ユーイング」レディ・フェスターは礼儀正しく言った。ドレスに負けて、エミリー・ソープを受け入れることにしたのだ。

「よし」舞踏室へ向かいながら、リュシアンはエミリーの耳もとでささやいた。「念のために言っておくが、舞踏会の入り口をドラゴンが見張っていたよ。だが、きみはいとも簡単に突破した」

エミリーが目を輝かせて彼を見あげる。

「あたり前でしょう? だってドラゴンを退治してくださる方が一緒なんですもの」

リュシアンは忍び笑いをもらした。

「その勝利をぼくだけの手柄にはできないな。ところで、踊らないか?」

エミリーは立ち止まって、きらびやかな舞踏室を見渡した。新古典主義の流行にのっとったドレスや、サテンのバラでびっしりと縁取られたドレス、レースの襟がついたドレス、ウエストが襟かと思うほど胸もとが開いたドレス。「まあ、すばらしいわ!」彼女は小声で言い、思わずリュシアンの腕をつかんだ。「もしかして、窓のそばにいる若い女性をご存じではありませんか、ミスター・ボッホ?」

リュシアンが言われた方向に目を向けた。

「髪にあらゆるものをくっつけているレディのことかな?」

「あれはとてもおしゃれな髪型ですわ」無意識に彼をそちらへ引っぱっていきながら、エミリーは言った。「髪をレースで飾っているんですね。白いダチョウの羽根が、少なくとも一本見えます」

「房飾りも忘れないでくれ」賛成できないという口調でリュシアンがつけ加えた。「偶然だが、セシリア・モーガンは知り合いだ。喜んで紹介するよ」

ほどなく、リュシアンはセシリアの前でお辞儀をした。たちまちエミリーとセシリア——シシーと呼んでほしいと主張した——は、ピンク色のシルクの房飾りと白いダチョウの羽根を対比させるすばらしさについて夢中で意見を交わし始めた。シシーのがっしりした夫スクワイア・モーガンとリュシアンは脇に追いやられてしまった。

夜が更けていくにつれ、リュシアンは驚きとともに気づいた。自分のそばを離れないようエミリーを説き伏せられなかったが、別にかまわない。それどころか、エミリーを拒絶した社交界の女性たちが彼女に魅了されていく様子を見るのは楽しかった。エミリーは初対面で冷たく挨拶されても気にせず、関心の高いファッションの話題を持ち出すことで女性たちを味方にしていった。袖にスリットを入れる利点について議論するエミリーは、喜びで輝いて見えた。彼女の居場所はここだ、と胸に痛みを感じながらリュシアンは思った。質素な家具しかなく、使用人もほとんどいない、あの小さな家に引きこもっているべき女性ではない。クレープ地の帽子は実に時代遅れだという活発な会話からようやくエミリーを引き離し、リュシアンは彼女をダンスフロアに導いた。

腕に抱いたエミリーは、まるでふわふわと浮いているようだった。フロアを移動しながら、彼はふたりのダンスがほかのどの客たちよりもずっと優雅だと気づき、心地よい満足感に包まれた。腕のなかのほっそりした体が与えてくれる、めくるめく思いにはとうてい及ばなかったが。

フェスター家の舞踏会に足を踏み入れたとたん、ギャビーの口もとにかわいらしい小さな笑みが浮かぶのを見て、ピーターは驚いた。どうやら彼と同じくらい、今夜を楽しみにしているらしい。もっとも、ピーターはいつもより神経質になっていた。普段なら夜が近づくにつれ、喜びと可能性に満ちた時間が待ち受けていることを思い、徐々に興奮が高まってくるのだが。舞踏会に出席するたびに、ピーターは社交界における地位を少しずつ強固なものにしてきた。誰かと会話をするたびに、考えられる最高の方法で自分を売りこむ努力をしてきたのだ。

最初のうち、時間は問題なく過ぎていった。ピーターが友人たちにギャビーを紹介すると、彼らはふたとおりの反応を見せた。ギャビーの胸にぽかんと見とれるか、あるいは彼女が着ているのはマダム・カレームのドレスかと尋ねるかだ。マダムには感謝しなければならない。部屋のなかの男たちはみんな、ギャビーしか見ていないようだった。

ギャビーはきらびやかなロンドンの舞踏会に圧倒されているのだろうが、とてもうまくやっていると言えた。ダンスもかなり上手だった。これは重要な事柄だ。ピーターは上流階級の人々の主要な運動はダンスであるべきだと考えていて、活発なカントリーダンスでさえ、参加しないことはめったになかった。奇妙な運動は兄に任せておけばいい。今や馬に乗れなくなったクイルは、裸でうめきながら体をあちこちひねる運動をして何時間も過ごしていた。ピーターのお気に入りのダンスはポロネーズなのだが、うれしいことにギャビーは立派に踊りをこなした。ポロネーズはテンポの遅い厳かなダンスなので、見ているだけだと簡単そうに思える。だが実は、瞬時の判断とゆったりした動きができるかどうかに成功がかかっているのだ。ぎくしゃくしたり、リズムを乱したりするほど不快なことはない。

全体として考えれば、ピーターは新しい許嫁に十分満足していた。知り合いがまわりに集まり、未来の妻の服装の好みやレディらしい物腰、ダンスフロアでの優雅な動きを褒めた。伯爵夫人マリア・セフトンはピーターの父の病気に同情を示し、社交場〈オールマックス〉

への入場証を送ると約束した。自分から頼む必要はなかった。好色な皇太子はピーターの胸を肘でつつき、きみの婚約者は声の美しい、実に元気がいい女性だとささやいた。ピーター自身はギャビーの声を美しいと感じなかったが、もちろん反論はしなかった。プリニーにすれば、最高の褒め言葉なのだから。

そういうわけで、軽快なジェニー・ブラック・ペアーズを踊り終わったギャビーが疲労を訴えると、ピーターはしばらくのあいだならバルコニーで休憩してもかまわないだろうと判断した。

「新鮮な空気を吸えば元気になるよ」彼は断言し、今夜はもう帰りたいというギャビーの懇願は無視した。まだ午前二時で、舞踏会場を立ち去ろうと考える者など誰もいない。だが、イングランドのレディに必要とされる不屈の精神力を養うには時間がかかるのも確かだ。いかなる状況であろうと、レディはあからさまに疲れを見せてはならず、服装や髪型も完璧を保たなければならない。ピーターはギャビーの髪に目を配り続け、これまでに二度、髪を直すために彼女を控え室へ送り出していた。

「レディ・シルヴィアもとてもお疲れのようだわ」ギャビーは必死で言った。彼女のシャペロンは三〇分前から、舞踏室の片側に置かれた椅子に座ってうとうとしていた。

ピーターが肩をすくめた。「彼女はいつもうたた寝するんだ。晩餐になったら目を覚ますだろうし、シャペロンがあんなふうだからといってきみの評価がさがるわけじゃないよ」

ギャビーは評価を気にしているわけではなかった。椅子があれほど華奢で座り心地が悪そうでなければ、わたしもあそこに座って眠るのに。

「バルコニーへ行って、庭園を眺めよう」

彼女は身を震わせた。夜の早い時間にミスター・バーロウという男性に伴われてバルコニーに出たのだが、凍えそうなほど寒かった。もうすぐ一二月なんだもの。今にも巨大な氷のかたまりが降ってきて頭にぶつかるかもしれない。とにかく戸外へ出るような天候じゃないわ。とくに、胸をほとんど露出しているような姿では。

けれどもピーターはギャビーを引っぱり、庭園を見渡す小さなバルコニーへ続く三つのドアのほうへ連れていった。ギャビーはため息をついた。ひどくつまらない夜だ。偶然胸に触れたり背中をこすったりしてくる紳士の数は数えきれなかった。まるで毛をむしられたにわとりになって、いちばん肉づきのいいものを探してつつかれている気分だ。

バルコニーは記憶していたとおりに寒かった。ピーターはドアを開けたままにした。

「ぼくたちは婚約している。だけど、誰にもきみの評判を疑われたくないからね」

ギャビーは口を開き、ミスター・バーロウはドアを閉めていたと言いかけたが、考え直して黙っておくことにした。おかしな話だが、未来の夫にはなにもかも打ち明けるのが難しいことに気づいていた。クイルよりずっと話しにくい。きっとわたしがピーターに恋しているせいだわ、とギャビーは自分に言い聞かせた。

彼女は文字どおり凍りつきそうだった。だけどもしかしたら……もしかしたら、初めてのキスをするには都合がいいんじゃないかしら？　そう考えたギャビーの顔に自然と笑みが浮かんだ。

ギャビーが身を寄せると、ピーターが驚いて顔をあげた。「とてもとても寒いの、ピーター」彼女からは要求したくなかった。最初のときは、ピーターが主導権を握ってキスをするべきだ。

ピーターがギャビーを凝視した。「それならなかに入るかい？　もう目が覚めたかな？　舞踏室で眠そうにしてはいけないんだ、ギャビー。レディはつねに颯爽《さっそう》として快活に見えなければならない。たとえ疲れ果てているときでも」

ギャビーは今や、手を伸ばせばすぐ触れられるほどピーターの近くに立っていた。気温がかなり低いせいで、マダム・カレームのドレスのボディス越しに胸の先端の形がくっきりと見えているに違いない。客間にいたとき、似たような体の状況に気づいたクイルがうめき声をあげたことを、彼女ははっきりと覚えていた。

ところがピーターはギャビーの胸に目を向けようともせず、ついでに言えばキスをしようとする気配もなかった。それどころか、不快感をあらわにした。ギャビーはできるかぎり甘く従順な口調で言った。「ピーター、わたしたちは結婚するんですもの、あなたがわたしにキスをしてもかまわないと思うわ」

ピーターはあとずさりした。

「とんでもない！　いかなる事情があろうと、舞踏会でそんな行動が許されるわけがない」

ぎこちない沈黙が広がった。

ギャビーはごくりと音をたてて唾をのみこんだ。

「本気でキスをしたくないと言っているの？」

ピーターが茶色い巻き毛に片手を突っこんだ。「もちろんキスをしたいよ、ギャビー」

ギャビーは黙って彼を見つめ、目で訴えかけた。

「ああ、なんてことだ！」ピーターが声をあげ、ギャビーの顎を持ちあげて唇を重ねた。

彼女は目を閉じてじっと立っていた。熱心になりすぎて、恥ずかしい思いをするのだけはごめんだ。

けれどもピーターがそれ以上の親密な行為に及ぶ兆しは感じられず、軽く唇を合わせただけですぐにうしろへさがってしまった。ギャビーが目を開けると、彼はほほえみかけていた。

「さて、これで終わった」ピーターが陽気に言った。「キスをしたのは初めてだったんだろう、ギャビー？」

ギャビーはためらったが、次の瞬間、ピーターの胸に身を投げ出し、彼の唇に唇を押しつけていた。幸いピーターはクイルよりずっと背が低く、ギャビーでも彼の口に届いた。

ショックを受けた様子のピーターが息をのむ。

ギャビーは彼が唇を開くだろうと考えた。クイルに教わったのが正しいキスのやり方だと信じ、それにならったのだ。

しかし、ピーターの手が体にまわされることはなかった。それどころかむき出しの肩をつかまれ、思いきり押しのけられた。

「信じられない！」ピーターは愕然とした。虫唾《むしず》が走り、胃がむかむかして吐き気がする。ギャビーの髪はまたしても崩れかけていた。そして胸の先が……くそっ、まさに皇太子が言ったとおりだ。プリニーはギャビーのことを元気がいいと評したが、颯爽としているという意味ではなく、ふしだらな女という意味だったに違いない。プリニーは警告していたのだ。ぼくの友人である彼は決して褒めたわけではなかった。あれは警告だった！

「きみは、その、きみは堕落している」ピーターは息をあえがせ、やっとのことで言葉を絞り出した。

ギャビーは震える胸を両手で覆った。ピーターほど礼儀作法にこだわる人は初めてだ。ミスター・バーロウの場合はバルコニーでキスをしたいという意図が明らかで、彼女は腕の下をかいくぐって逃れ、舞踏室へ戻ったのだ。彼は礼儀作法など気にしていなかった。

「それにきみの髪！　品位に欠けて見えるぞ！」

ギャビーは可能なかぎり冷静な声で言った。「ピーター、わたしたちは婚約しているのよ。少しのあいだ抱き合ったからといって、不適切だと責める人なんていないわ」

ピーターが怯《おび》えた顔で開いたままのドアを見た。「誰かに見られたかもしれないんだ！　そんなことになれば、きみはロンドン社交界から追放される」

ギャビーは唇を嚙んだ。「大げさすぎるわ。でもわたしは失礼して、女性用の控え室へ行ったほうがよさそうね」彼女は慎重に言い、ドアを通って屋敷のなかへ戻った。それからもう一度、バルコニーに頭だけを突き出した。「帰りの馬車のなかでわたしにキスをするつもりだった?」

ピーターはふたたび吐き気を覚えた。

「まさか! レディ・シルヴィアが気づかないとでも?」

「それなら、レディ・シルヴィアがいなければキスをした?」

「結婚するまでは、レディ・シルヴィアか母が必ず一緒にいる」ピーターは鋭く言い返した。「シャペロンなしでふたりきりになるなんて、なによりも無作法だ」

ギャビーの頭は見えなくなった。おそらく髪を直しに行ったのだろう。ピーターは深呼吸をしてクラヴァットに触れた。よかった、形はそれほど崩れていない。

そのとき、朗らかな声がして現実に引き戻された。「ここにいるに違いないと思ったよ、ピーター」ドアから友人のひとりのサイモン・パトニーが姿を現し、小さな葉巻を取り出した。「きみの許嫁がバルコニーから戻ってくるのが見えたんだ。きみがこれほどうまくやるとは思いもしなかったよ。美人じゃないか。それにあの胸ときたら!」彼は自分の指先にキスをした。「きみのことだから、たとえ結婚するとしても、氷のように冷たい女性を選ぶと思っていたよ」愛想よく続ける。「それが今シーズンで最高の女性をつかまえるとは!」

サイモンは声を落とし、目配せをした。

「なにが言いたいかわかるはずだ。彼女はさぞきみの寝室を活気づけてくれるだろうよ」

ピーターは確かに理解した。実際のところ、友人の評価が正しいと気づいて陰鬱《いんうつ》になるあまり、それから三〇分もバルコニーにとどまって、サイモンにもらった葉巻を吸っていた。

普通なら絶対にそんなことはしない。葉巻の刺激のある香りは、服にしみつくと容易には取れないからだ。けれどもこういう事情では、慰めになる香りでもある。

唯一の問題は、どうやらサイモンが酔っているらしいと判明したことだ。彼はギャビーの容姿の――胸の――すばらしさを夢中で並べ立て始めた。ピーターはいらだち、雌牛を買いたければ田舎へ行けと言いたくなるのを我慢した。そんな意地の悪い発言をするのは卑怯《ひきょう》だ。胸が大きいのはギャビーのせいではない。

同じころ、ギャビーが女性用の控え室に座ってまたしても髪を直してもらっていると、ジズル公爵夫人のソフィー・ヨークが部屋に入ってきた。

「ミス・ジャーニンガム！」彼女はうれしそうに声をあげた。

「座ったままで失礼します。公爵夫人」ギャビーはほほえんで言った。メイドが留めなければならないヘアピンはまだ二〇ほどもあり、今動けば最初から全部やり直すはめになるだろう。

「あら、堅苦しくする必要なんてないわ」ソフィーはそう応じると、ギャビーの隣の椅子に勢いよく座った。「ねえ、ロンドンを楽しんでいる、ミス・ジャーニンガム？」

「どうかギャビーと呼んでもらえないかしら？」性急かもしれないが、公爵夫人はとても親しみやすく感じられた。

「喜んで」ソフィーがすかさず答える。「あなたがわたしをソフィーと呼んでくれるなら。わたしたちで年寄りのめんどりたちを憤慨させてやりましょうよ」

「親しく呼び合うのが、どうして年配の方たちを憤慨させるの？」ピーターの警告を思い出し、ギャビーは問題を起こしてしまうのではないかと心配になった。

「あら、それほど深刻な話じゃないのよ、ギャビー。ただ、わたしの母くらいの年の女性たちは、幼いころからの知り合いなのに、いまだにレディなんとかって呼び合いながら挨拶をしているの。ところでハイドパークでも、わたしのパーティーでも、あなたの姿を見かけなかったわ。なぜ？　招待状を送ったのに」

ギャビーはあたりを見まわした。今のところ控え室にいるのは彼女たちふたりだけだ。

「マダム・カレームのドレスが届くまで待たなければならなかったの。ピーターが、ちゃんとした装いができるまで外出するべきではないと言って譲らなかったから」

ソフィーが眉をひそめる。「優しいピーターらしくないわね」一瞬考えてから、ふたたび口を開いた。「いいえ、あなたがどう見えるかは、もちろん彼にとって大問題なんだわ。ところで、今夜のあなたはとってもすてきよ。わたしもマダム・カレームのドレスをよく着るの。明日はマダムのところへ行って、今作ってもらっているドレスに小さなトレーンをつけるよう頼むつもりよ。あなたが大流行を引き起こすのは間違いないわ！」

ギャビーはくすくす笑った。「引き起こすのはむしろ醜聞のほうじゃないかしら。このボディスがしかるべき位置にとどまっていられるとはとても思えないの」

「まあ、大丈夫よ」ソフィーが請け合った。「同じようなデザインのドレスを持っているけど、その点が気になったことは一度もないわ。マダムには不思議な才覚があるのよ。ああ、いやだ、疲れたわ」気だるそうに扇であおぎながらつけ加えた。「夜の今ごろの時間はいつも耐えられなくなるの」

ギャビーは不思議に思ってソフィーを見た。「それならどうして家に帰らないの？」

「そのうちましになるからよ。もうすぐサパーダンスの開始が告げられるわ。食事のあと、二度目の盛りあがりを迎えるの。当然だけどそのころまでに、カードルームにいる男性たちはすっかり酔っ払ってしまっているわ。それで、また面白くなるのよ」ソフィーがいたずらっぽく目をきらめかせた。

「酔っ払った男性のどこが面白いの？」

「彼らは酔うと勇気が出てくるの」

ギャビーのいぶかしげな表情を見て、ソフィーが説明した。「妻でない女性たちに言い寄ったり、ばかばかしい議論を始めたりして、太古の昔から変わらない男の本性をあらわにし始めるわ」

「確かに今よりは面白そうね」

「女性たちも大胆になって、シャペロンなしで庭園をうろうろするの。それが母親や、ほかの厳格な年配のレディたちの目を覚まさせるのよ」ソフィーはちゃめっけたっぷりにほほえんだ。「家に帰る途中でわたしを叱《しか》る理由を、少なくともひとつは母があげられなければ、わたしは無駄な夜だったと見なすことにしているの」

ギャビーは曖昧に笑みを返した。それから思いきって、ほとんどささやきに近い声で質問した。「バルコニーでキスをしたことはある？　もちろん、結婚する前だけど」

ソフィーがにんまりした。

「あたり前よ。バルコニーで……実を言うと、たくさんのバルコニーでキスをしたわ」

「噂にならなかった？」

「なったわよ」ソフィーが無邪気に答える。「パトリックと結婚するまで、わたしは事実上、社交界でいちばん恥ずべき娘だったわ。母は舞踏会へ来る馬車のなかでずっとお説教をして、帰りは家に着くまでわめき散らしていたもの。よく覚えているわ」

記憶をたどるソフィーの様子から判断して、彼女とピーターの醜聞に対する見解は真っ向から対立しているらしい。

「でも、ピーターが言うには……」ギャビーは口ごもった。ひそかに抱いている疑問を打ち明けるのは気が進まない。バルコニーだろうと馬車のなかだろうとほかのどんな場所だろうと、ピーターは自分とキスをしたくないのかもしれないなどと口にするのはためらわれた。

「誰があなたにキスをしようとしたの？　あの不愉快なバーロウ？　あなたが彼と踊っているのを目にしたわ」

ギャビーはほっとした。

「ええ、そうなの。バルコニーを見てみないかと誘われて、それから……」

「いやなやつ。それで、あなたはどうしたの？」

「肘で彼を押しのけて立ち去ったわ」

「そう、ピーターは喜ぶに違いないわね。わたしが思うに、彼はきっと嫉妬しているのよ。どうもパトリックは、わたしのふるまいをはしたないと解釈して楽しんでいる節があるの。ピーターも同じかもしれないわ。とにかく、バーロウがそんな愚か者だとわかるわけがなかったんですもの。あなたは悪くないわ」ソフィーが立ちあがった。「そろそろ舞踏室へ戻らないと、夫が捜しにやってくるわ。いまだにあきれるほどわたしに夢中なの」

ギャビーが笑顔になるのを見て、公爵夫人はつけ加えた。「わたしたちは結婚してまだ間がないのよ。だけど、もうすぐお互いに飽きてしまうかもしれないわ」

「そうは思えないけど」ギャビーは目の前に立つ、このうえなく美しい女性を見つめながら言った。「ご主人はとても運のいい方だわ、公爵夫人」

「約束したじゃないの。わたしの名前はソフィーよ」ソフィーがギャビーの手を取った。「もしわたしがバーロウと一緒に部屋を出ていったら、パトリックはやきもきするわ。あの男はとんでもなく好色なの。あなたにはわたしが、ピーターも文句が言えないほど非の打ちどころのないエスコート役を見つけてあげるわ」

うれしいことにギャビーとソフィーは階段をおりたところで、ピーターとリュシアン・ボッホに会った。リュシアンは意外にも、フィービーの養母であるエミリー・ユーイングを伴っていた。

「お会いできてうれしいわ！」ギャビーはエミリーに温かく声をかけた。

「サパーダンスを逃してしまったよ、公爵夫人」右側から低い声がしてギャビーが振り返ると、ちょうどソフィーが笑いながら、とてもハンサムな男性を扇で叩いているところだった。彼女の夫の公爵に違いない。彼がソフィーのウエストに手をまわして眉に口づけるのを見てギャビーは確信した。

五分後、三人の男性はああでもないこうでもないと議論しながら、それぞれエスコートする女性がサパールームで心地よく席につけるよう気を配った。それがすむと女性たちを残し、人ごみを縫うようにして、食べ物が供されているテーブルを目指した。

「よかったわ」ソフィーが言った。「ちっぽけな鶏の手羽肉を取ってくるのでさえ、少なくとも三〇分はかかるはずよ。わたしたちはそのあいだにもっと仲よくなれるわね。ミセス・ユーイング、あなたにぜひ言っておかないと。今夜わたしはずっとギャビーのドレスがうらやましくてしかたがなかったんだけど、今はあなたのドレスにもすっかり心を奪われているの。嫉妬でどうにも目が離せなくて、いやになるわ」

エミリーがほほえんだが、青灰色の瞳は不安そうだ。

「ありがとうございます、公爵夫人」

そのとき、リュシアンが戻ってきてエミリーの肩に触れた。振り返ってリュシアンを見あげると、彼女は真面目な顔をほころばせてえくぼを浮かべた。

「ミスター・ボッホ？」

リュシアンはなにを言うつもりだったのか忘れてしまったらしい。「ぼくは……その……鶏肉と魚のどちらがいいか、尋ねようと思っただけなんだ、ミセス・ユーイング」

「では、鶏肉をお願いします」エミリーが言った。ぼうっと立っていたリュシアンが、ソフィーとギャビーの好奇心に満ちたまなざしに気づいてはっとした。きびすを返し、人ごみのなかへやみくもに進んでいく。

「あらあら」喉を鳴らすように笑いながらソフィーが言った。「ずいぶん前からリュシアン・ボッホを知っているけど、口がきけなくなっている姿なんて今夜まで一度も見たことがなかったわ」

エミリーがかすかに頬を赤らめた。「ミスター・ボッホは単に慈善行為の一環としてわたしをこの舞踏会に連れてきてくださったんです。とても親切な方ですわ」

ソフィーが目をきらめかせてギャビーを見る。「あなたはどう思う？　ロンドンの誰よりも口のうまい男性が、ミセス・ユーイングのほほえみを目にしただけで言葉に詰まったのよ。親切だけで説明がつくかしら？」

「ミスター・ボッホをよく知っているわけではないけど」ギャビーはいたずらっぽい口調で答えた。「これまでは、とても論理的な人だという印象を持っていたわ。あなたの笑顔のせいでないというなら、いったいなにが彼をあんな間抜けに変えてしまったのかしらね、ミセス・ユーイング？」

エミリーがさらに顔を赤くした。「本当に、ミスター・ボッホはただのいいお友だちなんです。純粋に親切心からわたしをエスコートしてくださったにすぎません」

ギャビーはエミリーが気の毒になった。「フィービーは元気にしているかしら、ミセス・

ユーイング？」ソフィーに向き直って説明した。「ミセス・ユーイングの姪御さんとわたしは、インドから同じ船に乗ってきたの」

「フィービーはとても面白い子ですわ」話題が変わったことに明らかにほっとして、エミリーが急いで答えた。「お料理に熱中していて……」彼女は口ごもった。きちんとした家の子供は厨房に出入りしないものだと思い出したのだろう。

けれどもソフィーは興味を引かれたらしく、顔を輝かせた。「フィービーはいくつ？　子供のころ、わたしはどこよりも厨房がお気に入りの場所だったわ。味見役のわたしの卓越した能力がないと、料理人はジャムを作れなかった。それが自慢だったのよ」

ギャビーは声をあげて笑った。「よくわかるわ！　わたしの家の料理人は優しくて、カスタード・タルトレットに関してはわたしをいちばんの責任者にしてくれたの。フィリングをスプーンで詰めるのが大好きだったわ」

エミリーは驚きのあまり口をぽかんと開けてしまいそうになった。彼女自身は厨房に近づくことさえ決して許されなかった。実を言うと、エミリーとルイーズはめったに子供部屋を離れさせてもらえなかった。「フィービーを止めるべきではないかと思っていたんです。料理をするのはレディらしくありませんから」

「実際に子供を持つと違ってくるのかもしれないわね」ソフィーが考えこむように言った。「でもわたしは小さいころ、よく自分自身に誓ったの。わが子にはレディとしてふさわしいことばかりさせないで、役に立たないことも勧めようって」

ギャビーはうなずいた。「子供のころは家庭教師が替わってばかりだった。なかにはレディが自由な時間にすべきことについて、わけのわからない考えの持ち主もいたわ」

そのとき、レディ・シルヴィアが急ぎ足でやってきた。「男性たちはあなたたちを放置しているみたいね。わたしは年老いためんどりたちと一緒の席につくわ、ガブリエル。あなたには既婚女性がふたりもついているんだから、しゃんとしていなさい。うたた寝をしているなんて、誰にも思われたくないでしょう?」

「もちろんです、レディ・シルヴィア」ギャビーはつぶやいた。

レディ・シルヴィアが行ってしまうと、ソフィーがギャビーと目を合わせ、まったく同じ思いでいることを伝えた。「レディ・シルヴィアに言われたくないわよね」彼女は文句を言った。「部屋の脇でうたた寝していた張本人なんですもの。そうでしょう?」

皿を手に男性たちが戻ってきた。それから五分ほどたったころ、テーブルにクイルが近づいてきた。彼がソフィーの夫のパトリック・フォークスと非常に親しい間柄だとわかり、ギャビーはうれしくなった。

サパールームには優雅に着飾った上流社会の人々の話し声が満ちていた。誰ひとりとして疲れを感じていないらしい。ピーターがポロネーズに関して真剣な議論を始めたので、ギャビーはまもなく眠くなってきた。つい目を閉じてしまいそうになったものの、レディはあからさまに疲れを見せてはならないというピーターの戒めを繰り返し自分に言い聞かせた。

クイルがギャビーに鋭い視線を向けたかと思うと、指をあげて従僕のひとりを呼び寄せた。

たちまちのうちに、ギャビーの目の前に湯気の立つ紅茶のカップが置かれた。

「まあ、ありがとう」彼女は感謝して言った。

ピーターは不満そうだった。紅茶はこの時間にふさわしい飲み物ではないからだ。だがソフィーがうれしそうに同じものを頼んだので、ギャビーはほっとして紅茶に口をつけ、部屋のなかを見渡した。

ソフィーのすぐうしろのテーブルでは、彼女が話していた面白いことが起こりかけているようだ。ギャビーはこれまでの人生でかなりの時間を、物語を作ったりそれを人に聞かせたりして過ごしてきたが、今度は二重顎のレディが頭の羽根飾りを揺らしながらなにをそんなに激怒しているのか、頭のなかですばやく話を組み立て始めた。銀青色の上着を着て隣に座っている、やはり二重顎の男性とその女性が親戚関係にあるのは間違いないだろう。そしてきっと彼がテーブルの向かいの、ギャビーと同じくらい胸もとが開いたドレスを着た若い女性に誘いをかけたのだ。当然ながら二重顎の女性は、二重顎の兄だか弟だかには、違う女性と結婚してほしいと考えている。もしかしたら彼女の隣にいる、オリーブ色のドレスを着たいかめしい顔つきの女性と結婚してほしいのかもしれない。

「なにを考えているの、ギャビー? わたしたちよりずっと楽しそうな表情をしているわね」ソフィーが身を乗り出して尋ねた。

「物語を考えていたの。ロンドンにはほとんど知り合いがいないから、知らない人たちを見ながらどんな人たちだろうと想像していたのよ」

ソフィーが笑った。「あなたは物語の語り手なのね！　すばらしいわ。ねえ、わたしたちにも話して。実際と比べてみましょうよ。なんて楽しそうな遊びかしら」

ギャビーは躊躇した。だがピーターもリュシアンも笑みを浮かべ、反対はしていない様子だ。クイルだけが批判的な顔をしていた。彼女は隣のテーブルにいる人たちについて考えた物語を披露することにした。

ソフィーの澄んだ笑い声が響き渡り、ロンドン社交界のほとんどの人たちはなにごとかと首をめぐらせた。そしてジズル公爵夫人がピーター・デューランドの未来の花嫁を愉快に思っているとわかり、興味を抱いた。だが残念なことに、笑い声は二重顎の男性の注意まで引きつけてしまった。

ソフィーは二重顎の男性のテーブルに背中を向けて座っていたので、部屋じゅうの注目を集めているとは思いもせず、無邪気に話を続けた。「真実からそれほどかけ離れてはいないわよ、ギャビー。ただ、あのふたりはきょうだいではなくて夫婦なの。あなたが感じ取った張りつめた空気は――」

公爵がソフィーの口を手で覆った。「きみは要注意人物だな」パトリックは妻の耳もとでささやき、手を離すと一瞬ではあるもののしっかりとキスをした。

ソフィーが瞳をきらめかせてギャビーを見る。

「わかったでしょう、ギャビー。男性はわたしたち女性の愚行を正すために存在するのよ」

ギャビーは声をあげて笑った。

ところが、その行為が……。悲しいかな、マダム・カレームは肩をよじることのほかに、大笑いすることも禁止事項に入れておくべきだった。もしかするとマダムは、上流階級の女性が大笑いなどするはずがないと信じていたのかもしれない。

マダムの手抜かりの理由がなんであれ、部屋いっぱいの社交界の人々は、ギャビーのボディスがもともとほんのわずかしか隠されていなかった胸からすべり落ちるのを、魅入られたように見つめていた。ギャビーは小さく悲鳴をあげて布地を引っぱりあげようとしたが、すでに手遅れだった。

ピーターは恐怖に駆られた表情で目を閉じた。エミリーはその場に凍りつき、ソフィーは身を乗り出してギャビーの体を隠そうとした。パトリックとクイルは男らしく行動した。ふたりともすばやくイヴニングジャケットを脱いだのだ。ギャビーのもとへたどり着いたのは、クイルのほうが早かった。彼女は大きな手が肩に触れるのを感じ、高級な布地が恥ずべきドレスを覆い隠してくれていることに気づいた。

クイルの上着を握りしめ、おそるおそる顔をあげたギャビーの目に飛びこんできたのは、ぞっとしたようなピーターのまなざしだった。彼女の目に涙がこみあげる。

「ミス・ジャーニンガムは疲れているんだ」クイルがぶっきらぼうに言い、間髪をいれずにギャビーを引っぱって立たせ、腕のなかに引き寄せた。次の瞬間には、ふたりは部屋からいなくなっていた。

ソフィーの夫のパトリックが噴き出した。「クイルの脚はかなり回復したみたいだな。これほどロマンティックな光景を目にするのは何年ぶりだろう」

「ロマンティックなことなんかなにもない」ピーターは鋭く言い返した。クイルに感謝しなければならないのは確かだ。ギャビーにとってはすぐさま家に帰るのがいちばんいい。そして醜聞がおさまるまで待つのだ。だが、おさまる日が来るのだろうか？　ピーターには確信が持てなかった。

実際のところ、ロンドン社交界のほとんどの人にとっては忘れられない夜になった。騒ぎのすぐあとで、ジズル公爵夫人ソフィー・ヨークが席を立った。ところが、立ちあがるときに靴でドレスの裾を踏んでしまったらしい。あるいは椅子から腰をあげるときに手の置きどころを間違ったのかもしれない。

原因がなんであれ、レディ・フェスターの舞踏会の出席者たちは、もうひとりのレディのボディスが落ちるところも目撃するという、空前の喜びに酔いしれることとなった。ほんの五分も間を空けずに！

ソフィーの夫はすでに上着を脱いでいたので、妻の肩に手早くかけることができた。見物人の一部には、公爵が笑いながら抗議する声がはっきりと聞こえた。「頼むよ、ソフィー、そこまで義理堅くする必要はないだろう！」だがそれはこの状況にふさわしい発言とは思えなかった。

翌朝、女性たちの客間の多くでこの事件が話題にのぼり、社交界の若いレディたちのあいだにフランス風のドレスが急速に広まりすぎたということで、大方の意見が一致した。そしてマダム・カレームにも非難の矛先が向けられた。

けれどもその日の午後、さまざまな紳士たちのクラブでさらに多くの賛同を得たのは、ピーター・デューランドがロンドンでもっとも幸運な男のひとりだということだった。ジズル公爵パトリック・フォークスにはすでにその称号が与えられていたので、彼に関してはほとんど話題にならなかった。

10

口のなかに苦いものを感じながら、クイルは陰鬱な気分で暖炉を見つめていた。ぼくは境界線を踏み越えてしまった。紳士の資格を失ってしまったのだ。ロンドンの半分近い人々が興味津々と見ている前で、弟の未来の妻を腕に抱き寄せたばかりか、そのあと……。

そう、そのあとが問題だ。

クイルはため息をついて長い脚を伸ばした。レディ・フェスターの屋敷から馬車までギャビーを運んだのに、奇跡的に脚にはなんの影響もなかった。ギャビーを座席におろした彼は、家に着くまでこのうえなく礼儀正しい態度で彼女に付き添うつもりでいた。ところが、ギャビーが突然、泣きじゃくり始めた。

初めはなにを言っているのか理解できなかった。やがてつなぎ合わせた言葉から判断すると、彼女がみじめな事実に気づいたらしいことがわかった。残念ながら、それに関してはクイルも同意見だった。

「彼は絶対にわたしを愛さないわ!」すすり泣きで息を切らしながらギャビーが叫んだ。

「ピーターは嫌悪の目でわたしを見ていたの。お父さま……お父さまと同じ……」そこでふたたび舌がもつれ、言葉が支離滅裂になった。悲しみの感情を爆発させている女性を前にして、クイルはどうすればいいのかわからなかった。ぎこちない手つきでギャビーの頭を自分の肩に引き寄せ、彼女の背中を軽く叩いた。ふと、手に触れているのが彼自身のイヴニングジャケットだと気づく。ギャビーはまだクイルの上着を着ていた。厚い布地に阻まれて、慰めは彼女に伝わっていないかもしれない。

そのときギャビーが顔をあげ、彼の目をまっすぐに見た。「わたしがピーターを愛するように、彼がわたしを愛してくれることはないのよ。そうでしょう、クイル?」

クイルの心臓が大きく打った。「きみがどんなふうにピーターを愛しているかによるんじゃないかな」ようやく口から出た返答は杓子《しゃくし》定規で、この場にはまったくふさわしくないと自分でもわかった。

ギャビーがすすり泣く。「ピーターを愛しているの。わたしは彼の……彼の肖像画を見て大好きになったのよ。この人なら絶対に非難の目でわたしを見ないだろうと思ったの。だけど、違った。ピーターはわたしにキスをしようとしなかったわ。どうしてもキスをしてほしかったのに。もしかすると、男の人は誰もわたしにキスをしたくないのかもしれない。耐えられないわ。だって、ピーターはきっと、きっと……」そこで泣き崩れ、ふたたびクイルの胸に顔をうずめた。

ギャビーの説明はさっぱり意味をなさなかったが、彼女がピーターにキスをしてほしがっていることはわかった。当然だろう、とクイルは自分に言い聞かせた。ギャビーはピーターを愛している。弟と結婚するのだ。

「ピーターもきっときみにキスをしたいはずだよ」真実とは違うのかもしれないが、クイルはそう言わずにいられなかった。

「そんなことはないわ！　わたしたちはバルコニーへ行ったの。でもわたしがキスをしたら、彼に押しのけられたわ。とてつもない勢いで」ギャビーがつけ加える。

クイルは安堵した。思ったほど悪い状況ではなさそうだ。

「ピーターは礼儀作法を気にするんだ。舞踏会では絶対にキスをしたがらないだろう」

「どうして？　あのいやなミスター・バーロウはわたしにキスをしようとしたわよ」

「ピーターにとって、礼儀作法は重要な問題なんだ」クイルは力なく説明した。この馬車にほかの誰かが一緒に乗っていたらよかったのに。レディ・シルヴィアはいったいどこにいるんだ？　こういう会話の相手は女性でないと。

「そうは思えないわ」ギャビーが小声で言った。落ち着いてきたらしく、今ではときおり小さくしゃくりあげるだけになっていた。

クイルはリネンの大きなハンカチを取り出して、彼女の顔をぬぐった。泣いたせいでギャビーの唇は濃い赤に染まっている。彼の心臓は落ち着くどころではなかった。

「ピーターがわたしとキスをしたがっているとは思えない。わたしはキスをいやがる男性と結婚するんだわ」

「そんな結論を導き出すのはばかげているよ。礼儀作法に厳しいからといって、ピーターは

――」

「キスを楽しんでいなかったわ」ギャビーがきっぱりと言った。「わかったの。もしかしたら、ピーターにはほかに愛している人がいるんじゃないかしら?」

クイルがほっとしたことに、ギャビーは冷静さを取り戻してきたようだ。「そうは思えない」一瞬考えてから、彼は答えた。「ピーターはこれまで多くの女性たちをエスコートしてきたが、誰にも心を奪われているようには見えなかった。実はきみの友人のジズル公爵夫人がまだレディ・ソフィー・ヨークだったころに、ときどき一緒に出かけていたんだよ」

「それならソフィーに恋していたのかもしれないわ。彼女が公爵と結婚するまでは」ギャビーが悲しげに言った。「でも今は、意思に反してわたしと結婚させられようとしているのかも」

「公爵夫人に惹かれている気配はまったくなかった」そう言ったものの、クイルの胸に罪悪感が押し寄せてきた。ギャビーはかなり真実に近づいている――半分くらいは。

「ほかに好きな人がいるかどうかは別にして、ピーターがわたしとキスをしたくないことは確かよ。心から愛する相手にちゃんとキスをしてもらえないなら、死んだほうがましだわ」

それを聞いたクイルは大きな声をあげて笑った。

「ちょっと大げさすぎないか、ギャビー?」

「わたしには好きなだけ大げさに騒ぐ権利があるはずよ。未来の夫に拒まれたんですもの。もっとつまらない理由でも、女性たちは橋から身を投げてきたわ!」

「いったいなんの話をしているんだ？」

「わたしたちの村に旅まわりの一座がやってきたことがあったの。そのお芝居でヒロインが橋から飛びおりたのよ。それともバルコニーだったかしら。とにかく彼女が飛びおりたのは、婚約者がほかの人に恋しているせいだったの」ギャビーが説明した。「とても感動的だった」

「ばかばかしい」

「感動的だったの。お芝居の終わりでわたしがあんまり泣いたものだから、父はひどく恥ずかしい思いをして、次の夜の公演には連れていってくれなかったわ」

「ぼくが父親だったとしても連れていかなかっただろう。きみは楽しめなかったみたいだから」クイルは意見を述べた。

「あら、楽しかったのよ」ギャビーが声をあげる。「すてきだったわ！　脚本は恋の苦しみを、とくに女性がどれほど苦しむかをよく把握していたの。珍しいことじゃないわ。女性の心は男性の心よりずっと繊細なんですもの」

ギャビーが顔を輝かせているのを見て、クイルの心は晴れた。彼女は元気が出てきたらしい。

「オフィーリアはどう？」ギャビーが続けた。「ハムレットに拒絶された彼女は、精神に異常をきたして川に身を投げたわ。修道院へ行けと言われる場面はあなたも知っているでしょう？　今夜ピーターがわたしに向けたのは、まさにそのときのハムレットと同じ表情だったのよ！」ギャビーの顔に浮かんでいるのは自意識過剰な苦悩だった。シェイクスピアの作品に登場する絶望したヒロインと自分を重ね合わせているのだろう。

クイルはにやりとした。「話を整理させてくれ。ピーターは礼儀作法を気にして、ロンドン社交界の大勢に見える場所できみにキスをすることを拒んだ。だからきみは、ハイドパークのサーペンタイン池で水浴びするというのか？　それなら御者に指示して行き先を変更させよう」さらにつけ加えた。「もちろん今夜はかなり冷たい風が吹いているが、きみはそんなことで心変わりしないだろうね。なにしろひどく絶望しているんだから」

「あなたはわたしの反応が過剰だと思っているのね？」目を潤ませたままギャビーがくすくす笑った。「悪いのはわたしだわ」彼女は率直に認めた。

「厄介な癖だ」

ギャビーは訴えかけるように美しい瞳をクイルに向けた。

「本当にピーターはわたしとキスをしたがっていると思う、クイル？　つまり、あなたがしたみたいに」

クイルはたじろいだ。「ぼくがなにを望んでいるか、どうしてきみにわかるんだ？」

ギャビーが小さく肩をすくめた。「あなたは多くを語らない。だけど、わたしを見るでしょう」そう言って黙りこむ。

「九〇歳以下の男はひとり残らずきみを見ていた。きみのドレスは男の目を引くようにデザインされているんだ」クイルは早口で言った。

ギャビーは引きさがらなかった。

「あなたに見られると、わたしはとても……落ち着かない気分になるの」

「楽しくなさそうに聞こえるが」クイルの胸に暗雲が立ちこめてきた。

「ええ、そうよ。まるで肌の上で蟻《あり》がダンスをしている気分なの」

クイルはうなった。「それは楽しくないな。すまなかった。これからはきみに不快な思いをさせないよう努力する」よそよそしい口調で丁寧に言う。

ギャビーは眉をひそめた。「表現がよくなかったわ。あなたの視線はあなたのキスと似ているの」こんな話題を口にしている自分の大胆さが恥ずかしくなり、小声で言った。「震わせるのよ……ここを」片手をおなかにあてる。気詰まりな空気に包まれた馬車のなかで言葉が宙を漂った。

耳に軽く触れられ、ギャビーは首をめぐらせた。そこに軽く口づけたクイルが彼女にほほえみかけていた。

「まだ震えを感じるかい?」

「いいえ!」ギャビーは憤然とした。「からかうのはやめて、クイル! あなたに話すんじゃなかったわ」

「確かにそうだな」クイルは同意した。

「ピーターはあなたみたいな目で見てくれないの」

ふたたび同意しかけたが、クイルは言葉をのみこみ、少し考えてから口を開いた。「ピーターはきみにキスをしたいはずだよ、ギャビー。ただ、きみの評判を気にしているんだ」それが真実だといいが、とクイルは願った。同時に、間違いであってほしいとも思う。

それから……それからギャビーが、美しい目を大きく見開いて彼を見あげた。彼女の表情は〝キスをして〟と語りかけていた。クイルは笑みを浮かべた。

「いつもきみのほうからキスを求めるのかな?」何気ない調子で尋ね、ギャビーの上にかがみこんだ。

唇で口をふさぎ、憤慨したギャビーの否定の言葉をのみこんで、クイルはありったけの優しさをこめて彼女の動きを封じた。ギャビーの唇を目にするたび、瞳が輝くのを見るたび、そしてとめどなくしゃべり続けるハスキーな声を耳にするたびに、優しい気持ちで胸がいっぱいになる。ギャビーの唇を奪って大きな手で彼女の頭を抱えると、巻き毛がこぼれ落ちた。

ギャビーの肩にかけた上着を引きはがしてしまいたかったが、クイルはなんとか自制した。ギャビーのボディスはどうなっただろう? まだウエストまでさがっているとしたら、この上着を脱がせるだけで真っ白な肌が……。クイルは身震いして、危険なまでにキスを深めていった。

ギャビーが喉を鳴らして小さくうめき、身をよじって彼の首に両腕をまわしてきた。その動きで上着がすべり、サテンのようになめらかな肌をあらわにしながら馬車の座席に落ちていった。

一時間後、クイルは暖炉で燃えつきた薪《まき》が崩れて灰になる様子をぼんやりと見つめながら、正気を失った瞬間のことを繰り返し考えていた。そうだ、突然の発作に襲われたと言えば弁解できるかもしれない。ふと、そんな考えが心をよぎった。あきれ返ったピーターの顔が脳裏に浮かぶ。いや、それはまずい。ペルシャか北極行きの切符を買うにも遅すぎるだろう。未来の義理の妹のあらわな肌を愛撫しておきながら、罪を免れて逃げ出したいなどという願いが許されるわけがない。ただ、詳細に触れずにこの問題をピーターと話し合えればそれでよかった。正気を取り戻す直前の瞬間を思い出すたびに――そう、思い出したのは一度ではない――クイルのズボンは不快なほどきつくなり、呼吸が速まった。

そのとき、書斎のドアが静かに開いた。

「話があるとコズワロップに聞いた」

クイルは振り返った。ピーターがすでに部屋のなかに入り、背後でドアを閉めていた。

クイルが口を開く前に、ピーターが話し始めた。「もう終わりだ、兄さん」喧嘩《けんか》腰の声だった。茶色い瞳が怒りに燃えている。

胃のなかで罪悪感が暴れ出した。ぼくは弟を、ただひとりの弟を裏切ったのだ。

「認めるよ――」

「ぼくにはできない」ピーターにしては珍しく激しい口調で続けた。「無理だ」

「無理？　なにが無理なんだ？」

「あの……ガブリエル・ジャーニンガムとは結婚できない」ピーターがぎこちなく言い放った。「できると思ったんだ。だけど、ギャビーは……」ふたたび言いよどんだ。

クイルは弟が興奮してだんだん不機嫌になっていくさまを見つめた。こうなると数日間はすねたままのこともある。

ピーターの恨みが辛辣な言葉となってあふれ出してきた。

「彼女はぐずだし、太っている。それにほとんど――」

クイルの息が止まった。「ギャビーはぐずでもないし、太ってもいない!」

「いや、そうだ」ピーターがうめき、部屋のなかを落ち着きなく歩き始めた。「彼女はやぼったいよ、兄さん。それは間違いない。でも、それよりもっと悪いことがある。本質的に繊細さを備えていないんだ。これから一生ギャビーに縛られるなんて耐えられない。兄さんは長く一緒に過ごしていないからわからないだろうけど、ぼくは今晩ずっと彼女に付き添っていた。ああ、ギャビーは話し続けていたよ。まるで樽の栓が抜けたみたいな勢いで。あんなおしゃべりは聞いたことがない。ぼくの友だちのティドルベンドとフォルジャーは黙りこんでしまった。まったくの無言になったんだ。ギャビーが立ち去ったあとで、フォルジャーにからかわれたよ。彼女は少しも気取ったところがないって」

「それのどこが問題なんだ?」

「嫌みを言われたんだ」ピーターが説明する。「ギャビーはうるさいおしゃべりなんだよ。フォルジャーはあからさまに言いたくなかっただけだ。彼女がボディスを落としたときに、フォルジャーがそばにいなくてよかった」憂鬱な顔で暖炉に近づき、燃えている薪を蹴った。たちまち悪態をついて飛びのき、声を上ずらせる。「見たか? ぼくのブーツがどうなったか見えたかい？」

クイルは返事をしなかった。ピーターのそういう質問には答えないことにしていた。

「ぼくはあの女性と結婚したくない。ギャビーとは結婚しない。たとえ父上であろうと、無理強いはできないよ」

「そうだな。今の状態を考えれば」クイルは言った。

ピーターがほっとした顔になった。「忘れていたよ」そう言うと、磨きこんだブーツが煤《すす》まみれになるのもかまわずにまた薪を蹴り始め、しばらくしてから口を開いた。「兄さんがギャビーを連れて帰ってから、ぼくはずっと考えていたんだ。婚約を解消したら、紳士としての礼儀を欠いて見えるのはわかっている。だけど状況が状況だけに、それほど厳しくは非難されないだろう。ギャビーが嫌いなわけじゃない。楽しい女性だと思う。普通なら惹かれていたに違いない。彼女を変身させるのが楽しいとさえ感じたかもしれない」

クイルは無言で続きを待った。

ピーターが急にとても幼く見えてきた。「だけど、結婚するのは耐えられないんだ。あんな女性と死ぬまで一緒に暮らすなんて、どうしても我慢できない！」声がふたたび上ずり始めた。「ギャビーとは結婚しないぞ！　それに父上は……」父親の健康状態を思い出したらしく、途中で言葉を切った。

クイルはうんざりしていた。「いつになったら大人になるんだ、ピーター？　まるで無理やり幽閉でもされるみたいに大騒ぎしている」

「兄さんには面白いかもしれない」ピーターが言い返す。「でも、ぼくにとっては地獄なんだ。ちくしょう、結婚なんかしたくない。それも、あんな太った――」

クイルは最後まで言わせなかった。

「どうしてだ、ピーター？　一時はその気になっていただろう？」

ピーターが兄に背を向けて暖炉のほうを向いた。マントルピースに手をついてうつむく。その姿は、どんどん黒い煤にまみれていくブーツを眺めているようにも見えた。

「女相続人と縁組みさせるという父上の計略を、受け入れられると考えた時期もあった。だけど、金なんてどうでもいいと気づいたんだ。飢えたってかまわない。ぼくは……株取引を始めるよ。兄さんのように」

ピーターが投機をすると考えただけで、クイルは身震いした。

「口出しするのはやめてくれ！」ピーターが叫んだ。「兄さんはぼくに相談したことがあったか？　最後にぼくの意見を求めたのはいつだ？　一度もない！　ぼくだって同じくらいうまく資産価値の判断ができるよ、兄さん。確かにこれまでは違うことに時間を費やしてきたかもしれない。だが、そっちの方面では大きな成功をおさめているんだ！」

クイルは部屋を横切って弟に近づいた。六歳の年齢差があるせいで、ピーターの功績が目立たなくなりがちなのは事実だ。

「おまえが投機を始めたら、父上は屈辱を感じるだろう。ぼくに許しているのは、体が不自由だからにすぎない。一人前のデューランド家の男とは見なせないと考えているんだ。土地の管理でぼくに意見を求めるのは、お荷物ではなく役に立っていると実感させるためだよ」

「父上が兄さんをどう思っていようと関係ない。土地に関するどんな些細《ささい》な問題でも、父さんは兄さんに相談しているじゃないか。ぼくにそんな話はいっさいしないのに」

クイルは反論しかけてやめた。「父上だっておまえの意見を無視するつもりはないんだ」

まったく、なんという夜だろう。家族の言動について、ひと晩じゅう見え透いた言い訳をして過ごすはめになりそうだ。「薪を蹴るのはやめろ、ピーター。リンシブルがおまえのそのブーツを見たら卒倒するぞ」

「リンシブルなんてくたばっちまえ！」お気に入りの側仕えの名を出されても、ピーターの怒りはおさまらなかった。

けれどもクイルにはまだ、どうしても知っておきたいことがあった。

「なぜ結婚したくないんだ？　ギャビーでなく、ほかの女性とでもいやなのか？」

クイルは一瞬、弟には今の質問が聞こえなかったのだろうかと思った。だがそのとき、ピーターが首をめぐらせてクイルを見た。いつもの色白な顔だが、強い風に吹かれていたかのように巻き毛が乱れている。

質問はちゃんと聞こえていたのだ。そして、クイルは不意に悟った。これまでずっと、無意識のうちに確信していたことを。

ピーターは質問などされなかったかのようにふるまった。マントルピースに置いていた手を額にあててうなだれる。「アメリカへ行くよ」半ば押し殺した声で言った。

「ぼくがギャビーと結婚する」クイルは静かに告げた。

ピーターは自分の苦悩に没頭するあまり、兄の言葉を聞いていなかった。「もしかしたらと思ったんだが……やはりできないんだ、兄さん。自殺するほうがまだましだ」

「ぼくがギャビーと結婚する」クイルは繰り返した。

確実にだめになったと思われるブーツを調べるのをやめ、ピーターはバランスを崩しかねない勢いで振り返った。「兄さんが？　そんなことは不可能じゃないか」

「実を言うと、可能性は十分ある」

「だけど、父上が……父上が兄さんは結婚に適さないと言っていた」ピーターは口ごもった。

「床入りを完遂できないから」

クイルの胸にどこか普通とは違う謎めいた感覚がこみあげ、気持ちが高揚してきた。大声で笑い出したい気分だ。ピーターは文字どおりぽかんと口を開けている。

「床入りは完遂できる。しかも、楽しんで務めを果たせるだろう」

ピーターの口はまだ開いたままだ。「そうなのか？」

「ぼくはギャビーの体型が好きだ」なじみはないが、決して不快ではない興奮が押し寄せてきて、クイルはにんまりするのを止められなかった。「彼女自身も好きだ。もちろんぼくとギャビーが結婚して子供ができたら、おまえは子爵になれないが」

ピーターが表情をこわばらせた。「ぼくにそんなことを言うなんて、ひどい侮辱だ」体もこわばらせている。

クイルは笑みを消した。「そんなつもりじゃなかったんだ、ピーター。おまえが爵位にこだわっていないことは知っている」

ピーターはそっけなかった。「兄さんはぼくに、衣装代のためにギャビーと結婚すればいいと言ったね。あのときは酔っていたけど、次の日になってもはっきり覚えていたよ。父上も兄さんも、ぼくが軽薄な男にすぎないと思っているんだ。父上なんて、流行の先導者と中身のないしゃれ者の区別さえつかないんだからね！」

「ケンブリッジにいたころ古典で首席を取ったのに、ぼくたちが無視したことをまだ怒っているんだな、ピーター。ぼくは自分が結婚せずにすむならと、おまえを父上の意向に沿わせようとした」クイルは言った。「悪かった、謝るよ」

「どうして自分は結婚には不適格だなんて言ったんだ？」ピーターがぶっきらぼうに問いただす。「父上がどう解釈したかはわかっているはずだ。あれは嘘だったのか？」

「まったくの嘘ではないんだ」クイルは言った。「この数年間、女性とベッドをともにすること自体にはまったく問題がない。ただ、そのあと三日間は偏頭痛の発作に襲われる」

ピーターの表情がショックから同情に変わった。

「必ず偏頭痛が起こるのか？　医者がどうにかできないものなのか？」

クイルは肩をすくめた。「頭の怪我の後遺症らしい。自然に治癒するかもしれないと言われたが、どうやらそうはならないらしい」

「なんてことだ。だけど、もしギャビーと結婚したら……ところでその、どうやって結婚するつもりなんだい？　間違っているかもしれないけど、彼女はぼくにかなり好意を持っていると思う」ピーターが不安そうに言う。

「おまえに恋をしているつもりになっているんだ」クイルは明るく返答した。

「それならどうやって気持ちを変えさせる？　ぼくが結婚を拒否したからとは告げられないよ」

いったいピーターは婚約者に、アメリカへ行く理由をなんと説明するつもりだったのだろう？　クイルは考えるのをやめた。「彼女はロマンティストで、物語を考えるのが好きだ。暇さえあれば、ありそうもない話を作りあげている」

「兄さんたちにはあまり共通点がない」ピーターが疑わしそうに言う。

クイルはふたたび肩をすくめた。「結婚するだけだ。ギャビーには、ひと目見て恋に落ちたと話すつもりだよ。埠頭で姿を見た瞬間だったと。思いが強くなりすぎて、無視できなくなったと言うつもりだ」

「信じるかな？」ピーターはうまくいかないと思っているらしい。

馬車のなかでの出来事から考えても、ギャビーはクイルの自制心が限界まで来ていることに気づいているに違いない。「彼女はロマンティストだ」クイルはそう繰り返すにとどめた。

ピーターが唇を噛んだ。

「こんなふうにギャビーを引き渡すなんて、ぼくは卑劣な男だな」

「おまえが彼女を望んでいないというだけだよ」クイルは言った。「ぼくは喜んでギャビーと結婚する。それにおまえたちが結婚すれば、いずれ悲劇になるのは明らかだ」

「父上と母上にはどう説明する？」

「ギャビーに言うのと同じことを言えばいい。つまり、ぼくがどうしようもないほど彼女を好きになって、我慢できなく――」

「誰がそんなばかげた嘘を信じるものか」ピーターがさえぎった。「ギャビーは信じるかもしれない。兄さんをよく知らないから。だけど、ほかの人たちは無理だよ」

「無理だという理由がわからないな」

ピーターがにやりとした。いかにも弟らしい、なれなれしい笑いだ。「忘れてくれ、兄さん。ただ兄さんが恋に落ちる姿なんて、正気な者なら誰も想像できないだろう。兄さんは怒ったことすらないじゃないか？　恋する男は救いようがないほど理不尽になるものだ。レディ・ソフィー・ヨークに夢中になったときの、パトリック・フォークスの様子を覚えているだろう？　まさに失恋して間抜けになった男の見本だったよ」

「パトリックは申し分なく理性的だと思うが」

ピーターが嘲笑《ちようしよう》した。「フォークスが親友から妻を盗んだことを忘れたのか？　聞いた話によれば、レディ・ソフィーが婚約を解消してからわずか一週間後に結婚しようとしたそうだ。もちろん、彼女の両親がその計画を阻止した。だけど式を挙げる前の二週間は、どこへ行っても隙《すき》を見て許嫁にキスをするフォークスの姿が目に入ったよ。まるで頭がどうかしたみたいにふるまっていた。自制心のかけらも見受けられなかったね。まわりにいるぼくたちへの敬意は言うまでもなく」

クイルは、隙を見てキスをするという考えが気に入った。

「恋をしている証明になるなら、人前でギャビーにキスをしてもかまわない」

ピーターが嫌悪感もあらわに小さく身震いした。「ぼくにはとうてい無理だ。今夜だってギャビーが……」言いかけて口をつぐむ。

「話は聞いたよ。ギャビーがキスをしたがって、おまえが拒んだと」クイルはゆっくりした口調で言った。

「ああ、冗談じゃない」ピーターがぴしゃりと言う。「バルコニーへ通じるドアは大きく開いていたんだぞ。それなのに、彼女はぼくに身を投げ出してきた。まさにその瞬間をティドルベンドに見られていたんだ。恥ずかしさのあまり、死んでしまいそうだったよ」

クイルはにやりとした。「未来の花嫁に、今後は人の見ている前でほかの男にキスをしてはいけないと伝えておくよ」

「ああ、それがいい」ピーターがつぶやき、また暖炉に戻って薪を蹴り始めた。「本気なのか、兄さん？　わかっているだろうが、茶番を始めたらずっと続けなければならないんだぞ。少なくとも三カ月は、恋わずらいのふりをする必要がある。急いで結婚すれば、ギャビーの評判が台なしになってしまうからね」

「そのとおりだな」クイルは向きを変え、ドアのほうへ歩いていった。「朝食の席でギャビーにぼくの、その、抑えきれない思いを伝えることにしよう」

「朝食の席でだって？　とんでもない！　ロマンティックとはまったく縁がないんだな、兄さんは。そんなことをすればたちまち、怪しいと彼女に感づかれてしまうよ」

クイルは足を止めると、わけがわからず弟を見た。「どうしてだ？」

「誰も……パトリック・フォークスでさえ、朝食の席で相手に対する強い関心を打ち明けたりしない！」

ぼくなら喜んで半熟卵を脇に押しのけて、テーブルの上でギャビーと愛し合うのに、とクイルは思った。だがそれを、わざわざ詳しく説明する必要はない。

「夕食のあとまで待つべきだ」ピーターが言った。「シャンパンを用意しないと。大量のシャンパンを。ギャビーが酔っ払ってぼんやりするまで待つんだ、兄さん。そういう状態になれば、兄さんの言うことを論理的には考えられないだろう」

「結婚を申しこまれるときには、ギャビーはしらふでいるべきだと思うが」クイルは控え目に提案した。

「だめだ。酔っていないと、兄さんが恋しているなんて言ってもだまされないよ」ピーターは自信たっぷりに言いきった。「ほろ酔いになったあたりから話を始めれば、もしかすると信じてもらえるかもしれない」

「うーん」クイルはうなり、廊下へ続くドアを開けた。

「兄さん！」ピーターの声は切迫して上ずっていた。

「おまえの提案は検討してみるよ」クイルは重々しい口調で言った。

だが、結婚を申しこむ前にギャビーを酔わせるつもりはなかった。さっきも言ったとおり、彼女はロマンティストなのだ。ピーターを愛しているとギャビーがみずからに言い聞かせ続けたせいで、彼女はそう思いこんでいるのではないかとクイルは考えていた。それならぼくを愛していると思わせるのも簡単なはずだ。恋に落ちたと真っ赤な嘘をつくだけでも十分に罪深いのに、未来の花嫁を酔いつぶしてさらに罪を重ねたくはない。

今夜は長い夜だった。クイルの脚はずきずきと痛んだ。はっきりわかるほど足を引きずりながら、彼は階段をあがった。

それでも〈青の間〉の前を通り過ぎるときには、ドアを開けてなかへ入っていきたくなるのを我慢しなければならなかった。そこはギャビーの寝室だ。あと数カ月もすれば、彼が主となるであろう寝室。水たまりから出てきた犬のように、クイルは全身を震わせた。それまで待てるはずだ。

午前六時になってやっと、彼はあることに気づいた。ギャビーの寝室へ入るまで三カ月待てるというのは根拠のない希望的観測で、実践できるかどうか非常に疑わしいと。

理由のひとつは、ギャビーの肩からクイルの上着がすべり落ち、彼女の背中に手を這わせたあの瞬間を経験してしまったからだ。美しくなめらかに広がる肌。クイルは両手をゆっくりと動かし、夢のような感触を楽しみながらギャビーの体の前へ移動させた。そしてそのときになって初めてギャビーの唇から顔をあげ、手のなかのものを見ることを自分に許した。

欲望が体を駆けおり、衝撃に何度も強く揺さぶられ、やがて彼は確信した。ぼくは――レディ・ソフィーにのぼせあがったパトリック・フォークスと同様に――ギャビーと結婚するまで三カ月も待てない。それどころか一週間だろうと、サテンのようになめらかな肌や、シルクのようにつややかな肩に触れずにいられるとは思えなかった。さらに下へと両手をさまよわせたいのは言うまでもない。

もう起きよう。眠れないのは明らかだったので、クイルは調べものをしようと決めた。ギャビーはロマンティストだ。それに劇場へ行きたいと言っていた。よし、芝居のせりふをいくつか覚えて、それを駆使して彼女への愛を信じさせてみせる。遠くの庭の塀に夜明けの冷たい光が差し始めていた。ただどうしようもなく愛していると告白したところで、ギャビーに信用してはもらえないだろう。くそっ、これまで恋に落ちたこともなければ、これからもその可能性があるとは思えない。ピーターの言うとおり、ぼくはそういうたぐいの男じゃないから、どうすればのぼせあがって見えるのか、まったく想像もつかない。

クイルは上掛けを払いのけて呼び鈴のひもを引いた。戸惑った顔で現れた従僕に風呂を用意するよう告げると、研究のための資料を取りに図書室へ行った。幸い、愛が及ぼす影響について述べた詩はたくさんあった。これまでの商取引で、競争相手より優位に立つには調査力がものを言うことはわかっている。

調査の結果はかなり満足のいくものだった。一時間もたたないうちにクイルは入浴を終え、しおりをはさんだ本に囲まれて、燃え盛る火のそばに座っていた。記憶力に恵まれていてよかった。シェイクスピアからせりふを拝借するべきか――ギャビーに気づかれる可能性があるが――それほど有名でない劇作家からにするべきか、それだけが問題だ。

シェイクスピアは魅力的な候補だった。〝燃えあがり、痩せ衰え、息絶える〟クイルはそ

の言葉の響きが気に入った。もちろん、なにもかもばかげている。〝燃えあがり〟という部

分を除いては。確かに彼は燃えあがっていた。それにしても、目的を果たすために、いった

いどれほどの戯言をまくし立てなければならないのだろう？

先ほどと同じ戯曲のなかに、もうひとついい表現を見つけた。〝彼女の息であたりの空気

がかぐわしくなった。彼女のうちに見えるものすべてが神聖で甘美だった〟

クイルは試しに小さな声で言ってみた。「きみの息でかぐわしく……いや、違うな」彼は

言い直した。「埠頭で初めてきみを目にしたとき、彼女の……きみの……きみの息であたり

の空気がかぐわしくなった。ぼくが見たものすべてが神聖で甘美だった」

なかなかよさそうだぞ。〝神々しい顔にふさわしいあのふたつの瞳、これほどの美しさで

夜空を光らせる星がほかにあるだろうか？〟

クイルはさらに何度かつぶやいた。はっきり声に出して言う気にはとてもなれない。側仕

えが急に入ってきたらどうする？　ばかばかしい。シェイクスピアがこんなくだらないせり

ふを書いているとは思ってもみなかった。

ギャビーの瞳は星のようではない。琥珀色で、縁の部分だけが黒くなっている。とても濃

い黒だ。それに光ってもおらず、どちらかというとブランデーのように金色がかった茶色だ。

それに、ギャビーの瞳は話をする。ギャビーと目が合うということはすなわち、いろいろな

ものがごちゃまぜになった彼女の世界へ招き入れられることを意味した。とめどないおしゃべりや笑い、せわしない動き、そしてあふれる欲望。クイルはギャビーの瞳が欲望にかすむところを目撃した。キスをするたびに、ブランデー色の瞳はさらに濃い色に変わっていった。

クイルは立ちあがった。行動に移るときが来た。クイルはばかげた言葉を頭のなかで何度も繰り返し練習した。

午前七時。

芝居がかったことをするには最高の時間じゃないか。

11

早朝に慌ただしく部屋に入ってきたマーガレットに、ミスター・アースキンがすぐに会いたいそうだと告げられ、ギャビーはうめき声をもらした。昨夜は少しも眠れなかった。半分の時間はドレスがずり落ちた瞬間を思い出して、その恥ずかしさに悶《もだ》え苦しみながら過ごし、あとの半分は馬車のなかでの自分のふるまいを思い返して。

ふしだらで行儀の悪い娘と言われてもしかたがない。お父さまが本当のわたしの姿に気づいていたら、きっと家から追い出していたでしょうね。クイルもまさにそうするためにわたしを呼び出したのかもしれない。マーガレットにブラシで髪をとかしてもらいながら、ギャビーはぼんやりと鏡を見つめた。昨日の夜、わたしは彼に身を投げ出してしまった。いったいなにを考えていたのかしら？

マーガレットが手を止めた。「あまり深刻になってはいけませんよ、お嬢さま」真剣な口調で言う。

ショックのあまり愕然として、ギャビーは鏡越しにメイドと目を合わせた。どうしてマーガレットが知っているの？　御者が気づいたのかしら？　それとも、馬車のうしろに立っていた従僕たちがなにか目撃したの？

「起こりうる最悪の事態は、ゴシップ紙に記事が載ることです」

ギャビーは身震いした。ぞっとする。インドに戻るのも、それほど悪い考えではないかもしれない。

「誰かに新聞を買いに行かせましょう」そう言うとマーガレットは、またギャビーの髪にブラシをかけ始めた。「母がいつも言ってました。悪いことには正面から立ち向かうほうがいいって。だって、お嬢さまより先にほかのレディたちの身に降りかかっていたとしても、ちっともおかしくないことなんですから。あのフランス風のボディスがずり落ちやすいのは誰でも知ってます。もしかすると、新聞はいっさい触れないかもしれませんよ。なんといっても、扱いの難しい話題ですもの」

「うーん」それがギャビーの返答だった。マーガレットが話しているのが馬車での恥ずべきふるまいではなく、舞踏会での恥ずべきふるまいだとわかってほっとしたものの、ゴシップ紙が気づかいを見せてボディスの落下について詳しく述べないでおいてくれるとは思えなかった。これまでに『モーニング・ポスト』で、きわどい話題を扱った記事をいくつも読んだ。もしかするとクイルはすでにそういう記事を目にしていて、それについて話したがっているのかもしれない。

ギャビーは処刑台に向かうフランス人女性のような気分で階段をおりていった。実際のところ、頭のなかでは無意識のうちにちょっとした物語を考えていた。物語のなかの彼女は侯爵夫人で、頭を高く掲げたまま、涙ひとつこぼさずギロチン台へ歩いていくのだ。

「ああ、もうっ、いいかげんにして！」ギャビーは小声で自分を戒めた。今いちばんしてはならないのが、ばかげた話を考えることだわ。昨日の夜はそのせいで、困った事態に陥ったんだから。

ギャビーの声が聞こえたのか、彼女が入っていく前に部屋のなかからクイルが声をかけた。

「どうぞ、ギャビー」低い声を聞いたとたん、おなかのあたりがざわめいた。どうして未来の義理の兄がわたしにこんな影響を及ぼすのかしら？

ギャビーは挑戦的な気持ちになって部屋へ入った。マダム・カレームのデザインはわたしのせいじゃないわ。彼女のドレスはどれも作りが悪い。そうだわ、ピーターのせいよ。ドレスメイカーを選んだのは彼だもの。

クイルは暖炉に背を向け、背後で手を組んで立っていた。なにを考えているのかまったくわからない。花崗岩《かこうがん》みたいに硬い表情だわ。

いいえ、ピーターのせいじゃない。なにもかもクイルが悪いのよ。ギャビーはおはようと挨拶するのをやめて、彼をにらみつけた。

口を開きかけたクイルは、ギャビーがドアを開けたままだと気づいた。従僕に聞かれる可能性のある状況で、ぺらぺらしゃべるつもりはない。クイルはギャビーの横を通ってドアに近づき、しっかりと閉めた。一瞬考えてから、鍵《かぎ》もかける。

それから振り返った。「ギャビー、言いたいことがある」この前置きは、商談の際に使うと絶大な効果を発揮する。集まった男たち全員が例外なく静まり返り、固唾《かたず》をのんでクイルの発言を待つのだ。

けれども、今回はあまり効き目がなかったらしい。「わたしもよ」ギャビーはそう応じると、また彼をにらんだ。

クイルは唇を引き結んだ。難しい問題は先に片づけてしまうほうがいいだろう。

「ぼくはきみと結婚したくて、痩せ衰えている」

ギャビーの顔からしかめっ面が消え、代わりに驚きの表情が浮かんだ。

「燃えあがり、痩せ衰えるほど結婚したい」クイルは続けた。そこでようやく、せりふの全体を思い出した。「燃えあがり、痩せ衰え、そして息絶えかけている」

「息絶えかけている？」ギャビーがぽかんとして繰り返した。

「そのとおりだ」

沈黙が広がったわずかな間を利用して、クイルは次のせりふを準備した。予想していたほど難しくはなさそうだ。

「埠頭にいるきみを見たとき、きみの息で髪《ヘアー》がかぐわしくなった」

ギャビーは当惑している様子だ。

「違う」クイルは急いで訂正した。「空気《エアー》！　空気《エアー》だ。埠頭で初めてきみを目にしたとき、きみの息であたりの空気がかぐわしくなった。それからぼくは、きみの瞳がきらめく星のようだと気づいた」シェイクスピアのせりふを勝手に変えてしまったが、この表現のほうがいいように思える。

ギャビーは黙ったままだったので、クイルは歩み寄って彼女の前に立ち、うつむいている頭を見おろした。「きみのうちに見えるものすべてが神聖で甘美だ」

クイルはギャビーの顎に手をかけて顔を上向かせた。そのとたん、計画がうまくいっていないことが明らかになった。ギャビーは小刻みに全身を震わせていたのだ。よほどの愚か者でなければ、必死で笑いをこらえているのだとわかるだろう。

「ごめんなさい」喉を詰まらせながら彼女が言った。「わたし……わたしは……」結局そこであきらめたのか、ギャビーはハスキーな美しい声をあげて笑い出した。

クイルの脚から胸までがかっと熱くなった。目の前の女性を思いきり揺さぶりたい衝動に駆られる。ぼくがこんな愚かな行動に出たのも、もとはと言えば全部ギャビーのせいだ。恥ずかしさが消えて、冷たいものがこみあげてくる。クイルはうしろへさがると、嘲笑のこもった冷たい言葉を探し始めた。女性の瞳を星にたとえたのは、人生において今回が初めてだということをはっきりさせなければ。

けれども、そこで思い出した。ギャビーと結婚するとピーターに約束したのだ。彼女を鼻であしらうわけにはいかない。

それにこの戯言は全部、ロマンティストの女性を自分と結婚する気にさせるためのでまかせにすぎない。恥ずかしく思う必要はないのだ。結局、すべては嘘なのだから。

無駄にドルリー・レーン劇場へ行って、名優ジョン・フィリップ・ケンブルの演技を見ているわけじゃない。ケンブルにできるなら、ぼくにもできるはずだ。ギャビーはまだくすくす笑っている。クイルは手を伸ばして、生意気な娘を胸に引き寄せた。

まるであつらえたみたいだった。ギャビーのあらゆる曲線が、彼の腕のくぼみにぴったりとはまる。

忍び笑いは止まったものの、彼女の声はまだ笑いを含んでハスキーだった。「クイル？」

「ギャビー」クイルはケンブルの大げさな動きをまねて、腕のなかの彼女に覆いかぶさった。

楽しい味がした。ギャビーの味だ。

クイルの唇は言葉で伝えられなかったすべてを表していた。官能的で危険に満ち、ギャビーの注意を引きつけた。

ギャビーはクイルの腕のなかで身をよじり、欲望に逆らって彼から離れようとした。あんな思いはもうしたくない。おなかのあたりが燃えるように熱くなり、身を震わせ、懇願の声をあげながらクイルの体にしがみつきたくなる、あの麻痺した状態にはなりたくない。まだ朝なのに。たとえ夜だとしても、こんなふうに感じるのは不適切だろうけれど。とりわけ……。

だが、クイルはギャビーを放そうとしなかった。大きな手で筋肉質の自分の腿にギャビーを押しつける。憤慨する彼女の目にキスをしてまぶたを閉じさせ、口づけながら唇へ戻った。

ギャビーはしかたなく抗《あらが》うのをやめ、震えながら身を寄せるとクイルの首に両手をまわし、求めに応じて口を開いた。

あの感覚がふたたび訪れた。息もできないほどの焼けつく感覚。胸で、おなかで、もっと下のほうで、甘美な炎が燃え盛る感覚だ。舌と舌が触れ合ったとたん、ギャビーの鼓動は速まり、心地よい律動が全身を駆けめぐり始めた。

「ぼくは燃えあがる」クイルは唇を引きはがした。紳士らしく手を触れずにいるなどできない。ギャビーの首筋に指を走らせ、繊細なモスリン地のモーニングドレスを引きさげた。彼女は息をのんだものの、抵抗しなかった。短い袖がするりと肘まですべり、シュミーズがあとに続いた。

クイルの声はうなるように響き、激しい欲望のせいで低くなっていた。「ぼくは燃えあがる、ギャビー。ぼくは痩せ衰え、息絶える」彼は真っ白な肩に口づけ、心の大胆な要求に従って両手でたどっていった。唇を首筋にさまよわせ、肌に向かってささやく。「ぼくは燃えあがっている、ギャビー」

てのひらで乳房を包みこむと、ギャビーがため息をつき、全身を小さく震わせた。

「きみは……きみはきっと」肌の上で声が消え、代わって静寂が訪れた。

顔をあげたクイルは、ギャビーがおそらく人生で初めて言葉を失っていることに気づいた。彼は唇にそっとキスをした。蝶が触れるように軽く。そして大きな手で、完璧な卵形の顔を包んだ。弧を描く眉を指でなぞり、高い頰骨をすばやくかすめる。両手で触れながら、クイルは驚嘆していた。指先で彼女の唇をたどりながら、言葉を紡ぐ。ギャビーの瞳は、星が泣いて自分のものにしたがりそうなブランデー色だ。「神々しい顔にふさわしいあのふたつの瞳」彼は静かに言った。「これほどの美しさで夜空を光らせる星がほかにあるだろうか？」

ギャビーが手を伸ばしてクイルの手にかぶせた。目と目が合う。彼女はささやいた。「ずるいわ、あなたばっかり。『じゃじゃ馬ならし』のビアンカには、まともなせりふがないんですもの」

「芝居なんかどうでもいい」クイルはギャビーをふたたび腕に抱くと、唇を合わせてつぶやいた。「きみが欲しいんだ、ギャビー」手を豊かな腰の曲線に置き、自分の硬い体に引き寄せる。「ああ、きみなしでは生きられない。ぼくは息絶えかけているよ」

ギャビーはクイルの声に荒々しい欲求を感じ、小さなすすり泣きをもらしたかと思うと、身をよじって彼の口に唇を押しつけた。

「キスをして、クイル。もう一度わたしにキスをして」

もちろん、彼はそのとおりにした。

ふたりはともに激しい欲望にのみこまれた。そのさなか、ギャビーの体がうしろへぐらりとかしいだ。あとに続いたクイルは、当然のように安らぎの場所を見つけた。硬い体が柔らかく豊かな体の上に覆いかぶさり、沈みこんでいく。

気がつくとクイルの体は頭から爪先まで、白熱した欲望の炎が燃え盛っていた。まじりけのない、身震いするような欲望だ。彼はまた、ギャビーのドレスを引っぱりあげようとする、あるいは引きさげようとする――どちらでも結果は同じだが――瀬戸際にいることにも気づいた。おそらく彼女の口と同じく歓迎してくれるに違いない柔らかな熱い部分へと突き進み、緊張を解き放ちたくてたまらない。親指で乳首をこするとギャビーが大きく身を震わせ、不《ふ》明瞭《めいりょう》な言葉をつぶやきながら体を緊張させた。

けれども悲しいことに、理性がふたたびクイルの心を支配した。彼はギャビーが目を開けるのを待った。

ペルシャ絨毯の上に横たわるギャビーの髪はピンが外れ、波打ちながら頭のまわりに広がっていた。震える唇に笑みが浮かんだ。「わたしは燃えあがっているわ。痩せ衰え、息絶えてしまいそう」彼女はささやき、両手を伸ばしてクイルのこわばった顔を包みこんだ。

「またキスをしてくれる？　あなたは……」本当に訊きたい質問は口にできなかった。ギャビーが結婚したい相手はもちろんクイルだ。ベッドをともにしたいのも、もちろんクイルだった。

ギャビーと目を合わせたクイルは、すべてを理解してくれた。「きみが望めばいつでもキスをするよ。それに、ぼくはきみと結婚する、ギャビー。きみが応じてくれるなら」

彼女は目をしばたたいた。「あなたはわたしを愛しているの？」

「埠頭できみを見た瞬間に恋に落ちた」クイルが即答する。

ギャビーは上体を起こして座り、ためらいがちに言った。「自分の気持ちに確信が持てないの。あなたを愛しているのかどうか、まだよくわからないのよ、クイル。でも、愛するのは難しくないと思うわ」

クイルは口の端に笑みを浮かべた。よかった、ロマンティックな愛に関するくだらないせりふをこれ以上並べ立てずにすむのは助かった。明らかに自己欺瞞《ぎまん》なのだから。ほんの五時間前には弟を心から愛していると思っていたギャビーが、もう少しでぼくを愛しかけている。

「それはよかった」クイルは厳かな口調で言うと、彼女の手を取っててのひらに口づけた。

ギャビーは懸命にボディスを整えようとしていた。髪が揺れて前に広がり、肩を覆う。

クイルはどうしてもその髪に触れずにいられなかった。まるで野生動物の毛皮のごとくところどころ濃い色の筋が入った、金茶色の美しい髪だ。ギャビーの巻き毛は、イングランドのたいていの若いレディたちのような細かい巻き毛とはまったく違う。

「ああ、もうっ！」ギャビーはいらだたしげに袖を強く引っぱった。「マダム・カレームのドレスは、ちっぽけな布切れをなんとか縫い合わせているにすぎないわ。ほとんどいつも半裸の姿でいたくなければ、ドレスを作ってくれる別の誰かを見つけないと！」どうでもいいことをぺらぺらしゃべっているのは、おなかのあたりのちくちくする感覚や、脚のあいだに感じるぬくもりを無視するためだった。

クイルがにやりとした。「ぼくはマダム・カレームのドレスが好きだな」

ギャビーはモーニングドレスの袖をどうにかもとの位置に戻した。

「うまくデザインされている」クイルが続けた。「わからないかい、ギャビー？　きみが袖と格闘しているあいだに、肘に押しあげられたボディスがきみのすばらしい胸を覆って、ドレスはなにごともなかったかのように元どおりになった」

彼女は羞恥心《しゅうち》を覚えながら、クイルのからかうような目と視線を合わせた。絨毯の上に横たわって、わたしはいったいなにをしているの？　「あなたがこれを習慣にしないといいけど」堅苦しく言う。

クイルがギャビーを手伝って立たせ、身をかがめて耳もとでささやいた。

「結婚するまで待ってくれ、ギャビー」

首に熱が這いのぼってくるのがわかった。「どういう意味なの？」

クイルの緑の瞳がからかうように光った。彼は手を伸ばし、一本の指でギャビーの首筋をたどった。

ギャビーは身を震わせてあとずさりした。軽く触れられただけなのに、自分の反応が恥ずかしい。「上階《うえ》に戻ったほうがよさそうだわ」両手をあげて、首にかかる波打つ髪に触れた。「この姿を見て、マーガレットがなんて言うかしら」

クイルが肩をすくめる。「かまうものか」

「男の人はすぐそういうふうに言うんだから！　わたしはかまうの。そうでなければ黙っているわ」

クイルに言わせれば、いつも本気ではないことを口にするのは女性のほうだ。だが大事なのは、ギャビーが結婚に同意してくれたことだ。その点に関しては本気らしい。

「バースに使者を送って、両親にぼくたちの計画を知らせるよ」

「まあ」ギャビーは病気の子爵と子爵夫人のことをすっかり忘れていたようだ。「おふたりは怒るかしら？」

「まさか。初めはぼくがきみと結婚するものと思っていたんだから」

「それならどうしてあなたの写真を送ってこなかったの？」

クイルの首のうしろの毛が逆立った。ベッドをともにしたら頭痛が起こるなどと、婚約したばかりの相手に説明したくはない。真実を知れば、ギャビーは考え直すに違いなかった。そこで、彼はただ肩をすくめた。

質問されてもめったに答えず、みずから進んで会話を続けようとしないクイルの性質を、家族はよく知っていた。だが、ギャビーはまだその点を理解していないだろう。質問を繰り返す彼女に、クイルはいらだちを覚えた。

「クイル？　お父さまはなぜあなたじゃなくて、弟の肖像画をインドへ送ってきたの？　それに父はどうして、わたしが未来の子爵と結婚すると思っているのかしら？　それって長男のあなたのことでしょう？」

「それは……」クイルはひらめいた。「父は、ピーターがひとりでは結婚相手を見つけられないのではないかと心配しているんだ。あのとおり、かなり内気だから」

「ピーターが？　かなり内気ですって？」

「ああ、そうだ」話をうまく進められそうだという確信がますます強まってくる。「ゆうべ、きみがピーターにキスをしようとしたときのことを覚えているだろう？　キスより礼儀作法を気にかけるなんて、どんな結婚生活になると思う？」

ギャビーが眉根を寄せた。「必ずしも悪くなるとはかぎらないわ。ピーターはとても話しやすいし、社交界を引っぱっていく人よ。マダム・カレームもそう言っていたの。礼儀に反したことをしなくても、望めば花嫁を見つけられるはずだわ」

そのときドアをノックする音が聞こえ、クイルはほっとした。

現れたのはコズワロップだった。主人の息子だけでなく、やや乱れた姿のミス・ジャーニンガムも書斎にいると気づき、彼はわずかに目を丸くした。しかもノックをしたあとで、鍵をまわして開ける音をはっきりと聞いたのだ。

コズワロップは手にした銀のトレイを掲げ、訪問カードを見せた。

「ブレクスビー卿がお越しになりました。緊急のご用件だそうでございます」

クイルは執事にうなずいた。

「書斎へご案内してくれ。それから、レディ・シルヴィアにも同席を頼んでほしい」

「あら、だめよ」ギャビーがほとんどうしろへ垂れてしまっている髪に手をやった。「わたしは失礼するから、どうぞお客さまをもてなして、クイル」

「ブレクスビーはきみを訪ねてきたんだ」

「なんですって？」ヘアピンを留め直していた手を止め、ギャビーが肩越しに振り返った。髪の大部分が右側に落ちかけているのには気づいていないようだ。

「ぼくに留めさせてくれ」クイルがヘアピンを五、六本引き抜くと、豊かな髪が背中に流れ落ちた。彼は手早く髪をまとめて丸め、頭のてっぺんに戻してピンで留めた。

「まあ、ありがとう」ギャビーは驚いていた。「どこで覚えたの？　いいえ、言わなくて結構よ」彼女は向きを変えた。「どうしてブレクスビー卿がわたしに会いたがるの？　その人は誰？」

「ブレクスビーは外務大臣だ」クイルは説明した。「きみがインドから到着した直後に、彼はぼくのところへやってきて、カーシー・ラオの居場所についての情報を欲しがった」

「まあ、そんな」ギャビーが息を吸いこんだ。

「ブレクスビーに話すべきかもしれない、ギャビー。外務省は東インド会社とは違うんだ。それに、彼は高潔な男だとぼくは思う。カーシーが統治者に適さないと判断すれば、あの子の身の安全を確保してくれるに違いない」

ギャビーは浮かない顔で首を振った。「信用できないわ。父の経験では、英国政府の代表とのつきあいは、東インド会社の人たちとのつきあいと同じくらい不満を感じる結果になっているの。政府には会社の役員たちを抑制する力がないのよ。バーラトプルで起こったことを見て。何百人もの人が亡くなったわ。父が言っていたけれど、東インド会社にホルカールを攻撃する権利はないのよ」

今度はクイルが浮かない顔をする番だった。「残念ながら、きみの意見の大部分には同意せざるをえない。だが、ブレクスビー個人は悪い人間ではないんだ。それに、ここロンドンで大きな力を持っている。カーシーは統治者にふさわしくないとブレクスビーが判断すれば……それ以外の結論に至るはずはないが、そのときは東インド会社もカーシーを放っておくしかなくなるだろう」

「東インド会社はきっと従わないわ」ギャビーが反論する。「わたしは彼らをよく知っているのよ、クイル。まだ制圧していない地域を支配するためなら嘘もつくし、盗みもするし、買収だってするわ。あの人たちにとって、カーシーは駒のひとつにすぎない。彼を気づかって王座に就かせるのをあきらめるとは思えないわ。その結果として、さらに多くの土地を手に入れられるんですもの」

クイルは婚約したばかりの女性を注意深く見つめた。ギャビーには意外な面がある。一見したところ、ただのおしゃべりな娘なのに、これほど冷静で道理をわきまえた発言をするとは予期していなかった。

「わたしの考えは間違っていないでしょう、クイル？」ギャビーがじれったそうに尋ねた。部屋の外から、廊下をこちらへ近づいてくる足音が聞こえてくる。

クイルは頭をさげた。「東インド会社は女性の重役を受け入れるべきだろうな」自分でも驚いたことに、思わずそう口にしていた。

ブレクスビーはギャビーと直接会えて非常に喜んでいるらしかった。

「わたしは外務大臣を務めております」

ギャビーが腰をおろし、両手を握りしめた。「ブレクスビー卿、わたしにできることならなんでも、喜んで英国政府のお手伝いをさせていただきますわ」

ブレクスビーが口を開いた。「われわれはあなたが小さいころから、お父上が家に若いお客……ホルカールの統治者の息子を迎えていたと推測しています。東インド会社の重役たちは、ジャーニンガム卿がカーシー・ラオ・ホルカールをイングランドへ送ったと考えているようです。当然でしょう。この国にはお父上の知り合いが大勢いるのですから」

「残念ですけれど、カーシーの居所についてわたしはなにも知りません」ギャビーがにこやかに言った。

視線を泳がせもしない、とクイルは思った。どうやら未来の妻は嘘が巧みらしい。

ブレクスビーが続けた。「ですが東インド会社のなかには、王子が――」

そのとき部屋に入ってきたレディ・シルヴィアが、ブレクスビーの姿を目にしてうれしそうな声をあげた。ふたりが古い友人だとわかって、ギャビーは落胆した。ブレクスビーの妻がレディ・シルヴィアの田舎の領地に隣接する村で育った関係らしい。その同じ村に買ったばかりだという別荘の、一四ある寝室のひとつひとつをブレクスビーが詳しく説明し始めたので、ギャビーはついに我慢ができなくなった。

「お願いですから、カーシーの話に戻っていただけませんか？」彼女は懇願した。

ブレクスビーが愛想のいい笑みを浮かべた。「申し訳ない、ミス・ジャーニンガム。こちらの魅力的なレディとの会話に、つい夢中になってしまいました」彼はレディ・シルヴィアに笑いかけた。「あなたが心配されるのは当然なのに。先ほども申しあげたとおり、東インド会社の重役たちは、ホルカールの跡継ぎがロンドンにいると確信しているようなのです」

ギャビーは唇を嚙んだが、なにも言わなかった。

「東インド会社がどうやって情報を入手したのかは不明です」ブレクスビーが言った。「もちろん、情報が信頼できるものかどうかもわかりません。だが、あなたにはぜひお知らせしておきたかったのです、ミス・ジャーニンガム。なぜならわたしは……わたし個人の意見にすぎませんが、カーシー・ラオ・ホルカールは、東インド会社より英国政府に発見されるほうがはるかにいいと思うからです」

クイルは無言で次の言葉を待った。

ギャビーがブレクスビーに悲しげな笑みを向けた。「確かにおっしゃるとおりですわ。東インド会社の重役たちは、不正な目的のためにカーシーを見つけようとしているに違いありません」

「その点は疑問の余地がありません」ブレクスビーがすばやく応じる。「彼らは知能に問題がある者をホルカールの統治者に据えたいと考えているのです。そうすればマラータ全域を掌握できると確信しているんですよ」

「阻止していただけませんか？」ギャビーが訴えかけるように言った。

ブレクスビーの顔を悔しさがよぎった。「東インド会社の問題は、外務大臣に就任してからこれまでにわたしが犯した数少ない失敗のひとつなのです。八四年にかろうじてインド法案を通したものの、彼らの貪欲《どんよく》な領土拡大に歯止めをかけるという点では、残念ながら失敗だったと言うしかありません」

ギャビーはすでに心を決めたらしい。「わたしがお役に立てればよかったのですが、ブレクスビー卿」頭をかしげ、優しい声で言う。

たちまち表情を和らげるブレクスビーを、クイルは部屋の片側から皮肉な目で見つめた。少なくとも、ギャビーに翻弄《ほんろう》されているのはぼくひとりではないらしい。とはいえ、クイル自身は彼女に嘘をつかれているとは思っていなかった。だが、嘘をつかれるのも時間の問題だろう、と彼は自分に言い聞かせた。

ブレクスビーが立ち去り、音をたててドアが閉まったとたん、レディ・シルヴィアがクイルに鋭い視線を投げかけた。「アースキン、あなたがどういうつもりで戯れているのかわからないけど、弟に傷物を渡すようなまねは許しませんよ。紳士がすることじゃないわ」

ギャビーの顔が赤く染まった。「まあ、レディ・シルヴィア、わたしはその……クイルは……」彼女は口ごもった。

「まず最初にあなたにご報告します」クイルは冷静に言った。「今朝ミス・ジャーニンガムが、ぼくの妻になることに同意してくれました」

レディ・シルヴィアはふたたび厳しい目を向けた。「そうだとしても、あなたが傷物と急いで結婚しようとするのを黙って見ているわけにもいかないわ」

クイルは臆《おく》さず視線を合わせた。「その心配は無用です、レディ・シルヴィア。ですが、ぼくの許嫁の貞操を疑うような発言は控えていただきたい」

「そうなの？」レディ・シルヴィアは大きく眉をひそめてギャビーを見た。「ガブリエル、い、いどんな男性であろうと、ふたりきりで過ごしてはならないとはっきり教えたはずよ。ドレスのうしろが皺になっているじゃないの。暖炉の前の敷物にはヘアピンが散らばっているし。

あなたたちふたりが床を転げまわったりしていなかったなんて言われても、とても信じられないわ！」

これ以上に恥ずかしいことなんてあるのかしら。ギャビーは弁解しようとしたが、その前にクイルが口を開いた。

氷のように冷たい目をしている。

「ぼくの婚約者です。どこだろうと、好きな場所で押し倒しますよ」

レディ・シルヴィアが背筋を伸ばした。「ガブリエルは乳搾り女《ミルクメイド》じゃないのよ。わたしがシャペロンでいるかぎり、そういうふるまいは絶対に許しません。あなたのお父さまがなんとおっしゃるかしら！」

現状を考えればデューランド子爵が発言することはないだろうと三人ともが気づき、室内に沈黙が広がった。

「かわいそうなサーロウは文句も言えないでしょうけど」少し間を置いて、レディ・シルヴィアが続けた。「でも、一〇カ月後にもう子供が生まれるような事態は気に入らないはずよ。わたしだって気に入らないわ。そういうことを阻止するのが務めなんですもの」

ギャビーが駆け寄ってシャペロンの手を取った。「お願いです、レディ・シルヴィア、どうか今朝のわたしのふるまいを許してください。結婚式までは二度とクイルとふたりきりになりません。お約束します。それと……それと、わたしは傷物じゃありません！」彼女は早口で言い添えた。

レディ・シルヴィアがしぶしぶといった様子で小さく笑みを浮かべた。「わたしもそう思っているわ。ここにいるアースキンはせっかちだけど、放蕩者《ほうとう》ではありませんからね」

「あんな口をきくべきではありませんでした。お許しください、レディ・シルヴィア」クイルは言った。

レディ・シルヴィアが肩をすくめた。「あなたはいつでも率直にものを言うのだから、わたしもはっきり話すべきだったわ、アースキン。きっと来週くらいには結婚式を挙げたいのでしょうね」

昨夜ピーターに忠告されたように、クイルはたっぷり三カ月は婚約期間を設けるつもりでいた。欲求不満がそのうちおさまるだろうなどという幻想を抱いてはいない。全身が、ギャビーをふたたび敷物の上に押し倒したいと叫んでいた。だが父親と同じで、一〇カ月後に赤ん坊が生まれるのは気に入らなかった。

「とんでもない」クイルはこわばった口調で答えた。「ギャビーとぼくは正式に婚約を発表して、しかるべき期間を置いてから厳粛に結婚式を執り行うつもりです。ひと月後くらいかもしれません」

レディ・シルヴィアが笑い声をあげた。「かなり夢中なのね、アースキン。そういう姿を見たくないわけじゃないのよ。ライオネルはわたしをベッドに誘おうと必死だったもの！わたしの父が半年も式を挙げさせなかったから、この調子だと棺桶《かんおけ》が必要になるって悪態をついていたわ。ともかく、あなたはちょうどいいときに新しい花婿を選んだのよ、ガブリエル。キティから手紙が届いたところで、それによるとロンドンへ向かっているんですって。ピーターをすぐに結婚させたいみたい。女相続人《レティキュール》を失ったことを弟に知らせてやりなさいな、アースキン」レディ・シルヴィアは手提げ袋と扇を手に持った。「ガブリエル、わたしと一緒に来てちょうだい。髪を急いで直す必要があるし、これから一時間ほどかけて気持ちを落ち着かせるといいわ。あなたはもう社交界に紹介されただけでなく、初めての醜聞まで引き起こしたんですからね。今朝は訪問者が大勢押しかけてくるはずよ」

ギャビーはおとなしく部屋を出た。欲求不満の婚約者と、真珠のついたヘアピン一七本をあとに残して。

レディ・シルヴィアはギャビーの寝室の前で足を止め、唐突に言った。「わたしはあなたが思うほど悪いシャペロンじゃないのよ。ほかの人たちと同じように、あなたとアースキンのほうがいい組み合わせだとわかっているわ」

ギャビーは顔を赤らめた。「今朝のことは本当に申し訳ありません。ひとりでクイルの書斎へ行くべきではありませんでした」

「シャペロンが付き添わなければならない時と場所があるのよ」レディ・シルヴィアが応じた。「結婚の申し込みを受けるのは、それにあてはまらないの。アースキンは自力でうまくやったみたいだし」

年長の女性から向けられたいたずらっぽい表情に、ギャビーはほほえまずにいられなかった。「ええ、うまくやっていましたーーー多くを語らないからといって心変わりをしてはだめ。あの子はいい子なの」

ギャビーはうなずいた。

少なくとも四〇分は部屋で休み、見こまれる訪問客の猛攻に備えるようギャビーに指示すると、レディ・シルヴィアは颯爽とした足取りで自室へ向かった。

「心しなさい」立ち去り際に彼女は厳しい口調で言った。「ゆうべあなたのボディスが落ちたことを考えれば、かなり大勢の人たちが興味本位で訪ねてくるはずよ。昨日の事件はすでに町じゅうに広まっているに違いありませんからね。だけど誰のボディスが落ちてほしいか男性たちに選ぶ権利があったとしたら、ほとんどは間違いなくあなたのボディスを選んでいたでしょう。それがまた女性たちをいらだたせるの。純粋な嫉妬心よ」

ギャビーは自分の部屋に入ると、言いつけを忠実に守ってベッドに横たわった。けれども、とてもくつろげなかった。しばらくのちにあきらめて起きあがり、ピーターの肖像画を取り出した。ところが優しげなまなざしや柔らかそうな茶色い髪は、もはや魅力を失っていた。完璧に整えられた髪型や紳士的な態度にも心を惹かれない。一方でクイルの目は激しく、髪も整っているとはとうてい言えなかった。そもそも側仕えが、髪に櫛を通す以上のことをしているとは思えない。それなのにクイルについて考えるだけで、ギャビーの胸は幸せでいっぱいになった。彼の目は語りかけてくる。きみは美しく魅力的で——しかも知的だと。

エミリーの小さな家の入り口に立ったリュシアンは、口が麻痺してしまった気がしていた。流暢《りゅうちょう》に賛辞の言葉を並べることで知られている彼としては、非常に珍しい事態だった。「レディ・ダンストリートが開く少人数のパーティーに同行してもらえないかどうか、尋ねに来たんだ。きみと一緒に過ごせて、ぼくはとてもすばらしい時間が持てた」

「わたしもです」エミリーが小さな声で言った。ところが言葉に反して、顔は少しもうれしそうではなかった。リュシアンが見ていると、エミリーが目をあげた。

「お話ししなければならないことがあります、ミスター・ボッホ。少しお時間をいただけますか？」

彼女のあとについて居間へ向かいながら、リュシアンの心は沈んでいた。彼はエミリーの向かい側に腰をおろした。

「ミスター・ボッホ、残念ながら、今後はお会いできません」エミリーがきっぱりと言った。「舞踏会はとてもすばらしかったのですが……」彼女は口ごもった。「こんなに小さな家でもわたしには責任があります。今ではそこにフィービーも加わりました。レディ・フェスターの舞踏会にお誘いいただいて、あなたには本当に感謝しているんです。でも、こういう贅沢を習慣にしてしまってはいけません」

リュシアンは首を振った。「仕事の一環と考えられないかな？」懇願に聞こえないよう願いながら言う。「記事を書く助けにするために、社交行事に出席するのかと思っていたが」

エミリーが膝に置いた手袋をよじった。

「楽しめなかったかい？」リュシアンはさらにつけ加えた。必死さが声に表れていると、今度は自分でもわかっていた。

それを聞いて、エミリーがはじかれたように顔をあげた。「まあ、楽しみましたわ！　実際は……わたしが夢見ていたよりずっとすてきでした。それでも、もう行けないんです、ミスター・ボッホ。わたしはあちらの世界の人間ではありません。労働者階級ですから」

「先ほども言ったが、きみと――」

「絶対にだめです」エミリーは穏やかに、だがきっぱりと言った。

リュシアンが口を開きかけると、彼女が手をあげて止めた。「ミスター・ボッホ、あなたには率直に申しあげます。上流社会の女性として生活する余裕がないんです。わたしが着ていたドレスを作るために、先週、妹とわたしは毎晩遅くまで縫いものをしました」

「あれはみごとなドレスだった」リュシアンはすばやく言葉をはさんだ。「ぼくはあの部屋のなかで、誰よりも優雅な女性のお供をさせてもらったんだ」

エミリーは頬を染めたものの、首を振った。「住む世界が違うし、あそこに属しているふりをする余裕すらわたしにはありません。妹に加えて、フィービーのことも考えないと。イヴニングドレスに合わせた手袋だけでも、わたしたちには身分不相応な贅沢なんです」彼女は席を立った。

リュシアンもしかたなく立ちあがる。文句を言いたい気持ちを押し殺し、エミリーのあとに続いてドアへ向かった。いったいなにを言えばいいんだ？　舞踏会のドレスならぼくが買おうと申し出るわけにもいかない。それはきわめて無礼だ。

「また訪ねてもいいかな？」

エミリーは隠し事のない率直な目をしていた。「お越しいただいても、わたしは家にいないでしょう」静かに答えると、彼の手からそっと手を引き抜いた。

リュシアンはお辞儀をした。心臓がまるで石のように重く感じられる。

「非常に残念だ」

エミリーが自分で下した決断をどれほど後悔しているか、ルイーズだけは理解した。階段をおりてきた彼女は、涙をぬぐっている姉の姿を見つけた。

「追い払ったの？」

顎を震わせながら、エミリーがうなずいた。

ルイーズの口からため息がもれた。「どうしてなの、姉さん？　なぜほんの数日の夜の楽しみを、みずから奪わなければならないの？　それくらいかまわないはずよ」

「ミスター・ボッホは本気じゃないの……。わたしには遊んでいる暇なんてないのよ。フィービーの面倒も見なければならないし」

「ふん！」それがルイーズの返答だった。

「彼に惹かれすぎてしまったの」エミリーが続けた。

「それが問題なの？」

「囲われる女にはなりたくないわ」

「ならないわよ」ルイーズはきっぱりと言った。「差し出されたものをただ楽しんで、彼がそういうことを申し出たら断ればいいんじゃない？」

「でも……でも、怖いのよ」

「なにが怖いの？」

「愛人になりたいと願ってしまうかもしれない」エミリーがみじめな口調でささやいた。

部屋に沈黙が広がる。

「それは問題ね」ルイーズは認めた。

顎はまだ震えていたが、エミリーはなんとか小さな笑みを浮かべた。「そうでしょう？」

ルイーズは姉を抱きしめた。

「ひとつだけ言えることがあるわ、姉さん」

階段をあがりかけていたエミリーは、足を止めて振り返った。

「姉さんが本当に正直な人なら、きっと次の記事に書くでしょうね。フェスター家の舞踏会でもっとも美しい衣装を身にまとっていたのは、フランスの元伯爵に伴われた、ある若い女性だったって」

「リュシアンは伯爵じゃなくて侯爵よ」エミリーが訂正した。だが、その顔に笑みはなかった。

12

　胸が締めつけられるような不安を感じながら、ギャビーはその日の午前中を過ごした。婚約を破棄することを、いつピーターに言うべきかしら？　それともクイルが話してくれるのだろうか？　彼女は神経がぴりぴりするこの問題を忘れるために別のことを考えようとしたものの、ミセス・マラブライトの腕から無理やり引き離されるカーシー・ラオの姿が目に浮かび、よけいに鼓動が速まってしまった。

　心配事ばかりのなかで唯一前向きに考えられたのは、ボディスが落ちたときに感じた恐ろしい屈辱がしだいに薄れ、普通の恥ずかしさに変わったことだった。

　大勢の訪問客が押しかけてくるに違いないというレディ・シルヴィアの予想は正しかった。ギャビーが階下へ戻るころには、恥知らずなドレスを着た話題のレディ――もしくは話題のドレスを着た恥知らずなレディかもしれないが――をひと目見ようと、〈インドの間〉にたくさんの人々が集まっていた。

　訪問にふさわしい時間になってすぐに、ジズル公爵夫人のソフィーがやってきた。「わたしたちが同じ部屋にいれば、同情の言葉をかけられるのも一度ですむと思ったの」彼女の目はおかしそうに笑っていた。「わたしたちはマダム・カレームに苦情を申し立てるべきよね。そう思わない、ギャビー？」

集まった女性たちはたちまち公爵夫人がギャビー・ジャーニンガムと親しい間柄だと気づき、自分たちの意見をころっと変えた。

「少なくともわたしは、絶対にそのドレスメイカーをひいきにしないわ。明らかにデザインに非があるんですもの」痩せぎすで気難しい顔をしたレディが大げさに身を震わせた。

「心配はいらないわ」レディ・シルヴィアがぴしゃりと言った。「その胸ではどんなドレスも落ちないでしょうよ、アメリア。それに万が一落ちたとしても、見るべきものはなにもないわ」レディ・シルヴィアは敵にすると手ごわい。人前でドレスを脱ぐなどレディにあるまじきふるまいだと嫌みを言う者がいれば、彼女はたちまち嚙みついた。

ギャビーは話しかけてくる人々にうなずいてほほえみ、礼儀としてたわいのない返答をして、ボディスの話題になると顔を赤らめた。ドアが開くたびに息が苦しくなる事実を無視しようと努める。クイルの姿はどこにも見あたらなかった。もともと日中に現れることはめったにない。だけど、今日くらいは一緒に昼食をとってくれるんじゃないかしら？

「どうやらうまくやったみたいね、あなた」訪問客が徐々に去ってついに部屋に誰もいなくなると、レディ・シルヴィアが言った。「公爵夫人のおかげだわ。あの娘は変わり者なの。間違いないわ」

そこでまたドアが開き、ギャビーの心臓がびくりと跳ねた。今回の騒ぎですっかりまいっているにもかかわらず、クイルの飢えたようなキスの記憶が頭から離れなかった。あのとき彼の喉からうめき声がもれて、わたしは……。ギャビーは大きく息を吸った。

だが入ってきたのはクイルではなく、ピーターだった。とても目を合わせられない。ピーターのお兄さまとわたしがなにをしていたか知ったら、彼はどう思うかしら？　わたしはピーターを袖にしようとしている。彼は前の晩に婚約者としてわたしを友人たちに紹介したばかりなのに、社交界の人々みんなの前で恥をかくはめになるんだわ。

ギャビーは恥ずかしさで死にたい気分だったが、クイルの腕のぬくもりに身を寄せたい思いはそれよりもっと強かった。彼の腕に抱かれ、婚約者の兄と結婚するという、レディとは思えない不埒《ふらち》な行動に出る理由を思い出させてほしい。

そう考えただけで、体がふたたび震えた。実際のところ次から次に記憶がよみがえってくるので、午前中はずっと脈が定まらなかった。おかげでギャビーはだんだん不機嫌になっていった。

みんなが席につこうとしたとき、クイルが食堂へ入ってきた。まだピーターとは話をしていないのだろう、とギャビーは推測した。だが食事のなかごろには、兄弟のあいだの空気は誰が見ても明らかなほど張りつめていた。やはりもう話してしまったのだろう。

一同は、アーガイル・ストリートで発生した大火災で醸造所と酒場が焼けたことについて議論を交わした。火事はミートパイの提供を断られて腹を立てた、酒場の常連客の仕業だと噂されていた。

「目下のところ、その話にはふたつの疑問点があるわ」ギャビーは指摘した。「まず、相手が誰であろうと、酒場がミートパイを出さないなんて考えられないこと。それからふたつ目は、実際に建物を燃やすほど客が気にするかどうかよ。ほかの店でパイを買えばいい話でしょう?」

クイルが彼女に向けた視線には、親しみ以上のものが宿っていた。ギャビーは警告をこめて彼をにらんだ。もっと注意深く控え目にしているべきだ。

ピーターが積極的に自説を擁護した。「どうやらミートパイがひとつしか残っていなかったらしい。酒場の主人はそれを夜警に、厳密に言えば夜警の妻のために取っておくと約束していたので、常連客には出せなかった」ギャビーにほほえみかけた彼は、わずかに重苦しい口調になった。「ミートパイを受け取るのが美しい女性だとすれば、酒場の主人を責めるわけにはいかないな」

クイルが嘲笑した。「トロイはひとりの美女への愛のために焼きつくされたんだぞ。おまえは、夜警の妻の食欲を満たすためにロンドンの町が失われるところだったと言いたいのか、ピーター?」

「酒場の主人は商売上の利害関係より、女性との約束のほうを優先したことで褒められるべきだ」

ピーターにあざけるような笑みを返すクイルを見て、ギャビーはこの会話が家族間の口論に発展するのではないかと心配になった。だがそこへ折よく、コズワロップが次の料理を持って現れた。

食事が終わると、クイルは彼女が声をかける間もなく姿を消してしまった。そして五時になってようやく、のんびりと――そう、間違いなくのんびりした足取りで――居間へやってきて、馬車でハイドパークへ行かないかとギャビーを誘った。必死で忍耐力をかき集めなければ、ギャビーはいらだちのあまり大声で叫んでしまいそうだ。けれどもなんとか心を落ち着かせて、〝行くわ〟と答え、着替えるために自分の部屋へ戻った。

クイルは好奇心を覚えて婚約者を見送った。少し不機嫌そうじゃなかったか？　気分の変わりやすい娘のようだ。繊細？　世間では扱いにくい女性たちをそう呼ぶ。

ピーターが急いでそばへやってきて、レディ・シルヴィアに聞かれる心配のない、窓の近くまでクイルを引っぱっていった。「それで？　いつ申しこむつもりなんだ？」熱のこもった口調で訊いた。

クイルは弟を見おろした。

「いったいその髪はどうしたんだ？　ポマードか？」

ピーターは今にも足を踏み鳴らしそうだった。「聞こえただろう？　いつギャビーに申しこむんだ？　朝食のときに訊くつもりかと思っていたのに。今日、ぼくはギャビーと口をきかないようにしていたんだ。ずいぶん無作法だと思われているに違いない」

「午前中にもう申しこんだ」クイルは窓の外に目を向けた。そうでもしなければ何気ない口調を保っていられそうになかった。できることなら叫び出したいくらいだ。ギャビーが――美しくて官能的なギャビーが――ぼくとの結婚に同意してくれた。脚の不自由な男と。無口な商人と。下世話な商取引の世界のために、上流社会の仲間を捨てた男と。

実際のところ、それはずっとクイルを悩ませていた問題だった。ギャビーは自分がどれほど釣に合わない取り決めを結ぼうとしているのか知らない。

「それで?」ピーターが声を上ずらせた。

今日は朝から良心と格闘し続けている。「午後には返事をくれると思う」人生でもっとも重要な瞬間に違いないのに、イエスかノーか聞くだけの単純な会話だと言わんばかりに、クイルは無頓着を装った。

「ああ、もうなにもかも終わりだ」ピーターがうめき、リンシブルがかなりの量のポマードを費やし、四五分かけて整えた髪をかきむしった。「答えをはぐらかされたのなら、きっと断る方法を考えていたに違いない。ギャビーは絶対に兄さんを選ばないだろうとわかっていたんだ」

「今朝は前向きな様子だったが」クイルは言った。ギャビーの喉からもれた小さなうめき声の記憶から、懸命に意識を引きはがそうと努める。

「ギャビーは気立てのいい女性だ。断るにしても優しくするに決まっている。前にも言ったと思うけど、状況が違えばぼくも彼女と過ごすのを楽しんだはずなんだ」ピーターが腰をおろし、まっすぐ前を見据えた。「やはり予定どおり進めるべきかもしれない、兄さん。アメリカへは行けないよ。あそこは……野蛮人でいっぱいだ。ありえない。ぼくがギャビーと結婚すればいいんだ。ジズル公爵夫人もボディスを落としてくれたおかげで、少なくとも致命的に評判を損なう事態からは逃れられたんだし」

落胆した様子のピーターが気力を振り絞るようにして兄を見あげた。「それにしても兄さん、ギャビーのすぐあとに公爵夫人のボディスまで急に落ちるなんて、少し奇妙だと思わないか？」

クイルにしてみれば、奇妙でもなんでもなかった。彼は頭のなかでひそかに作成している大切な女性のリストの、二番目の位置にソフィーを載せた。もっとも、リストに名前があるのはふたりだけだ。一五年ほど前に初めてベッドをともにした、アンという名のミルクメイドにはいまだに多少の愛情を抱いていたが、リストに載せるほどではない。

クイルは肩をすくめた。

反応がない兄に慣れているピーターは気づきもしなかった。

「それで、ギャビーはまだ返事をしていないんだね？」

もう一度、クイルは肩をすくめた。ギャビーは彼と結婚すると答えた。だがそのあとクイルは気がとがめ、彼女にとって自分がどれほど損な買い物か、詳しく説明すると決心したのだ。彼は事業に首を突っこみ、足を引きずっている。だがいちばん重大なのは、偏頭痛の問題だった。

「よし、それなら夕食のときに目配せをしてくれ」ピーターは暗い声で言うと、クラヴァットをまっすぐに直し、ドアへ向かって歩き出した。「ぼくのことは心配いらない。自分の責任を果たして、ギャビーと結婚するよ」

戸口にコズワロップが姿を現した。

「ミス・ジャーニンガムがお待ちでございます、ミスター・デューランド」

クイルが部屋を出ると、玄関へ続く通路でギャビーが手袋をつけているところだった。濃いバラ色の外套を着こんでボタンをきっちり留め、みごとな髪をきちんとボンネットのなかにたくしこんでいる。彼女がクイルにいらだたしげな視線を向けた。どうやら機嫌が悪いらしい。

屋敷の前にクイルの二頭立て二輪馬車《カリクル》が用意された。彼は手際よくギャビーを座席に座らせると、自分もあとに続いた。手を振って馬丁をさがらせ、みずから手綱を握る。

なんだか変な感じだわ、とギャビーは思った。フィービーが一緒に乗っていないと、こんなにも違うものかしら。それとも埠頭からクイルに乗せてきてもらったときは、ピーターに夢中になっていたからだろうか。筋肉質のクイルの脚が座席のほとんどを占めていることに気づきもしなかった。だけど、今は……。

彼女は咳払いをした。「わたしたちが婚約したと、もうピーターに話したの？」

「いや。きみがぼくと結婚したいかどうかをまず確かめるべきだと思った」

ギャビーは驚いて目をしばたたいた。今朝、まるで娼婦のように敷物の上を転がったときにはっきりさせたのではなかったの？「ふたりとも結婚に同意したわ」彼女は声をこわばらせた。

「この問題はもっと理性的に話し合うほうがいいかもしれないと考えたんだ」馬車をハイドパークの方角へ向けながら、クイルがすらすらと答えた。

ギャビーの喉もとに熱い怒りがこみあげた。わたしを床に押し倒しておいて、今さら結婚から逃げ出すの？　わたしは愚か者じゃないわ。クイルは約束を破ると決めたのね。もしかするとあんなふうに転げまわったせいで、やはりレディ・シルヴィアの言うとおり、傷物は欲しくないと確信したのかもしれない。いいわ、それならこちらから楽にしてあげる。ギャビーはなんとか落ち着いた声を出そうと努めた。

「確かにそうね。あなたはとくになにを話し合いたいの？」

「ぼくがどんな夫になるか、はっきりさせておきたい」

ほら来たわ。わたしにはもっといい男がふさわしい、だからわたしのためを思って、婚約はなかったことにしたいと言うつもりね。卑怯な弁明ほど嫌いなものはないわ。

「どうぞ続けて」結局のところ、結婚を申しこんだのはわたしじゃない。あのままなら、ピーターと幸せに結婚していたに違いない。今だって幸せだったはずよ、とギャビーは怒りをこらえながら思った。

「ぼくが毎日していることは、紳士がすべき活動ではないんだ、ギャビー」クイルが話し始めた。「ぼくはイングランドのいくつかの会社に投資している。ぼくの父のような人たちにとっては、受け入れがたい行為なんだ」

ギャビーは勝ち誇った気分になった。それを口実には使えないわよ！「わたしの父はオランダや中国に品物を輸出しているわ」彼女は冷静に言った。「紳士なら次の食事が供されるまで、通りをぶらついて過ごすものだと教えられて育ったわけじゃないの」

クイルは躊躇した。乗馬中の事故が原因で生じたさまざまな欠陥について正直になる必要性を感じて自分を戒めていた。午前中はずっと、ギャビーに対して正直になる必要性を感じて自分を戒めていた。正確に言うなら、ベッドをともにしたあとに偏頭痛が起こることを。

「四年前の事故の後遺症についてははっきりさせておきたい」さあ、いよいよ本題だ。気乗りはしなかったものの、クイルは婚約を取り消す十分な理由になりうる事実を伝え始めた。「たとえばドクター・トランケルスタインは、疲れるとぼくは必ず足を引きずるようになると考えている。ダンスはできない。それにほかにも制限が……」

ギャビーが美しい瞳を彼に向けた。目が合ったとたん、クイルはぎょっとした。そこに見えるのは怒りの炎だろうか？　まさか。

「あなたが足を引きずろうが関係ないわ、クイル」

ギャビーは彼が口を開く前に言った。「事故の結果として、どんな不具合があろうと関係ないの」ほら！　クイルを黙らせたわ。だけど、頑固なけだものはまだ続けようとしている。今朝から今までのあいだに本気で心変わりしたのね。彼女は胸に痛みを感じた。

「きみに警告しなければならないと――」

ギャビーはクイルをさえぎった。「それ以上言う必要はないわ」軽い口調で快活に言った。

「気づいているのよ、あなたが……わたしと手を切ろうと決めたことは。それについては話したくない。だって今のわたしは婚約者がふたりもいて、選べない状態なんですもの。いいわ、わかった、喜んでピーターと結婚するわ」これで仕事は終わりとばかりに両手で埃を払うしぐさをしようかと思ったが、思い直して手を握りしめた。話しているあいだにクイルの顔が暗くなっていくのがわかり、胸がどきりとする。

「ぼくから婚約を取り消そうとしていると言いたいのか？」

ギャビーはうなずいた。

「そんなことは絶対にしない」クイルがあたりにとどろくほどの声をあげた。

彼女は不意に自分の間違いに気づいた。またしてもイングランドの礼儀作法に反してしまったらしい。婚約の解消を願っているとほのめかしてクイルを不快にさせた。紳士は決してレディを拒んだりしないのだろう。それより、相手が婚約を破棄するように仕向けるのだ。

ギャビーは手袋をした手を彼の袖にかけた。

「クイル、友だちとしてお互い正直に話し合えない？」

クイルは困惑してギャビーを見つめ返した。婚約者がふたりいるだとか、どちらと結婚してもかまわないだとか、これ以上わけのわからないことを話し続けるつもりなら正直な話などしたくない。ギャビーの婚約者はひとりに決まっている。それはぼくだ。それに婚約だけじゃない、夫になるのだ。一日じゅうクイルを苦しめていた良心はすでに無言になっていた。彼女はぼくのものだ。

クイルはギャビーをにらみつけて吠えた。「続けてくれ、きみがそうしたいなら」

ギャビーは唇を噛んだ。わたしが人前でキスをしようとしたときのピーターと同じくらい腹を立てているみたいだわ。まったくイングランドの男性ときたら、自分たちの行動基準が絶対に正しいと信じこんでいるのね。

彼女はできるかぎり理性的に言った。「わたしは友だちなんだから、まだわたしと結婚したがっているふりは必要ないと言いたかったの。わたしにあなたを拒ませる方法を探さなくていい。完璧に理解しているわ」

言葉とは裏腹に、ギャビーの胸はずきずき痛んでいた。だが、それについてはあとで考えよう。重要なのはクイルに拒まれた今、可能なかぎり威厳を保つことだ。幸い午前中の訪問客には婚約者を変更したことを黙っていたので、ふたりの短い婚約はレディ・シルヴィアしか知らない。

馬車はハイドパークの北側の小道を速歩《トロット》で駆けていた。クイルが手綱を引いて馬を停め、無言のままその手綱を馬車の手すりにかけた。

ギャビーは胃がむかむかした。こんな不快な会話を続けるくらいなら屋敷に戻りたい。彼女は不満のにじむ口調でその気持ちを伝えた。

去勢馬たちがぴくりとも動かず穏やかに立っていることを確認して、クイルが大きな体をギャビーのほうへ向けた。彼の腿がギャビーの脚に押しつけられる格好になり、彼女は頬を赤らめた。今朝の自分がどんなふうにクイルの体にしがみついていたかを思い出して恥ずかしくなる。彼が結婚を考え直しても不思議はないだろう。

クイルがそのままなにも言わないので、ギャビーは深呼吸をして同じ内容を繰り返した。

「あなたさえかまわなければ、家に帰りたいわ」

六時が近づくにつれて、公園を訪れる人々の数が増えてきていた。ロンドンの上流社会の人々は人に見られるのが大好きらしい。少なくとも、この寒さをものともせずに外出してくる人たちはそうに違いない。冷たい空気がギャビーの頬をピンク色に輝かせていた。まるでおいしそうなリンゴのタルトみたいだ、とクイルは思った。

ギャビーが婚約破棄のチャンスに飛びついた事実を忘れてはならない。もっとも、このまま逃がすつもりはないが。クイルは一時退却するのには慣れていた。ビジネスにおいてはよくある話で、なにがなんでも望みのものを手に入れてみせるという決意はより強くなった。しかし人目のある場所でギャビーを膝にのせ、彼女が結婚してほしいと懇願するまでキスをしたりすれば、さらに彼女の評判をおとしめてしまうだろう。

それは夜まで待てばいい。

クイルはなにも言わずに手綱を取って車輪のブレーキを外し、馬たちにふたたび公園を周回させ始めた。

ギャビーはごくりと唾をのみこんだ。一瞬、クイルが怒ってキスをするかと思ったのだ。だが結局は望みのもの――自由――を手に入れたことを思い出し、自制心を取り戻したに違いない。彼女は小刻みに動く馬の耳を凝視して、とてつもなくみじめな気持ちを懸命に抑えようとした。幸運にも、ひとり目の婚約者がまだいる。これは神の摂理なんだわ。味見をするまでミルクの代金を払わないでおくようなものよ。ふたり目の婚約者はだめだと判明したけれど、結果的にはなにも失っていない。

けれども喉が締めつけられる感覚は、すでにギャビーが自分の思いとは違う――しかも愚かな――言葉を口にしてしまったと告げていた。ひと言で言えば、ギャビーはどうしてもクイルと結婚したかった。ピーターと結婚するかどうかは問題ですらない。さらに悪いことに、おそらくピーターも彼女と同じ気持ちに違いなかった。

ギャビーは唇を固く引き結んだ。泣いてはだめよ、と自分に言い聞かせる。つい昨日まではピーターに恋していると思っていたくせに。

クイルはちらりと横をうかがった。ギャビーは妙につらそうな目をしていた。そこでふと、ピーターが口にしていたことを思い出した。確かパトリック・フォークスは礼節をかなぐり捨てることで、自分がレディ・ソフィーに夢中だとまわりのみんなに確信させたのだ。

クイルは馬車をふたたび右へ寄せて停めた。

「クイル！　今すぐデューランド・ハウスへ帰りたいの！」未来の妻が甲高い声で鋭く言った。

ブレーキをかけ終えたクイルはギャビーに向き直り、自分の手袋を外した。

ギャビーの視線がクイルのむき出しの手をとらえ、それから彼の顔に移った。

クイルは無言で手を伸ばしてギャビーの左手を取った。頭をさげ、彼女の手首の小さな真珠のボタンを外し始める。

ギャビーは風で乱れた彼の髪を見つめていた。いったいなにをしているのだろう。クイルは馬車の床に彼女の左の手袋を放り投げ、今度は右手のボタンに取りかかった。ふと顔をあげたとたん横を通り過ぎる見知らぬ人と目が合い、ギャビーは慌ててクイルの頭に視線を戻した。彼は右の手袋も床に投げた。

手と手がじかに触れ合う感触は、衝撃的なほど親密に感じられた。まだ無言を貫いたままクイルがギャビーの両手を口もとへ持っていき、それぞれのてのひらに口づけた。彼の唇はしばらくそこにとどまっていたかと思うと、ヴェルヴェットのような優しさで手首のほうへすべっていった。熱いものが脚まで駆け抜け、ギャビーは体を震わせた。

クイルが片手で彼女の両肩を抱き、熱く溶けるような跡を残しながら背中をなでおろしていく。手がヒップの下に到達したとたん、クイルが息を詰まらせる音が聞こえた。そこで一瞬手を止めたかと思うと、ひと息でギャビーを持ちあげて自分の膝にのせた。

おりてきた彼の唇は震えていた。ギャビーが無言の命令に応じて唇を開くと、クイルは彼女の口のなかへ入ってきた。ギャビーはいつのまにかクイルの髪に指をくぐらせ、彼がキスをやめないように頭をつかんでいた。彼女はまったく気づいていなかったが、合計で四台の馬車がゆっくりとそばを通り過ぎ、ふたりの状況がはたして醜聞に値するのかどうか見定めようと、乗っていた人々が熱心にのぞきこんでいた。

しばらくしてようやく顔を離したクイルが、かすれた声でささやいた。「これでもぼくがきみを振ろうとしているると思うのか、ぼくのギャビー？」ギャビーはなんと答えていいかわからなかった。

そこでクイルのほうへ身を乗り出して、唇に軽くキスをした。クイルは反撃に出た。大きな手でギャビーの顔を引き寄せ、彼女の唇を奪いつくすまで放さなかったのだ。

だが、やがてクイルがふたたび顔を離した。ギャビーの息をあえがせ、心臓を激しく打たせたまま。「ぼくがきみを振りたがっていると思うかい？」クイルが繰り返した。

「いいえ」ギャビーはささやいた。

「それなら、もう二度と口にしないでくれ」クイルはうなるように命じた。ギャビーのボンネットは押しさげられ、耳のまわりに髪がこぼれ落ちていた。

クイルはその美しい髪に両手を差し入れ、その重みを楽しんだ。

「きみはぼくの妻になるんだ。ピーターの妻じゃない。婚約者ですらない。ぼくのものだ」

「わたしもそうなりたいわ」ギャビーがささやいた。頬骨のあたりの赤みが少し和らいでいる。「ピーターとは結婚したくないの、クイル。わたしが結婚したいのはあなたよ」

クイルのなかに残っていた自制心はほんのわずかだったが、彼はそれを懸命にかき集めた。

「たとえ――」

「たとえ家に帰る途中で馬車に轢《ひ》かれようと、気持ちは変わらないわ」ギャビーが言った。

「では、そうならないように願おう」クイルは自制心のかけらを懸命につなぎ合わせ、ギャビーを抱きあげて座席に戻した。ヒップの美しい曲線に触れていた指を離すのが、ほんの一瞬だけ遅れた。

ギャビーが震える指でボンネットを拾いあげ、乱れた髪にかぶせた。

馬をもう一度道に戻しながら、クイルはちらりと彼女を見た。

「残念ながら、またしてもきみの評判を落としてしまったみたいだな」

「かまわないわ」ギャビーの胸は高鳴っていた。わたしは彼を愛していて、彼もわたしを愛していて、ふたりは結婚するのだ。わたしはクイルと結婚する――大きくて、すばらしくて、ハンサムなクイルと。

「ピーターとは今夜、話をするの？」

「ああ」

「彼が気にするとは思えないけど」馬車の床から手袋を拾いながら、ギャビーはぼんやりと言った。馬車は角を曲がってピカデリーに入り、セント・ジェームズ・スクエアのほうへ進んでいく。

「きみの言うとおりかもしれない」クイルはわざと曖昧に答えた。

13

クイルの手を借りて馬車をおりながら、ギャビーは彼が小さく浮かべた笑みに気づき、爪先が熱くなった。ところが夕食のために着替えようと階段を駆けあがった彼女は、マーガレットに厳しく叱られてしまった。ギャビーのメイドは新鮮な空気が体にいいとは信じておらず、冬に屋根のない馬車に乗るなどもってのほかだと考えていた。女主人の弱々しい言い訳にも、鼻を鳴らして取り合わなかった。

「病気になってしまいますよ。間違いありません。まして、お嬢さまは暖かい国からいらっしゃったのに！　ミスター・ピーターがなんとおっしゃるか考えてくださいな。お嬢さまが何週間も寝つくことはお望みにならないはずです」

「実は、ピーターとは結婚しないことに決めたの」髪からヘアピンを抜くマーガレットを手伝いながら、ギャビーは朗らかに言った。

マーガレットがぽかんと口を開けた。「ミスター・ピーターと結婚なさらない？」

「代わりに、クイルと結婚するわ」

マーガレットが歓声をあげた。「子爵夫人におなりになるんですね！　まあ、なんてことかしら！」興奮で目を輝かせる。「わたしは子爵夫人のメイドになるんだわ！」だが次の瞬間、沈んだ顔になった。「その、お嬢さまがわたしをお望みになれば、ですけれど。フランス人のメイドを雇うほうがいいかもしれませんわ。デューランド子爵夫人にはスティンプルという名前の、ずいぶん堅苦しいメイドがいるんです。自分のことをただのメイドじゃなく、〝マドモアゼル・ド・セルヴィス〟なんて呼ぶんですから」

ギャビーは声をあげて笑った。「心配しないで、マーガレット。あなたなら子爵夫人づきのメイドになれるわ。まだしばらくは実現しないでほしいけど。子爵の不幸を願いたくはないもの」

マーガレットはたちまちわれに返った。「ええ、もちろんですとも、お嬢さま」彼女はギャビーの豊かな髪にブラシをかけ始めた。「わたしたち使用人はみんな同じ気持ちです。子爵さまをお慕いしているんですよ。ご自分のベッドじゃない、知らない場所でお亡くなりになるなんて、いいことじゃありません」

「亡くなったりはしないと思うわ」ギャビーは驚いた。「子爵の健康状態は改善しているはずよ、マーガレット」

マーガレットが首を振った。「一度ああいう発作に襲われると、必ずすぐに次の発作があるものなんですよ、お嬢さま。子爵さまは本来いるべき場所に、お屋敷に戻られるべきですわ。わたしたちはみんなそう思っています」

「お医者さまが大丈夫だと診断を下せば、すぐにでもロンドンへ戻っていらっしゃるでしょう」ギャビーはつぶやいた。マーガレットの言葉にショックを受けていた。「今後の発作の可能性に関しても、あなたの間違いであってほしいわ」

けれどもマーガレットは頑として意見を変えず、子爵をロンドンの屋敷へ戻すべきだと繰り返した。

子爵夫人は夕食にちょうど間に合う時間にバースから戻ってきた。彼女が食事の席に加わったことを、ギャビーは当初とても喜んだ。ピーターとお互い目を合わせない状況に辟易《へきえき》していたからだ。おそらく公園から戻ったあとでクイルがピーターをつかまえ、弟の婚約が終わったことを伝えたのだろう。

だがキティが持ち帰った知らせはよいものではなく、実際のところマーガレットの悲しい予言どおりになった。サーロウは意識が混濁し、意識を取り戻すのは困難らしい。彼はほとんどの時間を眠って過ごし、医師たちは回復にほとんど望みを抱いていないという。

どうやって子爵夫人を慰めればいいかわからず、ギャビーは自分の手を見つめた。ピーターは母親の椅子のうしろに立ち、両手を肩に置いている。クイルはひとり離れて暖炉の横に立っていた。ギャビーが本当にしたいのは、クイルのもとへ歩いていって彼の手を取ることだ。だがそうせず、レディ・シルヴィアと一緒に長椅子に座っていた。

今日のキティは前回ほど取り乱しておらず、夫の状態を泣かずに伝えた。

「残された時間はどのくらいなの、キティ？」いつになく優しい声でレディ・シルヴィアが尋ねた。

キティの青い目が翳った。「たぶん二、三日かと」彼女が黙りこむと、部屋は沈黙に包まれた。

「息子たちを連れて、今夜発《た》ちなさい」しばらくして、レディ・シルヴィアが言った。キティがギャビーのほうに顔を向けた。「あなたはイングランドへ来たばかりなのに、こんな不幸な出来事が起こってかわいそうだわ」

「まあ、そんなことをおっしゃらないでください！　わたしのことなんてたいした問題じゃありません。残念です……子爵のご容態のこと、とても残念ですわ」

「優しいのね、ガブリエル。きっとこれからはあなたがわたしの慰めになってくれるでしょう」

夫の死が目前に迫っている事実を、キティが受け入れているのは明らかだった。ギャビーの胃がよじれる。死の床に就いているのがクイルだったら？　ギャビーはなにも考えないまま、立ちあがって彼のそばに歩み寄った。

クイルがギャビーを見おろしてほほえみ、彼女の肩に腕をまわした。

「母上、ギャビーはピーターではなく、ぼくと結婚することを決めました」

ギャビーは無意識のうちにピーターに目を向けたが、彼は怒っていない様子だった。それどころか笑みを浮かべ、彼女に向かってにこやかにうなずいた。

キティは困惑した顔でギャビーとクイルを見つめていたが、すぐに目を輝かせた。「うれしいわ、クイル！　それにガブリエル」席を立ってふたりに近づき、それぞれの手を取った。

「子供たちには恋愛結婚をしてほしいといつも思っていたの。わたしもそうだったから」頭を傾けてギャビーにキスをする。「あなたが家族の一員になってくれる喜びも倍増するわ」

長男にもキスをしたところで、キティがはっと動きを止めた。

「わたしたちはまもなく喪に服すことになるわ、クイル」

クイルがうなずく。

「特別許可証を取って、明日にでもギャビーと結婚するほうがいいかもしれません、母上」

キティの目は涙できらめいていたが、声はとても落ち着いていた。

「それが最善かもしれないわね」

クイルが身をかがめ、母親の頬にキスをした。

キティはまばたきをして涙を払った。「ごめんなさい、感傷的になるつもりはないのよ。ただ、あなたとガブリエルの結婚をサーロウも見たいだろうと思うと……」

「バースで結婚してはどうでしょう？」クイルが提案した。

キティの目からこぼれたひと粒の涙が、頬を伝い落ちた。

「お父さまはきっと喜ぶわ、クイル」

「それならそうしましょう、母上」クイルが手を取って椅子まで案内すると、キティは目に見えて疲れきった様子で腰をおろした。

そこからは、レディ・シルヴィアが取り仕切った。「使用人たちに荷造りを命じるわ。そのあとは、料理人が癇癪を起こす前にこのお料理を食べてしまわないと。夜の半分を馬車に乗って過ごすことになるでしょうから、まずは温かい食事をとっておく必要があるわ」呼び鈴を鳴らし、現れたコズワロップにてきぱきと指示した。「アースキン、あなたは今から出かけてベイルビー・ポルテウスを起こしなさい。彼は主教で、わたしの家族の友人でもあるの。ポルテウスなら文句を言わずに特別許可証を出してくれるわ」

バースまではほぼひと晩かかり、そのあいだ馬車ではほとんど会話がなかった。ギャビーはバース・ロードを走る馬車の揺れを感じているうちに眠くなり、クイルの肩にもたれかかって寝てしまった。

翌朝、彼女はマダム・カレームがデザインしたなかで、もっとも控え目なドレスを身につけた。髪はマーガレットが手のこんだ形にまとめてくれた。驚いたことに、彼女は白地に白い糸で花の刺繡を施した、美しい薄布のウエディング・ヴェールまで用意してくれた。

「いったいどこでヴェールを見つけてきたの？」ギャビーは驚いてメイドに尋ねた。状況を考えれば、結婚式らしいことはなにもできないだろうと思っていた。

「ミスター・アースキンが昨日、マダム・カレームのところから持ってきてくださったんですよ」ヴェールを女主人の髪に手際よくピンで留めながら、マーガレットが説明した。

ギャビーはほほえんだ。バース行きが決まると、クイルはすぐに家を出た。ほかのみんなが陰鬱な面持ちで静かに食事をしているあいだに、特別許可証を手に入れていたのだろう。だがそれだけでなく、結婚式についても気を配ってくれていたらしい。

数分後、レディ・シルヴィアが現れた。式は宿屋の上階にある子爵の寝室で執り行われる予定だ。ギャビーはベッドのほうをのぞき見ないようにしながら、部屋の片隅にぎこちなく立っていた。子爵とは会ったことすらなく、彼の寝室にいるのがとても奇妙に感じられた。

若い牧師が子爵に祝福を授けるあいだ、クイルはそばに立っていた。ギャビーは体を震わせた。とても憂鬱な状況だと考えずにいられない。彼女が考えていた婚礼の日とは違う。ギャビーは華やかな式を想像していた。称賛するように輝くピーターの茶色の目に見守られながら、巨大な教会の通路を歩く自分の姿を心に描いていたのだ。思わずため息がもれた。今朝のクイルは彼女のほうをちらりと見たきりだった。馬車のなかで彼が肩を貸してくれたことを除けば、ふたりは単なる知り合いに見えたかもしれない。

クイルの顔は深い悲しみに引きつり、瞳は陰鬱な色に染められていた。疲労のせいで、はっきりわかるほど右足を引きずっている。ギャビーは助けになりたかったが、どうすればいいのかわからなかった。子爵のベッドに近づいてはならないと思われた。

果てしなく続くかに思われた時間が過ぎ、やがて牧師が彼女に歩み寄ってお辞儀をした。

「ミス・ジャーニンガム、わたしはミスター・モイアです。式を執り行う準備が整いました」彼もまた青ざめ、緊張して見えた。誰にとっても特異な結婚式に違いなかった。

家族は子爵のベッドの近くへ移動した。レディ・シルヴィアだけは、子爵の主治医の隣に腰をおろしたままだ。

クイルは無表情だった。ギャビーは彼と牧師とともにベッドの片側に立った。キティとピーターが反対側に立つ。キティは夫の力ない手を取った。

「早く取りかかったほうがよさそうだ」クイルが言った。無作法な口調ではないものの、まったく感情のこもっていない声だ。

ギャビーは彼の腕に片手を置いた。「クイル」ささやくように話しかける。

「なんだい？」

「お父さまにわたしを紹介してもらえる？」ギャビーはぎこちなく尋ねた。

「もちろんだとも」クイルは丁重に答えると、ギャビーに子爵の姿が見えるようベッドから少し離れた。子爵は背が高く、長男とよく似ていた。頬にかかる黒いまつげもクイルとそっくりだ。白い顔には死の影が忍び寄っていた。それでもとても穏やかな様子で、息をしているのがわからないほど静かに眠っているように見えた。

クイルが子爵の上にかがみこんだ。

「父上、ガブリエル・ジャーニンガムを紹介させてください。ぼくは彼女と結婚します」

キティが夫の頬に手をあてた。「サーロウには聞こえているはずよ。今朝わたしが結婚式のことを話したの」身を寄せて呼びかけた。「ダーリン！」

横たわっている男性からはなんの反応も返ってこなかった。

サーロウがまぶたを震わせて目を開き、ベッドのそばに立つ妻を捜した。彼はなにごとかつぶやいた。

「なんですって、ダーリン？」

「大切なきみ」子爵は明瞭な口調で言った。「愛《いと》しいキティ」

ギャビーは喉が詰まり、涙がこみあげてきた。手を伸ばし、子爵の上につかのま手を置く。

「お会いできてとてもうれしいですわ」

「親愛なるみなさん」ミスター・モイアが穏やかな声で話し始めた。「われわれは神のみもとに集い、ここにいる家族の前で、この男と女が正式に結婚することを……」

クイルが大きくて温かい手でギャビーの手を取った。顔をあげた彼女は、まるで命綱であるかのようにクイルの手をきつく握り返した。

ミスター・モイアが続けている。「これは決して、分別のないけだものさながらに己の肉欲や欲求を満たすために軽率に、安易に、気まぐれに企てられたものではなく、うやうやしく、熟慮して、厳かに、そして神のみ前で執り行われるものである」

クイルは深く息を吸った。心の一部ではまだ自分――アースキン・デューランドがガブリエル・ジャーニンガムと結婚しようとしていることが信じられなかった。実を言うと、結婚すること自体が信じられない。彼は右側に横たわる父親の動かない体を意識し、子孫の繁栄と救済について話しているミスター・モイアを、そして夫の手を頰にあてている母親を意識した。

けれどもそれ以外のほとんどの意識は、もうすぐ完全に妻となる女性に向けられていた。初めて会った男性を悼んで悲しみに濡れている、ギャビーのブランデー色の美しい瞳に。彼女のみごとな髪は霞のように見えるヴェールで覆われていた。

クイルは牧師の言葉を繰り返した。「われ、アースキン・マシュー・クローディアス・デユーランドは、汝《なんじ》ガブリエル・エリザベス・ジャーニンガムを妻とし、今日のこの日から、よいときも悪いときも、富めるときも貧しいときも……」

ギャビーは子爵夫人が夫の手をそっと持ちあげて自分の頬にあてるのを、そしてベッドの反対側でピーターがかすかにほほえんでいるのをぼんやりと感じていた。だが彼女の意識はまるで部屋が急に狭くなったかのように、クイルの灰色がかった緑の瞳と、まだ手を強く握ってくれている彼の大きな手だけに集中していた。「病めるときも健やかなるときも」ギャビーははっきりと言った。「愛し、慈しみ、そして死がふたりを分かつまで、神の聖なる定めに従い、ここで汝に誓います」

クイルがほほえんだ。その笑みは彼女の心にまっすぐ届いた。彼はギャビーの手を取って薬指に指輪をすべらせた。

「この指輪をもってわれは汝をめとり、わが体をもって汝をあがめ、持てるものすべてを汝に与えん」クイルが言った。

ギャビーは涙をこらえて唾をのみこんだ。ベッドのそばでは、子爵夫人が声もなく泣いていた。

クイルは前へ一歩踏み出すと、片手をギャビーの顎の下にあてて彼女の顔を上向かせた。頭を傾け、唇を合わせる。いつもギャビーに触れるたびにわき起こる、燃えるような情熱は少しも感じない。だが彼女が自分のものになったという甘美な感覚に、しばらく唇を離すことができなかった。

ギャビーが両腕をクイルの首にまわしてしがみついてきた。たちまち彼は自分がどこにいるのかを忘れ、勝利の喜びに包まれた。ギャビーに求愛し、彼女と結婚した。ギャビーはぼくのものだ。この魅力的な女性、ギャビーはぼくの妻なのだ。

そのとき、キティが急いでベッドをまわってきた。一瞬ののちには、ギャビーはいい香りのする腕に包まれていた。「本当にうれしいわ。サーロウも同じ気持ちよ。彼もあなたの幸せを願うはずだもの。つまり、今もあなたの幸運を祈っているのよ。わたしにはわかる。サーロウはなにが起こっているか気づいているの、ガブリエル」

「母上」クイルが静かに声をかけた。彼はベッドの頭のところに立っていた。

子爵の目は閉じられ、手から力が抜けているのが見て取れた。眠ってしまったのだろう、とギャビーは思った。しかしクイルは父親の手をそっと上掛けの上に戻した。前に進み出たミスター・モイアが子爵の頭に触れ、それから宣言した。「神のもとに召されました」

「ああ、サーロウ、だめよ、だめ」キティがささやく。ピーターが母親に歩み寄って胸に抱きしめた。

ギャビーは静かにレディ・シルヴィアの隣に戻って腰をおろした。

きっと結婚の誓いを口にすると誰でも、変化を意識して不安な気持ちになってしまうものなんだわ。部屋に戻ったギャビーは思った。

彼女の心の一部は、今にもクイルが寝室に入ってくるかもしれない――彼にはその権利があるのだから！――という事実にすっかり魅了されていた。ギャビーは薄いシュミーズしか身につけていなかった。お針子を呼び、急いで喪服のための採寸をしているところだった。

また別の部分では、婚礼の日が白から黒へ、喜びから悲しみへ変わってしまったことを懸命に考えないようにしていた。ギャビーのように想像力が豊かな場合、それは難しい問題だ。気を抜くとすぐに、くだらない空想にふけってしまう。

迷信は野蛮な文化の元凶だ、と父はよく言っていた。その教えを忘れないようにしなければ。

ところがそのときドアが開き、大きな体がギャビーの部屋に入ってきた。レディの寝室を訪れるなどあたり前だと言わんばかりの様子を目にしたとたん、彼女は自分の人生がすっかり変わってしまったことを理解した。

クイルがギャビーの全身に視線を向ける。だが表情からは、彼がなにを考えているのか読み取れなかった。クイルは数字を書き記しているお針子に目を留め、さらに女主人にふたたびドレスを着せようと控えているマーガレットに目を向けた。

クイルが頭を動かすと、マーガレットはたちまち飛びあがり、慌ててお針子の腕をつかんだ。

そしてギャビーがひと言も発さないでいるうちに、彼女は寝室の真ん中に立つクイルとふたりきりになっていた。

14

ギャビーは唇を嚙んだ。クイルは今すぐ結婚を完全なものにするつもりなの? まだお昼の二時なのに。確かに、クイルが書斎の敷物の上にわたしを押し倒してキスをしたのは朝の八時だったけれど。彼女は首のうしろがちりちりと熱くなった。

その可能性はある。新婚の夫についてメイドたちが話していた。結婚式を挙げて三日間は妻をベッドから出したがらないらしい。夫たちは式の最中ですら花嫁に触らずにいられない……。そういう話にギャビーは夢中で耳を傾けたものだった。

彼女は立ちつくしたまま、夫がマーガレットを追い払うのを見ていた。全身の肌が目覚めて語りかけてくる。クイルの指がどこにどんなふうに触れるのか、彼の唇がどうやってゆっくりとキスをするのか。

だが実のところ、クイルはそんな意図をいっさい持たずに部屋を訪れていた。

妻と理性的な会話を交わすつもりだった。ふたりの結婚がどんなものになるのか、ギャビーにわかりやすく率直に説明しようと考えていたのだ。床入りは葬儀のあとまで待たなければならないと知らせるつもりだった。濡らした布を目にあてて暗い部屋に横たわり、痛みに支配された抜け殻と化して葬儀を欠席する危険は冒せない。

もうギャビーはあとに引けないのだ。彼女の部屋へ向かって宿屋の廊下を歩きながら、クイルはずっと自分に言い聞かせていた。ギャビーはぼくと結婚してしまった。ぼくに従うと誓った。おそらくひと月のうちには、結婚を完全なものにできるだろう。ロンドンに戻ってから。父が……。クイルは考えるのをやめた。サーロウ・デューランドと心を通わせたことは一度もなく、クイルが事故に遭ってからの数年でふたりの距離はさらに離れてしまっていた。父は、体の不自由な跡継ぎを恥ずかしく思う気持ちを隠そうともしなかった。商売をしたり、ほかにも紳士にあるまじき仕事に手を出したりしている息子を恥じていたのは言うまでもない。それでも、クイルにとっては父親だった。目の奥に熱いものがこみあげてきて、彼は背中をこわばらせた。

重要なのは、この結婚を予定どおりに進めることだ。ギャビーがくだらないこと――愛だとかなんとか――を話題にしても、ある程度は我慢しよう。だが、あくまでも妥当な範囲にかぎる。ぼく自身は、愛を口にしてさらに嘘を重ねたくない。今やギャビーはぼくのものなのだから、これ以上嘘をつく必要はない。これまでの人生でも、つねに正直であることを心がけてきた。

ところがそうやって傲慢《ごうまん》な決意を固めていたにもかかわらず、ギャビーの寝室に足を踏み入れたとたん、クイルは溺《おぼ》れかけているかのように息苦しくなった。ギャビーが――彼の妻が――なにも身につけていなかったからだ。薄いコットンの布切れ以外はなにも。

灰色の空は雲に切れ目ができて、わずかに青い色がのぞいていた。部屋に差しこむ淡い日の光のせいで、ギャビーのシュミーズが透けている。丸みを帯びた彼女の体とクイルのあいだに立ちはだかるものは、ヴェールのごとく薄い一枚の布だけだった。インクで描いたように、ギャビーの体の線がはっきりと見えた。ウエストを形作るなめらかな曲線が肋骨《ろっこつ》のあたりでふたたび広がり、左腕と脇腹のあいだに豊かな乳房の存在をほのめかしながら、華奢な鎖骨と首がまじり合う部分へとつながっていく。

クイルはギャビーの頭のてっぺんから爪先まで——つややかに輝く髪からシルク製の靴の先まで——目で追った。購入を検討している、最高級の磁器の人形であるかのように、全身を念入りに吟味した。

言葉が見つからない。

「クイル？」

ギャビーは不安を感じているらしく、体の前で両手をきつく握りしめている。

クイルが思わず自分を失いそうになったそのとき、ひどい怪我をしてからの四年間で身についた冷静さを不意に取り戻した。体に心を支配されるなど絶対にあってはならない。たとえ激しい苦痛ではなく、官能の歓びが関係する場合でも。それにしても、もう少しでギャビーに飛びかかり、その結果として頭痛に苦しむはめになるところだった。

クイルは何気ないふりをしてうなずくと、ギャビーのそばを通り過ぎ、暖炉の前の椅子に腰をおろした。ブーツを履いた脚を投げ出して、物思いにふけりながらそれを見つめる。半裸の妻を腕に抱き寄せたくて極限まで張りつめ、全身が燃えるように熱くなっているそぶりなどまったく見せずに。彼女をここで奪ってしまえ。葬儀も、その先のこともどうでもいい。絨毯の上で、ベッドで、椅子の上で、ギャビーを自分のものにするんだ。この耐えがたい欲望がおさまって、冷静で理性的な自分自身に戻れるまで何度でも奪えばいい。夫の務めを果たし、子として親に敬意を払える、穏やかな男に戻れるまで。

親への敬意。また葬儀のことを忘れかけていた。

ギャビーは鼓動がひどく速くなり、気分が悪くなってきた。クイルの視線が離れた瞬間に急いでガウンをはおる。勘違いでなければ、彼はこの寝室の床にわたしを押し倒そうかと真剣に考えていた。

クイルが心変わりして、床入りを決めたとしてもかまわないじゃないの、とギャビーは自分に言い聞かせた。男と女がそういう行為――転げまわる行為――をするのは誰でも知っている。だがそれは暗い部屋のベッドで上掛けをかけて行われるべきで、午後の早い時間にするものではないはずだ。ふさわしい時と場所があるに違いない。

ギャビーはガウンのひもをウエストでしっかりと締め、夫の向かい側に腰をおろした。ゆったりと椅子に座るクイルは危険なほど堂々として見えた。一時的に彼女を無視しているらしいので、この機会を利用してじっくり観察する。クイルはまだ黒い服に着替えていなかった。淡い黄褐色のズボンに包まれた腿は太くて筋肉質だ。日の光を浴びて赤みを帯びた髪が、乱れて額にかかっていた。そして大きな手。書斎で結婚を申しこまれたとき、あの手が驚くべき歓びを与えてくれた。思い出すだけで、ギャビーの膝に甘美な震えが走る。

彼女は顔を赤らめ、椅子の上で身じろぎした。困惑がさらに募る。そこには、また自分を見てほしいという困った願いもまじっていた。

ところがふたたびギャビーに向けられたクイルの目に、以前のような喜びは映し出されていなかった。まったく感情が読み取れない。

「結婚について話し合うべきだと思う」クイルが咳払いをした。「ぼくたちは……始めなければならない。計画を立てて、そのとおりに進めていく必要がある」

クイルは歯を食いしばった。とても正気な発言には聞こえない。ギャビーが途方に暮れた顔をするのも無理はなかった。

「つまり、お互い率直になるべきだと言いたかったんだ」

ギャビーはうなずいた。胃が締めつけられる。率直になるという言葉にいやな予感がした。思いが一度にさまざまな方向へ漂っていく。もしかすると、彼は結婚したのを後悔しているのかもしれない。ああ、クイルはどうして、わたしがこんな薄いガウンしか身につけていないときに部屋へ入ってきたのかしら！　彼はわたしの体型が気に入らないのかもしれない。もしかすると……。

「いずれきみが同じことをぼくに言うときが来るに違いない。そのときは冷静に受け入れるよ。結局のところ、運がよければ結婚生活は何年も続くだろう」

なんの話か理解できず、ギャビーは眉根を寄せた。

クイルはまだ話し続けている。別々の寝室や夫婦としての儀礼について、落ち着いた口調で語っていた。

そのときギャビーは気づいた。やはりクイルはこの結婚を悔いているのだ。唖然として彼を見つめたギャビーは、思わず口走っていた。「だめよ！」

クイルが片方の眉をあげた。

「きみがそれほど楽しみにしていたとは知らなかったよ、ギャビー。父の葬儀が控えているので、ぼくとしてはひとりで眠るほうがいい。だが、きみは反対なのかな？」

恥ずかしさのあまり、ギャビーは体が熱くなった。もちろん、そういうことを期待していたわけではない。彼女は口を開いたが、言葉が出てこなかった。わたしは……わたしは……。〝お互い率直に〟とクイルは言った。だけど口に出せないことを、どうやって率直に語れというの？

「反対じゃないわ」それ以上なにをつけ加えればいいのかわからない。経験のないギャビーには、腹立ち紛れに投げつける言葉さえ思い浮かばなかった。

クイルはわたしと同じふうに感じていないのだろう。わたしのほうは、もう一度抱き寄せてくれなければ呼吸すら満足にできないかもしれないと思っているのに。今夜は眠れないに違いない。〝わが体をもって汝をあがめ〟とクイルが言った瞬間、ギャビーの体は奇妙な感覚に包まれた。速まる脈とともに目覚め、うなりをあげて体内を駆け抜ける感覚。クイルを――引きしまった完璧な体を――見るたびに強くなる感覚。そして、解き放ちたくてもかなわない感覚。

「でも、わたしは……」ギャビーは言葉に詰まった。このまま続けても、今まで以上に恥ずかしい思いをするだけだ。クイルはロンドンへ戻るまで床入りしたくないと思っているのだから。あたり前でしょう？ わたしの父はまだ生きているけれど、クイルはお父さまを亡くしたばかりなのよ。わたしだって……自分の父の葬儀が控えているなら、それがどんなことであれ、したいとは思わないはずだわ。

ギャビーは唇を噛んでうつむいた。「本当にごめんなさい、クイル。あなたのお父さまのことも、あなたの悲しみも、冒瀆《ぼうとく》するつもりはなかったの。あなたの気持ちを疑ったりした自分が恥ずかしいわ」

目に涙がこみあげてきて、急いでつけ加えた。「あなたとご家族を心から気の毒に思うわ。どうか許して。残念ながらわたしは父とはあまり親密じゃないから、子爵を失ったあなたたちの悲しみがどれほど深いか、つい忘れてしまっていたの。許しがたいわよね。あの、もちろんあなたが悲しんでいるのをすっかり忘れていたわけじゃなくて、ただ、わたしは……」

声がだんだん小さくなり、ささやきに変わった。

悲しみ？ この感情はおそらく悲しみなのだろう。ギャビーの白い手首を見つめながら、クイルは思った。ワインレッドの唇を見てしまう恐れがあるので、顔をあげる危険は冒せない。

これほど世の中の不公平さを強く感じることはめったにない。アースキン・デューランド

――いや、もうデューランド子爵か――は結婚したばかりの妻とベッドをともにするのに、時も場所も好きに選べないのだ。あんまりだった。胸のあたりに感じる奇妙な痛みは、混乱したギャビーが見せる落胆とは関係がなかった。

そうだ、落胆しているのだ、ぼくの妻は。結婚してまだわずか三時間だというのに、もう彼女をがっかりさせてしまった。クイルは腹立ちを乱暴に脇へ追いやった。事故の直後にベッドから起きあがれなかったときに始まり、ぼくは何度となく父親を落胆させてきた。

「デューランド家の者は仮病など使わん！」父はそう怒鳴った。「根性を見せるのだ！　そこから起きあがれ！」だが、クイルには無理だった。あのときのひどい挫折《ざせつ》感は今も忘れられない。クイルは試みたのだ。父が荒々しい足取りで部屋を出ていったあとも試みた。だがベッドから起きあがれず、床に落ちてしまった。さらに屈辱的なことに、側仕えがやってくるまで何時間もそのままの状態でいなければならなかった。床に寝そべり、室内用便器のところまで這っていくことも、呼び鈴のひもを引くこともできず、彼は寝間着を濡らした。二〇歳を超えた男が、生まれたばかりの赤ん坊のように無力だった。

思い出すと気分が悪くなった。無用な怒りが押し寄せてくる。父は死んだのだ。恥ずかしさに唇を震わせるギャビーが望むことをすれば、ぼくは父の葬儀の手配ができなくなるだろう。

そう考えると、背筋がこわばった。ギャビーとベッドをともにするのはあとでもいい。ギャビーはぼくのものだ。彼女は待てる。だがもっとも必要とされるときに偏頭痛の発作に襲われて使いものにならなくなれば、母は決してぼくを許さないだろう。

「こうするのがいちばんいいのかもしれないな」クイルは冷静に言い、肩をすくめた。「結局、ぼくたちはまだお互いをよく知らないんだから。女性が初めてのときは痛みを伴うものなんだよ、ギャビー。もっとも、きみもそれくらいは知っているだろう？」

ギャビーは唾をのみこんだ。少しも赤みの引かない顔がさらに火照った。「いいえ、知らなかったわ」彼女は小声で言った。

父親を落胆させた不快な記憶に代わって、クイルはいらだちを覚えた。くそっ、ギャビーはぼくのものだ。会う時間が取れるまで待たせておけるはずだぞ。ぼくは種馬じゃないんだから、妻の要求のままに行動する必要はない。ロンドンへ戻ったら、数週間ごとにベッドをともにするのだ。偏頭痛に襲われるのはせいぜい月に一度にしないと、仕事に影響が出てしまう。

クイルは立ちあがって部屋の反対側へ歩いていった。こわばった顎に憤りが表れているものの、落ち着きを取り戻せたことを喜んでいた。父が亡くなって数時間しかたっていないというのに、ギャビーに惑わされてもう少しで無作法な行為に及ぶところだった。部屋の隅まで来たクイルは、前夜ギャビーが寝ていたベッドのかたわらですばやく向きを変えた。怒りのあまり、軽率で残酷になっていた。

「きみはずいぶん情熱的な女性なんだな、ギャビー」ギャビーのほうを見ようともせず、クイルは肩越しに言葉を投げつけた。「率直になると決めたんだから言わせてもらうが、ぼく以外の誰かに色目を使ったら許さないぞ」

ギャビーは息ができなくなった。「そんなことはしないわ」恥ずかしくて死んでしまいそうだ。クイルはわたしを娼婦だと思っているんだわ。葬儀が終わるまでさえ、ベッドをともにするのを待てないのだと。

クイルには聞こえなかったらしい。「なんて言ったんだ?」磨きこまれたマホガニー材に指を走らせて、マントルピースを調べながら訊く。

「そんなことはしないわ」ギャビーは繰り返した。

「わかった。それでは、ぼくたちは合意に達したと見ていいようだ、ギャビー」クイルが振り向き、かかとに重心をかけた。「先ほども言ったように、計画どおりに事を運ぶのが最善だ」

部屋に沈黙が広がった。ギャビーは震える息を深く吸った。クイルは部屋を出ていこうとしている。そうはさせないわ。確かにわたしは彼をまだよく知らないけれど、不快そうな口調が尋常でないことくらいわかる。

「待って!」ギャビーは半ば叫ぶように言った。

ドアに手をかけていたクイルが振り返った。

「どうした、ギャビー? ぼくは忙しいんだ」

ギャビーは立ちあがると、膝が震えるのもかまわず歩み寄って、クイルのすぐそばで足を止めた。両手をクイルの胸に置き、指を広げて彼のぬくもりを感じる。

「わたしたちはもっと話をするべきだと思うの」胃がかきまわされる感覚を無視して、ギャビーは慎重に言葉を選んだ。「だけど」反論しようとするクイルを、首を振って制した。「だけど、床入りについてじゃないわ。その点であなたの計画に異論はないの」

口もとにかすかな笑みを浮かべる。「わたしはセイレーンじゃないのよ、クイル。お父さまを亡くして心を痛めているあなたをベッドへ誘いこんだりはしない」そこで言葉を切った。だがクイルはなにも言わず、翳りを帯びた目で彼女を見つめるばかりだ。

「悲しみは分かち合うほうが楽になる場合があるわ」ギャビーは視線を落とし、クイルの上着の前についた銀めっきのボタンのひとつをもてあそんだ。「わたしの父はまだ生きているから、本当の意味ではあなたの気持ちを理解できないのかもしれない。でも、わたしも子供のころに大切な友人を亡くしているの。名前はジョホールといって、わたしは彼が大好きだった。ジョホールが死んだあと……」

クイルはギャビーの言葉がほとんど耳に入らなかった。彼女の友だちのジョホールが病気で亡くなったらしいことはわかった。だがギャビーがあまりにも近くに立っているので、まともに頭が働かない。歓びを約束するかのように、彼女の肌からジャスミンの香りが漂ってくる。

「わかるでしょう？」ギャビーが優しい声で真剣に話しかけていた。「わたしたちは結婚したのよ、クイル。結婚をいつ完全なものにするかは問題じゃないわ。大切なのは、お互い腹を立てずに話をすることよ」

クイルは激しくかぶりを振った。いったいギャビーはどうやって会話の方向を結婚に向けたんだ？　「片方が怒っていれば、もう片方も怒りをまじえて話すものだろう」

「怒りをあらわにする必要はないわ」ギャビーが言った。美しい茶色の瞳は同情に満ちて温かかった。「あなたは本気でわたしに腹を立てているわけじゃないでしょう？　だけどあなたの話し方だと、怒っているように聞こえるわ。まるでわたしが間違ったことをしたみたいに」

五歳の子供が乳母の前に引っぱりだされ、過ちを認めろと叱られている気分だ。だが、クイルの良識はギャビーの言うとおりだと告げていた。「きみが正しいようだな」クイルは沈黙を破った。「怒りをぶつけるべきじゃなかった、ギャビー。すまない」

彼がうしろへさがったので胸から手が離れ、ぬくもりを失ったギャビーは寂しくなった。

クイルがお辞儀をした。「どうか謝罪を受け入れてほしい、マダム」

「マダム？　どうしてそんな呼び方をするの？」ギャビーが困惑して唇を噛むと、サクランボのように濃い赤になった。

クイルは肩をすくめ、落ち着きを取り戻そうと無駄な努力をした。

「結婚したからだよ。きみはデューランド子爵夫人になったんだ」

「そうね。でも、あなたがわざわざそう呼びかける必要はないわ」

クイルはふたたび肩をすくめると、あとずさりをして後ろ手にドアの取っ手を探った。

「もう十分話したんじゃないかな？」

ギャビーはたじろいだ。まだ十分じゃないわ。だけど、これ以上彼を引き留められる？彼女は唾をのみこんだ。もう一度やってみよう。だてにお父さまから頑固者と呼ばれていたわけじゃないのよ。

「いいえ、まだよ」そう言うと、向きを変えてベッドの端に腰かけた。わざとクイルとは視線を合わせなかった。身についた礼儀作法のせいで、クイルはきちんと挨拶するまで部屋を出ていけないはずだ。

クイルの意思に反して、口もとが勝手にほころび始めた。まったく、新妻は頑固者だ。ひとりで勝手に憤っている男がそのまま姿を消すのを許すつもりはないらしい。

木の床にブーツの音を響かせながら、クイルはギャビーのほうへ歩いていった。立ったまま彼女を見おろし、自分もベッドの端に座った。理性が大きな声ではっきりと、ギャビーと一緒にベッドに座るのは――ベッドに近づくだけでも――途方もなく愚かな行為だと告げている。

彼女の瞳は同情の涙で濡れていた。クイルはいらだちを押し隠した。哀れみをかけられるのはごめんだが、ギャビーはぼくの妻なのだ。事故の後遺症について知れば、死ぬまでずっとぼくを哀れみ続けるだろう。ぼくにはどうしようもない。

「同情されたくないんだ」クイルは我慢できずに口走っていた。

ギャビーが驚いた顔でまばたきをした。「でも、当然の感情だわ。あなたはお父さまを愛していて、その方が亡くなったのよ。大切な存在を失ったあなたを、どうして気の毒に思わずにいられるの？」

なんと答えていいかわからず、クイルは黙っていた。

沈黙を破ったのはギャビーだった。「クイル、もっと話すようにしてくれないと、わたしたちは結婚生活を無駄に過ごすことになるわ！」

「幸い、ぼくはきみが話すのを聞くのが好きだ」クイルの冗談は少しも受けなかった。

ギャビーが鼻を鳴らす。「ひとり言を言っても意味がないわ。わたしはあなたが話すのを聞きたい。どうしてそんなに機嫌が悪いの？」

クイルは返事をしなかった。

ギャビーの声にはわずかに刺《とげ》が感じられた。「わたしが誘惑を仕掛けるふしだらな女で、あなたは田舎から出てきたばかりの世間知らずな若者にすぎないような言い方をするなんて、本気じゃなかったんでしょう？」

ギャビーのほうを向いたクイルは、不本意ながら笑っていた。「ぼくがそんなことをするとでも？　まさか！」わざとらしく無邪気に言う。

「したじゃないの！」ギャビーが反論する。「わたしを、なんていうか……通りで男性に近づくみだらな女みたいに扱ったわ」

「街娼《トレ・コケット》について、きみがなにを知っているというんだい、ギャビー？」

「ほとんどなにも知らない。だけど、あなたは知っているわ。わたしにこういうことに関する経験がないと知っているのに、どうしてわたしをあんな……いかがわしい気分にさせたの？　ひどいわ」

クイルの胸で後悔とショックがせめぎ合った。「くそっ、ギャビー、きみはいつも心に浮かんだままを言うのか？」彼は言葉を絞り出した。

「〝なにごとも恐れず真実を口にせよ〟」ギャビーが言った。「父の口癖よ」

言葉を選びながらクイルは言った。「すまなかった。きみをおとしめるつもりはなかったんだ、ギャビー。ぼくは自責の念に駆られていた。それは……父の葬儀が終わるまで、きみとベッドをともにできないからだ。ああ、ちくしょう、ギャビー。きみに話さなければならないことがある」彼はうめいた。

クイルがベッドのふたりのあいだに手をつくと、ギャビーがそこに自分の手を重ねた。クイルはその様子をじっと見ていたが、やがて指を絡めて彼女の手をきつく握りしめた。

「きみと愛し合えないんだ、ギャビー」かすれた声で言った。「今すぐこのベッドに倒れこめるなら、ぼくはどんな犠牲を払ってもかまわない。でも、ぼくにはできないんだ」

沈黙が広がる。やがて、ギャビーが口を開いた。「どうして？」

クイルは短く笑った。「どうしてだって？　ぼくは真実を話さずにきみと結婚したんだ、ギャビー。知っていれば、きみは結婚を取りやめていたかもしれない」歯を食いしばると、顎の筋肉がこわばった。

ギャビーの顔から血の気が引いた。「あなたは……関係を持てないの、クイル？」

「そのほうがまだましだ」クイルが苦々しげに言う。「目の前にニンジンをぶらさげられた驢馬《ろば》みたいにはならずにすんだだろう」

「よくわからないわ」

血が止まるかと思うほど、クイルがギャビーの手をきつく握りしめた。「いったい……どうしてわたしと関係が持てないの、クイル？」体がかっと熱くなり、ギャビーは必死で理由を考えた。だが、思いつく説明はどれも不快なものばかりだ。わたしを欲しいと思う気持ちが足りないせいで、できないのだとしたら？　メイドたちからそんな話も聞いたことがある。女性に魅力を感じなければ、男性は役割を果たせないものらしい。

クイルの返事はなかった。わたしが傷つこうが、彼は気にならないのかしら？

ギャビーは咳払いをした。「わたしに原因があるのね、クイル？　教えてくれなくてもいいわ……」知りたいけれども知りたくない。彼女は心臓をふたつに引き裂かれるような激しい痛みを感じた。

「きみとはなんの関係もないよ」クイルが重苦しい声で言う。「結婚する前に話そうとしたんだ、ギャビー。ぼくの怪我は完治していない」

「まあ」ギャビーは思わず声をもらした。

「機能はしている」クイルは厳しい口調でそっけなく言った。「だが愛し合うたびに、あることが起こるんだ」

「あること？」ギャビーは繰り返した。状況が改善したわけでもないのに、なぜか心が晴れてきた。

「偏頭痛について耳にしたことがあるかい、ギャビー？」

彼女は記憶をたどった。「いいえ」

「頭痛の一種だ。吐き気を伴うかなり激しい頭痛が三日から五日続く。そのあいだ、ぼくはまったくの役立たずになるんだよ」

「なにか打つ手はないの？」ギャビーは驚いて尋ねた。

「暗い部屋でじっとして、ほとんど食べ物を口にしなければ、多少は早く回復する」

「治療法は？」

クイルが首を振った。

「知らなかったわ……わたしたちが書斎にいたとき、あなたは痛みを感じていたのね？」ギャビーはささやき、苦悩の浮かぶ目をクイルに向けた。「話してくれればよかったのに」

彼の口もとが官能的なカーブを描いた。「ぼくが苦しんでいるように見えたかい？」

「ええ……違ったの？」

その答えを聞いたとたんにクイルのほほえみが消えた。

「確かに苦しんでいたよ、ギャビー。だけど種類の違う苦しみだ」

クイルが大きな手でギャビーの頰に触れた。彼女はその手を払いのけた。「やめて、クイル！　そんなふうにしたら考えられなくなるわ。種類が違うって、いったいどんな苦しみなの？」

ギャビーの瞳は秋の葉の色だ、とクイルは思った。栗色にも見える。光の加減で変わる様子を言葉にするのは不可能だった。クイルは身を乗り出して、ギャビーの唇にキスをした。彼女の口へと舌を差し入れる。

ギャビーがはっとしてもらした声はすぐに聞こえなくなった。クイルは歯のあいだに彼女の唇をはさんだ。あまりの柔らかさに息が止まり、全身に震えが走る。彼はギャビーのウエストで結ばれていたひもをほどき、肩からガウンを押しさげた。ギャビーがふたたびはっと息をのんだ。

「ぼくは苦しんでいるかな、ギャビー？」かすれたつぶやきは低く不明瞭だった。クイルは片手で彼女の頰をとらえ、指先で華奢な耳の曲線をたどった。

「だめよ」ギャビーが頰をバラ色に染め、身をよじってクイルの手と口から逃れた。「気が散ってしまう。書斎では苦しんでいなかったのなら、なにが頭痛を引き起こすの？　わたしにはわからないわ」

手を伸ばそうとしたものの、クイルは思いとどまった。これでは真実を避けているだけだ。

「性交渉を持つと、頭が痛くなるんだ」彼は淡々と言った。

ギャビーが目をしばたたく。

「夫婦の営み。結婚生活の至福」クイルは遠まわしな表現を探した。「性交渉」彼は繰り返したが、ギャビーは両手をひねり合わせているばかりだ。彼は状況を把握した。「ぼくがなんの話をしているか、わかっていないんだね？」

「もちろんわかっているわよ！」決まり悪さを感じながら、ギャビーは急いで反論した。

「ただ、詳しいことはあまり自信がないだけ。だいたいは知っているわ。それにわたしと同じ程度の知識しかない若い女性は、間違いなくほかにもいるはずよ。母はわたしが生まれたときに亡くなったの。結婚生活の親密な部分について、父に教えてもらえるわけがないわ!」

ギャビーが父親から受けた忠告は無愛想で端的だった。〝たとえ結婚前はおまえの退屈なおしゃべりにうんざりしなかったとしても、結婚後の夫は酒を飲みに出かけずにいられなくなるだろう。それでもわたしよりはましだ。頼むから、正式に夫に足枷をはめるまではその口を慎んでおくんだ〟結婚生活に関する助言はそれがすべてだった。

父の言葉を思い出したギャビーはたじろいだ。「あなたがなにを言っているのか、正確にはわからないわ」膝の上で指を組み、咳払いをして続ける。「説明してくれない？　わたしが無知なせいで、あなたに頭痛を起こさせたくないの」恥ずかしくて、熱でもあるかのように顔が熱かった。

クイルは手を伸ばし、ギャビーを自分のほうへ引き寄せた。すばやく抱えあげて膝にのせたとたん、薄いコットンの布しか覆うもののない魅惑的な曲線を脚に感じ、うめき声を押し殺した。

ギャビーはクイルを見なかった。頬に指先をあてて、懸命に赤みを引かせようとしている。

クイルは彼女の首筋から乳房へと手をさまよわせた。びくりとしたギャビーが反射的に背中をそらし、クイルの手に胸を押しつけた。彼の喉からかすれた声がもれる。

「苦しいの？　痛むのかしら？」ギャビーが今にも膝から飛びおりそうな調子で言う。

クイルはもう少しで笑い出しそうになった。「いや」彼が親指で乳首をこすると、ギャビーの全身に震えが走った。その感触にすっかり魅了されて、クイルはすぐに返事ができなかった。彼自身の体に起こりつつある変化のせいでもあったが。

「結婚するのは初めてなんだ、ギャビー」

「知っているわ」ギャビーは息を詰まらせた。彼がしていることをやめさせるべきかもしれない。でも、まともに考えられないわ。

彼女の心の声が聞こえたのか、クイルが動きを止めた。乳房を手で包んで重みを確かめる。弓を待ち構えるヴァイオリンの弦のように、ギャビーの体は小刻みに震えた。

「ぼくはこれまで結婚したことがない。すなわち、愛を交わした経験もないんだ」クイルは慎重に口を開いた。「女性と体の関係を持ったことはある。そのふたつのあいだには大きな違いがあるらしい」実際のところ、そこまで親密な問題を話し合ったのは、学生時代からの古い友人であるシェフィールド・ダウンズ伯爵アレックス・フォークスとだけだった。ある晩、軽く酔っていたアレックスが衝動的に、妻と愛し合う経験をしたあとでは、ほかの女性との交わりが背筋まで凍るほど冷たいものに思えてくると口走ったのだ。

「ええ、大きな違いよ」ギャビーが答えた。

なんの話をしているのか、ギャビーはわかっていないのだろう。クイルの胸にもたれているので顔は見えないが、彼女は唇を噛んでいるに違いない。

「女性と関係を持つと、必ず偏頭痛に襲われたの？」

「そうだ」クイルはふたたび円を描くように親指を動かし始めた。

「結婚で状況が変わるとは思えないわ」驚いたことに、ギャビーの思考は論理的だった。

「残念ながらわたしたちも、偏頭痛を覚悟しなければならないみたいね、クイル。それにしても、わたしには体がなにかに反応して頭痛が起こる気がするわ。インドの友人のリーラは、パパイヤを食べるといつも吐いてしまうの」

「ああ」クイルは、夫婦の交わりは違う結果をもたらすかもしれないと期待するのをあきらめた。「ぼくの場合もパパイヤが原因だったらいいんだけれどね」

「お医者さまに相談したことはあるの？」

「ある。トーマス・ウィリス卿本人とも話したよ」クイルは苦々しげに言った。

ギャビーが眉をあげたので、クイルは説明した。「ウィリスは偏頭痛の専門医の第一人者なんだ。だがずうずうしくも、ぼくが間違っているに違いないと言った。彼の理論では、頭の怪我から偏頭痛は起こりえないらしい」

「まあ、なんていやな人かしら！　症状を説明したの？」

「ああ」クイルはそっけなく答えた。「次にぼくが発作に襲われたときに、ウィリスを屋敷へ来させたんだ。どうやら偏頭痛らしいと認めたが、痛むのは脳の血管が腫《は》れているせいだから、ぼくの場合は例外だと言い出したんだ。結局、彼に用意できる薬はアヘンチンキ以外にないと判明した」

ギャビーがクイルの手に手を重ね、彼の指のゆっくりした動きを止めた。だがクイルは手を動かすのはやめたものの、ギャビーに引っぱられても手を離さなかった。彼はギャビーの髪にキスをした。

「クイル、この件はお互い理性的に話し合うべきだと思うわ。教えてほしいの。その……夫婦の行為について」ギャビーは最後の部分を急いで口にすると、自分の考えを述べ始めた。「頭痛を引き起こす原因を正確に突き止めて、それを避けるようにしないと。吐き気がおさまらなくてリーラが痩せてきたときに、スダカールが取った対処法よ。リーラはパパイヤが大好きで、胃を落ち着かせるためにどんどん食べていたの」

「ぼくはきみのみごとな胸が大好きだ」クイルはなめらかな声で言った。「ところで、スダカールって誰だい？」

ギャビーが顔をあげてクイルと目を合わせ、眉をひそめた。「分別のある行動ができないなら、わたしは向こうに座るわ、クイル」暖炉のそばの椅子を指差す。

「わかった、言うとおりにするよ」クイルはギャビーの肩と腰にまわしていた腕に力をこめた。どういうわけか、温かくて官能をかきたてる彼女の存在が、それまで感じていた憂鬱な気分を吹き飛ばしてしまったらしい。このままギャビーに歓びをもたらして、そのあとのことは無視しても――。

膝の上で彼女が体をこわばらせたのがわかり、クイルはあきらめた。

「いいわ」座りやすい位置を探りながらギャビーが言った。「スダカールはわたしが育った村のヴァイディーヤなの。ヴァイディーヤというのは毒物に詳しい、お医者さまみたいな存在よ。スダカールによれば、リーラは中毒症状を起こしていたの。毒物を摂取したというより、パパイヤが体質に合わなかっただけだけど。ねえ、スダカールに手紙を書いて問い合わせるのはどうかしら？」

「絶対にだめだ」クイルは断言した。「きみの村で話題にされたくない。それに」悲しげにつけ加えた。「ロンドンで最高の医者たちでもお手あげだったんだ。残念だが、インドの村の治療師にどうにかできるとは思えないよ」

クイルはギャビーの口に指をあてて反論させなかった。「約束してほしい、ギャビー。頭痛については、誰かにどうこう言われたくないんだ。個人的な問題だから」

ギャビーがしぶしぶうなずいた。「でも、クイル――」

「だめだ」

「いいわ、わかった」彼女はため息をついた。「それならわたしたちで解決しないとね。結婚生活の至福だったかしら？　それについて説明してもらえる？　夜に、ベッドのなかで行うものだとは知っているわ。いったいなにをするの？」

クイルはおかしくなって妻を見おろした。ギャビーは好奇心でいっぱいの澄んだ目をしている。まるでバースへの行き方でも尋ねているようだ。あるいは正しい眉のあげ方とか。彼は返事をしなかった。

代わりに好奇心旺盛な小さな口を荒々しくふさぎ、理屈も考えも質問も封じこめて、彼女を自分のものにした。ギャビーは一瞬抵抗したものの、やがて小さなあえぎとともに屈し、すぐにまぶたを閉じた。舌と舌が触れ合うと、クイルの下半身へ向かって炎が駆けおりた。クイルはすばやく巧みに彼女を持ちあげ、ベッドにおろした。ギャビーがうしろへ倒れるのは避けられない動きだった。まるで強い風に吹かれてこうべを垂れる穂麦のように、クイルの体も自然と彼女を追いかけた。

やめなければならないのは承知のうえで、彼は夢中でギャビーを愛撫した。体の下で彼女が身をよじり、歓びの小さな声をあげる。クイルは顔をあげてギャビーの額に、まぶたに、耳にキスをした。

けれども唇が離れたとたん、頭痛がするかどうか息を切らしながら何度も尋ねる声がクイルの耳に届き始めた。そこでクイルは華奢な耳の先をかじるのをやめ、紅潮したなめらかな頬に唇をすべらせた。そしてふたたび開きかけたギャビーの口を覆って言葉をのみこみ、苦しいほどの興奮に包まれながら、彼女が降伏する瞬間を味わった。

全身のあらゆる場所が脈打っていた。だが残念ながらクイルの頭ははっきりしていて、午後じゅうベッドにとどまるわけにはいかないと告げていた。葬儀の手配をして、母を――ピーターのほうがうまくやれるのはわかっているが――慰め、あちこちへ手紙を送らなければならない。クイルはうめいて心の声を押しのけると、ギャビーの胸にかがみこんだ。薄いシュミーズの上から口づけ、丸く濡れたモスリンの下で胸の先端が持ちあがる様子を眺める。そこを口に含み直すたびにギャビーが高い声を小さくあげて全身を震わせ、それに合わせてクイルの体も熱に浮かされたように震えた。

ところが、ギャビーはまだ彼を押しのけようとした。

「クイル！　やめないとだめよ！」

彼は応じず、すばやい動きでギャビーのシュミーズの下に手を走らせた。湿った布の代わりに男性の力強く大きな手を胸に感じ、ギャビーは息をのんだ。脚が冷たい空気にさらされ、本能的にシュミーズを下へ引っぱって戻そうとする。けれども体勢を変えたクイルに腰で押さえこまれていて動けない。胸に置かれたクイルの手に、むき出しの腿に触れるズボンの粗い生地の感触に、ギャビーの頭は混乱していた。そして彼の手が……。

「手を離して！」ギャビーは心の底から衝撃を受けた。急いで両脚を閉じ、横に転がって逃れる。

とろけるようなぬくもりを指で大胆に探索していたクイルは、陶酔してバランスを崩し、ギャビーを自由にしてしまった。ギャビーが長い脚をあらわにして横向きに這い進んでいく。ようやくベッドに膝をついた彼女はまだ頬を赤く染め、かすかに息を切らしていた。ギャビーは夫をにらみつけた。「もう二度としないで。いやよ。あんな……あんな不当な行為をされるのは。いいえ、不当な行為どころじゃないわ」だが、それより強烈な言葉を思いつけなかった。

クイルがにやりとした。「ぼくはしたい。またきみに触れたいんだ」むき出しのギャビーの膝に手を近づける。

ギャビーはシュミーズを引きさげ、身をよじってうしろへさがり始めた。「この問題は理性的に話し合うべきよ。わたしにだって、どうしても許せない無作法があるわ。あれは……あんなことは教会が許さない！」

驚いたことに、クイルは笑い出した。「まるで修道女みたいだな」笑いは止まらなかった。「いや、主教か！」

ギャビーは眉をひそめてベッドの反対側へ行き、腕組みをした。「おかしくもなんともないわ。愛し合うのがどんなものにしろ、あなたがさっきしたようないかがわしい行為が含まれるはずがないもの。あんなところに触るなんて」

クイルは我慢できなかった。さらに大きな声をあげて笑うと、朝から感じていた緊張や悲しみが一緒に転がり出ていった。

「ああ、助けてくれ、ギャビー、きみのせいで笑い死にしそうだ！」

ギャビーは乱暴な足取りでドアへ向かい、呼び鈴のひもを引いた。マーガレットがどこかに出かけていませんように。わたしはただちに服を着る必要があるわ。彼女はできるかぎりクイルを無視して衣装簞笥《だんす》に近づき、扉を開けた。黒いドレスは持っていない。もっとも黒に近いのは暗褐色の散歩着だ。いいわ、散歩に行こう。

クイルは手足を伸ばした無作法な格好で、まだベッドに横たわっていた。ギャビーは腰に両手をあてて振り返った。「今すぐわたしの部屋から出ていって」鋭い口調で言うと、ドアまで歩いていった。「着替えのためにマーガレットがやってくるわ」ああ、クイルはなんて魅力的なの。ギャビーはしぶしぶ認めた。どこもかしこも引きしまって優雅な姿の彼は、べッドに肘をついて上体を起こしていた。

「あんなふうに触れるのが普通のやり方だと言ったらどうする?」クイルが勝ち誇った顔で言った。

ギャビーは鼻を鳴らした。「慎みのある女性なら、誰もあんなことを許さないわ」ためらうことなく言いきる。「もし父が知ったら……」彼女は口ごもった。思いも寄らなかった事実に気づいたのだ。「あなたは堕落者なのね。それだけじゃない、あなたは、あなたはわたしを見たのよ!」

「きみは美しい。何度でも繰り返しきみを見たいよ、ギャビー。朝も夜も」灰色がかった、緑の目を細めてクイルが言った。

ギャビーは息をのんだ。「絶対にだめよ! いつもこんなことをしているなら、頭痛が起こっても不思議はないわ!」

クイルが息を詰まらせながら懸命に笑いをこらえている。彼女はクイルをにらみつけた。

そのときマーガレットがドアをノックする音が聞こえ、ギャビーは乱暴にドアを開けた。

「いったいどこへ行っていたの?」不当にきつい声が出た。「シュミーズ姿で一日じゅう座ってはいられないわ!」

クイルはのんびりと立ちあがり、妻のそばに歩み寄った。まだ胸の前で腕組みをしているところをみると、湿った部分をマーガレットから隠そうとしているのだろう。彼は身をかがめてギャビーの耳もとでつぶやいた。

「きみはきっと気に入るよ。やめないでほしいとぼくに懇願するようになるだろう」

「絶対にありえないわ！」ギャビーは怒りをこめてささやき返した。

「賭《か》けるかい？」クイルが言った。

「ギャンブルは悪魔の遊びよ」ギャビーは鋭く切り返した。「あなたは道徳観念についてまったく教わらずに育ったんじゃないかと思えてくるわ」

「きみは道徳観念でがんじがらめにされて育ったんじゃないかと思えてきたよ」クイルはため息をつくと、彼女の耳の先にすばやくキスをした。

マーガレットは部屋の反対側で、衣装箪笥から下着を取り出している。肩越しにちらりと確認したクイルは、抑制を解き放つことにした。彼はギャビーを引き寄せ、自分の前面にぴったりと押しつけた。片手をギャビーの背中にすべらせて美しいヒップをつかむと、さらに強く体を合わせる。

彼女の髪に唇をつけたまま、クイルはかすれた声で言った。「ギャビー、きみの全身に触れるだけじゃない。手が触れたのと同じ場所にキスをするつもりだ」

ギャビーは無言だった。

クイルが部屋を出ていくと、マーガレットがギャビーにコルセットをつけ始めた。クイルとの会話から導き出した唯一の前向きな推測は、彼の罪深さについてギャビーの父はなにも言わないだろうということだった。そもそもお父さまの頭にあんなよこしまな考えはよぎりもしないだろう。お父さまにかぎらず、どんな聖職者も思いつかないに違いない。

ギャビーはマーガレットをあとに従えてぼんやりと通りを歩いた。わたしが拒んでも、クイルは気にも留めないだろう。クイルは反論しなかったけれど、彼がわたしの言葉に従うと考えるのは間違いだ。そうよ、クイルはわたしの全身に触れて、見つめて……キスをするつもりなんだわ。抑えきれない炎が燃えあがり、体じゅうを駆けめぐるのがわかる。

ああ、神さま、わたしは悪魔の子です。お父さまは正しかったわ。頬が熱く火照っているのは風が冷たいせいだ。けれどもおなかのあたりに広がるぬくもりや、力が入らない膝は風では説明がつかない。

ギャビーは頭を高くあげて歩いた。ロンドンに戻れば、わたしは本当に悪魔の子になってしまう。これまでお父さまになんと言われようと心のなかではひそかに、悪魔はおしゃべりなんか気にしないと思っていた。だけどそんなわたしでも、この反応が邪悪ではないと自分をごまかすことはできない。

でも……それでも……。警戒するべきなのだろうが、どういうわけかギャビーは気にならなかった。思わずため息がもれる。自分が神の定めた戒律を軽視していることは、一五歳のときからわかっていた。インド人の使用人たちのあいだで育ったのだから。表向きはギャビーの父の信仰に賛同していても、彼らは根本的にヒンドゥー教徒だ。それに彼女の父ですら、神によって選ばれた宣教師であることをよく忘れた。新たに輸出事業を始めてからはとくに。

早足で歩き始めて四五分もたつと、マーガレットが泣き言を言い始めた。そのころにはギャビーも、ある程度の落ち着きを取り戻していた。彼女の父は信仰よりずっと熱心に、妻や娘は主に従うべきだと教えてきた。

つまり、たとえクイルがどんなに罪深い行為を求めてきても、従うのが妻であるわたしの務めなのだ。ギャビーは腰のあたりで熱く脈打つ感覚を無視した。

陰鬱な状況にふさわしくない弾む気持ちを抑えながら、ギャビーは宿に戻った。家族だけで夕食をとったあと、クイルはギャビーを部屋まで送り、そのまま去っていった。女主人がひとりで寝ていることに気づけばきっとマーガレットは困惑するに違いないが、ギャビーは彼の不在を腹立たしいとは思わなかった。立ち去る直前、クイルはドアのところで几帳面にお辞儀をした。

そして体を起こしたかと思うと、彼女のほうに身を寄せてささやいた。その言葉に、ギャビーの胸は熱くなった。かすれたクイルの声は、いかにも紳士らしい態度を完全に裏切っていた。

「ぼくは燃えあがっている、ギャビー。息絶えかけているんだ」

15

当初ギャビーは、寂しい結婚初夜を嘆いて眠れない夜を過ごすことになるだろうと考えていた。だが予想に反して、実際に頭を悩ませたのは、初夜ではなくクイルの頭痛の問題だった。なにか手を打つ必要があるのは明らかだ。医師たちにどうしようもないと言われても、ギャビーは納得できなかった。試してみるべき治療法がまだほかにあるはずだ。残念ながらスダカールには相談するなと、クイルにはっきり言い渡されてしまったが。

ギャビーは唇を噛んだ。人のためになるなら、どうしても嘘をつかなければならないときがある。もしかすると、スダカールも頭痛を治す方法を知らないかもしれない。その場合はクイルに知らせなければ、彼の感情を害さずにすむだろう。ついに決心したギャビーはベッドを出て、部屋の隅に置かれた優美な小型の書き物机に向かった。わたしは約束を破ろうとしている。でも、これはクイルのためだ。

彼女はペンを手に取り、父がいる村の治療師《ヴァイディーヤ》であるスダカールに宛《あ》てて手紙を書き始めた。クイルの抱える問題を、可能なかぎり細かく記す。夫を助けられるかどうか判断するのはスダカールだ。だが、ヴァイディーヤは最高位のバラモン・カーストに属する。クイルの頭痛を治せるかもしれない治療法を知っているなら、立場上助けの手を差し伸べるのを拒否するとは考えにくい。

一瞬ためらってから、ギャビーは父にも手紙を書いた。結婚したこと、父の古い友人のサーロウ・デューランドが思いがけず亡くなったために、今では自分がデューランド子爵夫人になったことを知らせた。それから詳細にはいっさい触れず、夫の持病の件で助けてくれるよう、ヴァイディーヤに働きかけてほしいと頼んだ。

ようやくベッドに戻ったギャビーは、体を丸めて眠りに落ちた。夢のなかの彼女はクイルとダンスを踊っていた。彼はまったく脚をかばっていなかった。ギャビーにそのことを指摘されたクイルは笑みを浮かべ、それはぼくたちが野原にいるからだと言った。あたりを見まわすと、確かにそのとおりだった。ふたりが踊っているのは草原で、すぐそばにはカエルでいっぱいの池があった。ギャビーはそこで目が覚め、メイドがカーテンを開けていることにぼんやりと気づいた。もう夜が明けていた。

「起きる時間ですよ、奥さま。ケントのご領地へ向かう馬車の準備ができました」マーガレットはそこで言葉を切り、もったいぶった口調で続けた。「馬車の一台は、なにからなにまで黒ずくめなんです。屋根までも」

ギャビーが目で問いかけると、マーガレットが説明した。「亡くなった子爵さまのためですよ。葬儀馬車というものだそうです。ケントへお連れしなければならないでしょう？」

身震いするギャビーに気づかず、メイドは馬の頭を飾る黒い羽根や、使用人用の馬車まで大量の黒い布で窓が覆われている様子についてしゃべり続けた。

重苦しい雰囲気の一行がデューランド家の田舎の地所に到着したのは、翌日の四時過ぎだった。ギャビーの乗った馬車では、ほとんど会話が交わされなかった。クイルは彼女の隣に座って手を握ってくれていたが、終始無言のままだった。出発して二時間が過ぎるころには、ギャビーは彼がいったいどれくらい黙っていられるものだろうかと考え始めていた。彼らは一泊するために〈クイーンズ・クロス・イン〉に立ち寄った。そこではさすがにクイルも彼女の質問に答えてくれた。そしてギャビーを壁のくぼみ《アルコーヴ》にすばやく引き入れ、かすめるように一瞬だけキスをした。だがそのことについて釈明をするわけでもなく、翌朝馬車に戻るとまた黙りこんでしまった。

到着するまでの最後の一時間、ギャビーはずっと唇を噛んでいた。おしゃべりな女性と言葉の使い方を知らないらしい男性が、いったいどうやって仲よくやっていけるというのだろう。

向かい側の席に座るキティ・デューランドはすっかり落ち着いたように見え、楽しげに会話を進めていた。もしかすると、夫が亡くなった事実をまだ実感できていないのかもしれない。ピーターは隅の席に座り、午後じゅうほとんど眠っていた。驚いたことに、そうしながらもいっさい体勢を崩さなかったので、午後遅くに馬車をおりたときも、ヴェルヴェットの上着は少しも皺になっていなかった。

一行がデューランド家の地所に到着するころには、屋敷じゅうがすでに喪に服していた。

いちばん大きな客間には黒いシルクの布がかけられ、使用人たちは帽子を黒いリボンで飾って腕に喪章をつけ、黒い手袋をしていた。

葬儀の日までの数週間、ギャビーはめったにクイルの姿を見かけなかった。彼は父親の管理人とともに領地を歩いてまわり、一日のほとんどを屋外で過ごした。キティが説明した。

「ほら、あの子は馬に乗れないから、徒歩ではかなり時間がかかるわ。だけど、馬車から見るだけでは不十分なのよ」それを聞いて初めて、ギャビーはクイルが馬に乗れないのだと知った。

食事のときになると夫は彼女の隣に座ったが、会話はほとんどなく、沈黙してしまうこともしばしばだった。キティは明るく話していたかと思うと急に絶望に駆られてすすり泣きを始め、まわりの人々を戸惑わせた。ギャビーはカーシー・ラオの将来を案じて過ごし、ロンドンとインドにますますたくさんの手紙を書くようになった。

葬儀の当日、ギャビーはひとりで朝食室に座ってスコーンを食べていた。葬儀が早く終わってほしいと望んでしまう自分に罪悪感を覚えた。だがどうしても、黒い布に覆われたデューランド・マナーの壁と、ランの花々が飾られたインドの自宅を比較せずにいられなかった。

そのとき、誰かが朝食室に入ってきた。たちまちギャビーの鼓動が速まる。あらゆる本能が告げていた。腰をおろしたのはクイルで、すぐ隣に見えるのは彼の黒い袖だと。彼女はおそるおそる顔をあげた。

「ギャビー」

ギャビーは礼儀正しく会釈した。「おはよう、子爵さま」

「奥方」静かにそう言って、クイルがギャビーのほうへ身をかがめた。

彼女は思わず唾をのみこんだ。同じように返すべきかしら？ いいえ、だめよ。わたしが〝だんなさま〟なんて呼びかけたら、ひどくばかげて聞こえるに違いないわ。クイルが〝奥方〟と口にするのは、彼のものになった感じがしてとてもすてきだけれど。

クイルは妻にそっと唇を重ねた。「よく眠れたかい？」口もとにいたずらな笑みをのぞかせる。彼は軽い戯れが、ギャビーへの激しい欲望をうまい具合に解消してくれるかもしれないと考えていた。なにしろ人間性をなくすかと思うほどの激しい欲望に悩まされていて朝食の前であろうと結果も気にせず妻を奪いたがるほどだった。

「いいえ」澄んだ瞳で夫を見据え、ギャビーが答えた。「あまり眠れなかったの。あなたがいなくて寂しかったわ」声はしだいに小さくなって消えた。しばらくのちに、彼女はささやいた。「だんなさま」

クイルはその場に凍りつき、ギャビーに飛びかかって部屋から運び出したい衝動をかろうじて抑えた。

震えながらも深呼吸をして自制心を取り戻し、ふたたび軽薄な調子で――成功したとは言いがたかったが――話しかけた。

「なんてことだ、ギャビー。きみの役割はぼくを激しい欲望の渦へ追いこむのではなく、楽しい会話を成立させることなんだぞ。今のぼくの状態を見てごらん」クイルはうんざりした顔を作って自分の下半身に目を向けた。

ギャビーは言われたとおり彼のズボンを見たものの、普段と違うところがあるとは思えなかった。

すると夫がいきなり笑い出したので、彼女は顔をしかめて見つめ返した。

「なにが面白いのか、さっぱりわからないわ」しかつめらしく言った。

クイルが唐突に頭をさげてギャビーの唇を奪った。物憂げに、けれども容赦なくキスをすると、焼けつくような熱さが体内を駆けめぐった。

彼が顔をあげるころにはギャビーの目はぼうっとして、くすんだブランデー色に変わっていた。クイルがギャビーの手を持ちあげててのひらに口づけると、彼女はたちまち身を震わせた。クイルはその手を自分の股間に置いた。

ギャビーがびくりとして手を引き抜こうとした。

「きみになにをしたいか、ぼくが言ったことを覚えているかな？」クイルは期待をこめてかすれた声で尋ねた。

ギャビーがうなずく。

「きみもぼくに同じことをするかい？」

彼女の目が驚きに見開かれた。少なくとも恐怖ではなく驚きであってほしい、とクイルは願った。うれしいことに、彼がギャビーの手を放しても、彼女は手を引っこめなかった。実際のところぴくりとも動かさないので、クイルは新たな種類の苦しみに耐えなければならなかったのだが。

ついに我慢しきれなくなり、自分でギャビーの温かな手を移動させてもう一度キスをした。さもないと、最終的にどこへ行き着くかわかっていたからだ。スコーンを押しつぶして、その上で愛し合うはめになってしまうだろう。

クイルの張りつめた体の状態は、彼女に触れられたことは言うまでもなく、キスでもまったく解決しなかった。レディ・シルヴィアがクンクン鳴く二匹の――今回の旅で繊細な膀胱《ぼうこう》がかなり不安定になって粗相ばかりしているビューティは、一時的に使用人の居住区で過ごしているため――〈グレイシーズ〉を連れて部屋に入ってきたときには、クイルは自分の席についてスコーンを五個も食べていた。欲しくもないのにそれほど食べたのは、朝食室を立ち去ることができなかったからだ。

その日の朝、子爵はセント・マーガレット教会に安置された。葬儀には、ギャビーがレディ・フェスターの舞踏会で見かけたロンドン社交界の人々がたくさん参列していた。葬儀のあとの食事の席で、ギャビーは地元の貴族たちと顔を合わせた。葬儀のなにもかもがひどく疲れるものであることを、ギャビーは初めて知った。

お辞儀をして、またお辞儀をして、さらにお辞儀をする。彼女は人々から結婚を祝福する言葉をかけられた。婚約者ではなくその兄である新しい子爵と結婚したとわかり、相手が眉をあげる場面にもたびたび遭遇した。

人々の会話も耳に入ってきた。たとえばレディ・スキフィングという女性は、クイルがまもなく子爵になると気づいたギャビーがピーターを捨てたと信じているらしい。それを話すレディ・スキフィングの声には称賛が感じられたが、だからといってギャビーの慰めにはならなかった。

昼前になってようやくすべての訪問客たちが、最後にもう一度哀悼の意を表してから、黒い布のかけられた客間を出ていった。あとには一族の弁護士である〈ジェニングズ・アンド・コンデル法律事務所〉のジェニングズだけが残った。

子爵未亡人はうなだれて長椅子に座っていた。緊張して顔が真っ青だ。優雅な喪服姿の見本のようなレディ・シルヴィアがその向かいに腰をおろしている。ギャビーはクイルをちらちら盗み見てしまわないよう気をつけながら、両手を固く握りしめていた。

あと二〇分で軽い昼食の準備が整うと告げ、執事がお辞儀をして部屋から退出した。

キティが体を震わせた。「自分の部屋にいるわ」消え入りそうな声で言う。

「母上、なにか召しあがるほうがいいですよ」ピーターが声をかけた。

「無理よ。食べられないわ」

「キティ」レディ・シルヴィアが口をはさんだ。「そろそろ今後のことを話し合いましょう」

「デューランド子爵の遺言書は昼食のあとお読みする予定です」ジェニングズが不安げな表情で言った。

「ええ、わかっていますとも」レディ・シルヴィアが手をひらひらさせてそっけなく言った。

「今すぐ聞き出すつもりはないわ、ジェニングズ。サーロウの遺言なんて面白くないに決まっていますからね。わたしが言いたかったのは別のことよ、キティ。あなたはこれからなにをしたいの？」

「なにをしたいですって？」キティ・デューランドには質問の意味がわからないらしい。

「わたしは……わたしは自分の部屋で休みたいの。それから、みんなでロンドンへ戻りたいわ」

「ライオネルが亡くなったとき、わたしは家に閉じこもって、自分が噴水になったのではないかと思えてくるまで泣き続けたの」レディ・シルヴィアがきっぱりとした口調で言った。「みじめな日々だった。もっとも、泣くのは悪いことじゃないわ。むしろ泣かなくては。でもそれは、夫と暮らした家に座ってすることではないの」

キティの目に涙が浮かんだ。「ああ、わたしにはとてもできない――」

「いいえ、できますとも」レディ・シルヴィアがぴしゃりと言った。「あなたは調子のいいときでもふさぎこみがちなのよ、キティ。それにわたしはあなたがじょうろみたいに涙を流しているあいだ、そばでずっと座っているつもりはありませんからね。わたしたちはこの国を離れるの。スイスでだって、ロンドンと同じように疲れ果てるまで泣けるわよ」

キティがすすり泣いた。「愛しいサーロウが幸せに過ごしていた屋敷を離れるだなんて、どうしてそんな提案ができるの？　残酷すぎるわ、シルヴィア！」

「思ったことを口にしたまでよ」レディ・シルヴィアが言い返す。「体が悪いわけでもないのに、病人みたいになってほしくないの。あなたがいると、家のなかが暗くなるわ、キティ。

よく考えてみて。わたしたちは未亡人なのよ。新婚の夫婦のそばにいるべきじゃない。食事のたびにわっと泣き出す母親と一緒にいて、ガブリエルとアースキンが陽気な気分になれると思うの?」

ギャビーは憤慨してレディ・シルヴィアを見た。

「クイルもわたしも、自分たちのために、おふたりを出ていかせるようなことは絶対に望んでいませんわ、レディ・デューランド。いずれにせよ、陽気な気分にはなれません」困惑気味につけ加えた。

レディ・シルヴィアが鼻で笑った。「ガブリエル、どんな気分になるつもりかは知らないけど、四六時中そばでキティに泣かれていては無理よ」

キティはクイルが黙って差し出したハンカチで目もとをぬぐった。

「あなたの言うとおりだわ、シルヴィア。ガブリエルとクイルの重荷にだけはなりたくないもの」

「重荷だなんて!」ギャビーは叫んだ。「わたしたちのせいで出ていってしまわれるなんて、考えただけでもぞっとします。よそへ移るならわたしたちのほうですわ」

キティが涙ぐみながら小さく笑った。

「あなたのお母さまが生きていらしたら、さぞあなたに元気づけられたでしょうね、ガブリエル。あなたたちはどこへも行かないわ。屋敷はもうクイルのものですからね。たぶん、わたしは未亡人用の住まいをもらえるのではないかしら?」問いかけるようにジェニングズを見た。彼は唇をすぼめ、情報をもらすわけにいかないことを示したものの、結局はうなずいて肯定した。「では、誰の邪魔にもならないように、そこで暮らすことにするわ」

「いいかげんにして、キティ。いらいらして動悸《どうき》が激しくなるわ。よほどのことがないところはならないのに」レディ・シルヴィアが厳しい口調で言った。「田舎で隠居してほしいなんてくだらないことを、サーロウがあなたに望むはずがないでしょう！　ヨーロッパ大陸から戻ってもまだ世捨て人になりたいというなら、そのときは好きにすればいい。だけどわたしは、どうしても死ぬ前にもう一度パリが見たいの。あなたはわたしと一緒に来るのよ。あのうぬぼれた傀儡のナポレオンがふざけた行動に出たせいでフランスへ行けないというなら、彼が国民に追い出されるまで、何カ月か大陸を旅してまわっていればいいわ」フランスの反乱分子がこの場にいたら、レディ・シルヴィアの発言に勇気づけられていたに違いない。

「まあ、わたしには無理よ」キティがたじろぐ。

クイルが身を乗り出し、母親の手を軽く叩いた。

「行くべきだと思いますよ、母上。景色が変われば、気分も晴れるでしょう」

「きっとどこにいても一緒だわ」キティは葬儀の前と同じ、ぼんやりした様子に戻っていた。

「ほらね」レディ・シルヴィアがクイルにうなずいた。「わたしは彼女を忙しくさせておきたいの。そうする必要があるのよ。さもないと、このまま衰えていってしまうわ。わたしと違って、キティは繊細なの。昔からそうだった。わたしたちが幼い少女のころから」

「ぼくが一緒に行きましょうか、母上？」ピーターが隣に腰をおろして母親の手をさすった。

キティの黒い手袋に涙がこぼれ落ちた。最愛の息子がポケットからハンカチを取って差し出す。キティは懸命に言葉を絞り出そうとしていた。

「ピーターが同行するのがいちばんでしょう」クイルが言った。

それで問題は解決したらしかった。

レディ・シルヴィアが宣言した。「〈ホワイトスター号〉に乗るわ。ナポリへ行く船なの。レディ・フェーンに聞いたけれど、去年はイングランド人が大勢ナポリに押しかけたんですって。美しい町だそうよ」そこでつけ足した。「ジェニングズに調べるよう頼んでおいたの」

ジェニングズが咳払いをした。「勝手ながら、レディ・ブレイクネトルとレディ・デューランド、それにお供の人たちの旅行の手配をしておきました」ピーターに向かって会釈した。「あなたと側仕えの分の寝台もただちに用意しましょう、ミスター・ピーター。〈ホワイトスター号〉は三日後にサウサンプトンから出港する予定です」

「三日後だなんて。ああ、だめよ、できないわ！　わたしには無理よ」キティがうめいた。

彼女が本能的に長男のほうへ顔を向けるのを、ギャビーは興味深く見ていた。

「あなたはなにもしなくていいの」レディ・シルヴィアが言った。「今朝スティンプルに、あなたの荷物をまとめるように言っておいたわ。今ごろはもうトランクに詰め終わっているんじゃないかしら。それにどうせ、持っていくものはそれほどありませんからね。喪服は向こうでも買えるし。なんといっても、着るものに関してフランスに勝るところはないわ」

キティは返事をせず、ピーターの肩に身を預けてわっと泣き出した。クイルが黙ってもう一枚のハンカチを差し出した。

昼食のあと、家族はすぐに図書室へ移動した。ジェニングズはもったいぶって咳払いをすると、遺言書を読みあげ始めた。

遺言は敬虔《けいけん》な宣言から始まっていた。「〝神のみ名にかけて、アーメン。わたし、サーロウ・デューランドは、神のご加護により心身ともに完全に健康な状態にあり……〟」ギャビーがぼんやりと違うことを考えているあいだ、ジェニングズは単調な声で、ロンドンの使用人やケントの領地に住む者たちへの少額の遺贈について読みあげていった。亡くなった子爵はデューランドの教区に住む貧しい人々のためにある程度の金額を、教区教会であるセント・マーガレット教会には、屋根の葺《ふ》き替えのために五〇ポンドを遺《のこ》していた。キティははなをすすりながら、サーロウは自分より運のない人たちのことをいつも考えていたと言った。

ジェニングズは次に、領地において今後は免除される負債の一覧を読んだ。それから少しのあいだ顔をあげ、以下の追加条項は一月に加えられたものであることを告げた。その条項のなかでデューランド子爵は、たとえミスター・ファーウォルドから訴えられても、決して支払ってはならないと厳格に指示していた。ファーウォルドが持ってきた商品には価値がなく、絶対に代金を支払わないと誓ったからだそうだ。

クイルが眉をひそめた。「支払っておいてくれ」

ジェニングズが簡潔にうなずき、自分のために書き留めた。

「どうして父上の指示にそむくんだ？」居住まいを正してピーターが尋ねた。

クイルは身動きせず、半ば閉じた目を弟に向けた。「ファーウォルドはクリスタルの花瓶の売り主だよ。去年のクリスマスに、父上が母上のために買ったものだ」

「ああ、そういうわけか」ピーターがふたたび椅子の背にもたれた。

「サーロウの願いは尊重されるべきだわ」キティが口をはさむ。

「母上、あの花瓶が割れたのは父上が癇癪を起こしたせいなんですよ」ピーターがそっと説明した。

「ひびが入っていたせいだと、サーロウはいつも言っていたのよ」キティが弱々しく応じた。

「父上は本質的に、金を返すことが嫌いだったんだ」クイルが言った。

どうやらその言葉でけりがついたようだったので、ジェニングズは咳払いをすると、ふたたび遺産のリストを読みあげ始めた。バックフォードシャーに住むまたいとこには、天蓋《てんがい》つきのフランス製のベッドに加えて彫刻入りの象牙を遺した。子爵が嫌っていたその品を、またいとこがたいそう称賛していたからという理由らしい。

「〝妻のいとこのレディ・シルヴィアには、現在〈黄色の間〉にある銀めっきのボウルを遺す。自分で使用しようと、〈グレイシーズ〉などと誤った呼び方をしている動物たちと共有しようと差し支えない〟」

「大げさな言い方だこと！」憤慨しながらも、レディ・シルヴィアはうれしそうだった。

「〝愛するわが妻キャサリンには、わたしの妻であった者にふさわしい生活を今後も送るべきとの事実にかんがみ、当初の結婚契約により受け取る予定であった金額の二倍を、この遺言書によって与えるものとする〟」

キティがまたすすり泣き始めたので、ジェニングズは少し間を置いてから、ケントのデューランド家の主要領地に近い未亡人用の住まいと、それに付属する権利の詳細を述べた。

「〝わが息子ピーター・ジョン・デューランドには、ロンドン、ブラックフライアーズに所有する住宅、及びそれに付属する権利を遺す。すなわちキングストン区、ヘンリー・ストリートの家屋敷と、その納屋、厩舎《きゅうしゃ》、果樹園、及び庭園である。さらにケントの領地から得られる収入の四分の一を生涯利益とし、一族の本拠に居住する権利とともに与える〟」

「なんて寛大な」レディ・シルヴィアが口をはさんだ。「本当に寛大な処遇だわ」

「〝わが長男にして相続人であるアースキン・マシュー・クローディアス・デューランドには、わたしが所有する残りのすべてを遺す。そこにはロンドンの屋敷、ケントのデューランド・マナー、わたしの残りの所有物、動産、借地権、食器類、宝飾品類、及びあらゆる家財道具が含まれる〟」

ジェニングズはいったん読むのをやめた。「最近の出来事を考えれば、故人は以下の追加条項を除外するおつもりだったのでしょう」これまでよりさらに感情を排除した声で言った。

「〝家族内では周知の状況により、わたしの長男が嫡出の男子相続人をもうける見こみはないものと思われる。したがって次男ピーター・ジョンには、デューランド家の系譜が長く高貴なものであることを強く認識し、早急に結婚することを命ずる。さらに兄であるアースキン・マシュー・クローディアスには、将来ピーター・ジョンが子爵位を継ぐという事実を踏まえ、弟を深い愛情と敬意の対象とすることを要求する。子供たちは承知のうえと思われるが、わたしはかねてから、紳士たるもの生活のために労働すべきではないという固い信念を持ち続けてきた。しかしながらアースキン・マシュー・クローディアスに関しては、その主義を曲げざるをえない。ピーター・ジョンの収入が子爵後継者にふさわしくふるまうための必要経費に不十分な場合は、アースキン・マシュー・クローディアスが上記の事業により得た利益を、弟とその相続人に分け与えることを命ずる〟

遺言書の読みあげが終わると、あたりに沈黙が広がった。ジェニングズは忙しく紙の束をまとめ始めた。

「父上は昔から他人の金を使うのがやたらうまかったんだ」最初に口を開いたのはピーターだった。声に皮肉まじりの謝罪が感じられる。「ヘンリー・ストリートの家をぼくに遺す権利は父上にはないのに。あれは兄さんが支払ったんだろう?」

クイルは肩をすくめた。「ぼくには必要ない」

「ジェニングズの言うとおりね。こんなに早く亡くならなければ、サーロウはその追加条項を削除していたでしょう」レディ・シルヴィアが言った。「だけどあなたが生活のために労働しているという表現を入れるなんて、そこは気に入らないわね、アースキン。偽善じみているじゃない。お金がサーロウに渡っていたことは誰でも知っているわ。あなたが大金を稼ぐようになるまで、彼は気づくと首がまわらなくなっていることがたびたびあったのよ」

キティが言った。「わたしには相談してくれなかったの。もし聞いていたら、アースキンがいつも自分のものを弟にあげてきたことを話していたわ。まだほんの小さいときから、分け与えていたのよ」暗い顔ではなをすすった。

「父上に代わって謝るよ」ピーターが重々しい声で言った。「父上は兄さんの努力を見下すような態度を取るべきじゃなかったし、ぼくを援助しろと指示する必要もなかった」

それを聞いたクイルは苦笑いした。「別にかまわない。それに、父上の考え方からすれば正しいんだ。ぼくに金を稼ぐという卑しい習性があるのは確かだし、やめろと言われても拒否した。そのせいで、父上にひどく不愉快な思いをさせていたのは事実だよ。それに、おまえに分け与えてどこが悪い？　どうせぼくには不要だ」

「サーロウはピーターにかなり寛大な財産贈与をしたのよ」レディ・シルヴィアが鋭く言った。「ヘンリー・ストリートの物件の賃貸料だけでも申し分ない暮らしができるわ。ケントの領地からあがってくる生涯利益があろうとなかろうとね。本来ならその分をあなたの子供たちにまわせるのよ、アースキン」

はたからもわかるほどぎくりとして、クイルは妻をすばやくうかがった。ギャビーがほほえみ返した。彼女は遺言書が読まれるあいだ、ひと言もしゃべらなかった。クイルがギャビーの存在をすっかり忘れていたのも無理はない。まして、生まれてもいない子供に思いが及ぶわけがなかった。

「さて、ようやく終わったわね」レディ・シルヴィアはレティキュールと、使うためより見せるためにデザインされたに違いない、ひらひらした黒いハンカチを手に取った。「サーロウがやたら忠告好きな人でなくてよかったわ。グランビー侯爵は遺言書に、自分の甥は愛人と突拍子もないばかげた行為に及んでいるので、年に三〇〇〇ポンドしか遺さないということまで書いたそうよ。しかも、遺言書はその甥の妻の前で読まれたの」

クイルは同じ場所に立ったまま動かなかった。ギャビーはすでに立ちあがり、クイルの母親に手を貸していた。

彼はつややかに輝く妻の髪を凝視した。小さな子供を抱くギャビーの姿が頭に浮かび、ひどく混乱していた。ぼくはなんて愚かだったんだろう。未来に目を向けていなかった。事故のあと、妻や子を持つ可能性を排除していた。これほどの怪我をしたぼくと、いったいどんな女性が結婚してくれるというんだ？　それなのに……ぼくはひとりの女性をそそのかして結婚させてしまった。

〝それはギャビーが怪我の後遺症のことを知らなかったからだ〟小さく鋭い声が頭のなかに響いた。

だがギャビーは事実を知ったあとも、とくに心配する様子を見せず、眉ひとつ動かさなかった。腹を立てているふうにも見えなかったし、結婚の無効を申し立てそうな気配もなかった。

それだけではなく、彼女はいまだにクイルをちらちら見ていた。ギャビーがまつげの下から向けてくる視線を、彼は意識し、その回数を数えあげていた。ギャビーの愛情がピーターから自分に移りつつあることを示していると思えたからだ。ギャビーの愛情がなぜそれほど重要なのかは考えなかったが。

図書室で凍りついたように立ちつくしながら、クイルは小さな赤ん坊を腕に抱くギャビーの姿を想像していた。彼女はクイルに笑いかけるときと同じ笑みを――あなたがなにをしようと信頼は揺るがないと言わんばかりの笑みを――その子に向けるのだ。そう考えると、胸にこれまで知らなかった興奮がわき起こった。なじみのない、誇りに満ちた喜びを覚えた。

新しい子爵を一瞥したジェニングズは、アースキンの父親の財産を処理するための複雑な問題は、後日改めて連絡を取って対応することに決めた。アースキンは今、動揺しているようだ。父親が遺言書に追加した条項を悪い意味にとらえたのだろう。そうはいっても、いい意味にはとらえようがない。あの追加条項は実質的に、新しい子爵が不能だと言っているに等しい。

図書室を出た一行は、夕食までそれぞれの部屋で過ごすために階段の上で別れた。ギャビーは子爵夫人のために用意された華麗な寝室へ向かってゆっくりと歩いた。キティはこの屋敷に到着したとき、すでに潔くその部屋を明け渡していた。ギャビーが抗議すると、自分には息子の部屋とドアでつながっている部屋にいる理由がないと指摘された。ギャビーは顔を赤らめ、ドアのことはできるだけ考えないようにした。

薄い青緑色のシルクが壁に張られた広々とした部屋に足を踏み入れた彼女は、問題のドアをじっと見つめた。ただのドアよ。でも、あの向こう側にはクイルの寝室がある。お父さまのベッドで寝るのはどんな気持ちかしら？　壁一枚を隔てたところにわたしがいることをどう感じているのだろう？　マホガニー材のドアは威圧的で頑丈そうだ。ギャビーは唇を嚙んだ。

葬儀は終わり、子爵は埋葬された。けれども今夜ふたりが愛し合って、その結果クイルが頭痛に襲われて三日間動けなくなれば、彼はサウサンプトンから旅立つお母さまを見送れないかもしれない。それにクイルはすぐにでもロンドンへ帰りたがっている様子だ。発作に襲われると旅ができなくなるからだろう。

夫が抱える問題が日常生活に制限をもたらすことを、ギャビーは初めて理解した。クイルは三日連続で身動きが取れなくなる日を、いつに設定するつもりなの？　結婚する前にロンドンにいたころは、仕事をする姿を毎日見かけた。クイルは働くのが好きなのだ。その彼が、喜んで三日間も犠牲にするかしら？

ドアが開けられ、ギャビーははっと顔をあげた。クイルが部屋に入ってくる。

「やあ、奥方」

ギャビーの顔は真っ赤になった。バースで結婚した日の午後以来、ふたりきりになるのは初めてだ。寝室みたいに人目のないところでも、妻は夫にお辞儀をするものかしら？

だが、称賛を浮かべてきらめくクイルの瞳を目にしたとたん、ギャビーの不安はすべてどこかへ飛んでいってしまった。

まるで山羊に忍び寄る虎のごとき足取りで彼が近づいてきた。インド洋の波しぶきを浴びた山羊がすばやく跳ねるように、彼女はうしろへさがった。

「数分もすれば、夕食を知らせる鈴が鳴るわ」ギャビーは不安を覚えた。

クイルはにやりとしたまま彼女を見ている。「そうだろうな」彼の低い声を聞いて、ギャビーの背中が熱くなった。「ここで軽い食事をとるべきかもしれない。きみの部屋で」クイルは隣の部屋に続くドアをちらりと見て言い直した。「それともぼくたちの部屋のほうがいいかな?」

ギャビーは急に口のなかがからからになり、なにも話せなくなってしまう前に急いで言った。

「クイル、わたしたちは理性的に話し合う必要があるわ」

「きみはたびたび理性的な会話を要求するんだな。自分でわかっているかい?」クイルが笑った。

「女性は理性的になれないものだと父は信じているわ」ギャビーは説明した。「さっきの言葉は、どうしていいかわからなくてつい口にしてしまったの」そこでつけ加える。「父の話はよく矛盾するのよ」

クイルがふたたびゆっくりと歩き始めた。

「いつかきみの父上のことをすべて教えてもらわなければならないな」シルクのようになめらかな声で言った。「話を聞くかぎりでは、あまり賢明な人ではないらしい」

「違うわ」ギャビーは抗議した。不安が募ってもう一歩うしろへさがる。「クイル、話す必要があると言ったのは本気よ！　わたしたちが……これ以上先へ進む前に」

クイルは背筋がぞくぞくしたが、礼儀正しくじっと立っていた。

「結婚を無効にする決心がついたのかい？」紅茶を一杯頼むような口調で尋ねる。

ギャビーが眉をひそめた。「わたしはただ、理性的に話し合う必要があると言っただけよ、クイル」辛辣に言い、彼に背中を向けて暖炉のほうへ歩いていくと、布張りの揺り椅子に腰をおろした。

クイルはその向かいに座り、両手の指の先を合わせた。

「わかったよ、ギャビー。なにを話し合う？」自分でも気づいていたが、彼は葬儀のあいだじゅうずっと足を引きずっていた。怪我の程度を推測する声はあちこちから聞こえてきた。夫がいかに役立たずか、ギャビーはおそらく今日初めて認識したのではないだろうか。

「わたしが心配しているのは……床入りのことなの」彼女はつかえながらその言葉を口にした。

「ぼくが務めを果たせるかどうかが心配なのか？」

「いいえ！　それは……」

クイルは立ちあがって窓に近づき、ギャビーに背中を向けて立った。すでに日は暮れ、屋敷の窓には月が出ている。彼は漠然と、バラの茂みがきちんと刈りこまれていないことに気づいた。「きみが結婚を無効にしたいと思ったとしても理解できるよ、ギャビー。この先どういうことになるか、じっくり考える時間があっただろう」

クイルにとってはどうでもいいみたいだわ、とギャビーは思った。

「正直なところ、跡継ぎができるかどうか確信は持てない」彼は続けた。「きみが結婚を無効にしても、誰ひとり驚かないはずだ。すぐに手続きを始めるようジェニングズに指示してもいい」

返事がないので、クイルはしぶしぶ振り返った。

ギャビーは彼をにらみつけていた。

「それで？　不愉快な会話をこれ以上する必要はないよ、ギャビー。きみが以前言っていたとおり、ぼくたちは友だちなんだから」クイルは単調で丁寧な口調を崩さないよう努めた。

「それなら、戻ってきて椅子に座ってほしいわ。そんなふうに芝居がかった態度で部屋じゅうを歩きまわったりせずに」ギャビーが顎を突き出した。「わたしたちはこれから理性的に話し合うのよ、アースキン・マシュー・クローディアス！」

クイルは冷ややかに笑った。「名前を覚えるほど注意深く遺言を聞いていたなら、怪我のせいでぼくには子供ができないと父が信じていたことにも気づいたに違いない」そう言いながらも、ギャビーの望みどおりに椅子に戻った。胸につかえる冷たいかたまりを感じる。

「わたしが理性的な話し合いが必要だと言ったのは、ただ……前もって……」

クイルは礼儀正しく続きを待っている。言いたいことを察して、わたしを楽にするつもりはないのね。

「ああ、もう、口にできないわ」ギャビーはいらだって叫んだ。

クイルがなにか言う前に、彼に飛びかかって膝にのり、彼の首に両腕を巻きつけた。

全身から驚きが伝わってきたものの、クイルがすぐに力を抜いて椅子に身を預けるのがギャビーにはわかった。彼女はクイルの肩に寄りかかった。その位置からだと顔が見えないので、ずっと話がしやすい。

「まず初めに、結婚を無効にしようなんてくだらない提案をするのはやめてほしいの。あなたはとんでもない結論にすぐ飛びつく傾向があるから、わたしはそのうちあなたを殺してやりたいと思うようになるかもしれない。だけど、わたしはずっと楽しみにしていたの」そこで言葉を切ってから、ギャビーは不機嫌につけ加えた。「あなたは愚か者じゃないわ、クイル、だからふざけたことはもう言わないで。それからもうひとつ。今夜結婚を完全なものにすれば、あなたはサウサンプトンまでお母さまに付き添えない可能性が高くなるわ。それから三つ目は……」三つ目になにを言うつもりだったか、はっきり思い出せなくなった。アイロンをかけた布の清潔な石鹸《せっけん》の香りに、クイルの男らしい香りが重なっている。ギャビーは急いで続けた。「三つ目は、わたしたちの結婚をうまくいかせるためには、お互いを理解することが必要だと思うの」

「理解」クイルは繰り返した。腹部を三、四回思いきり殴られた気分だ。「ギャビー、きみはいつもこんなふうに、考えていることをそのまま口にするのか？」

「いいえ」ギャビーが考えこみながら答えた。「あなたは夫だから正直に言うけど、実は家にいたころは、ちょっとした嘘をついてばかりいたわ」

「ぼくに嘘をつかないかぎり、誰にでも好きなだけ嘘をついてかまわないよ」クイルは彼女に腕をまわしてきつく抱きしめた。「それと、きみの家はここだ」

「そうかしら」妻はそう返事をすると、眠たげな猫のように彼の肩に頭をすりつけた。「まだ違うわ」

「どうすればいい？」

ギャビーが顔をあげてクイルを見た。

彼女の目をのぞきこんだとたん、興奮の熱い炎がクイルの背中を駆けおりた。彼はため息をついた。

「わかったよ」脚を痛めないよう、わずかに体重を移動させる。「ぼくたちにはどういうたぐいの理解が必要だと思うんだ？ ギャビー、言っておくが、あと一日でもぼくを待たせたら、どんな結果になっても知らないぞ」

「わたしが提案しているのは、注意深く進めなければならないということよ」ギャビーが指を折って数え始めた。「まず、キスだけなら頭痛は起こらないとわかっているわ」

「そのとおり」クイルはつぶやき、言葉に合わせてギャビーの頭のてっぺんにキスをした。

「それから、わたしの胸に触れても頭痛は起こらない。ねえ、そうよね？」ギャビーが期待のこもったまなざしでクイルを見つめた。「どの行為がだめか正確に知っていれば、それを避ければいいわ」

クイルは途方に暮れ、ゆっくりと口を開いた。

「ギャビー、夫婦の交わりについて、きみはどれくらい理解しているんだい?」

「ほとんどなにも知らないの」ギャビーは即座に答えたかと思うと、顔を真っ赤にした。

「あなたがわたしを見るつもりだということは知っているわ。それで頭痛が起こるの?」

「いいや」クイルは奇妙な興奮にとらわれた。まるで喜びにあふれた笑いが骨のなかに閉じこめられ、外に出ようとして体を震わせているかのようだ。

ギャビーが目を細めてクイルを見やった。「なにを期待していたの? 前にも説明したと思うけど、母はわたしが生まれたときに亡くなったの。父の屋敷では、使用人たちが会話に気をつかっていたわ。父はとりわけ女性の欲望に厳しいから」

「女性の欲望だって? どうして男性のではないんだ?」

「女性は悪魔の創造物だからよ。男性を罪に駆り立てるために存在するの」

クイルはぎょっとしてギャビーを見たが、彼女の顔に薄く笑みが浮かんでいるのを見て安堵した。

「きみはいい見本だな。ぼくは今にも罪を犯しそうだよ、ギャビー」思わず彼女の腕の下に手を差し入れた。

「わたしもそう思っていたの」ギャビーがうれしそうに言った。「父からいつも、わたしは母と同じ罪深い体をしていると言われたわ。父に話したことはないけれど、実はとても有益なものを受け継いだんじゃないかと思っていたのよ」

クイルはどっと笑いながら、ドレスの背中についた真珠のボタンを手早く外そうとした。ギャビーが離れようとする。彼女にすれば、まだ理性的な会話は終わっていないらしい。

「ギャビー」言ったとたん、ひどくかすれた声が聞こえて自分でも驚いた。「理性的だろうと支離滅裂だろうと、会話が役に立たないときがあるんだ」クイルはギャビーを抱きあげ、シルク製の波紋の布がかかったベッドに運んだ。

「今がそのときだ」

16

リュシアン・ボッホとの会話を恋しく思っている自分に気づき、エミリー・ユーイングはうろたえた。レディ・フェスターの舞踏会から三週間以上がたち、そのあいだにリュシアンは四度訪ねてきていた。だがそのたびにエミリーは、恥ずべき家庭ではフィービーを育てられないと心を引きしめ、彼と会うことを拒んだ。そしてフェスター家の舞踏会の記事では、イタリア製の紗で仕立てた琥珀色のドレスにも、さらには元侯爵にもいっさい言及しなかった。

残念ながら、エミリーがリュシアンと一緒に舞踏会へ出かけたと知ったバーソロミュー・ヒズロップは、自分も同等の配慮を受けられるはずだと考えた。エミリーにとっては予想外の反応だった。今朝のヒズロップは、見るからに窮屈そうなサクラソウ色のぴったりしたズボンをはいてめかしこんでいた。たとえリュシアンと出会っていなかったとしても、ヒズロップのほかに言い寄ってくる男性がいなかったとしても、こんな格好の男性と一緒にいるところを見られたくはない。いずれにせよ、もう手遅れだ。遅すぎる、遅すぎる。その言葉はエミリーの頭のなかで鈍く響いた。わたしは洗練されたリュシアンを知ってしまった。彼と出会い――その手なれた誘惑にほとんど屈しかけている。だが傲慢で好色なヒズロップに立ち向かうには、貞節や美徳は効き目がなさそうだった。

「明日の午後、気球をあげるところを一緒に見に行きましょう」ヒズロップの口調はあからさまに不機嫌だった。

「残念ながら、お断りしなくてはなりませんわ」エミリーは言った。「午後は執筆しなければならないので。それに、そういうたぐいの遠出はできません」口にしたとたん、彼の思うつぼだったと気づいた。

「わかりました！」ヒズロップが声高に言った。「それなら夜に劇場へ出かければいいんです。楽しい夕べを過ごせば、あなたの気分も晴れるはずですよ」

エミリーが断ろうと口を開きかけると、ヒズロップがたるんだ唇を突き出した。「さもないと、これ以上あなたの手助けはできなくなりますよ、ミセス・ユーイング」テーブルにのせた紙の束の上にずんぐりした指を置く。「これだけの情報を集めるのは大変なんです。ひどく手間がかかるんですよ。法律の専門家たちが言うところの対価《クイド・プロ・クオ》をいただきたい」

エミリーは唾をのみこんだ。だがヒズロップがすかさず片手をあげ、返答しようとする彼女を制した。「考える時間をあげましょう」彼は横目でエミリーを見て、胸のあたりに視線をさまよわせた。「これだけは忘れないでください。あなたにはぼくが必要なんですよ、ミセス・ユーイング。例をあげると、流行の先端を行く者でなければストラスモア伯爵夫人の舞踏会には招待されませんからね。あなたにはぼくが必要で……」いやらしい忍び笑いをもらす。「ぼくにはあなたが必要なんだ」

エミリーはむかむかする胃のあたりに手を押しあてながら、部屋を出ていくヒズロップを見送った。ドアが閉まるとようやく椅子に腰をおろし、懸命に涙をこらえた。必死に意識を集中させていたので、ドアが勢いよく開いてフィービーが書斎に駆けこんできても、エミリーは身動きしなかった。

「ママ、ママ！　サリーと一緒にカーシー・ラオのところへ行ったの。そうしたら、ミセス・マラブライトが全部荷造りしてたのよ！」

「荷造り？」エミリーはフィービーのために同情の表情を浮かべようと努めた。

「行ってしまうの。ミセス・マラブライトは、ママからミス・ギャビーに知らせてほしいと言ってたわ。手紙は書けないんですって。カーシーをインドに戻そうとする人たちがいるの」

「なんですって？」

青い目を恐怖に見開いてフィービーがうなずく。「カーシーをみんなの前に出すつもりよ、ママ。知らない人たちがいっぱいいるところに。カーシーは知らない人とは話せないのに！」

エミリーは深呼吸をした。「まあ、なんてことかしら。ミセス・マラブライトはカーシーをどこへ連れていくつもりなの？」

「デヴォンに住んでる、ミセス・マラブライトのお兄さんの奥さんのところ。わたしにだけ教えてくれたのよ、ママ。ミス・ギャビーがロンドンへ戻ったら、すぐ知らせられるように」

「ミセス・マラブライトがあなたを頼ったのは正解だわ、ダーリン」エミリーはそう言うと、フィービーの丸みを帯びた小さな体に腕をまわして抱きしめた。

この子が上流社会から軽蔑の目で見られないように、わたしはなんでも、どんなことでもする。そのために魅力的なリュシアンに別れを告げなければならないなら、そうするまでだ。たとえ貴重な情報源であろうと、ヒズロップとだって手を切るわ。

フィービーが不安げにエミリーを見あげた。

「誰もわたしをどこかへ連れていったりしないわよね、ママ?」

「そんなことは絶対に起こらないわ!」エミリーは強い口調で言った。「わたしの大切な子なんですもの」こみあげてきた涙をこらえる。「さあ、夕食の前に手を洗っていらっしゃい。兎《うさぎ》みたいに速くね、フィービー」

ギャビーの心臓は、鼓動が聞き取れそうなほど激しく打っていた。まだ心の準備ができていないし、夜になってもいないのに。蠟燭の明かりに照らされた部屋のなかで服を脱ぐのは気が進まない。でも、これはわたしの務めなのよ、と彼女は自分に言い聞かせた。妻にとって夫の願いは法律も同然だと、お父さまに教えられたじゃないの。

「あなたはロンドンへ戻るまで待つつもりだと言っていたのに」

「いや」クイルが口を開いた。「無理だ」

それきりなにも言わず、ずらりと並んだ真珠のボタンを外していく。

「すぐに夕食の鈴が鳴るわ。わたしたちが行かなければ、お母さまは奇妙に思うはずよ」

「母上は自分の部屋で食事をとる」

「そう。でも、レディ・シルヴィアはきっと腹を立てるわ。あなたは彼女をもてなす立場だもの」

「ばかばかしい。称賛される可能性のほうが高いな。きみは気づいていなかったかもしれないが、今日の午後の彼女はぼくに一刻も早く跡継ぎができることを期待していたよ」

クイルはギャビーのドレスを前に引っぱり、彼女を立ちあがらせた。黒いドレスがするりと床に落ちる。次にギャビーの向きを変えさせ、コルセットのひもをほどき始めた。

ギャビーは呆然《ぼうぜん》としたまま、刺繍の施された上掛けを見つめていた。

「こんなのは間違っているわ。あなたはどうやってサウサンプトンまで行くつもり？」

「ピーターが母上とレディ・シルヴィアに同行してヨーロッパ大陸へ行くことになったから、ぼくが付き添わなければならない理由はなくなった」

「頭痛が起こってもかまわないの？」

返事はなかった。コルセットが外れ、床のドレスの上に落ちた。今やギャビーが身につけているのは薄いシュミーズ一枚きりだ。

クイルが彼女をゆっくりと振り向かせた。ウエストのところをひもで結んだシュミーズは、そこから床までひだになって広がっていた。彼がギャビーの肩に触れ、短い袖を通ってむき出しの腕へ両手をすべらせた。

クイルの灰色がかった緑の瞳は退廃的な色を帯び、経験のないギャビーでさえそこに浮かぶ欲望を読み取れた。「そんな目で見ないでほしいわ」彼女はささやいた。

「無理だよ。きみはもうぼくのものなんだ。それに、きみは美しい」クイルの手がウエストまでおりた。

「今はこんなことをしないほうがいいと思うの。時も場所もふさわしくないわ」ギャビーはきっぱりと言った。

「うーん」それがクイルの返答だった。彼の親指が胸の頂をかすめたとたん、ギャビーは体が熱くなるのを感じ、同時にひどく恐ろしくなった。

「クイル、聞いているの？」ギャビーは体のなかに、とりわけウエストから下にわき起こってきた興奮を無視しようとした。

問いかけには答えず、クイルはギャビーをベッドへ導くとそのままうしろへ押した。彼の膝がギャビーの脚を割って……彼女に触れた。

「クイル！」

「聞いているよ」クイルが物憂げに答えて頭を傾け、前と同じようにシュミーズの上からギャビーの胸の先端を口に含んで舌を這わせた。

ギャビーはこみあげてくるパニックの感覚を抑えようと、大きく息を吸った。なにがそんなに恐ろしいの？　例えば……痛み。決心がつき、彼女はクイルの肩を押して胸から離そうとした。やめさせなければ。彼は理性的にものが考えられなくなっているに違いないわ。

そのとき、クイルが突然顔をあげたかと思うと、もう片方の胸に移ってその先端を吸った。濡れた乳首を大きな手が荒々しく愛撫し始める。恥ずかしいことに、ギャビーの喉からかすれた声が飛び出した。

ショックを受けたことによって、ギャビーは力を得た。「いや！」彼女がすばやく身をよじって横を向くと、クイルが驚いた様子で手を離した。ギャビーはよろめいてベッドを離れた。

「こんなことは認められない」下半身のうずきを無視しようと努めながら言った。「まだ話し合っていない――」

「理性的にはね」クイルが口をはさんだ。悪魔のようににやりとしてベッドに横たわる彼はとても官能にあふれていて、刺激的で、男性そのもので……。困惑と渇望が入りまじり、ギャビーは泣き出してしまいそうだった。

「このまま続けるのはよくないわ。あなたは何日も旅行できなくなる。ロンドンの仕事はどうなるの？」

クイルは立ちあがってベストのボタンを外すと、床にあるギャビーのドレスのそばに放り投げた。

「わたしはいやなの！」必死になって言いながらも、ギャビーはリネンのシャツを頭から引き抜くクイルを魅入られたように見つめた。引きしまった筋肉に覆われたクイルの体は、彼女自身のものとはまったく違う。ギャビーは血管が熱く脈打つのを感じた。

クイルはまだ笑みを浮かべている。大胆不敵な笑みだ。

「まだ明るいのよ。暗いところで、ちゃんと上掛けをかけないと。そんなふうに裸になってはいけないわ。あなたの寝間着はどこ?」ギャビーの声は高くなった。「またそんな目でわたしを見て!」

「きみだってぼくを見ているじゃないか」クイルの口調は穏やかだった。今度はブーツを脱ぎ始めている。

ギャビーの目が涙でかすんだ。まばたきをして涙を振り払うと、彼女は腕で胸を隠した。

「なぜそんなに恥ずかしがるんだい?」

ギャビーの喉からすすり泣きがもれた。「わたし……いやなの」思わず叫んでいた。

「どうしていやなんだ?」ギャビーがほっとしたことに、クイルの声から誘惑の響きは消えていた。

だけど、なんて言えばいいの? 彼女はつかえながら話し始めた。「わたしたちがしているのは恥ずべき行為よ。こういうことは暗闇《くらやみ》で、ベッドのなかで上掛けをかけてするべきなのに。あなたが望むなら、わたしに触れてもかまわない。あなたは夫だから、わたしには拒めないもの。でも、そんなふうに見るのはだめよ。わたしの服を……明るいところで脱がせてはいけないの」

クイルがため息をつき、ベッドへ戻って端に腰をおろした。「ここへおいで、スウィートハート」彼は腕を広げた。

ギャビーはクイルの胸をちらりと見て首を振った。「あなたの頭痛は不埒な行いのせいじゃないかしら。キリスト教徒らしくないわ」張りつめた声で真剣に言った。

「キリスト教徒？」クイルが身を乗り出してギャビーの手首をつかみ、彼女をゆっくり自分のほうに引き寄せた。ギャビーはしかたなく彼の膝の上に腰をおろしたが、背中をまっすぐ伸ばし、むき出しの胸に触れないよう気をつけた。悔しいことにギャビーの指は彼女の意思を裏切り、クイルの胸に触れたくてうずうずしていたが。

「わたしたちがしているのは異教徒のふるまいよ」ギャビーはみじめな気持ちでささやいた。クイルにあてつけて、〝わたしたち〟という言葉を使う。だが、はっきり言って野蛮なのは彼のふるまいだ。「故郷の……インドで……父が言っていた……」彼女は口ごもった。

「父上がなんて言ったんだい？」

「川のほとりで愛し合っているところを目撃された男女がいたの」恥ずかしさのあまり、声が小さくなった。「父は教会でふたりを名指しして立たせ、天罰が下るだろうと言ったわ」

「それで、そのとおりに罰が下ったのか？」クイルの声には強い怒りがこもっていた。

ギャビーは身震いした。

「いいえ。だけど、ふたりは村を出ていかなければならなかったわ」

「きみの父上は……」クイルは言いかけたが、言葉を切った。ギャビーに腕をまわし、柔らかな髪に顎をのせる。「きみは父上が好きかい、ギャビー？」

「好きになる必要はないわ。ただ従えばそれでいいの」

「これまでずっと従ってきたのか？」

沈黙が広がる。「いいえ。父にとってわたしは悩みの種だったわ」ギャビーがはっきりと言った。

「どうして従わなかったんだ？」

体の力を抜いてクイルの胸にもたれかかっていることに、ギャビーは気づいていない様子だった。一方クイルは、彼女の柔らかな息のひとつひとつまで意識していた。長年の痛みに耐えて身につけた自制心を慎重に働かせる。「どうして従わなかったんだ、ギャビー？」彼は繰り返した。

「父はときどきとても厳しくなるの」ほとんど聞き取れないほど小さな声でギャビーが言った。「残酷になることがあるのよ」

クイルは自分でも驚くほど冷静な声が出た。

「そうらしいな。どんなふうに残酷になるんだい？」

「わたしたちが住んでいるのは小さな村なの。父は宣教師としてやってきて、家と教会を建てたわ」ギャビーが説明した。

「それで？」

「さっき話した男女なんだけど、村に住んではならないと父が宣告したの。さもないと、サリタのせいでほかの女性たちまでけがれてしまうからと。父はサリタと彼女の夫にひと晩じゆう懺悔《ざんげ》をさせて、なにも持たせず村から追い出したわ。ふたりがどこへ行ったのかはわからない」ギャビーの声が弱々しくなった。「正しい行いとは思えないわ。サリタはわたしの友だちだったのに。彼女は……娼婦なんかじゃなかった。でも、父はサリタをそう呼んだの」

「それで、きみはどんなふうに逆らったんだい？」

「使用人にサリタの身のまわりのものをまとめさせたの。父は処分するためだと思っていたわ。だけど実際は、荷物を彼女の家族のところへ送ったのよ」

「父上は気づいたのか？」

「どうかしら。イングランドへ来るために、カルカッタへ向けて村を離れる直前の出来事だったから」

「村の女性たちと親しくつきあうのを許されていたとは驚きだな」

「許されていたわけじゃないの。それに、サリタは本当の意味で友だちとは言えないわ。わたしはふたりの使用人を持つことが許されていて、彼女たちが毎日村の様子を……サリタたちのことについても話してくれたの。そうやってずっと話を聞いていたから、サリタと友だちになったような気がしていたのよ。彼女は同じくらいの年で、わたしを見かけるといつも笑いかけてくれたわ」

「友人はひとりもいなかったのか？　以前きみが話していた、パパイヤを食べられない女性は？」思わず自分が誇らしくなるほど、クイルは落ち着いた声を保っていた。

「彼女の名前はリーラというの。リーラは……いいえ、わたしには話ができる友だちはいなかったわ。ジョホールが亡くなってからはひとりも」

クイルは記憶をたどった。「誰だって？」

「覚えていない？　病気で亡くなった友人がいたと話したでしょう？　ジョホールはスダカールの息子で、スダカールは最高位のバラモン・カーストに属しているから、父は彼と遊ぶことを許してくれたのよ。でもジョホールが亡くなったあと、村にはわたしの遊び友だちとしてふさわしい子がいなくなったの。ほかの子供たちがどんなふうに遊んでいるか、乳母が教えてくれたわ。だからわたしはサリタとリーラを友だちのように感じていたの。ふたりと口をきいたことは一度もなかったんだけど。寂しくはなかったわ。カーシー・ラオの面倒を見ていたし」

クイルの欲望はすでに消え、代わりに激しい怒りがこみあげていた。「正しく理解させてくれ」彼はゆっくりと口を開いた。「父上はきみに、知的障害のある甥のほかは誰とも仲よくなることを許さなかった。それからたわいもない理由で、身のまわりのものすら持たせずに村人を追い出した」

「そうよ」

「ギャビー、申し訳ないが、きみの父上みたいな人たちがいるから、ぼくは東インド会社の株を売ったんだ。インドにはまるで王にでもなったかのように、傍若無人なふるまいをして暮らすイングランド人が多すぎる。ならず者ばかりだ」

クイルは妻の顎を手で包んだ。「ギャビー？」

ギャビーの美しい瞳は涙できらめいていた。クイルは彼女のまぶたに口づけて閉じさせた。「ぼくたちは話し合う必要がある……理性的に」かすかに笑みを含んだ声で言う。「どうやらきみの父上は料簡《りょうけん》の狭いろくでなしらしい。目を開けてごらん、ギャビー。ぼくはガンジス川のほとりできみと愛し合う」彼はかすれた声でささやいた。「ハンバー川のほとりや、裏の庭園でだってかまわない。いや、やはりぼくたちが生きているあいだに必ず実行しよう。明るい日の光のもとできみと愛し合うんだ。必要なら、コズワロップやほかの使用人たちが見ている前でも」

ギャビーが口を開いた。クイルは指先で彼女の唇に触れた。「わかった、コズワロップは近づけないことにする。確かにあいつのうっとうしい顔がそばにあったら、気分がそがれてしまうな。だけどぼくが言いたいのは、神は愛し合うぼくたちを祝福するはずだということだ。場所がどこであろうと。明るい場所でも暗闇でも、シーツの下でも、あるいは泥だらけの川岸だろうと関係ない。きみの父上が考える罪の概念は、狭量で偏見に満ちている」

ギャビーが口もとをゆがめてほほえんだ。「スダカールみたいな言い方だわ」

「バラモンの？」

彼女がうなずいた。「毎週木曜日の夜、彼は父とチェスをするの。父の帰りが遅いときにはいつもふたりで話をしたわ。そういうことはよくあったのよ」

「率直にものを言う人物なんだな」クイルは驚きを覚えた。

「スダカールはバラモンですもの。彼にとっては父のほうが低い位なの……下層の人間なのよ。でも、わたしのことは気に入ってくれていたわ」ギャビーは唇を嚙んだ。

クイルがそっと彼女の背中をなでおろした。「ギャビー、今からぼくと愛し合ってくれないか？　ぼくたちは川のほとりにいるわけじゃない。子爵夫人の寝室はこれまでに多くのデューランドをこの世に送り出してきた。この結婚を成就させるのにここほどふさわしい場所はないだろう」彼の唇が軽く耳に触れると、ギャビーの膝の裏側がかっと熱くなった。

彼女は咳払いをした。「あなたがわたしになにをするつもりか、まずそれを知りたいわ」

クイルが笑って身をかがめ、ふたたびキスをしてきた。ギャビーは彼を押しのけて立ちあがった。「本気よ！　痛みのことを知っておきたいの」

「心配していたのか？」

「もちろんよ」ギャビーはむっとした。「正直なところ、それだけの価値がある行為とも思えないけれど。わたしは痛みに耐えなければならないし、あなたは三日間も頭痛に苦しむことになるんですもの！」

「価値があったかどうか、明日になったらきみに尋ねてみよう」

「あなたが間違っていないなら、明日は暗い部屋で横になっているはずでしょう？」ギャビーはぴしゃりと言い返した。

クイルはそのことについては考えたくなかった。「ギャビー、まったくもってきみの言うとおりだ。理性的に進めよう」

彼の口もとにいたずらな笑みが戻っていた。クイルも立ちあがり、両手を腰にあてた。ギャビーは動けなかった。心臓が激しく打ち始め、今にも口から飛び出てきそうだ。

クイルはズボンを脱ぎ、下着のボタンを外し始めた。

ギャビーの存在を気にするそぶりもなく、白いリネンの布を平然と腰から押しさげる。けれども本当のところ無頓着な態度は見せかけにすぎず、手が震えるのを抑えられなかった。ギャビーはまだ彼を見ていない。クイルは待った。ギャビーの視線がそろそろと彼の体をすべりおりていく。

息をのむ音が聞こえた。

クイルはギャビーに背中を向けて、暖炉のほうへ歩いていった。マントルピースの上に置いてある蠟燭をさらに二本ともし、それを持ってベッドへ戻る。日が暮れ始め、部屋のなかは薄暗くなりかけていた。

炉床の火を大きくしようとクイルがしゃがむと、ギャビーの目は彼の引きしまったヒップに思わず引き寄せられた。

「クイル」弱々しい声しか出せない自分に腹が立つ。

「なんだい？」クイルが立ちあがって振り向いた。まあ、想像していたとおり、彼はとても立派だわ。

クイルが近づいてきた。「きみのシュミーズを取り去る番だよ、ダーリン」

ギャビーはごくりと唾をのみこみ、胸の前で固く交差させていた腕をほどいた。クイルは彼女のウエストのひもを解き、柔らかなひだになったシュミーズを、男らしくたくましい手で引きあげた。視界がさえぎられたかと思うと、次の瞬間、ギャビーは生まれたままの姿で夫の前に立っていた。

　クイルは彼女に触れなかった。息ができなかったのだ。妻の姿を目にしたとたん、全身に暗い炎が押し寄せてきた。ギャビーはとても美しかった。肌はクリームのように白く、なめらかに広がった先には豊かな胸があった。彼女に触れず、肩のうしろに落ちたつややかな髪をなでず、豊かな曲線に手を走らせないでいるのは拷問に等しい。

　暖炉のなかでは薪が小さな火花をあげていた。火明かりが部屋じゅうに広がり、女性らしい真っ白な腰や男性らしく力強い脚の上で躍る。

「さあ、いよいよだ」クイルは優しく言った。「ぼくたちは神によって創《つく》られたんだよ、ギャビー」欲望で喉までがこわばっていたが、なんとか気持ちを落ち着かせた。ギャビーを怖がらせてはいけない。すぐに取りかからなければ。さもないとこれからのふたりの結婚生活のあいだじゅう、彼女の愚かな父親とその意地の悪い考えに悩まされ続けるはめになる。

　つやつやしたまつげがかかるギャビーの頬は深紅に染まっていた。シュミーズを脱がされてから一度も顔をあげていない。クイルは手を伸ばし、そっと彼女の顔に触れた。「ギャビー？　ぼくに気づかれていないと思っていたときは何度も盗み見ていたのに、もう見るのをやめてしまったのかい？」

　ギャビーが答えないので、彼はもう一度からかった。

「きみの好きな、理性的な説明はどうなったんだ？」

「こういうことに理性は存在しないわ」憂いを帯びた瞳をクイルに向けて、ギャビーがささやいた。「裸になるなんて思いもしなかった。こんなふうに、いかがわしいことを……」ふたりの恥ずべきふるまいはとても口にできないと言わんばかりに口ごもる。

「いかがわしくなんかない」クイルはそう言うと、一歩進み出てギャビーのすぐ前に立った。

「暗闇は泥棒やごろつきのためのものだ、ギャビー。きみはぼくの妻なんだ。ぼくは明るいところできみを祝福する」

ギャビーは唇を噛んだ。意思に反して彼女の体は炎のように燃えあがり、これまでの信念を裏切ってゆっくりとクイルの考えに傾きかけていた。正直なところ、暖炉の明かりに照らされた彼の体は少しも罪深いと思えなかった。筋肉のついた美しい肩も、引きしまった腰も。クイルの体も祝福されるべきだ。つらい苦しみを乗り越えて手に入れた、こんなにも美しい体なのだから。

クイルがギャビーの手を取って脚のあいだに導き、情熱の証《あかし》のすぐそばに置いた。

「わかるだろう、ギャビー？　ぼくたちは手と手袋のようにぴったりなんだ」

ギャビーの全身に震えが走った。指が小刻みに震えたが、手を置いた場所から離れることはなかった。

そして……静かに、なんの前触れもなくギャビーは屈した。喉の奥につかえていた羞恥心は消えてなくなった。クイルの目が伝えてくる懇願に、引きしまって雄々しい、傷ついた彼の体に降伏したのだ。彼女は指先でためらいがちに触れた。

彼の体がびくりと跳ね、ギャビーは慌てて手を引っこめた。「痛かった？」

クイルは彼女の手をつかみ、今度は真上に置いた。わき起こった熱が脚の裏側を伝いおりていく。自制心は限界に達していた。

「ギャビー、痛みがあるとは思うが、最初だけだ。こっちへおいで」彼はかすれた声で言い、両腕を広げた。

勇敢なクイルの妻は不安げに喉を鳴らすと、彼の首に腕を巻きつけ、官能的な体を押しつけてきた。

クイルはギャビーの首に口づけた。小さなキスで無心に肌をたどり、彼女の体を通して思いを伝える。彼は片手をギャビーの背中にまわし、もつれる巻き毛を払いのけて、むき出しのヒップへとすべらせた。

ギャビーは目を閉じた。そうしていると、まるで暗闇のなかにいるみたいだ。彼女はクイルの手に神経を集中させ、彼がどんなふうに抱きあげてベッドまで運び、肌と肌を触れ合わせるかだけを感じていた。ベッドに横たえられても目を開けなかった。まぶたの内側に見えるヴェルヴェットのような闇のなかでは、夫の唇が首筋をたどり、そのあとに歓びのつぶやきを残していっても、少しもいかがわしく思えない。唇が乳房に到達すると、つぶやきがささやきに変わり、全身に広がっていった。

たくましい両手で胸を包みこまれたのがわかった次の瞬間、クイルの息が肌をかすめたかと思うと、胸の頂を口に含まれていた。ギャビーは背中をそらして唇から不明瞭な言葉をこぼし、両手で彼の肩をきつくつかんだ。

それでもまだ目を閉じ続けていた。見えないのをいいことに腿に触れる高まりを心に刻み、脚のあいだで動くクイルの手を感じ、彼の指先が引き起こす小さな震えに耐えた。ギャビーはみずからの乳房の重みを、下腹部の燃えるような熱さを意識した。たくましい手に脚を開かれて思わず息をのむ。言葉にならない懇願が喉から飛び出した。もはや恥ずかしさの居座る余地はなく、血管を駆けめぐる熱い炎と、腿のあいだにたまっていく強い欲求しか感じられない。なにも考えず、彼女はクイルの指に向かって腰を持ちあげていた。

「ギャビー、目を開けてくれ」

ギャビーはクイルの声を無視してまぶたを閉じたまま動き、彼の指が与えてくれる甘美な刺激を無言で求めた。

「目を開けるんだ！」クイルは息を切らし、喉の奥からうなりをあげた。

ついにギャビーはまぶたを開けた。目の前に肘で上体を支えた夫の顔がある。欲望で黒ずんだ瞳に髪が落ちかかっていた。彼女は口を開いて唾をのみこみ、本能的にみずからをクイルに押しつけた。指ではなく、彼の欲望の証に。

「お願い」声はひび割れ、あえぎに変わった。

クイルの顔に官能的な笑みが浮かんだが、ギャビーは気にしなかった。もっとクイルが欲しい。もっと強く押しつけ、触れ、入ってきてほしい。

そのとき、彼がやってきた。真昼の盗賊のように、日の光を浴びた悪魔のように。暖炉の明かりに顔と肩を照らされて目を開けたクイルが、このために創られ、このために機能することを、理性のうえでも論理のうえでもはっきりさせて突き進んできた。

痛い。

強烈な痛みだ。きっとクイルも痛みを感じているに違いない。彼の顔は苦しそうだった。ギャビーもできるものなら抵抗していただろうが、彼女の体はクイルの体重で押さえこまれ、体内に感じる彼の存在によって動きを封じられていた。ギャビーが口を開こうとしたとたん、クイルがほんの少し動いた。

彼はギャビーの額に、両頬にキスをした。唇を重ねたときだけ、クイルはふたたび前に突き進んだ。一瞬走った痛みに、ギャビーは息をのんだ。けれども返ってきたのは、とらえどころのない、心地よいうずきだった。彼女は自分からクイルにキスをした。唇が甘く合わさると、全身が震えながら高みへとのぼり始めた。彼がまた押し入ってくる。今度は……痛みを感じなかった。代わりに体の奥深くをすさまじい快感が稲妻のごとく駆け抜け、止まらない震えにとらえられた。

クイルは再度動きを止め、頭のなかで一〇まで数え始めた。ギャビーの体はとても小さかった。慣れる時間を与えなければならない。ところが七と八のあいだで彼女がぎこちなく動き、不慣れな様子ながらも体を突きあげた。途切れ途切れに彼の名を呼ぶその声に痛みは感じられず、ただ歓びだけが伝わってきた。クイルは頭をさげてギャビーの唇をふさぎ、激しく分け入った。それから後退しては、彼女の中心に強く速く何度も突き進んでいく。官能の歓びにすっかり身を任せたギャビーは、クイルに向かって背中をそらし、彼の動きに合わせるたびに、体のなかで甘美なうずきが高まっていくことに気づいた。呼吸が喉に引っかかり、すすり泣きに変わる。全身が燃え盛る炎とダンスを踊っていた。

悪魔の娘――父によくそう呼ばれていた――はついに自分の翼を見つけたのだ。ギャビーは目を閉じた。もはや視覚は必要ない。体の持つ秘められた力が心とつながり、あらゆる神経が歓びを鋭く叫んでいた。ギャビーはクイルに身を投げ出した。ふたりの動きが同じリズムを刻む。

そのとき、クイルがギャビーの腰をつかんで持ちあげてあえいだ。「今だ、ギャビー！」彼女は一瞬もためらわず、父に教えられた第一の教え――なによりもまず夫に従え――を実践した。体が弓なりにそり返る。クイルのうなりに応じるように、口から叫びがほとばしるのがおぼろげにわかった。

みだらで罪深い行為ではないかという疑問に対する答えは、歓びが奏でる美しい音楽となって現れた。

終わりのときを迎えたクイルは、妻の上に崩れ落ちた。ギャビーは彼の重みを気にしていないらしい。肌がうっすらと汗ばみ、輝いて見える。額に唇をつけると、塩辛い味がした。

ギャビーが目を開けた。放心状態の瞳がきらめいている。「以前あなたが言おうとしていたことがやっと理解できたわ」彼女が声を出すと、クイルの頬に息がかかった。

彼はギャビーと指を絡めて続きを待った。

「わが体をもって汝をあがめん」ギャビーはささやいた。まるで祈りのように心の奥からわきあがってきたその言葉が、父の説教や叱責を洗い流していく。「結婚の儀式にすべてこめられていたんだわ。そうでしょう？」彼女は感嘆して尋ねた。

クイルは握った手に力を入れた。まだギャビーのなか深くに身をうずめたままで、口をきくのが難しかった。

「頭はまだ痛くないわよね、クイル？」

「ああ」今はまだこの瞬間を手放したくない。眠りに落ちてしまえば、目覚めたときには頭痛に襲われているとわかっていた。すでに視界の隅をよぎる紫色のかすかな光が見え始めている。続いて痛みがやってくるという警告だ。

クイルは体を前に揺らした。

ギャビーが驚きに目を見開き、反射的に身を震わせた。

もう一度動く。今度は深く、気だるげな誘惑をこめて。

「まあ」彼女の口からため息がもれた。

「きみの言うとおりだ」クイルはつぶやいた。

17

早朝に目覚めたクイルは、開けたまぶたをすぐさま閉じた。偏頭痛にとらわれているときに光は耐えられない。心臓が打つたびに、ずきずきする痛みがこめかみに走った。これまでの経験から、まもなく胃がよじれるほどの吐き気に襲われるとわかっていた。

彼が頭をめぐらせると、たちまち痛みが首や肩まで広がった。だが、目の前にはギャビーがいた。横向きになって体を丸め、くしゃくしゃに乱れたつややかな巻き毛が顔を覆っている。クイルの位置からは、なまめかしい曲線を描く下唇だけが見えた。

別の部屋へ移らなければ。こんな姿を彼女に見せるわけにいかない。うめき声を押し殺し、クイルは片手を伸ばして呼び鈴のひもを探った。しばらくしてドアが開く音が聞こえると、目を閉じたまま吠えるように言った。「ここから出してくれ」

五分後、クイルは可能なかぎり心地よく感じられる体勢で横たわっていた。そうはいうものの、自室へ戻る途中で、前の晩遅くにギャビーと一緒にとった食事を戻してしまったのだが。

濡らした布を目にあてて猛烈な吐き気と痛みに耐えながら、彼は板切れのようにじっとしていた。苦痛に押しつぶされ、口のなかに酸っぱいものを感じる。その味のせいで不快なむかつきがおさまらなかった。ギャビーの隣に戻りたい――戻る必要がある。

もしそうできたらギャビーをキスで起こし、目が覚めきらないままの状態で朝に愛し合う喜びを教えたい。沐浴《もくよく》する彼女を手伝い、豊かな曲線のすべてを自分の手で洗うのだ。けれどもふたりが禁欲しないかぎり、朝になって目を覚ますギャビーの姿をクイルが目にすることはありえない。その事実を受け入れるのは難しかった。不公平だ。だがそう思って歯ぎしりをするだけでも、こめかみに強烈な痛みが押し寄せてくる。彼は長いあいだ訓練して習得した方法で、体から力を抜いてじっと横たわった。不快な経験を重ねた結果、どんな形であれ動くと、偏頭痛が一週間近くおさまらなくなると気づいていた。

頭痛の発作に耐える以外はなにもできず、やがて時間の感覚がなくなった。身動きするのは、ベッドの脇に乗り出してたらいに吐くときだけだった。およそ一時間おきに医師のウィリスが部屋にやってきて、頭にのせる布を替えてくれた。

そういうわけでギャビーが忍び足で現れたときも、それが何時ごろなのかクイルにはわからなかった。やってきたのが彼女だと気づいたとたん、クイルは体をこわばらせた。ウィリスが入室を許したのか？　彼にそんな権利はない。ギャビーの前で吐くのはごめんだ。

しかし、どうしようもなかった。本能的に身をこわばらせたせいで内臓が刺激されたのか、まだ妻とひと言も交わさないうちに、クイルはベッドの横に身を乗り出していた。彼女のドレスを汚していないといいのだが。彼は目を開けなかった。ギャビーの顔に浮かぶ嫌悪の表情をわざわざ確かめる必要はない。見なくても簡単に想像がつく。

クイルはふたたび仰向《あおむ》けに横たわり、声に出さずに自分自身をののしった。どうして結婚しようなどと考えたのだろう？　自分が結婚に不適格なことくらい、いやというほど承知していたはずだ。男としての務めも果たせないのに結婚して妻を苦しめるとは、いったいぼくはどれほどの悪党なんだ？　欲情して妻をめとるのは、神に見捨てられた堕落した者がする行為だ。その女性の将来の幸せを考えもせずに結婚するなんて。

「ここでなにをしているんだ？」クイルはかすれた声でつぶやいた。

「あなたの様子を見に来たの」ギャビーは彼の冷淡な挨拶にも動じていない様子だった。木の床をこする音がして、椅子がベッドに近づけられたとわかる。その音で、クイルの頭蓋骨の内側に突き刺さるような激痛が走った。

彼がはっと息を吸いこんだことに、ギャビーは気づいたらしい。

「ごめんなさい、クイル。これ以上音はたてないから、数分だけここにいてもいいかしら？」

クイルは驚き、懸命に気持ちを落ち着けようとした。偏頭痛に襲われると、嗅覚《きゅうかく》が耐えがたいまでに鋭くなる。においを嗅《か》ぐと――どんなにおいであろうと――吐き気に襲われるのだ。ところが、ギャビーの香りは違った。入浴してきたばかりのようで、あたりにジャスミンの香りが漂っていた。ジャスミンと、柔らかくけがれのないギャビー自身の香りだ。

「あなたのお母さまとレディ・シルヴィアとピーターはサウサンプトンへ向けて出発したの。お母さまは、あなたに愛していると伝えてほしいとおっしゃっていたわ」ギャビーの声はささやきに近かった。そして、急いでつけ加えた。「よかったら、お話をしましょうか？」

ギャビーは恥ずかしそうだ。クイルには妻が両手をよじり合わせ、頬をバラ色に染めているに違いないとわかった。

「看病はあまり得意じゃないんだけど、カーシーは病気がちだったから、わたしはよくお話を聞かせて彼の気を紛らせたわ」

クイルはイエスと言う代わりに黙ったままでいた。

「あなたはインドの物語が聞きたいんじゃないかと思ったの」ギャビーが言った。「わたしの乳母《アーヤ》がしてくれた話よ。カーシーに話しているうちに少し変わってしまったけど、物語ってそういうものでしょう？　この話は結末と同じ場所から始まるの。バラーアンポアの外れにある大きな宮殿よ。宮殿の片側にはボホグリティーと呼ばれる暗くて曲がりくねった川が流れていて、もう一方には小鳥を売る市場があった。宮殿にはアーチのついた大きな大理石の柱がたくさんあって、門の外で売られているのと同じ小鳥の絵がそこらじゅうに飾られていたの。アーチの上のほうからは朝も夜も、小鳥の美しい鳴き声に似せて楽団が演奏する、さまざまな楽器の音が聞こえてきたわ」

クイルは以前からギャビーの声を官能的だと思っていた。快い調子があってよく響き、ハスキーだ。こうやって耳を傾けていると、彼女の声がまるでハープのような、一種の楽器の役割を果たしていることがわかる。

「その宮殿にひとりの王子が住んでいたの」ギャビーが続けた。「彼は誰よりも美しい声で歌い、インドでもっとも優れた楽師でもあったわ。名前はママラー・ダウラといって、彼に演奏できない楽器はなかった。あまりにすばらしい演奏なので、石までもが涙を流したそうよ。その音楽を聴こうと、インドのあらゆるところから人々が押し寄せてくるほどだったの。ママラー・ダウラはこのうえなく優雅で贅沢な暮らしをしていたわ。住まいを飾るために、大地がみずからの宝物を与えていた。彼は銀糸で刺繍を施した、鮮やかな深紅のヴェルヴェットで作った靴を履き、旅をするときはつねに二〇人か三〇人の召使を連れていたの。ママラー・ダウラはとびきり裕福だったのよ。それに並外れて愚かでもあった」

クイルは無言のまま、ぼんやりとかすみがかかった意識のなかにいた。いつもの偏頭痛の発作に伴う、怒りに満ちた孤独で無気力な状態とは似ても似つかない。インドの王子の偉業に魅了されながら一時間ほどたったころ、彼は深い眠りに落ちていた。いつものように、うとうとしては痛みに目覚める浅い眠りではなく。

ギャビーはその夜また戻ってきて、クイルの手を握りながらママラー・ダウラの一三歳の誕生日に起こった出来事を話してくれた。どうやら木の女神であるサカンバーリが、この世でもっとも美しい音楽を奏でる楽器をママラー・ダウラに与えることにしたらしい。だがサカンバーリは彼に、虚栄心を満たすためにそれを使えば、頭にとてつもない痛みを感じることになるだろうと警告した。

クイルの口の端が持ちあがった。ギャビーは、その新しい楽器でママラー・ダウラが奏でるすばらしい調べについて夢中で語っている。

クイルはついに口を開いた。久しぶりに発した声はかすれて耳障りだったが、かまわず続けた。「わかったぞ。その楽器は笛だな、ギャビー？」

濡らした布で目を覆っていなければ、きっと妻の顔に浮かぶえくぼが見えただろう。「そうかもしれないわね」ギャビーが言った。「インドの楽師たちは美しい音楽を演奏するから……笛で」

翌朝までには痛みがおさまり始め、クイルはギャビーのいる前で嘔吐《おうと》しなくなった。残念ながらママラー・ダウラのほうは虚栄心を抑えられず、美しい笛は次から次へと容赦なく彼に頭痛の苦しみを味わわせた。

あとになって振り返ると、クイルの発作はこれまでときっかり同じ期間続いた。ところが、つらさは確実に軽減していた。それがどうしてなのか、自分をごまかすつもりはない。彼はギャビーに慰められた。優しい香りに、それよりもっと優しい声に、そしてクイルを楽しませるために考えてくれたたわいもない話に癒《い》やされた。そして、自分が彼女に値しないと悟った。真っ黒な夜のなかで壁を見つめていた彼の胃は収縮を繰り返していたが、それは吐き気のせいではなく、自己嫌悪のせいだった。ギャビー、美しいギャビー。彼女には同じように優れた体を持つ男がふさわしい。だがその男のことを考えるだけで、クイルの全身の筋肉がこわばった。ギャビーの魅惑的な体にそんな男を近づけたりするものか。その前に、そいつを殺してやる。彼女はぼくのものだ。

朝になるころには心にぽっかりと穴があき、自分をひどく当惑させる罪悪感をなんとか脇に押しやることに成功していた。クイルは今の状況を正当化した。どんなレディも本当は性的な交わりが好きではないのだと。そんなことは誰もが知る事実だ。クイルが偏頭痛に苦しむ姿にギャビーは間違いなくショックを受けたはずだが、脚の悪い夫から何日か解放されて楽しめるのだとそのうち学習するだろう。彼女にとっても好都合だと。

クイルは震えながらベッドを出て、ギャビーと一緒にロンドンへ向けて出発した。数時間もすると、彼女はクイルの肩にもたれて眠ってしまった。疲れている理由はわかっていた。夜中にクイルの頭を冷やす布を取り替えてくれたのはウィリスだけではない。ギャビーも彼の様子を見に来てくれた。クイルはまたしても膨らんできた罪の意識を、断固として抑えつけた。

結婚や愛するという考えはずいぶん前に捨て去った。くよくよ考えて時間を無駄にする暇はない。妻に依存されるのは面倒に違いないと思ったことを覚えている。

けれども、依存する危険性があるのはぼくのほうだ。おしゃべりで甘い香りのする妻の存在を自分がどれほど切望しているか、考えると怖くなる。胸にもたれてきたギャビーに〝愛しているわ〟とささやかれた瞬間、心臓の一部に奇妙なうずきを覚えた。たとえその言葉が、ロマンティックなギャビーの心が作りだした戯言にすぎないとわかっていても。

実のところ、眠っている彼女を見つめながら、頭の上でまとめた髪から柔らかな巻き毛がこぼれ落ちている姿を見つめながら、クイルはもう少しで愚かにもささやき返してしまうところだった。

もう少しで。

ロンドンに着いたのは、夕食にはまだ十分余裕がある時間だった。クイルは先に馬車をおり、ギャビーに手を貸すためにうしろを向いた。そのとき、ふと背後で気配がしたので、彼女の温かな腕を袖に感じながら振り返った。そこには、屋敷へ続く大理石の階段の両側にきちんと整列した、上級使用人たちの姿があった。階段のいちばん上では、コズワロップが威厳たっぷりに控えている。

執事が階段をおりてきた。「お待ちしておりました、デューランド子爵」厳かに言い、お辞儀をして続けた。「レディ・デューランド」

予想もしていなかった光景に驚き、クイルは呆然とした。もちろん、今では彼の屋敷だ。そして彼とギャビーの使用人たちだった。

そばではギャビーが会釈をして歓迎に応じていた。「コズワロップ、悲しいときなのにこうしてわたしたちを出迎えてくれるなんて、本当に優しいのね」彼女はよく通る声で言った。使用人たちはみな満足そうに新しい女主人を見つめている。

クイルは気を取り直し、妻を階段のほうへ導いた。

「みんな、ありがとう。こちらは妻のデューランド子爵夫人だ」

エプロンの下に両手を入れたミセス・ファーソルターが進み出た。「いつでもご都合のよろしいときに、喜んで家計簿をお見せいたします、奥さま」彼女は大きな鍵束を差し出した。

「子爵未亡人はお屋敷を離れられる際には、いつもわたしにこれをお預けになりました。当然ながら、今はあなたのものでございます、奥さま」

「まあ」ギャビーが言った。「ミセス・ファーソルター、明日朝食のあとで時間を取ってもらえるかしら？　家事の能力はあなたのほうがはるかに勝っているから、わたしから提案することなんてなにもないと思うけど、可能なかぎりお手伝いできればうれしいわ」

ミセス・ファーソルターが笑顔になった。

「一時間ほどで軽いお食事をご用意いたします。よろしいでしょうか、奥さま？」

クイルはギャビーに向き直って腕を差し出した。彼女が袖に指をかけると、ふたりで玄関へ入っていった。ぼくの玄関だ、と彼はぼんやりと思った。

「夕食の前に休みたいかい？」

「ありがとう。疲れてはいないの。でも、お風呂に入りたいわ」

コズワロップが湯を取りに行くよう従僕に命じ、屋敷内は若干騒がしくなった。

ギャビーが階段をあがり始め、クイルはすぐあとに続いた。二階に到着したギャビーが以前の部屋へ向かおうとしたので、彼はそっと引き留めた。

「使用人たちがきみの持ち物を子爵夫人の部屋へ移すはずだ、ギャビー」

彼女は唇を噛んだ。「お気の毒なあなたのお母さま……」

「そういうものなんだよ」クイルは言った。「母はいつでも好きなときにここを訪れて、いちばん立派な客間を使えばいい。だが、主寝室はもうぼくたちのものだ」

だ。「妻が服を着るところを見られないなら、続きのドアがあっても意味がないだろう？服を脱ぐところでもいいけれどね」

彼は頭をさげてギャビーにキスをした。短くはあったが、その先を約束する官能的なキスだ。

ギャビーは慌ててうしろへさがったので、クイルの腕を振り払ってしまった。「ドアが閉まっていれば同じよ」彼女はきっぱりと言った。頭がどうかしているのでないかぎり、夫を苦しめるとわかっている行為をする者はいない。クイルの体を三日間もさいなむ発作を、わたしが進んでまた引き起こさせると思っているなら、彼は考え直したほうがいいだろう。

だが、人目のある廊下で議論をしてもしかたがない。ギャビーは威厳をかき集めて子爵夫人の部屋へ向かった。夫がすぐあとからついてくる。彼女がなかへ入ると、クイルも入ってきてドアを閉めた。

ギャビーはため息をついた。「旅の汚れを落としてなにか食べてから話し合うほうがいいと思わない？」暖炉の前に置かれた、金めっきの施された椅子を調べるふりをして、彼女は部屋を横切った。

「今、話し合うべきだ」クイルが返答した。

ギャビーは振り返った。ローズウッドの書き物机の、磨きこまれた表面を指先でなぞる。「あなたの頭痛の原因となるような行為にふけるわけにいかないのは明らかだわ」

「明らかなことなどなにもないと思うが」クイルの声はこわばり、怒っているように聞こえた。

「わたしには議論の余地はないと思えるけど。なにかが……」ギャビーは口をつぐみ、慎重に言葉を選んだ。「夫婦の行為のなにかがあなたの偏頭痛を引き起こすのよ。治療法が見つかるまでは、それを繰り返すべきじゃないわ」

「冗談じゃない。ぼくが治療法を探さなかったとでも思うのか？」クイルが言い返す。

「もっとやってみるのよ」ギャビーはかたくなに主張した。「わかっているわ、クイル。あなたはわたしに話す気になれなかったのね。だけどこの国にも外国にも、あなたの症状を治せるかもしれないお医者さまは大勢いるわ」

クイルは腕を組んでマントルピースにもたれかかった。「偏頭痛の分野では、オーストリアのヘベルデンが権威だ。彼をイングランドに呼んで、ぼくを診た医者たちと意見交換をさせたよ。ヘベルデンは出血が問題との見解を出した」

彼は冷ややかにほほえんだ。「そんなことならとっくに知っていたよ。その前の年に、頭のあらゆる部分に蛭《ひる》を吸いつかせる治療法も試していたからね。ヘベルデンの主な治療はキナ皮の調合薬の処方だ。それも効果がなかった。ギャビー、彼はぼくがすでに試した治療法の多さに驚いていたくらいなんだ。カノコソウにミルラ、ジャコウ、ショウノウ、アヘン、ドクニンジン……くしゃみ粉まで試したよ。バースの怪しげな医者には、ドクニンジンとバルサムで作った湿布を全身に貼《は》りつけられた。おかげで、松林みたいなにおいが何日も取れなかった」

ギャビーは唇を噛んだ。

「ドクター・ヘベルデンには、樹皮を使うほかになにか案はなかったの？」

「発作が起こったら、耳のうしろに発泡膏《こう》を貼るように勧められた」クイルは唇をゆがめて皮肉な笑みを浮かべた。「ぼくの身のまわりに発泡膏がないのを見れば、効果があったかどうかわかるはずだ。次にヘベルデンが勧めたのはアヘンだったが、女性とベッドをともにする代償として中毒になるのにはどうしても耐えられなかった。そのあと、ぼくは今の症状をありのまま受け入れて生きていくほうがいいと判断したんだ。実を言うと最後にのんだのは、母がブラックフライアーズの偽医者から買ってきた奇跡の薬とかいうものだった。二週間後、ぼくは意識が混濁した状態からやっと回復したと医者に告げられたよ。その薬のせいで危うく命を落とすところだったと。それでも偏頭痛は治らなかった」

ギャビーはスダカールに手紙を書いたことをクイルに言おうかと考えたが、やめておいた。クイルは恐ろしく頑固な顔をしていた。

「ぼくはこれ以上どんな薬ものまないと誓ったんだ、ギャビー」彼は咳払いをした。「ぼくのこの弱点がきみの幸福に影響することには気がついている。きみと結婚するべきではなかったのかもしれない」

「まさにそこなのよ」ギャビーは言った。

クイルは心がひどく沈みこむのを感じた。皮肉な笑みが消えて顔がこわばる。もちろん、ギャビーが正しい。彼女にはぼくを怒鳴りつけ、ぼくのもとを去り、ぼくと離婚する権利がある。彼女の当然すぎる非難の前には、どんな言い訳も説得力がない。

「あなたはわたしと結婚したの」ギャビーが指摘した。「だからもうあなたのではなく、わたしたちの問題になったのよ」

「きみの論理にはついていけない」クイルはことさら丁寧な口調で言った。「ぼくの症状のせいできみに迷惑をかけずにすむなら、どんなにいいか。症状が現れているあいだは、きみにそばにいてもらう必要もないし、要求もしない」鼓動が遅く重くなり、地面に根が生えてしまった気分だ。

ギャビーが彼をにらみつけた。「偏頭痛に襲われたあなたの様子のことなんて、わたしはひと言も言っていないわ。あなたひとりの問題というよりむしろ、わたしたちふたりの問題だと言ったの。ふたりが協力して対処するべき事態だという意味よ」

「誰も……もちろん妻もぼくに決定を覆させることはできない」クイルは食いしばった歯のあいだから言葉を絞り出した。「なんであろうと、これ以上いいかげんな治療は受けない。これが現状で、きみはそれに甘んじてやっていくしかないんだ」

ギャビーは首から上にゆっくりと熱がのぼってくるのを感じたが、なんとか怒りを抑えこんだ。「あなたの態度は褒められたものじゃないわ。これはわたしたちがふたりで下す決定だということがわからない？」

「それは違う」クイルが吐き出すように言葉をひとつひとつ区切って言った。「最初に事故に遭ったとき、ぼくの病室ですべてを取り仕切っていたのは母だった。あのままずっと母の言うことを聞いていれば、今でもベッドに横たわっていただろう。母は怪しげな薬でぼくを殺しかけたうえに、トランケルスタインの意見に必死で反対したんだ。だがぼくがベッドから出られるようになったのは、まさにそのトランケルスタインが提唱したマッサージと運動のおかげだった」

ギャビーは唇を引き結んだ。

「お母さまが判断を誤ったことがわたしたちの現状にどう関係してくるのかわからないわ」

「薬に関してはぼくが……ぼくひとりが決断を下すんだ、ギャビー。きみがお茶を飲みながら小耳にはさんだ情報を信じて、頭がどうかした医者の治療を受けるつもりはない。死にそうな目に遭うのはもうごめんだ」クイルがギャビーのしかめっ面を無視して腕組みをした。「ぼくの決めたことが最終決定事項だ」

「そう」一瞬の沈黙ののち、ギャビーは口を開いた。「その場合、わたしの体に関する問題なら、わたしが決めていいということになると思うけど」

「当然だ」クイルがうなずく。

「よかった。それならあなたは気にしないはずね。わたしがあのドアを」ギャビーは子爵の寝室へ続くドアを指差した。「ふさいでしまっても。今後あそこは不要になるわ」

「なにが言いたいんだ？」

「別に」ギャビーは肩をすくめた。「ただ指摘しているだけよ、だ、だんなさま」かすかに強調して言う。「これからはわたしの体をあなたの自由にはさせない。そうすればあなただって偏頭痛に苦しまなくてすむし、頭がどうかしたお医者さまに治療されると心配する必要もないもの」クイルに背を向けると、頭の上でまとめた髪からピンを抜き始めた。

「ぼくが愛人のもとを訪れたら？」背後から、危険なまでに冷酷なクイルの声が聞こえてきた。

ギャビーは振り返らなかった。「あなたが決めることよ。今後もずっと。わたしは偏頭痛に苦しむあなたを気の毒に思うかもしれない。でも、少なくともそれはわたしのせいじゃないわ」

「きみ自身はどうする？」クイルの声にはあざけりが感じられた。「どうやって満足を得るつもりだ、ギャビー？　ぼくを、妻を寝取られた男にするつもりか？」

彼女は唇をきつく嚙みしめた。涙がこみあげて喉がふさがる。だけど、なんとしてもうまくやり遂げなければ。さもないと、クイルはまたあの苦しみを味わうはめになる。わたしのせいで。

「あら、まさか」ギャビーは軽い調子を装って言い、髪を振りほどいてブラシをかけ始めた。

「このあいだの夜はよかったけど」疑問を抱いているとわかるように、わざと言葉を切った。

「ああいう行為をもう一度するべき理由がとくに見つからないの。確かに楽しくはあったわ。でも……絶対に必要だとは思えない」クイルにこの嘘をつくのがこんなに難しいなんて。ギャビーは心のどこかで驚きを感じていた。まるで自分の心臓を踏みつけている気分だ。

彼女は振り向いてクイルと目を合わせた。ギャビーの父の場合、まっすぐに目を見つめられると嘘を信じやすい傾向があった。「それにだらしなかった。そうでしょう、クイル？」小さく身震いする。「とくに、シーツが乱れて汚れてしまったのが不快だったわ。明るい部屋のなかで一糸まとわぬ姿になったのも、あなたに好きなだけ見られたのも」

「とんでもないよ、ギャビー！　きみが出血したのは、あれが初めての経験だったからだ。次はああはならない」

「あなたが妻を寝取られるようなことは起こらないわ。わたしが言いたいのはそれだけよ、クイル。あんなことに興味はないから、ほかの男性のもとへ行くなんてありえない。あなたは夫だからしかたがないけど、どうして知らない人にわたしの体を利用させなければならないの？」確かにそのとおりだ。わたしはほかの男性に興味はない。欲しいのはクイルだけだ。

クイルは痛みを覚えるほどきつく歯を食いしばった。もちろん、レディは性的な交わりを嫌うものだとわかっている。それにギャビーが裸になるのをどれほど恐れていたか、自分の目で確かめた。どうやら誤解していたらしい。歓びの瞬間を知って、彼女が嫌悪感を無視したと思いこんでいた。ぼくは欲望で目がくらんでいたに違いない。

部屋を出ようと背を向けたクイルは、ドアノブに手をかけて立ち止まった。「いろいろな治療法を試せば、きみはぼくに体を許すつもりなのか？」そんな質問をして、もろさをさらけ出す自分がいやでたまらない。ギャビーの目に浮かぶ哀れみを見たくなくて、彼は振り返らなかった。

ギャビーは返事ができなかった。涙で目の前の窓ガラスがぼやける。

クイルがもう一度尋ねた。「ギャビー、要するにぼくはキナ皮の調合薬をのむたびに、夫婦の交わりを許されるというわけなんだな？　それとも妻のベッドに近づくためには、蛭の力に頼らなければならないのか？」

ギャビーはなんとか声を絞り出した。「そんな必要は――」

「いや、きみが言っているのはそういうことだ」クイルの声は冷ややかでよそよそしかった。「治療法を試すには、ぼくが偏頭痛に襲われなければならない。つまりぼくたちはやぶ医者が虫を煮こんだ薬を持ってくるのを待ち、それからぼくがベッドをともにする許しをきみに請うんだ」

喉の奥からすすり泣きがせりあがってきて、ギャビーは両手を目に押しあてた。「わたしは……」息が切れる。「わたしはもうあんなことをしたくないのよ、クイル！　どうして理解してくれないの？」

「よくわかった」彼女の夫は氷のごとく冷たい声で静かに言った。「二度ときみの寝室に押し入るつもりはない、マダム。ぼくの部屋につながるドアに関しては、きみの気がすむように使用人たちに指示すればいい。釘《くぎ》を打ちつけたければ、自由にしてくれ」

クイルがお辞儀をしたのがわかったが、ギャビーは振り向かなかった。顔を覆った手に熱い涙がこぼれる。

ドアが開き、そして閉まる音が聞こえた。ついに我慢できなくなり、彼女の喉からすすり泣きがもれた。ああ、わたしはなんという嘘つきになってしまったの！　クイルにあんな嘘をつくなんて。クイルはわたしの嘘を信じた。わたしが彼に無関心だと信じてしまった。それは真実とはかけ離れている。指の一本一本がクイルに触れたくてうずいていた。夜、冷たいリネンのシーツのあいだに横たわりながら、わたしは彼の重みが心地よかったことばかり考えていた。どんなふうにわたしのなかに突き進み、どんなふうにかすれたうめきをもらしたか。そして……わたしは生まれたままの姿でクイルに脚を開かれ、彼の前で身をくねらせるまで触れられた。そして恥ずかしげもなく、クイルの手を求めて腰を持ちあげた。

そうやって邪悪な欲望に夢中になり、罪に溺れたのだ。無関心とはほど遠い。

入浴のための湯が届くと、ギャビーは頭痛がするので夕食は夫と一緒にとらないとマーガレットに告げた。そして湯気をあげていた湯が冷めていくあいだ、みじめな気分で丸まってベッドに横たわっていた。湯に身を沈めたのは、すっかり冷えきってからだった。これは罰だわ、とギャビーはぼんやり思った。嘘をついたことと、欲望を抱いたこと――どちらがより悪いのだろう？　答えはわかっている。欲望に関して、クイルは正しい。昼間だろうと夜だろうと、ふたりが体を重ねて愛し合うのに悪いところはひとつもない。だけど、あの行為を嫌悪していると嘘をついたのは悪いことだ。

彼女は冷たい水のなかに座り、胸の先端が濃いサクランボ色に変わる様子を見つめた。夫に触れられたときと同じ色だ。彼のことを考えているときと同じ色。

ギャビーはむせび泣いた。クイルを愛している。彼が欲しい。けれども、そのふたつは両立しない。わたしはクイルを愛している。声をあげなくても目が笑っている彼や、無言でわたしを見つめる彼、わたしが美しくて大切に扱う価値があると言わんばかりに触れてくる彼を愛している。

自分を大切に思うよりももっと。だから、彼と愛し合うことはできない。

冷たい風呂は効き目があった。体を重ねたときの熱い記憶の代わりに別の記憶がよみがえってきた。偏頭痛に苦しんでいたあいだ、クイルの肌は生気がすべて流れ出てしまったかのように真っ白だった。顔は蒼白でげっそりやつれ、目が落ちくぼみ、そして吐き続けていて……。やはりわたしには耐えられない。

嘘をついたのは間違いではなかった。クイルをだますのは不本意だが、彼のためだ。わたしは本能的に、クイルが偏頭痛の発作から立ち直り、またわたしのベッドへ戻ってくるとわかっている。そして、彼は何度も痛みに苦しむはめになるのだ。

クイルがわたしを愛してくれているからよ、とギャビーは自分に言い聞かせた。結婚を申しこまれて以来、クイルからそう言われたことはないけれど、彼はもともと考えをあまり口に出さない性格だ。わたしを愛しているからこそ、体を重ねようとしたのだろう。自分の健康を犠牲にしても、わたしから歓びを奪いたくないと思ったに違いない。だけどこれからは……ベッドをともにしようとは思わないはずだ。わたしがそうだと思わせた冷淡で薄情な女性を相手に、そんな気持ちにはならないに違いない。

それがなによりも重要なことだった。

リュシアンは自分の馬車に乗り、乗り気とは言いがたい気分で、ジズル公爵夫妻が催すシャンパンつき朝食会へ向かっていた。ふと、今日は火曜日だと気づく。正確には、火曜の一〇時を過ぎたところだ。今すぐ馬車を反対の方角へ向かわせれば、バーソロミュー・ヒズロップと同時にエミリーの家の玄関に着けるかもしれない。そうしてエミリーがヒズロップの自由になるか弱い乙女ではないことを、彼にはっきりと知らしめるのだ。

リュシアンは馬車の屋根を鋭く叩いた。ところがいざ小さな家の前へ来てみると、ヒズロップの姿はどこにも見えなかった。このまま馬車を走らせるべきかもしれない。エミリーは自分と会うのを繰り返し拒んでいるのだから。リュシアンは彼女の家を訪れるたびに、ミセス・ユーイングは不在だとサリーから告げられていた。思い出すと背筋がこわばり、控えている従僕に合図をして馬車の扉を閉めさせようと考えた。ヒズロップがすでにエミリーの書斎に入っているのは明らかだ。彼女につきまとって肩に息を吹きかけ、また無作法を働いているのだろう。

歯ぎしりして手袋をつけながら、リュシアンは馬車をおりた。エミリーがぼくを拒み、ヒズロップを家に入れるなんてことがあってたまるものか。

思ったとおり、玄関の呼び鈴を鳴らすと小柄なメイドのサリーが現れ、言葉につかえながら、またしてもミセス・ユーイングは不在だという言い訳を口にした。リュシアンがソブリン金貨を見せると、サリーは急いで廊下の先へ姿を消した。

彼はエミリーの書斎の前で一瞬ためらったものの、思いきってノックをせずにドアを押し開けた。たちまち、それは間違いだったと気づいた。エミリーとヒズロップは机の前で、ドアに背を向けて立っていた。くつろいで親密そうな様子だ。振り返ったエミリーの顔に見えたのは嫌悪だった。

「邪魔をしてすまない」恥ずかしさのせいで、いつもよりフランス訛りがきつくなった。エミリーがヒズロップの存在をいやがっていないのは一目瞭然だ。彼女は自分の手首にヒズロップが手を置くことを許していた。

ヒズロップが何気ないそぶりでエミリーから手を離し、リュシアンに向かってお辞儀をした。「またお会いできるとは驚きです」初めて会ったときほどにこやかではなかった。「奇遇ですね」

「ぼくは頻繁にこちらを訪ねている」リュシアンは黒い目を細めて険しい声で言った。

「ぼくもそうです。よく来ているんですよ」自分に危険が迫っているとは思いもしない様子でヒズロップが言う。

エミリーが急いで前に出た。「ミスター・ボッホ、またお会いできてうれしいですわ」彼女の頬はかすかに赤くなっていた。リュシアンにはそれが、ヒズロップに触れられて喜んでいるせいだとしか考えられなかった。

リュシアンは堅苦しくお辞儀をした。「話を中断させてしまって申し訳ない」申し訳ないとは少しも思っていなかった。「残念ながらきみが毎週、ミスター・ヒズロップとファッションの話をする取り決めをしていることを忘れていた」

「取り決めというのは正しい表現とは言えませんね」ヒズロップが言った。「それではあまりにも事務的ですから。ぼくとしては、ミセス・ユーイングのいい友人と考えたいところです。実を言うと、今夜一緒に劇場へ行ってくれるよう誘っていたんですよ」

リュシアンは顎をこわばらせた。ヒズロップが友人以上の関係を求めていることに、エミリーは気づいているのだろうか？　リュシアンは彼女をうかがったが、侮辱を感じているふうには見えなかった。それだけではない。リュシアンも以前、エミリーを劇場に誘ったのに、そのときは断られたのだ。「では、向こうで会うかもしれないな」礼儀正しく言うと、ふたたびお辞儀をした。「これで失礼する、ミセス・ユーイング、ミスター・ヒズロップ。今朝は約束があるので」

ヒズロップが歩み寄ってきて視界をさえぎったので、リュシアンにはエミリーの姿が見えなくなった。「ジズル公爵夫妻の朝食会でしょう？　ぼくも招待されていたんですよ。それは間違いないんです。ジズルとはいい友だちなので。ところが招待状がどこかへ行ってしまったんですよ。よくあることです」

「そうだな」リュシアンは背を向けて立ち去ろうとした。

「ミスター・ボッホ！」その声はエミリーの口から出たものだった。

彼は振り返った。「なんだい？」

「わたし……」エミリーが口ごもった。

リュシアンは続きを待った。

「以前、あなたが訪ねていらしたときに」エミリーがささやきに近い声で言った。「手助けを申し出てくださいましたね。あなたの専門的な力をお借りしたいんです」

わけがわからず、リュシアンは立ちつくした。いったいエミリーはなにを言っているんだ？　けれども次の瞬間、彼はドラゴンを退治しに来るとエミリーに話したことを思い出した。

「ミスター・ヒズロップ」リュシアンは薄い笑みを浮かべ、何気ない口調で言った。「どういうわけかきみの招待状は紛失してしまったみたいだから、ぼくと一緒にジズル公爵家の朝食会へ行かないか？　きみに会えればパトリックも喜ぶだろう」

ヒズロップは一瞬たりとも躊躇しなかった。エミリーに向き直り、急いでお辞儀をする。

「ぼくが失礼しても、悪く思わないでくださいね、ミセス・ユーイング。もしかしたら、あとで時間を見つけて戻ってこられるかもしれません」

ヒズロップの別れの挨拶を聞いて腹が立ち、リュシアンは目を細めた。けれども、エミリーの困惑した表情を見て安心した。ヒズロップがなにを考えているのかは知らないが、彼女がその相手を務めることはないだろう。ある意味で、リュシアンの心は慰められた。少なくともエミリーは、ぼくを拒んでヒズロップを選んだわけではなかった。

馬車の扉が閉まったとたん、リュシアンは前に身を乗り出してヒズロップのクラヴァットをつかみ、座席から腰が浮くほど引き寄せた。

「いったいどうしたんです？」ヒズロップが叫んだ。そのあとの言葉は不明瞭で聞き取れなかった。リュシアンはブーツを履いたヒズロップの足を下から思いきり蹴りあげた。リュシアンがクラヴァットから手を離すと、ヒズロップは座席と座席のあいだに音をたてて倒れこんだ。

馬車の床に座りこみ、顔に恐怖を浮かべてリュシアンを見あげている。「なんのためにこんなことを？　クラヴァットがめちゃくちゃになってしまったじゃないか、くそっ！」震える指先でクラヴァットのひだに触れた。「めちゃくちゃだ！」その声はほとんど悲鳴に近かった。「今朝はこれを整えるのに、三枚も無駄にしたんだぞ。ぼくのこんな姿を見て公爵夫妻がどう思うか」

面白いことに、ヒズロップは理不尽な暴力をふるわれたことは受け流しているようだ。知り合いからこんなふうに急に乱暴されることがよくあるのかもしれない。

「ミセス・ユーイングには近づくな」リュシアンは静かな声で言った。「おまえが彼女やあの家に近づいたと耳にしたら、二度と上流社会の催しに招かれないようにしてやる」

ヒズロップは体を起こして向かいの座席に座り、狂犬病にかかった犬のように獰猛《どうもう》な目でリュシアンを見つめた。「なにをそんなに興奮しているのか、まったくわからないよ。まるでぼくが彼女のいやがることをしたみたいじゃないか！　念のために言っておくが、ぼくは完璧に紳士らしくふるまっていたんだ」

「そんなことはどうでもいい」リュシアンは食いしばった歯のあいだから言った。「ミセス・ユーイングとの友情が終わったと、おまえが理解しているかぎりは」

ヒズロップが厚い唇をすぼめ、文句を言った。「ぼくは彼女をものにするために何カ月も費やしてきた。それに引き換え、きみはほんの数週間前に現れたばかりじゃないか。紳士なら、ぼくに優先権を認めるべきじゃないのか？　わかった、わかったよ！」リュシアンが不意に動くと、彼は悲鳴をあげた。「冗談じゃない、どうせそんなに興味はなかったんだ。彼女は確かに美人だが、ぼくの好みからすれば地味すぎる。初めは妹のほうにしようと考えていたんだが……でも、やめておくよ」リュシアンの激怒した目と目が合い、ヒズロップは叫んだ。「あの家の近くへは行かない。それがきみの望みなら」

リュシアンは座席の背にもたれた。それを見たヒズロップは、気を取り直したらしい。「ぼくが誘いをかけるのがどうしてそんなに気に障るのか、理解できないな」ふたたび文句を言い出した。「エミリーなら好きにすればいい。優先権があるのはぼくだが、紳士らしく身を引くよ。だから、妹はぼくにくれてもいいだろう？　ちゃんと面倒は見る」寛大だろうと言わんばかりの口調で言った。「チェルシーに小さな家を持っているんだ。そういうことに使うには完璧な家だよ。今のところ、丸々二カ月も空き家になっているんだ」

リュシアンは車体が揺れるほど強く屋根を叩いた。馬車はぐらつきながら急停止した。

「なにをしているんだ？」ヒズロップが警戒して尋ねた。「ジズル公爵家の朝食会に連れていくと言ったじゃないか！　ぼくは行きたいんだ！」

「出ろ」ドアが開けられると、リュシアンは言った。

「いいや、出ないぞ」ヒズロップが憤然と抵抗する。「連れていくと約束したはずだ。それでなくても、きみはぼくの恋人を奪った。許しも請わず、しかも必要もない脅しまでかけて。せめて約束くらい守るべきだ」

自分でも驚いたことに、リュシアンはあきれて笑い出した。

ヒズロップは彼をにらみつけている。

「クラヴァットを直したほうがいいぞ」リュシアンは言った。

それからおよそ一時間後、ジズル公爵パトリック・フォークスは友人の脇腹をつついた。「きみが朝食会に連れてきたあの成りあがりは、いったい何者なんだ?」公爵夫人とうれしそうに話しているヒズロップを顎で示した。

リュシアンは物憂げに答えた。「バーソロミュー・ヒズロップだ。すばらしいだろう? やつはぼくの未来の妻を、愛人《シエーラミ》にしようとしていたんだ」

「なんだって!」

言葉が口をついて出て初めて、リュシアンは自分がなにを言ったかに気づいた。いい響きだ。「ぼくはミセス・エミリー・ユーイングと結婚しようと考えている。だがその前に、ドラゴンを退治しなければならなかったんだ」

驚いた顔のパトリックが、ヒズロップとくしゃくしゃになったクラヴァットに視線を向けた。「あれがドラゴンだって?」

リュシアンはにやりとした。「われわれは退治する相手を選べない」

パトリックがあきれたようにぐるりと目をまわした。「どうしてここへ連れてきたんだ? わが家の料理人が彼の食事に毒を盛ると期待したわけじゃないだろう? ぼくの目には、すでに毒を盛られたふうには見えないが」

「ミセス・ユーイングに関して、ヒズロップとぼくは合意に達した」リュシアンは言った。「ただ、ぼくがきみの朝食会に連れていくと約束してしまったから、あいつはその、紳士としてぼくが約束を守るべきだと感じたらしい」

パトリックは鼻を鳴らした。「話を聞いていると、ドラゴンというよりねずみだな」そのとき、ヒズロップの頭越しにソフィーが彼を見た。懇願の表情を浮かべている。

「八つ裂きにしてやる」歯を食いしばってそう言うと、パトリックは部屋の向こう側へ突進していった。

悲しいかな、バーソロミュー・ヒズロップが思いがけず招待されることになったジズル公爵夫妻の朝食会は、彼の思うようには運ばなかった。ヒズロップが翌日の夜に親しい友人たちに話したとおり、彼はただ偶然アプリコットのタルトを公爵夫人の近くに落としてしまっただけだったのだ。「別に彼女のボディスに落としたわけじゃない」ヒズロップは説明した。「落としたのはその近くだ」そして公爵夫人のドレスがしみになってはいけないので、きちんと確かめておこうとかがみこんだとたん、公爵が逆上したのだった。

友人たちは目を丸くして、詳しく聞こうと互いの頭を近づけた。

ヒズロップは続けた。「当然ながら、この些細な問題がぼくたちの友情に影響することはない。ジズル公爵家で今後開かれる多くの催しに、ぼくが招かれるのは間違いないだろう。だが、きみたちに警告しておくよ。公爵夫人には近づかないほうがいい。正直なところジズルは、妻がかかわるといささか中産階級《ブルジョワ》のようなふるまいをするんだ。だけど公爵夫人はすでにフェスター家の舞踏会で、その場にいた全員に胸を見せているんだぞ。そうだろう？ぼくがたまたまちょっと見たからといって、どうしてそんなに気にする必要がある？」

友人たちはまったくそのとおりだと同意した。おかげでヒズロップは、どういうわけか右目の下にできた黒っぽい紫色の痣《あざ》の痛みが少し和らいだように感じた。

18

「ギャビー！　アプチャーチ・レーンなんかでいったいなにをしているの？」ソフィーが声をあげた。「ここで知り合いに会ったのは初めてよ」

ギャビーは恥ずかしくなって小さく笑みを浮かべた。

「薬屋へ行きたくて。ごきげんいかが、ソフィー？」

ソフィーが向き直り、手を伸ばしてギャビーと腕を組んだ。「もう、うんざり。退屈であくびばかりしているのよ。ただの好奇心からなんだけど、ノルウェー語の文法の本が見つかるかもしれないと思って、ミスター・スプーナーの書店に行ってみたの。でも、期待外れだったわ。それより、あなたには謝らないとね。ひどく失礼な態度を取ってしまっているんですもの。本当は先週のうちにあなたを訪ねて、結婚のお祝いを言うつもりだったの」

ギャビーは返答しようと口を開けたが、ソフィーはおしゃべりを続けた。「あなたの選択は正しかったのよ。ピーターは確かにいい人だわ。でも、クイルは……。彼が外出できるほど回復する前にパトリックと出会っていなければ、わたしもお相手に立候補していたかも」

ソフィーは瞳をきらめかせてギャビーに笑いかけた。

「それなら、夫が長くふせっていてよかったと思うべきね。わたしに勝ち目はなかったでしょうから」ギャビーは言った。

「冗談を言わないで！　パトリックから聞いたんだけど、クイルはあなたにのぼせあがっているそうじゃない」

ギャビーは声をあげて笑い飛ばしたが、内心ではかすかな喜びを感じていた。「おかしいわ。クイルがのぼせあがっているかどうか、どうしてあなたのご主人にわかるの？」

「あら、男ですもの」ソフィーはフランス風に小さく肩をすくめた。「あの人たちがお互いをどこまで理解しているかなんて、誰にもわからないでしょう？　ときどき、パトリックは兄のアレックスと信号で会話しているに違いないと思うことがあるわ。ふたりはめったに話さないのに、それでもなにか悪いことが起こると必ずパトリックにわかるの。知っているでしょうけど、双子なのよ」

「それは知らなかったわ。よく似ているの？」ギャビーは好奇心をかきたてられた。

「みんなの意見ではね。だけど、わたしは一度もそう思ったことがないの」ソフィーが答えた。「ぜひあなたを紹介したいわ。だけどアレックスと奥さんのシャーロットはまだ田舎にいるのよ。シャーロットが妊娠しているから」

「わかるわ」相槌《あいづち》を打ちながらも、ギャビーはなにもわかっていなかった。喪に服しているために、彼女とクイルはあまり公の場に出ていない。だがおなかの大きな女性の姿は、さまざまな場所で見かけたことがあった。

「シャーロットは最初の子供を産むときに苦労したの」ソフィーが説明する。「だからアレックスが猛烈に心配して、シャーロットを長椅子から起きあがらせようとしないのよ。アレックスが神経質になりすぎるせいで自分も胃が痛いって、パトリックはいつも文句を言っているわ」

「お互いの感情がわかるの？」

「ええ。双子ってそういうものみたい。ねえ、あなたの探している薬屋はここじゃないかしら、ギャビー？　なんだか見栄えがよくないけど」ふたりはガラスの汚れた四角い出窓がある小さな店の前に立った。

ギャビーはレティキュールを探り、『タイムズ』から切り抜いた広告を取り出した。

「そうね、ここだわ」

「わたしたちのメイドは外で待たせておくほうがよさそうね。全員は入れそうにないもの。スカートの裾を持ちあげて！」ソフィーは薄汚れたドアを押し開けるギャビーに声をかけた。ドアの動きに連動して鈴が鳴る。ミスター・J・ムーアの薬屋には、手書きのラベルを貼った奇妙な形の瓶がずらりと並んでいた。カウンターの向こうには誰もいない。

ソフィーが瓶のひとつに顔を近づけた。

「ちょっと、これを見て！　ワームパウダーですって。虫《ワーム》でできているのかしら？」

ギャビーはかぶりを振った。「まさか」店主はどこにいるのだろう？　彼女は手袋をした手で広告を握りしめた。

「そうね、虫から作ったわけではないみたいだわ。どんな長さや形の虫でも駆除できて、体を完璧に健康に保つんですって」ソフィーは鼻を鳴らした。「ギャビー、わたしたちはこんなところでいったいなにをしているの？」

そのとき、カーテンのかかった奥のドアから老人が現れた。ギャビーは動揺して思わずあとずさりしそうになった。老人はうっすらと白い膜に覆われた目をしていて、前のカウンターを手探りしている。「ようこそ！　ようこそ！　わたしがジェームズ・ムーアです」彼は陽気な口調で言った。「老いも若きも誰にでもよく効く本物の薬をご用意しますよ。さて、どんなものをご所望でしょう？」

「広告を見たの」ギャビーは言った。今朝、『タイムズ』を読まなければよかったと後悔しながら。

「おお、それでは腹痛に苦しんでおられるのかな？　げっぷが出るとか？　それとも……」老人がいったん言葉を切ってから続けた。「腸にガスがたまっているんですかな？」

ソフィーがギャビーの腕を取って小声で言う。「きっとこの店じゃないわ」

「おや、美しいご婦人はおふたりいらっしゃるんですね」ムーアが声を高めた。「そりゃあいい！　さて、こういう状況では不安になるのも当然です。でも、ここで少しばかり恥ずかしい思いをするほうがまだましなんじゃありませんか？　こみ合った場所でガスが出たら、それこそ死ぬほどの屈辱に見舞われるはめになりますよ」

ギャビーは決まり悪さのあまり顔が熱くなった。

「ここへ来たのは、あなたが激しい頭痛に苦しむ女性を治療したと書いてあったからよ」

「そのとおり！　まさしくそのとおりです！」ムーアが汚れた手をこすり合わせた。「チャーチ・レーンに住む、わたしのかわいい姪のレイチェル・モーベリーですな。レイチェルが主張したんです……ぜひにと言い張ったんですよ。新聞に推薦文を書いた広告を掲載させてくれと。レイチェルは二年も苦しみました。頭痛はどんどんひどくなって、職まで失いかけてたんです。チャーチ・レーンのミセス・ハフィーのところでいい仕事に就いてるんですよ。それでとうとう、わたしが処方した特効薬をのむことにしました。それ以来、一度も頭痛が起こってないんです！」ギャビーの肩の上あたりの壁に向かって笑いかけながら、勝ち誇った声で言った。「レイチェルは自分の意思で広告を出しました。人類の利益のためにと言ってましたよ。優しい姪なんです」

ムーアの話を聞くうちに、ギャビーの腕にかけたソフィーの手にだんだん力がこもっていった。ソフィーがささやいた。「ギャビー、危険な薬に違いないわ」

ギャビーは咳払いをした。

「その頭痛薬はどうやって作るの、ミスター・ムーア？」

「声をお聞きしたところ、あなた方は繊細なご婦人のようだ」彼は明るく言った。「ですから、成分については申しあげられません。上品な胃をむかつかせて、よく効く本物の薬をのむのを躊躇させたくありませんから」

ソフィーは明らかに強く腕を引っぱり始めていたが、ギャビーは動かなかった。

「成分を教えてもらえなければ、薬は買わないわ」

「いいでしょう、いいでしょう。わたしは貴重な原料を使ってるんです、マダム。非常に珍しいもので、実は頭痛薬がほかの多くの薬より少しばかり高価なのは、そのせいなのですよ」

「それで？」

「よろしい」ムーアはしぶしぶ応じた。「水銀粉です、マダム。あの有名なエンペリック・チャールズ・ヒューズが普段からのんでたのと同じものですよ。その粉を使うことで、水銀の成分を含ませてるんです」

「ほかには？」

「吐酒石と、アヘンをほんの一滴か二滴——」

「その治療法に特別なところはひとつもないわ」ギャビーはそっけなく言った。

「効き目をよくする秘密の原料がもうひとつあるんですよ、マダム。だが、それは教えられません」ムーアは威厳たっぷりに言った。「すべてを明らかにすることはできないのです、マダム。さもないと通りをうろつく悪党どもが、わたしのよく効く本物の薬をこぞって売り始めてしまいますからね」

「それならしかたがないわ。時間を取ってくれてありがとう」ギャビーは背中を向けて店を出ようとした。

「待ってください！」

った。「どうぞよい一日を、ミスター・ムーア」

「人類のためです」薬屋が早口でまくし立てた。「人類のため、そしてなによりあなたのご主人を楽にさせるために、特別にお教えしましょう、マダム。ですが、決して他言しないと約束していただかなければなりません。秘密の成分というのはインドの大麻なのです。この薬を二時間か三時間ごとに服用します」

「インドの大麻ですって？　どこからそんなものを使うことを思いついたの、ミスター・ムーア？」

ムーアは言いかけた以上、最後までしゃべるしかないと考えたらしい。「大麻は旅をしていたインド人から買ったんです。自分は医者のようなものだと言ってました。その薬が奇跡を起こしたんです、マダム。奇跡を！」

ギャビーはためらった末に言った。「わかったわ。ひと瓶もらえるかしら？」

ムーアの顔がぱっと明るくなった。「ソヴリン金貨五枚になります、マダム」

「わたしたちは失礼するわ」ソフィーが荒々しい口調で言った。「こんないんちきに一ペニーだって支払わないで、ギャビー！」

「金貨一枚ならお支払いするわ」ギャビーはぴかぴか光るコインを汚れたカウンターに置いた。

ムーアがそれをすばやくつかみ、代わりに薄汚い茶色い瓶を置いた。「さあ、どうぞ、マダム。これほどいい買い物はありませんよ。頭痛が続いているあいだ、大きなスプーンに一杯を二、三時間おきにのんでください。それと」彼は頭をさげた。「よろしければ、ぜひもうひとつお勧めしたいのですが、いかがでしょう、マダム？　先ほども申したとおり、わたしの作る本物の、ガスによく効く薬は国じゅうで重宝されているのです」

「結構よ。ありがとう、ミスター・ムーア」ギャビーは断り、ソフィーのあとから店を出た。

「あなたが友だちでなければ、頭がどうかしたんじゃないかと心配し始めるところよ」ソフィーが言った。「あのソヴリン金貨はどぶに捨てたも同然だわ」

「たぶんそうでしょうね」ギャビーは力なく言った。

「クイルがあの薬をのむことに同意したら、それこそ驚きね」

ギャビーは、彼が絶対にのまないことは承知のうえだとは言いたくなかった。屈辱的すぎる。それを言うなら、今回の件のなにもかもが屈辱的でばつが悪かった。涙がこみあげてきて目がちくちくした。

その様子をちらりとうかがったソフィーは、ギャビーと腕を絡め、待たせてある馬車のところまで路地を並んで歩き始めた。「あなたと話をしなければならないわ、ギャビー」きっぱりと言った。「クイルの頭痛はかなり深刻なのね？」

「ええ、そうなの」ギャビーはつぶやいた。

「だけどそれにしたって、インドの大麻がどんな作用を及ぼすか、誰にわかるというの？　クイルがそんな薬をのむとは信じがたいわ。たとえ〝よく効く本物の〟薬だとしても」ソフィーがムーアの声色をまねた。「結果がどうなるかわからないんですもの。今よりもっと具合が悪くなったらどうするの、ギャビー？」

ギャビーはみじめな声で言った。「わかっているわ。ただ新聞で広告を見て……」声はしだいに小さくなって消えた。

「姪ですって！　まったく、あのムーアという人が自分で広告を載せたに違いないわ。いかさま師よ」

「きっとあなたの言うとおりなんでしょうね」ギャビーは暗い声になるのを止められなかった。

「お茶が必要ね」突然、ソフィーが言った。「さあ、乗って。あなたの馬車にはあとからついてくるよう伝えるわ。いいでしょう？」

ギャビーは言われるがまま、従僕の手を借りてソフィーの馬車に乗りこんだ。ふたりは〈マダム・クララの淑女のためのティーショップ〉へ向かった。

「お茶を飲むには、ロンドンじゅうでここがいちばんよ」ソフィーがくつろいだ様子で言った。「噂好きな人たちはみんな、見ないふりをしながらお互いを見張っているわ。だけど、立ち聞きできるほどテーブル同士が近くないの。だから好奇心をかきたてられて悶え苦しむというわけ」

ソフィーのずけずけとした物言いを聞いているうちに、ギャビーは元気が出てきた。湯気の立つ熱い紅茶を飲み、ソフィーの言うとおり誰にも会話を聞かれる心配がないことを確認するとヽ思わずこれまでのいきさつをすべて話していた。

「ご主人には話さないと約束してくれないとだめよ。お願い、ソフィー！」ギャビーは最後に言った。

「もちろん、パトリックには言わないわ」ソフィーがどこかうわの空で応じる。「男の人に聞かせてもしかたがない話だもの。不安にさせるだけだわ。クイルに共感して、自分も頭が痛いと言い出すかもしれない」

ギャビーはくすくす笑った。ソフィーは引き続き、まるでひとり言のように考えをそのまま口に出していく。

「クイルの古傷が偏頭痛の引き金になっているのは明らかね。どんな傷なの？」

「腰に沿って、大きな傷跡があるわ」ギャビーは心もとない記憶をたどった。

「頭とは離れすぎているわね」ソフィーが言った。

「そうでもないかもしれないわ」興奮に胸がどきりとするのを感じ、ギャビーは声が高くなった。「腰を使うせいで、頭痛を引き起こしているとしたら？」

「腰を使う？　ああ、どういう意味かわかったわ。脚を動かすと、いつも痛みを感じるのかしら？」

「クイルがそう言ったことは一度もないわ」ギャビーは答えた。「でも、足を引きずるの。疲れているときはとくに目立つのよ」

「それなら、ほとんどいつも痛むと思っておきましょう」ソフィーが言う。「男性は本当に愚か者だから、痛みを認めようとしないのよ」

「そうね。では、脚を酷使すると偏頭痛が起こるとしたら？」ギャビーは眉をひそめた。

「いいえ、やはり問題は脚ではないわね。腰の可能性のほうが高そうだわ」頬がピンク色に染まっているのがわかる。

「どちらの可能性もあるんじゃないかしら」ソフィーが意見を述べた。「わたしが言いたいのは……」いったん口をつぐみ、また続きを話し始めた。「クイルは両膝をついて腰を動かすと思うんだけど」瞳にいたずらな輝きが宿っている。「今夜は腰を動かすことも、脚に体重をかけることもやめさせてみるのよ」

ギャビーの心臓が弾んだかと思うと、次の瞬間には深く沈んだ。「できないの、ソフィー。クイルに言ってしまったのよ。そういうことは好きじゃない……楽しくなかったから……今後は偏頭痛の原因になる行為をするつもりはないと言ったの。彼は怒らなかった。でもあれから数週間たつんだけど、今ではもうおやすみのキスすらしてくれないの」恥ずかしいことに、目にまた涙がこみあげてきた。

「気が変わったと言えばいいわ」ソフィーが元気づけるように言った。

「無理よ！　それでうまくいかなかったらどうすればいいの？」

「うまくいくに決まっているわ。だけどこんなふうに、頭がどうかした薬屋から恐ろしげな薬を買っていてはだめよ。そのうちクイルを殺してしまいかねないわ」

「実際にクイルに薬をのませたことは一度もないの」ギャビーは情けない思いで言った。彼女の机には、ちょっとした秘密のコレクションができあがっていた。「彼が偏頭痛の発作に襲われるまで待っているから」

「だけどクイルをあなたのベッドに連れ戻さないかぎり、発作は起こりようがないのよ」ソフィーが指摘する。

「彼は愛人のもとを訪ねるつもりだと言っていたわ」ギャビーは小声で言った。ひと粒の涙が頬にこぼれ落ちた。

「ばかばかしい！ クイルは間違いなく毎晩、あなたの部屋のドアを破ろうかどうしようかと考えながら床に就いているはずよ。パトリックとわたしは結婚して最初の年に、ベッドをともにするのをやめた時期があったんだけど、それでも彼は愛人のところに行かなかった。気晴らしのように、ただわたしをにらんでいたの」

「本当に？」ギャビーは興味を引かれた。

「わたしたちがどんなに愚かな行動を取っていたか聞いたら、きっと驚くわよ」ソフィーが皮肉まじりに言った。「でも、その話は次回に取っておきましょう。今日の午後は、お友だちにロンドン塔を案内する約束をしているの」

ギャビーは唇を噛んだ。

「あなたにはなんてお礼を言えばいいかわからないわ、ソフィー。とても――」

「そんな戯言を！」ソフィーが声をあげて笑った。「いやだ、母みたいな言い方をしてしまったわ。わたしの母には会ったことがある？」

ギャビーは首を振った。

「あなたは幸せよ。さて……」陰謀を企てているかのように、ソフィーがテーブル越しに身を乗り出した。「今夜はあなたのことを考えるわ、ギャビー。気を強く持ってね」

ギャビーが屋敷に帰ると、インドから二通の手紙が届いていた。トレイからひったくるようにして手に取ったものの、どちらもスダカールからではなかった。

彼女は強い関心を抱きながら最初の手紙に目を通した。カーシー・ラオを救う計画はうまく手はずが整ったらしい。自分のとんでもない思いつきが実際に役立つとわかり、ギャビーは誇らしさを覚えた。

次に、父親の筆跡で書かれた手紙にしぶしぶ目を向けた。読み進めるにつれ、手にしたリチャード・ジャーニンガムの手紙がやけどするほど熱くなっていくように感じられた。父はギャビーの頼みを、こんなばかげた話は聞いたこともないと切り捨てていた。〝まともなイングランドの男が、治療師《ヴァイディーヤ》の処方したぞっとする煎《せん》じ薬をのむと思うのか？　インド人には効いても、繊細なイングランド人には命取りになるだろう。おまえは夫を殺したいのか？　どんな事情であろうと、おまえの恐ろしい計画に自分の村の者をかかわらせるつもりはない。もちろん、おまえの手助けなどもってのほかだ〟と。

父はさらに、彼女に罪を悔い改め、夫にすべてを打ち明けるよう提案していた。

父に蔑《さげす》まれていることは十分承知していたが、それでもギャビーは手紙の内容に驚いた。

まさか人殺しと責められるとは、思ってもいなかった。

彼女は発作的に手紙をふたつに引き裂き、さらにその半分に裂いた。ギャビーが小さな紙切れで覆われた机をじっと見つめていると、夫が部屋に入ってきた。

「いったいなにをしているんだ？」クイルが尋ねた。

ギャビーは顔を赤らめ、急いで手紙の残骸《ざんがい》をかき集めた。「なんでもないの――」

「ほかの男からの恋文か？」クイルは彼女が誘惑されたとほのめかした。

「違うわ！　ああ、クイル……」

けれども、クイルは背を向けてしまっていた。そして恐ろしいことに、ギャビーが薬屋から持ち帰った茶色い小瓶を手にしていた。しまうのを忘れていたのだ。

彼女を見たクイルの顔はよそよそしく、こわばっていた。

「このくだらないものはどこで買ったんだ、ギャビー？」

「アブチャーチ・レーンよ」ギャビーはみじめな気分で答えた。「もしかしたらと――」

「ぼくが受けた印象では、きみは一緒に寝るのを拒んだと思っていたんだが」クイルがやけに丁寧な口調で言った。「いつのませるつもりだったんだ、この……薬を？」クイルが瓶を持ちあげた。

「あなたは……愛人のもとを訪れるつもりだと言っていたわ」ギャビーはつかえながら言った。

「そうかい？　わかったよ。きみが夫婦の交わりを嫌うものだから、ぼくは愛人のところへ行くことになっているんだな。そして務めにいそしんだせいで偏頭痛を引き起こしたぼくに、きみがこの薬をのませる。そういう計画なんだろう?」

恥ずかしさのあまり、顔が真っ赤になっているに違いないとギャビーは確信した。

「広告を見たの。それはとても――」

「ギャビー、これまでにいくつ薬を買った?」クイルがさえぎる。

彼女は驚いて目をしばたたいた。

「わかるんだよ。母がまったく同じことをしていたからね。新聞に偽の効能をうたう広告を出した、あらゆるいかさま師から薬を買っていた。だがそのせいで命を落としかけてから、ぼくはもうそういう薬は絶対にのまないと誓ったんだ。今もその誓いを破るつもりはない」

ギャビーは唾をのみこんだ。「彼は効き目があると言ったのよ――」

クイルはすでに向こうを向いていた。「残りはどこにあるんだ?」

彼が衣装箪笥をかきまわし始めるのを、ギャビーは黙って見つめていた。怒りが胸にこみあげてきても無言を貫いた。だがクイルが彼女の机を捜し始めると、ついに黙っていられなくなった。

「あなたにそんなことをする権利はないわ! わたしのものに触らないで!」ギャビーは激しい口調で言った。

「ぼくにはあらゆる権利がある」クイルは反論して、別の引き出しを乱暴に開けた。

「わたしの机よ!」

「ほら、あったぞ。ぼくの薬がどういうわけか、きみの机に入りこんでいたらしい」

彼が三本の小さな瓶を取り出して机に置くあいだ、ギャビーは唇を固く引き結んでいた。

クイルは一本目の瓶を取りあげた。「母もこの偽医者のところを訪れていたよ」瓶は暖炉のなかで粉々に砕けた。深紅の炎が一瞬燃えあがる。「アルコールが入っていたに違いない」

クイルは二本目の瓶を手にした。「これは初めて見るな」その瓶も、最初の瓶と同じく炎をあげた。

「治したいとは思わないの？」自分が買ったものが消えていくのを見ながら、ギャビーは必死になって言った。

「命を犠牲にしてまで治したいとは思わない」クイルは三本目の瓶を見ている。「これはちょっと興味深い。知っていたかい？ あらゆる種類の疫病が治るらしいぞ。くだらない」最後の瓶も暖炉の煉瓦にあたって砕けた。

ギャビーはかっとなった。

「わたしのだったのに。わたしが買ったものをだめにする権利はないはずよ」

「自分でのむつもりだったのか？」クイルの声は冷静だが、目は怒りに燃えていた。「ぼくはこれ以上いんちきな調合薬をのむつもりはないからな……絶対に」

「ばかげているわ」

「もう二度と頭痛の薬は買うんじゃない」クイルはギャビーに背を向け、暖炉へ向かって歩いていった。

「逃げないで！」ギャビーは激しい怒りに駆られていた。

クイルは炉床に散らばる分厚いガラスのかけらのいくつかをつつくと、背中を向けたまま肩越しに言った。「ぼくはきみの返事を待っているんだ、ギャビー」

ギャビーは激怒した。手探りでムーアがくれた茶色い瓶をつかむ。「これを忘れているわよ！」そう叫ぶと思いきり力をこめ、夫に向かって瓶を投げつけた。瓶はクイルの肩の横を通り、暖炉にぶつかって砕けた。煉瓦の継ぎ目を茶色い液体が流れ落ちていく。

瓶が砕けた瞬間、クイルは驚いて飛びのいた。粘り気のある液体が炉床に滴り落ちていくにつれ、部屋のなかに沈黙が広がる。彼はゆっくりと振り返った。

髪が肩のまわりに落ちかかった姿で、ギャビーは腕組みをしていた。彼女は美しい。そして憤然としていた。ギャビーを腕に抱き、夫婦の歓びはいいものだと彼女に思わせられるなら、クイルはなんでも差し出していただろう。

彼は妻に近づいた。「ぼくは恐ろしく短気な女性と結婚したようだな」

「奥さま」ドアの向こうからマーガレットの声がした。「お召し替えなさいますか？」

「約束してくれ、ギャビー」

「あなたの頭痛のために、これ以上どんな薬も買わないと約束するわ、クイル」ギャビーの声は鉛のごとく重かった。

「ありがとう」

「癇癪を起こすのはわたしだけじゃないみたいね」

「きみに出会うまで、こんな頭がどうかしたようなまねをしたことは一度もなかった」

ふたたびノックの音がした。「奥さま?」

ギャビーはため息をついた。「ちょっと待って、マーガレット」夫を見あげて言う。「あなたを助けたかっただけなの」

クイルは彼女の鼻にキスをすると、部屋から出ていくために向きを変えた。ギャビーはクイルを引き留めようとしたものの、思い直して手をおろした。今の出来事のあとでは、ソフィーの忠告どおりに夫を誘惑するなどできない。結局ギャビーは頭痛を言い訳にして、部屋で軽い夕食をとった。臆病で、それを乗り越えられない自分を強く意識しながら。


あくびをしたり、ぶらついたり、噂話をしたりするのが専門の社交界のレディたちにとって、社交シーズンが本格的に始まる前の数カ月は、ロンドンがひどく退屈に思えることがあった。けれども、今年は違う。おしゃべり好きな人々は、どうやら新しいデューランド子爵の一家が自分たちを楽しませてくれそうだとの結論に達していた。

「結局のところ、あの娘はボディスを落として醜聞を引き起こしただけじゃないわ。長男が爵位を継ぐことになった瞬間に彼女が許嫁を捨てたことは、どんな愚か者でもわかるもの」レディ・プレストルフィールドは、自分の取り巻きのレディ・カックルシャムに大喜びで報告した。

「動機は疑うまでもないわね」自分もまったく同じ理由で、四〇歳も年の違う男性と結婚した事実を意識しながら、レディ・カックルシャムが同意した。「だけどわたしが聞いた話が正しければ、彼女は義理の父親が亡くなってすぐに婚約者を取り替えたそうよ。そういう無作法なふるまいは問題にするべきではないかしら」

レディ・プレストルフィールドもつけ加えた。「そうね。アースキン・デューランドの怪我の程度が噂どおりだとすれば……わたしたちとしては、彼女が損な買い物をしなかったことを願うしかないわね」

ためらいがちな沈黙が広がった。

「あの若い子爵夫人を訪ねてみるべきかもしれないわ」レディ・カックルシャムが言った。「今はあそこがどこより面白いに違いないもの。彼女が見かけどおり出しゃばりで……率直に言って恥ずべき人物だとしたら、社交シーズンが始まるまでに本性を暴くのがわたしたちの務めよ」

その思慮深くもっともな意見に対して、レディ・プレストルフィールドは異論を唱えなかった。

「ジズル公爵夫人、レディ・プレストルフィールド、並びにレディ・カックルシャムのお越しでございます」コズワロップは威厳たっぷりに告げた。彼にとって、貴族の一団を屋敷に迎え入れる以上に誇らしいことはなかった。

「ようこそお越しくださいました」ギャビーはレディ・プレストルフィールドとレディ・カ

ックルシャムにお辞儀をすると、慎重に笑みを浮かべた。ボディスを落とした件に関して、ふたりから思わず縮みあがるような忠告を受けたことをはっきりと覚えていた。

「あなたにお祝いを言うのが待ちきれなかったのよ」レディ・カックルシャムが告げた。幸い、彼女のすぐうしろからソフィーがやってきた。「ご主人はお元気かしら?」

「おかげさまで元気にしているわ。ありがとう」顔を赤らめないよう気をつけながら、ギャビーは答えた。ソフィーのいたずらな表情がなにを意味しているのかはよくわかっていた。

コズワロップがふたたび姿を現した。

「ミセス・ユーイング、並びにミス・フィービー・ペンジントンがいらっしゃいました」

ギャビーは驚いて顔をあげた。「フィービー、スウィートハート。それにミセス・ユーイングも。お会いできてうれしいわ!」本当のことを言えば、かなり驚愕していた。ロンドンへ戻ってきてから何度かフィービーを訪ねていたが、エミリーがお返しに訪問してきたことは一度もなかった。

彼女はいつもながらみごとな装いだった。でも、普段以上に疲れてやつれた様子に見える。ギャビーの肩越しにうしろを見て、客間に集まったレディたちに気づいたエミリーは、さらに顔色が悪くなったように思えた。

「わたしたちはお邪魔するべきではありませんでしたわね。ここへうかがったのは、フィービーがひどく心配したからなんです。あなたが……カーシー・ラオに関する伝言を受け取ったかどうかを」エミリーは声を落としてその名前を口にした。

「ちょうど今朝、それについて書かれた手紙を受け取ったところなのよ」ギャビーはにこやかに笑ってフィービーを見た。「カーシーは田舎が気に入ったみたい。新しいお友だちもできて……」彼女は身をかがめてフィービーの耳もとでささやいた。

けれどもフィービーの声は甲高く、秘密の話をするには向いていなかった。

「にわとりなのね！　カーシーはにわとりとお友だちになったの？」

「そうらしいわよ」ギャビーは笑った。

フィービーが彼女の袖を引っぱった。

「悪い人たちは本当に、ミセス・マラブライトのところからカーシーを連れていかない？」

「間違いないわ、ダーリン。だけど、その話はしないほうがいいわね。念のために」

「もちろんですわ」エミリーが急いで言う。「わかってはいたんですけど……ただ、とても……」ひどくみじめそうだ。

「まだ帰らないで。あと少しだけでも」ギャビーはフィービーを見おろした。「マーガレットのところへ行って、ジャムのタルトをもらってきてはどうかしら？」

フィービーがにっこりした。ギャビーは彼女をコズワロップに託し、明らかに気乗りがしていないエミリーを部屋のなかへ案内した。

レディ・カックルシャムが好奇心を隠しきれない様子で顔をあげた。

「申し訳ないけれど……お名前はなんとおっしゃったかしら？」

「ミセス・ユーイングです」エミリーがよそよそしく答えた。

「ご主人はヘレフォードシャーのユーイング家のご出身に違いないわね。そうなんでしょう？」

エミリーが首を振った。「いいえ、主人に家族はありません」

「なるほど。だけど、あなたはエミリー・ソープに間違いないわ。少なくとも、以前はエミリー・ソープだったはずよ。お父さまが元気にしていらっしゃるか、きっとあなたになら教えていただけるわね」レディ・プレストルフィールドが口を開いた。「体調が悪くて療養中と聞いたのだけれど。もちろん、あなたはもっと詳しくご存じでしょう？」

「残念ながら存じませんわ」

ソフィーが助け船を出した。「あのかわいらしいお嬢さんはあなたのお子さんなの？」レディ・プレストルフィールドのほうを向いて言った。「わたしはレディ・フェスターの舞踏会でミセス・ユーイングにお会いしたんですけど、あの夜はずっと彼女のドレスにため息をついて過ごしましたわ。そのミセス・ユーイングが、あんなにすばらしい女の子のお母さんだったなんて！　これであなたをうらやましく思うことがふたつになったわ、ミセス・ユーイング」

レディ・プレストルフィールドがほほえんだ。毒蛇のように悪意のあるほほえみだ。「あら、子供がおありなの、ミセス・ユーイング？　おかしいわね。あなたの……美貌《びぼう》についてはよく耳にしていたけれど、ご主人や子供の話は一度も聞いたことがないわ」

エミリーの肌はほとんど色を失っていたが、彼女はレディ・プレストルフィールドの目を見て答えた。「フィービーは姉のキャロリンの娘ですわ、レディ・プレストルフィールド。キャロリン・ソープのことは覚えていらっしゃるでしょう？　同じシーズンにデビューなさったはずですわ」

ソフィーはかろうじて笑いをこらえた。妹と似ていたなら、おそらくキャロリン・ソープは美人だったはずだ。レディ・プレストルフィールドの存在はかすんでしまっていたに違いない。

そのときドアが開けられ、コズワロップが入ってきた。

「ミスター・リュシアン・ボッホがお見えになりました」

リュシアンは唇に笑みを浮かべて客間に足を踏み入れた。明日は火曜日なので、エミリーを訪ねて結婚を申しこむつもりだった。「レディ・デューランド」彼は快活に声をかけた。「ちょうど前を通りかかったので……」

リュシアンは言葉を切った。頭に血がのぼる。目の前に、自分の妻となる女性が座っていた。「ミセス・ユーイング」彼は思いを隠すことなくエミリーの手に口づけた。

「レディ・カックルシャム、それにレディ・プレストルフィールド、思いがけずお目にかかれて大変うれしく存じます」リュシアンは急いでつけ加えた。

レディ・プレストルフィールドがおざなりにうなずき、またエミリーに向き直った。「もちろん、あなたのお姉さまなら覚えているわ。長女が貧乏な探検家のもとへ行ってしまったときの、お父さまの嘆きを忘れられる人がいるかしら？　しかも娘たちの誰ひとりとして夫を見つけられなくて……あら、失礼、どうか許して、ミセス・ユーイング」猫なで声で言った。「あなたはご主人を見つけたんだったわね。たとえ短期間でも」

リュシアンは目を細めた。「それで思い出しましたよ、レディ・プレストルフィールド。先週、ある話を小耳にはさんだんです。間違いなくいいかげんな噂にすぎないとは思いますが。まさかあなたが、あのプレストルフィールド卿の問題と関係があるとは思えませんから……」

ソフィーがリュシアンにほほえみかけた。「レディ・プレストルフィールドが恥ずべき人物とかかわりになるはずがないのは、誰でも知っていることよ」彼女は愛想よく言った。「でも、その面白そうなお話はぜひ聞きたいわ」

リュシアンは口を開いた。「ひどい話です。レディの前でしていいものかどうか……。ですがもしかすると、みなさんもお聞きになったことがあるのではないでしょうか？」

レディ・プレストルフィールドは真っ白になるほどきつく唇を引き結んだ。

「下品な噂話に興味はないわ」リュシアンを制するように言う。

「ああ、ですが、もちろんあなたとは関係のないことですから」リュシアンは言った。「この話には飼いならされた山羊と……」

レディ・プレストルフィールドが席を立った。

「残念だけど、もう失礼しないと」

「司祭が出てくるのです」リュシアンはにこやかに笑った。「この話にかかわった者はみな、大量に酒を飲んでいたに違いありません。相応の罰が下されていますからね」

「山羊のことなんてなにも知らないわ」レディ・プレストルフィールドが冷ややかに言った。「そういうつまらない話題は考えないようにしているの。それに、うちには飲酒が過ぎる者はいないから。ひとりもね」

レディ・カックルシャムはすばやく頭を働かせた。ミセス・ユーイングがきわめて裕福なこの元侯爵と結婚すれば、ただの未亡人だった彼女の社会的地位は劇的に変化するだろう。レディ・カックルシャムは腰をあげ、友人の隣に立った。

「わたしたちは失礼するわ」レディ・プレストルフィールドの腕をしっかりつかんで言った。「ミセス・ユーイング、お会いできてよかった」

レディ・プレストルフィールドが冷たく頭をさげて宣言した。「わたしは遠まわしな言い方はしないの。ミセス・ユーイング、あなたがなぜこの家にいるのかわからないけど、わたしの家で歓迎されないのは間違いありませんからね！」レディ・カックルシャムを引きずるようにして、彼女は去っていった。

リュシアンは眉をあげ、エミリーの手にキスをした。「おかしいな。きみがどこを訪問しようとかまわないが、ぼくの家を選んでくれれば、それ以上にうれしいことはない」かすれた声で言った。

エミリーは身動きしなかった。それから色の戻ってきた顔でリュシアンを見あげて立ちあがった。「フィービーを家に連れて帰らないと」

「せっかく来てくれたのに、いやな思いをさせてごめんなさい」ギャビーは謝った。

エミリーが疲れた小さな笑みを浮かべ、瞳をきらめかせた。「ちっともかまいません。わたしは自分が幸運だと思っているんです。なにしろ……」リュシアンに向かってお辞儀をした。「ここでもドラゴンを退治してもらえたんですもの」リュシアンは急いで会釈をして、彼女のあとから部屋を出ていった。

「あの女の子はとてもかわいらしいわね。そう思わない？」ソフィーが切なそうな顔でギャビーに尋ねた。目に涙が光っている。

「まあ、どうしたの？」ギャビーは驚いて訊いた。

「いいかげんにしないとね」ソフィーはそう言うと、いらだたしげに涙をぬぐった。「以前、わたしは赤ちゃんを亡くしたの。ときどきばかみたいに感傷的になってしまうのよ」彼女の声は震えていた。

ギャビーは友人の手をきつく握りしめた。「子供を失うなんて、ひどくつらかったでしょうね」

「今度はうまくいくといいんだけど」また少し涙ぐみながら、ソフィーが笑った。

「まあ、ソフィー、すばらしいわ！　生まれるのはいつ？」

「おそらく九月よ。はっきりわからないけど、お医者さまはわたしが思っていたより早くなると考えているみたい。まだ月のものが二回ないだけなのに、もうおなかが大きくなり始めているの」

ソフィーは目に見えて落ち着きを取り戻し、ギャビーのほうを向いた。

「それで? ゆうべはどうだった?」

ギャビーは首を振った。「できなかったの。どうしてもできなかったのよ」

「なぜ?」

「口論になって、クイルは書斎へ行ってしまって……」そこで口をつぐんだ。「理由もなく彼の邪魔はできなかった。それにわたしたちは……わたしたちは一緒に眠っていないわ」

「クイルの邪魔をするべきよ」ソフィーがきっぱりと言う。

「いいえ、あなたにはわからないでしょうけど、クイルは重要な仕事を抱えているの。使用人たちも、彼の予定を乱さないよう気をつけているわ」

「わたしはパトリックの邪魔をするけど、いつでも歓迎されるわ。きっとあなたのご主人も同じはずよ」

ギャビーは喉から顔にかけてかっと熱くなった。「あなたにはわからないのよ、ソフィー。こんなにきれいで洗練されているんですもの。あなたにとっては簡単なことだわ。でも、わたしは……わたしたちはまだ一度しか……」

「いったいなんの話をしているの? あなたは社交界でも指折りの官能的な女性だわ、ギャビー。ロンドンの紳士たちの半数が欲望をかきたてられているのよ。レディ・フェスターの舞踏会に来ていた人たちにあなたが胸を見せてからはとくに」ソフィーはちゃめっけたっぷりにつけ加えた。

「だけど」ギャビーはますます顔が熱くなった。「それでもまだ――」

「もう一度やってみれば？」ソフィーの瞳がいたずらな輝きを放つ。

「もう一度なにをするの？」

「ボディスを落とすのよ！　まだあのドレスを持っている？」

「たぶん」ギャビーは唇を噛んだ。「あなたが言いたいのはつまり、わたしが――」

「そのとおり。あのドレスを着て、クイルが書斎へ移ったらついていきなさい。それから彼の前に立って深呼吸をするの」ソフィーがくすくす笑う。「それで自制心を失わないなら、クイルはわたしが思っているような男じゃないわ」

かぶりを振ったものの、ギャビーは口の端が持ちあがるのを抑えきれなかった。「あなたはクイルを知らないのよ。彼はどんなことでもまず、よく考えないと行動に移さないの」

「クイルだって男よ。男は自分たちが賢いと思っているけど、彼らが体の下のほうを使っているときに上のほうが働いていないのは周知の事実だわ」

「わたしは喪中なのよ」ギャビーは指摘した。

「人目に触れない自宅にいるときにあなたがなにを着ようが、誰にもわからないわ。クイルには、黒い服ばかりでうんざりしたからと言えばいいじゃない」ソフィーが立ちあがってスカートを整えた。

「まあ、おなかの膨らみがわかるわ！」ギャビーは叫び、魅入られたようにソフィーの腹部を見つめた。

今度はソフィーが頬を染める番だった。

「明日あなたの口から、同じくらい興奮した報告が聞けることを願っているわ」

ギャビーは不安そうに小さく笑うと、公爵夫人のあとに続いてドアへ向かい、唐突に言った。「あなたはすてきな人ね……もちろん、わかっているでしょうけど」

「うちの母のまねをするわね」ソフィーが宣言した。「〝そんな戯言を！〟」そう言って、彼女は帰っていった。

19

コズワロップが銀のトレイを差し出した。「ブレクスビー卿がお越しでございます、奥さま。急用がおありだとか。だんなさまと奥さまのおふたりにお会いしたいそうです。書斎にお通ししておきました」

ブレクスビーは一瞬たりとも時間を無駄にしなかった。「レディ・デューランド、時間を取らせて申し訳ありませんが、ホルカールの跡継ぎの問題で、どうしてももう一度お話しさせていただかなければならない状況になりました」

ギャビーが唇を噛んで腰をおろした。悪い知らせを聞かされた場合は支えられるように、クイルは彼女のすぐ右うしろに立った。いい知らせではない予感があった。

「カーシー・ラオ・ホルカールの父親は死期が迫っています。王座を引き継ぐための教育を開始しなければなりません」ブレクスビーが言った。

「カーシーに統治はできませんわ」ギャビーは反論した。「一〇まで数えることもできないんですもの。ホルカールの人々をまとめるために必要な決断が下せるとは思えません」

「現時点ではまだわかりません。その少年の知能に問題があると判明すれば、当然ながら英国政府は東インド会社の動きを支持しないでしょう」ブレクスビーが言う。

「カーシーは……確かに、カーシーを愚鈍だと思う人もいるかもしれません」ギャビーが言った。「頭の回転が速いとは言えませんから」

ブレクスビーがギャビーに思いやりのこもった目を向けた。「カーシー・ラオが単に愚鈍だというだけなら、残念ですがホルカールの王座に就かざるをえないでしょう。結局のところ……」彼は忍び笑いをもらした。「わがイングランドの君主たちも、つねに聡明《そうめい》な人物ばかりだったわけではありませんからね」

ブレクスビーは続けた。「その少年の知能を判断する機会を早急にもうけなければ」クイルは、ブレクスビーがきわめて注意深くギャビーの様子をうかがっていることに気づいた。

「ゆうべ東インド会社のある重役が、カーシー・ラオの居場所を突き止めたと発表しました。実際のところ、すでに身柄を確保して――」

ギャビーが動揺した声でさえぎった。「カーシーを見つけたんですか?」

ブレクスビーがうなずく。「カーシー・ラオは現在のところ、東インド会社の保護下に置かれています。正確にはチャールズ・グラントの屋敷にいるのですが。おそらく明日の夜の催しで、英国政府の面々に引き合わされるでしょう。この一連の動きは間違いなくグラントによってお膳立《ぜんだ》てされている。われわれのなかでは、軽率にも東インド会社の領土を中央インドまで拡大しようとしていることで知られている人物です。マラータ地方の支配をもくろむグラントの狙《ねら》いに合致するという理由だけで、知能に問題のある少年を王座に就かせることは断じて許されません」

「彼らがカーシーをどこで見つけたかご存じですか?」ギャビーが尋ねた。妙に切迫した口調だな、とクイルは思った。

ブレクスビーが意表を突かれた顔になった。

「どこでですって? ロンドン以外のどこだというんです?」

クイルが驚いたことに、ギャビーの全身から力が抜けた。ブレクスビーの返答を聞いて、彼女が喜んでいるのがわかる。クイルは好奇心をかきたてられた。

「明日はぼくたちも招待されるのでしょうか?」クイルは質問した。

「それはありえない」ブレクスビーが答えた。「グラントがなにより歓迎しないのが、カーシー・ラオに統治能力がないとわれわれの同僚を説得できる、レディ・デューランドの存在なのだから。しかし、わたしは招待されている。そのわたしが誰を連れていこうと、文句を言える者はいない。偶然にも、わたしは美しい子爵夫人に同行していただこうと決めた」いかにも楽しげに言う。

「明日の引き合わせを阻止する手立てはない」クイルはギャビーに言った。「せめてカーシー・ラオが不安を感じないようそばについているのが、きみにできる最善のことだ」

「若い王子に楽しく過ごしてもらうために、わたしにできることならなんでもするわ」ギャビーが優しい声で言う。クイルは眉をひそめた。カーシー・ラオが見知らぬ人々であふれている部屋に引きずり出され、物見高い視線にさらされると聞けば、彼女なら必死で抗議するに違いないと思っていたのに。

ブレクスビーが口を開いた。「あなたのおっしゃるとおりだとすれば、彼にホルカールを統治する能力がないのはすぐに確認できるはずです。カーシー・ラオにとっては不快な夜になりますが、われわれはグラントに彼の策略が失敗に終わったと宣告できるでしょう。しかしながら申しあげておくと、グラントはその少年がうまく責任を全うできると自信満々でいるようです」

「ぼくも妻に同行します」クイルはブレクスビーに言った。

ブレクスビーが会釈する。「一緒に来てもらえるなら大歓迎だ、子爵」

クイルは険しい口調で言った。「ぼくはグラントを知っています。実を言うと彼の存在が、数年前に東インド会社の株を手放した理由のひとつでした。グラントは愚かで、どんな事業であれ、彼がかかわると信用に傷がつく可能性が高かったのです。ここ何年かでグラントが権力をふるうようになったのは残念でした。会社の巨額の負債を返済するには、インドで領地を拡大するしか方法がないと考えていますから。つけ加えるまでもありませんが、グラントはあらゆる手段……公正だろうと不正だろうと、それに頼って会社の財産を殖やしてきました」

「わたしもまったく同じ意見だ」ブレクスビーが立ちあがりながらうれしそうに言った。「レディ・デューランド、それでは明日の夜を楽しみにしていますよ」仰々しく頭をさげてギャビーの手にキスをすると、クイルに会釈して部屋を出ていった。

ギャビーはクイルと目を合わせようとしなかった。

「さぞ動揺しているだろうね」クイルは声をかけた。「カーシー・ラオが連れ去られて、とても残念に思うよ、ギャビー」彼は眉根を寄せ、困惑気味に妻を見つめた。

「ええ、取り乱しているわ」ギャビーが曖昧に応じる。

彼女がそれ以上なにも言わないので、クイルは続けた。「明日になったら、カーシー・ラオが置かれている状況について調べてみよう。東インド会社には、まだ何人か内情を聞ける友人がいるんだ」

ギャビーはうなずいたものの、黙ったままだった。

このまま部屋から出ていくんだ。ドアのそばに立ったクイルはみずからを促した。けれども、どうしても視線がギャビーの体に向いてしまう。短い袖を押しさげるところを想像するのは簡単だった。それから手を下へ……。彼は無理やり目をそらした。いやがる女性を奪うつもりは絶対に、絶対にない。そしてギャビーはいやがっている。

ひとりで眠る満たされない夜のあいだ、クイルは長い時間をかけて真剣にそのことを考えていた。ギャビーが性的な関係を持ちたがらないのは、彼女がうぶなせいだ。乱れたシーツやむき出しの肌に嫌悪感を抱かなくなるまで、一週間くらいかかるかもしれないと考えていた。だが、その一週間はとっくに過ぎている。もう一度ベッドをともにしてもよかったが、そうするとまた偏頭痛が起こってなにもできなくなってしまうだろう。どんなに考えても、ギャビーが嫌悪に身を震わせずにすむ方法を思いつけない。

自分を女性に縛りつける欲望を呪《のろ》いながら、クイルは書斎の戸口に立ちつくした。いまいましいことに、燃えるように熱い下半身がけしかけてくる。妻とベッドをともにしろ、彼女を自分のものにして愛し合えと。

ギャビーから離れてはならないと。

礼儀正しい会話を交わすだけの夕食の時間は、苦痛のうちに過ぎていった。ギャビーは例の醜聞を引き起こしたドレスを着ていたが、クイルが気づいた様子はなく、彼女は自分の魅力のなさを痛感せざるをえなかった。塩を取ってほしいと彼に頼まれたときには、みずから手を伸ばす代わりに従僕に合図をした。ギャビーが企てているちょっとした見せ物の山場が早まり、夫より使用人たちを楽しませる結果になるのはごめんだからだ。

九時きっかりに、クイルがレモンタルトの最後のひと口を食べ終えた。「残念だが、失礼して書斎へ行く時間だ」わざとらしいほど礼儀正しい口調で彼は言った。ふたりのあいだでは、これが結婚した夫婦の親密さに該当する態度なのだ。

ギャビーはごくりと音をたてて唾をのみこんだ。

「あとで書斎へ行ってもいいかしら、クイル？」

クイルは驚いた顔をしたが、わずかな沈黙ののちに答えた。「もちろんだ。当然ながら、いつでもきみを歓迎するよ」一瞬だけ彼女の手の甲に唇を押しあてると、部屋を出ていった。

ギャビーはどこを歩いているのかまったく意識しないまま、ゆっくりと階段をあがった。

自室に入り、化粧台へ向かう。きちんと編んでまとめた髪は、まだほとんど崩れていなかった。彼女は急に思い立って、ヘアピンを引き抜き始めた。クイルはわたしの髪が好きなのだ。おろしていれば誘惑するのに役立つかもしれない。

そんなことを考えたのも、誘惑がうまくいくとは思えないからだ。ソフィーの言葉は信じられない。わたしは太りすぎていて魅力に欠けている。夫に愛人のもとへ行くと言われてもしかたがないほどに。

ピンをすべて抜き終わると、彼女は編んだ髪に指をくぐらせた。金茶色の髪がさざなみのように背中へ流れ落ちていく。

ありがたいことに、廊下でも階下へ向かう階段でも、使用人に出会わなかった。ギャビーは軽くノックをしてから書斎のドアを開けた。

クイルは長い部屋の奥の端に座っていた。インクで袖口を汚さないよう、白いシャツを肘までたくしあげている。テーブルに置かれたオイルランプが暖かい光を投げかけ、彼の髪を赤ワイン色に輝かせていた。

顔をあげたクイルは、すぐに立ちあがった。「来てくれてうれしいよ」ほんの一五分前におやすみの意味の言葉を口にしたことを忘れたかのようにつぶやいた。

ギャビーはがっかりした。クイルの口調は二〇年も連れ添った夫かと思うほど無関心だ。たとえドレスから胸が飛び出すのを見ても、せいぜいあくびをするだけかもしれない。だけど……ほかにどうしようもないわ。彼女は意識して腰を大きく揺らしながら、部屋を横切ってクイルに近づいた。ぐちゃぐちゃになったカーテンのように髪が飛びはねているのがわかる。きっと実際より五倍も丸々として見えるだろう。そう気づいて、ギャビーはぞっとした。

「シェリーはどうだい？　それとも果実酒《ラタフィア》のほうがいいかな？」クイルがサイドボードを示して尋ねた。

ギャビーは唾をのみこんだ。「ええ、ありがとう。シェリーをお願い」息のまじったおかしな声が出た。彼女はシェリーを受け取ると、グラスがほとんど空になるほどたっぷりと口に含んだ。アルコールが熱く喉を流れ落ちていく感覚が心地よい。クイルは驚いた様子だったが、無言でふたたびギャビーのグラスを満たした。

「レディ・シルヴィアから手紙が届いたんだ。きみも興味があるんじゃないかな」

「あら、なんて書いてあったの？」

「旅行は母にいい影響を及ぼしているみたいだ。レディ・シルヴィアの表現を借りれば、もうめそめそしていないらしい。それからスイスでピーターの友人のサイモン・ベイカー・ウォラトンと出会って、彼もギリシアへ同行しているそうだ。どうやらウォラトンはとても愉快な人物らしい」

「それはよかったわね」ギャビーはうわの空で言った。クイルから離れたところへ移動する。髪をおろしていることにすら、彼が気づいているかどうかは怪しいものだ。気づいていたとしても、クイルはまつげ一本動かさなかった。ギャビーはなんの策もないまま本棚へ歩いていき、ハーバート・ボーンの『ロンドン巡回』をぼんやりと見つめた。

「面白そうな本ね」喉のこわばりを意識しながら、指先で本に触れた。

「機知に富んでいるとは言えないけれどね」肩のうしろからクイルの声が聞こえた。

彼女は悲鳴をあげた。「あなたが近づいてくる音が聞こえなかったわ」

「ぼくはここにいる」クイルが本棚に腕をついてもたれかかった。白いリネンのシャツとは対照的に、袖からのぞく腕は日に焼けて褐色をしていた。「ぼくはここにいる」彼はそっと繰り返した。「わからないのは……きみがここにいることだ」

ギャビーは眉をあげた。こうしてクイルと正面から向き合っていると、不安が少しずつ消えていく。勇気を出すのよ、と彼女は自分に言い聞かせた。ただそれだけでいい。「どうしてわたしがここにいてはいけないの？」伏せたまつげの下から挑発的に彼をうかがった。

クイルが肩をすくめた。疑問をあらわにした厳しい目をしている。

それでもギャビーは刻一刻と自信が増してくるのを感じた。髪でさえ、鬱蒼とした茂みのようないつもの状態から奇跡的に姿を変え、つややかで官能的に顔を包んでいた。ギャビーは手を伸ばし、髪の房を前に持ってきて片方の胸にかかるようにした。

クイルの顎に力が入るのを目にして、彼女は心のなかで小さく喝采《かっさい》した。

彼が考えこむように言った。「問題はなぜぼくの慎み深い妻が喪服を脱いで、ダビデの愛《あい》妾《しょう》のバト・シェバが風呂に入る寸前のような格好をしているのかということだ。確か妻は、夫婦間の歓びに興味がないと言っていたと思うんだが」

ギャビーは唾をのみこんだ。これから服を脱ごうとしていることを考えると、バト・シェバのたとえはクイルが気づいている以上に適切だ。どうやら今がそのとき――ドレスを脱ぐときらしい。彼女は小さく身をよじって肩をすくめた。

なにも起こらない。シルクの布地は胸の頂をしっかりと覆ったままだ。

「ギャビー？」クイルの声にはちゃかすような響きがあった。

「上階《うえ》にいてもつまらないの。わたしひとりでは」ギャビーは急いで言い、ひそかにもう一度肩をくねらせた。

クイルのまなざしが和らいだ。「ぼくたちがまだ人前に出られないのはわかっているはずだよ、ギャビー。あと数カ月して喪が明けたら、好きなだけ社交界の催しに顔を出せる」

「ええ、わかっているわ」

「残念ながら葬儀とぼくの体調のせいで、仕事にかなり遅れが生じているんだ。今夜はきみを楽しませてあげられない」クイルはギャビーの肘を取って向きを変えさせた。

「でも、まだシェリーを飲み終わってもいないのよ！」彼女は抗議した。

「どうか許してほしい」クイルが言った。奇妙なことに怒っているみたいな声だわ、とギャビーは二杯目のシェリーを飲みながら考えた。

「わかったわ」彼女はしぶしぶ応じた。もう一度肩を揺すってみようかと考えたものの、体がかゆいのかと思われるかもしれない。それにクイルはまったく興味を引かれていないふうに見える。

彼はギャビーを書斎のドアまで連れていったが、彼女はそこで立ち止まった。まるでいたずらをして教室から追い出される子供みたいだ。

「部屋まで送れないほど忙しいの？」微妙な言いまわしで、なんとかクイルの態度をとがめる方向に持っていこうとする。

クイルが黙りこむのは二度目だった。やがて、抑揚のない声で言った。「もちろん喜んで送ろう」ふたりは無言のまま並んで歩き、螺旋《らせん》階段をあがった。指先でなめらかな手すりに触れながら、ギャビーは必死で別の方法を考えようと試みた。

だんだん気持ちが滅入《めい》ってくる。クイルは本当に忙しそうだし、彼をベッドから追い払ったのはわたし自身だ。もしかするとクイルはなにもかも忘れることにして、わたしを邪魔者のように扱っているのかもしれない。彼女はすっかり意気消沈して、廊下でクイルの前を歩きながら腰を揺らすことすら忘れていた。

ギャビーの寝室まで来ると、彼女は背後から身を乗り出したクイルに一瞬遅れてドアに手を伸ばした。だがすでに彼がドアを押し開けていたので、バランスを崩してしまった。よろめきながら部屋に入り、絨毯の端に爪先を引っかけて左肩から床に倒れこむ。

そのとき、ギャビーが思わず発した言葉があたりに響いた。

「ちくしょう、いまいましいったらないわ！」

仰向けに転がり、ひりひりする肩――むき出しの肩――に触れて初めて、ギャビーはドレスが腰のあたりまでさがっていることに気づいた。

そして視線をあげ、戸口で凍りついている夫と目を合わせて悟った。いつのまにか、自分が王手をかけていたことを。

ギャビーは肘をついて上半身を起こしながら、みごとな胸——結婚式の日にクイルが言った言葉を引用すれば——を持っていてよかったと思った。

「なんてことかしら」恥知らずにも夫に向かってほほえみかけながら言った。

クイルが咳払いをした。彼の瞳の色が濃くなっていることを見て取り、ギャビーは満足した。

「自分の寝室のなかに限るなら、裸になってもいいと思うようになったの」クイルはぼうっとしているわ。わたしの姿を見て、彼の思考能力はどこかに行ってしまったみたい。

ギャビーがそんな考えにふけっていられたのも、わずか二秒ほどだった。クイルが部屋に入ってきて、後ろ手にそっとドアを閉めた。

20

クイルがすばやく動いてそばにひざまずいた。

「きみは心変わりしたと受け取っていいのかな?」

ギャビーはごくりと喉を鳴らし、小さな声で言った。

「ええ。つまり、その……クイル、いい考えがあるの」

「考え?」クイルが手を伸ばし、ひりひり痛むギャビーの肘をさすった。それから彼女の肩にかかっていた髪をうしろへ払う。

「もしかしてあなたの偏頭痛は、腰の傷に関係しているんじゃないかしら?」ギャビーは半裸で床に座りこんでいる状況を無視しようと努めた。

「医者たちは、事故のときに脳震盪を起こしたせいだと結論を下している」クイルはギャビーの話をまともに聞いていないようだ。

彼は蜂蜜色に日焼けした手でギャビーの乳房を包んだ。クイルの親指が胸の頂をかすめたとたん、ギャビーの体の奥が震え、興奮と緊張が二重の律動を刻み始めた。

「魅惑的なギャビー」クイルがささやいた。からかうような笑みを浮かべて彼女を見おろしている。「考え直してくれてうれしいよ」

「クイル、わたしの言ったことをちゃんと聞いていたの？　偏頭痛が脳震盪よりむしろ腰の怪我とかかわりがあるとすれば……」

クイルはギャビーの隣に横たわり、彼女の肩に口づけ始めた。軽くついばむようなキスだ。

ギャビーはふたたび説明を試みた。

「もしかすると偏頭痛は、腰を痛めたことが原因で起こるのかもしれないわ」

クイルが首を振り、いらだちを抑えるようにして言った。「ぼくは運動でよく腰を動かしているんだ、ギャビー。だけど、そのせいで偏頭痛が起こったことは一度もない。それに脳震盪が頭痛を引き起こすのはよく知られた事実だ」

ギャビーは胸から彼の頭を押しのけた。「わたしの話を聞いて！」

「いやだね」クイルがまた彼女の肌に口を寄せてささやいた。「ギャビー、ぼくは毎日運動をしているが、それで頭が痛くなったことはない。偏頭痛の引き金になるのは女性との交わりと乗馬だけなんだよ」

「乗馬？」ギャビーは理性的に考えようと努めた。クイルの片手が彼女の腹部へ移動して、じらすように小さな円を描き始めた。くしゃくしゃになった紗のドレスを、さらに押しさげるつもりらしい。

突然、クイルがギャビーの胸の先端を口に含んだ。しばらくしてようやく顔をあげた彼の息は熱く燃え、喉は官能的なリズムを刻んでいた。「偏頭痛から逃れるすべはないんだよ。

どの医者も、そういう動きが頭の古傷に悪影響を及ぼすということで意見が一致した。不思議でもなんでもない」

「あなたはいつも歩いているじゃない。すべての動きが問題を引き起こすわけじゃないのは明らかだと思うけど」ギャビーは反論した。

「そのとおりだ。だけど今は、会話をしている場合じゃないよ、ギャビー」クイルはそうつけ加えると、頭をさげてふたたび彼女の胸の先端に口をつけた。

ギャビーはどうすることもできなかった。胸の頂を荒々しく吸われて息をのむ。不本意ながら体が自然と彼のほうを向き、また覆いかぶさって重みを感じさせてほしいと懇願した。

「うーん」クイルがつぶやいた。ギャビーの背中に沿って誘うように片手をすべらせ、ドレスのひだの下に手を差し入れる。

ギャビーは思わず身をよじり、荒い息を吐いた。クイルがギャビーのヒップを手で包んで引き寄せたかと思うと、なめらかな動きですばやく彼女を抱きかかえた。

「だめよ！」ギャビーはうろたえた。「腰が頭痛の原因なら、わたしを抱えたりしてはいけないわ」

クイルが首を振り、彼女の唇にじらすように唇を這わせた。「いいや、スウィートハート。きみの考えは道理にかなっていない。それにぼくはときどき、偏頭痛なんてどうでもいいと思えてくるんだ」

彼は本気だとわかった。ギャビーの腕のなかにいるためなら、痛みを味わうくらいかまわないというのだ。

クイルが彼女をベッドに横たえた。悪名高いドレスがゆっくりと引きさげられ、すべるように床に落ちていった。今やギャビーが身に着けているのはシルクのストッキングと靴だけだ。「とても美しい」彼の声はまるで愛撫のように心地よかった。

ギャビーは大きく息を吸い、上掛けの下にもぐりこみたい衝動をこらえた。「あなたの腰に負担をかけない方法で愛し合ってみたいの。お願い」いかにもよく知っていると言わんばかりの声を無理に作った。クイルは気にしないかもしれないが、ギャビーはどうしても彼の頭痛が気にかかった。

「実験してみたいのかな?」クイルの眉が弧を描いた。「ぼくはきみよりかなり経験があるよ、ギャビー。正直なところ、昔ながらのやり方のほうが、きみにとってはずっと快適だと思うんだが」

彼女の前で何気なく立っているために、クイルは震えるほどの努力をしていた。ギャビーに覆いかぶさり、礼儀や先のことなどまったく考えず、ひと息に彼女のなかに押し入りたいという圧倒的な衝動と必死で闘った。彼はギャビーのなだらかな曲線を描く膝からもつれたつややかな髪まで、視線をさまよわせることを自分に許した。彼女の靴をゆっくり脱がせ、指で足の輪郭をたどる。

「いったいきみになにが起こったんだい?」クイルの声は喉に引っかかって不明瞭になった。彼はなにも考えずに身を乗り出し、ギャビーの真っ白な乳房を手で包んで自分のものだと表明した。「きみは生まれたままの姿で、明るいところにいるんだぞ。裸であるのを気にしたことなんて一度もないみたいに」

ギャビーはむき出しの胸を、そこに置かれたクイルの手を見おろした。わざわざ返事をしようとは思わなかった。ドレスが床に落ちても気づかない、みだらな女に変貌したとクイルが思うなら、そう思わせておけばいい。「あなたに考えはあるの、クイル？」

彼はギャビーがなんの話をしているのかわからなかった。「考え？」ベッドにのり、大きな体で彼女の上にのしかかる。クイルはバラ色の乳首をふたたび口に含んだ。

ギャビーが両手で彼の肩をきつくつかみ、あえぎながら言った。「計画よ」

「計画？」

ギャビーはうめき声を噛み殺した。「これの」彼女はあきらめなかった。

クイルが顔をあげた。「なにを言っているんだ、ギャビー？　前回きみをベッドに運んだときは、計画なんて立てていなかった。間違いないよ」

ギャビーは息が苦しくなり始めていた。「わたしの……わたしの話を聞いて！」脚のあいだに割りこんできた膝を押した。

クイルはかぶりを振ると、いらだたしげに髪を手ですいた。

「聞いているよ。だけど、いったいなにが言いたいんだ？」

「腰に体重をかけているわ」ギャビーは指差した。「あなたの腰には傷があるでしょう？」

彼は目を閉じた。「医者になんと言われたか、もうきみに話したじゃないか」けれども欲望にとらわれた体の奥深いところでは、心の声がささやいていた。〝ギャビーが望むとおりにすればいいじゃないか。さもないと、また寝室から追い出されるかもしれないぞ〟

クイルはギャビーにほほえみかけた。「わかった。腰は使わないことにしよう」猫を愛撫するように彼女の腹部をなでる。クイルの指が触れたところから、ギャビーの体に震えが広がっていった。クイルは不意に湿ったつややかな巻き毛に親指をこすりつけ、反対の手で震える彼女の腿を開いた。

ギャビーが息を詰まらせ、首を絞められたようにおかしな音をもらした。クイルは彼女から手を離すとうしろへさがり、ベッドから脚をおろした。全身を震わせて脚のあいだに燃えるような熱を感じているギャビーを残したまま、ベッドを離れた。「クイル？」彼女が手を伸ばしてきた。琥珀色の瞳が欲望にかすんでいる。

どうやら妻は急に、この二週間彼を悩ませてきたのと同じ嘆かわしい欲望に苦しめられていると気づいたらしい。突然なにもかもが愉快に思えてきた。クイルは物憂げに言った。「わかっているだろうが、まず計画の概要を決めるべきだ。そうすれば、ぼくたちがすべきことがはっきりするからね」

ギャビーはクイルの声に挑戦の響きを感じ取り、すぐさま反応した。「いい考えだと思うわ」彼女は陽気に言った。

「そうかな？」クイルが脚を開き、大きい体で堂々とギャビーの前に立った。面白そうに目をきらめかせているのは、彼がひそかに笑っているしるしだ。「それなら、第一段階はどうすればいいか言ってくれないか？」

「まあ」ギャビーは咳払いをした。「まず服を脱いでもらえないかしら？　できればわたしだけがこんな状態でいたくないの」落ち着いた口調に感謝の意をこめた。

それを聞いて驚いたとしてもそんなそぶりはいっさい見せず、クイルは官能的な笑顔を形作った。「それはどうだろう、ギャビー。ぼくの腰に負担がかかったら？　きみがぼくの服を脱がせるほうがいい」

ギャビーは体を起こして床に足をおろした。心臓が不規則に打っている。「いいわ」紅茶のお代わりを頼まれでもしたかのように、彼女は気軽に応じた。

そして、クイルのクラヴァットを解き始めた。

「ぼくが腰を使わないなら、ほとんどのことをきみがしなければならないよ」

「当然でしょう」ギャビーはつぶやいた。

クイルがにやりとする。

「ギャビー、初めて結ばれたときのことを、きみはどれくらい覚えているんだい？」

ギャビーは彼の首のまわりからクラヴァットを引き抜いて、きちんと椅子の上に置いた。

「もちろん全部覚えているわ」クイルの視線を避けて、彼のシャツのボタンを外し始めた。

クイルは悪魔のようになめらかな口調で言った。

「腰に体重をかけないなら、きみはあのときよりもっと……率直になる必要がある」

ギャビーはごくりと唾をのんだ。「あたり前だわ」彼女は感情をこめずに返事をした。最後のボタンを外し終え、クイルの肩からシャツを脱がせる。彼の胸は日に焼けてなめらかだった。ギャビーは魅入られたように引きしまった筋肉に指を近づけた。

「さっきぼくが言ったことを覚えているかい？」今度はクイルが冷静な声を保つのに苦労する番だった。

「うーん」それがギャビーの答えだ。実際のところ、ベッドで率直になるというのがどういう意味かさっぱりわからなかったが、質問する気にはなれなかった。彼女は両手をクイルの首に置き、胸に沿ってすべらせた。手が触れたところが小さく震え出す。ギャビーは大胆な気分になって身を乗り出し、触れたばかりの熱い肌に口づけた。

クイルは咳払いをした。いつまで文明人らしくしていられるかわからなかった。このままではズボンがおろせなくなるかもしれないと思うほど、下腹部が激しく脈打っている。

「残りの服はどうした、ギャビー？」

洗練された口調はとっくに失われ、声に激しい渇望がにじみ出ていた。

ところがギャビーは、なかなかズボンを脱がせられなかった。ついに耐えられなくなり、クイルは残りの服を自分で取り去った。

突進してギャビーをつかまえ、そのまま仰向けにベッドに倒れこんで彼女を自分の上に引っぱりあげた。ギャビーはぼうっとした状態で頬を真っ赤にしながらクイルの上になった。次の瞬間、状況を理解して驚きに目を見開いた。

「本気なの？」

クイルは返事をしなかった。答えられなかったのだ。代わりに彼女の腰をつかんで、みずからに導いた。

ギャビーが息を詰まらせ、本能的に体を押しつけてくる。

「そうだ！」クイルはささやいた。「ぼくのところへ来てくれ」

全身を震わせ、押し寄せてくる強烈な羞恥心にとらわれて、ギャビーは動けなかった。なにしろ服を脱いでクイルの上になっているのだ。恥ずかしくて体が震える。明るいところですべてをさらけ出しているなんて、堕落しているわ！　少なくとも前のときは、クイルの下になって体が隠れていたのに。

けれども視線を下に向けたギャビーは、そこにクイルの美しい灰色がかった緑の瞳――彼女にしか与えられないなにかを必死に求める瞳――を見た。肌があらわになっているのも忘れて前かがみになると、クイルにそっとキスをしつつ体をおろしていき、彼の情熱の証を軽く突いた。

合わせた唇の下でクイルがうめく。彼はギャビーの口を開かせ、彼女がもらしたため息を奪って自分の肺に吸いこんだ。

「あなたのせいで頭が働かないわ」ギャビーは小声で言った。クイルが彼女の口もとから唇を離し、焼けつく跡を残して喉へと移していく。ギャビーの体を引きさげたくてたまらないかのように、腰に置かれた手に力がこもった。

「ギャビー……」クイルの声は懇願していた。

ふたたび体をさげたとたん、ギャビーの口から思わず小さな叫びが飛び出た。腰をあげ、またおろす――もっと深く、もっと甘く。呼吸が胸を焦がした。もう一度、さらにもう一度と、ギャビーが試みるたびに深さが増していった。クイルが苦しそうに顔をゆがめる。

「ギャビー！」荒々しい声を耳にして、ギャビーは彼が自制心を失う寸前だと気づいた。今にも彼女を乱暴に引きおろそうとするに違いない。

「なに？」ギャビーは優しくささやき、名工が作ったパズルのピースのようにぴったり合わさるところまで体を沈めた。

クイルが荒々しい叫びをあげ、弓なりになってベッドから腰を持ちあげると、彼女をきつくつかんでみずからに押しつけた。

今度はギャビーが叫ぶ番だった。だがそのとき、はっと気づいた。「待って、腰を動かしてはだめよ！」あえぎながら言う。

クイルの瞳に笑みが浮かんだ。「きみに有利な取引だな、愛しい人」懸命にみずからを抑えているために、声がかすれて張りつめていた。苦労して片手をギャビーの腿の前面にまわし、彼女の気を散らそうと試みる。

ギャビーは上下の動きを覚えることに集中しているらしく、黙りこんでぎこちなく体を揺らしていた。すばやく腰をあげてから、耐えがたいほどゆっくりと身を沈める。クイルは頭がどうにかなりそうで、歯を食いしばって妻の背中をなでた。片方の乳房が誘うように口のすぐそばにあると気づいてうれしくなる。我慢しろ、とクイルは自分に言い聞かせた。ギャビーのいないベッドでひとり眠ることに比べれば、たとえぎこちなくても彼女と愛を交わしているこの状態は歓喜に等しいという事実を忘れるな。

ところがようやく忍耐を学んだかに思えた次の瞬間、苦労して手にした美徳はあっけなくはじけ飛んだ。彼は引きしまった体をそらし、腰を荒々しく突きあげた。たちまち稲妻が全身を駆け抜ける。

クイルは自分を叱責してふたたび忍耐力を取り戻し、二度と口にするつもりのなかった愛の言葉をささやいた。

そしてついに……彼の妻はその美しい腰を動かすリズムをつかんだ。まるでダンスを踊るようにギャビーが上下し始めると、甘美な調子に合わせてクイルの体じゅうの血管が脈打った。互いの鼓動がぴったりと重なり合う。

やがてギャビーが体をのけぞらせて大きく叫んだ。クイルは彼女の腰をつかんで突きあげ、全身の力を振り絞って押し進んだ。ギャビーの喉から奔放な叫びがほとばしったことに気づいた瞬間、彼女が激しく体を震わせてクイルの胸に倒れこんだ。

これで十分だ。いや、十分どころではない。クイルはギャビーを、みごとな柔らかい曲線のすべてをきつく抱きしめ、ジャスミンの香りのする妻に自分の持つすべてを与えた。

今度こそ十分だ。

実際のところ、クイルはギャビーが彼の肩に突っ伏してくれてよかったと感じていた。この体勢なら、彼女に顔を見られずにすむ。今はまるで体から魂が飛び出してしまったかのようで……満ち足りた気分だった。

クイルはかすれた声で言った。「初めての試みにしてはかなりよかったよ、ギャビー」そしてわが身をあさましく思いながらも、ギャビーが上になったまま眠ってしまったらしいことを喜んだ。愚かな発言を聞かれずにすんだに違いない。クイルは彼女の耳や髪に何度も口づけた。起きているギャビーが相手ではとてもできないほどの優しさをこめて。これは感謝のしるしなんだ、と彼は自分に言い聞かせた。飢えから救ってくれたことに対する感謝だ。

朝の六時になってようやく、クイルはギャビーが直感に基づいていろいろと考え出すのも、彼女の長所のひとつと見なすべきだろうと理解した。優れたリズム感も長所であることは言うまでもない。部屋の隅にバラ色の明かりが差し始めていたが、彼の視界に不吉な紫色の光が点滅することはなかった。ぐっすり眠るギャビーの体を慎重に肩からおろして立ちあがっても、胃はむかつかなかった。体はこわばっていたが。果樹園で作業に励みすぎたときのように腰が痛み、クイルが伸びをすると抗議の声をあげた。それでも、頭は奇跡的にはっきりしていた。まじりけのない純粋な喜びの笑みが顔じゅうに広がった。

彼は身をかがめ、サテンのようになめらかなギャビーの腿に手をすべらせた。眠ったまま、彼女がため息をついてわずかに脚を開く。クイルは身を震わせて必死であとずさりした。今のぼくの腰はこれ以上の動きに耐えられないだろう。だけど夜になれば……そうだ、今夜だ。

十分だ。悪魔でさえ満足して、大声で賛美歌を歌い出すに違いない。

21

エミリーはゆっくりと机から立ちあがり、しみのついた指を悲しげに見つめた。どうにかして、インクを飛ばさずに羽根ペンを使えるようにならないと。

リュシアンが会釈した。エミリーもお辞儀を返す。顔をあげると、彼はいつのまにかすぐ近くに立っていた。

「エミリー」リュシアンがかすれた声で言った。

エミリーは礼儀正しく返答しようと口を開いたものの、言葉は喉で消えてしまった。

「きみのドラゴンがまた現れないか、確かめに来たんだ。だが、やつは来ていないようだ」

「ええ」エミリーはやっとのことで声を絞り出した。「ミスター・ヒズロップは、今朝はいらっしゃっていません」

リュシアンは彼女の両手を取って裏返し、汚れてはいるものの美しい指を見つめた。

「手袋をするほうがいいかもしれない」

「インクでだめにするたびに取り替えていては、費用がかかりすぎますわ」エミリーの声には自尊心がにじんでいた。彼女が手を引き抜こうとした。

リュシアンはエミリーの右手を放さずに持ちあげ、てのひらに口づけた。

「ぼくが手袋を買ってあげよう」彼は唐突に言った。

エミリーが先ほどより強く手を引っぱった。

「ドラゴンも同じことを思っていますわ。自分の手袋は自分で買います、ムッシュ」

「きみはフランス語を話すのかい、エミリー？」

「ミセス・ユーイングと呼んでください。ええ、フランス語は多少話せます。子供のころは家庭教師がついていましたから」

「無礼を許してくれ。ずっとエミリーとしてきみのことを考えていたので、つい口がすべってしまった。子供時代の話をもっと聞きたい」

おかしな会話だわ、とエミリーは思った。わたしを見る彼の目に浮かんでいるものと、ふたりが話題にしていることとはまったく関係がない。わたしも同じ目つきで見つめ返しているのかしら？　それが恐ろしい。

リュシアンは――このフランス人はとても美しい。エミリーより頭半分くらい背が高いだけなので、リュシアンが彼女の手を見おろしたときに、頬に向かってカーブを描く長いまつげがはっきり見えた。今やエミリーの心臓は、口から飛び出しそうになっていた。

「ミスター・ボッホ」彼女はまだちゃんと言葉を発することのできない、子供になった気分だった。

「ぜひきみを誘いたい……」リュシアンは話し始めたが、すぐに口をつぐんでしまった。彼を見つめるエミリーの瞳は海にかかる霧を思わせる青みがかった灰色で、とても清らかだ。自分が年を取っていることも、男やもめであることも、彼女にふさわしくないことも頭から消えてしまう。エミリーには前途があり、人生に傷ついていない男が似つかわしい。けれども青灰色の瞳の奥をのぞきこんでいると、それらのすべてを忘れてしまった。

リュシアンはエミリーに触れないままキスをした。握っていた手を離し、一歩前に進み出て頭を傾ける。ふたりはほぼ同じ背の高さだった。

すると彼女が――美しくてけがれがなく、リュシアンよりもっとましな男がふさわしいエミリーが――キスを返してきた。たちまちリュシアンは、彼女が一度も結婚したことがないとわかった。彼と重なった唇が震え、ため息とともに開かれた。

リュシアンはエミリーに口づけたが、すぐに顔を離した。うしろにさがって彼女を見つめ、どうにか落ち着いた声を出した。

「ぼくはエミリーと呼びたい。なぜなら、ミスター・ユーイングは存在しないのだから」

「夫は馬車の事故で亡くなったわ」エミリーは膝に力が入らなかった。レディとして、この男性に部屋から出ていくよう命じるべきだとわかっている。リュシアンはわたしを誘惑しようとしているわ。手袋を買ってあげたいだなんて、愛人にするつもりなのは間違いない。そこまでわかっていても、どんなたぐいの憤りも感じられない。心臓が早鐘のように打っている。

リュシアンはふたたび前に身を乗り出した。彼が唇をふさいで力強く引き寄せると、エミリーはわずかにふらついた。リュシアンは息をのむ彼女の甘さを味わい、無垢な心ではなく欲望を感じ取った。

リュシアンが顔をあげてもエミリーはもはや逃れようとはせず、ただ彼を見つめ返した。リュシアンは思わず口走っていた。「結婚してほしい」

エミリーは無言だった。

「すまない」彼はぎこちなく謝った。「もっと別の言い方をするべきだった……ミセス・ユーイング、きみを妻にする栄誉をぼくに与えてもらえないか?」

エミリーは唾をのみこんだ。最近はずっとリュシアン・ボッホのことばかり考え続けていた。彼が来る日も来る日も訪ねてきて、招待してもいないのに昼食に加わる理由はわかっていると思っていた。競合雑誌の社主で記者の引き抜きを画策しているか、放蕩者で彼女を堕落させようと計画しているかのどちらかだ。エミリーとしては、後者のほうがいいと思っていた。でも、結婚という可能性は頭に浮かびすらしなかった。

「わたしには持参金がないわ。父は何年も前にわたしを家から追い出したの。そのときに少しお金をもらったけれど、それ以上与えるつもりはないと言い渡された。父の決心は変わっていないわ」

「きみの父上は愚か者だ」

またエミリーの手を取っていたリュシアンが彼女のてのひらにキスをした。たちまち心を裏切って、エミリーの体に熱い波がわき起こる。「あなたと結婚はできない」彼女は必死になって言った。「わたしは社交界から追放されているし、家族もいない。それに、わたしには責任があるの……フィービーとルイーズに……」

どうしても我慢できず、リュシアンはもう一度身を乗り出してエミリーにキスをした。「きみはぼくのエミリーだ。きみが欲しい。ぼくの家に、ぼくのベッドにきみを迎えたい。持参金なんて必要ないし、ぼくも家族はいない」そこで結婚すべきでない理由の数々を思い出して口をつぐんだ。

リュシアンが黙ったままでいると、エミリーが震えながら彼の肩に手を置いた。「一度も家族を持ったことがないの?」彼女の柔らかなささやきは静寂のなかに消えていった。

リュシアンの瞳に浮かぶ苦悩に、エミリーは呆然とした。思わず顔をそむけたくなったが、彼女はそうしなかった。

「きみはぼくと結婚したくないと思うかもしれない、エミリー。ぼくの妻である侯爵夫人はフェリスという名前だった。息子の名はミシェルだ。ぼくは……ぼくはふたりを守れなかった。安全にイングランドへ逃れる方法を探るため、ぼくは家を離れていた。そのあいだにふたりは……」

エミリーはリュシアンとの距離を詰め、彼の首に腕をまわした。リュシアンの瞳のなかには闇が見えた。「亡くなったのね」彼の言葉を引き継ぐ。「残念だわ、リュシアン。でも、ふたりはここに生きているのよ」彼女はリュシアンの心臓の上に手をあてた。

リュシアンは自分をののしった。彼はもう何年も泣いていなかった。黒焦げになった城の瓦礫《がれき》のなかを絶望に襲われて駆け抜けたときも、妻子の遺体を発見したという叫びを耳にしたときも、抱き合う形でふたりを埋葬したときも涙を流さなかった。

そして今、エミリーがリュシアンのために泣いていた。美しい瞳から大粒の涙がこぼれ、頬を伝い落ちていく。エミリーが体を震わせてリュシアンの肩に顔をうずめると、彼は反射的にエミリーに腕をまわした。

「もうずいぶん前の話だ」リュシアンは言った。

「どんなに時間がたとうと、十分ではないんでしょう、リュシアン？」

一瞬の沈黙が生まれた。

「たぶんそうかもしれない。かわいい人《ミニヨン》、ぼくはきみに結婚を申しこむべきではなかった。ぼくではふさわしくない。だが、きみが……」彼はふたたび口をつぐんだ。

エミリーは泣きやんだようだった。リュシアンに見えるのはなめらかな金色の髪だけだったが、エミリーがもう震えていないのはわかった。彼女の腕はまだリュシアンの首にまわされていた。

「しーっ」エミリーが言った。

リュシアンは少しのあいだ考えてから、エミリーの背中に沿って手をおろしていき、彼女を抱きかかえた。重さはほとんど感じなかった。彼は座り心地のよさそうな長椅子に近づいて腰をおろし、もう一度エミリーを肩にもたせかけてから髪に口づけ始めた。こんなことをするのはよくないとわかっていた。たった今、結婚の申しこみを撤回したばかりなのだから。

「あなたと結婚するわ」

リュシアンは髪にキスをするのをやめた。「同情から結婚してほしくはない」心とは裏腹に、そっけない口調で言った。本心では、彼女が結婚してくれるならどんな理由からでもかまわなかった。

「あなたと結婚するのは、手袋を買ってもらえるからだと思うわ」エミリーが顔をあげ、リュシアンの目をのぞきこんだ。「それとも、手袋は買ってもらえないのかしら？」インクのしみがついた指をリュシアンの口にあてた。エミリーの頬には涙が光っていた。

リュシアンは彼女の帽子を留めていた二本のピンを引き抜いた。「ミスター・ユーイングはどこにいるのかな？」彼はレースの布切れを床に放り投げた。

「ミスター・ユーイングは存在しないの」ついにエミリーが認めた。「ロンドンに出てきたばかりのとき、わたしはとても不安だった。未亡人ということにしておけば安全だと考えたの。だから、あなたの結婚の申しこみは受けられるわ。それとも、あなたは無頼漢のふりをして申しこみを白紙に戻すつもりかしら？」

これで問題は片づいた。リュシアンが頭をさげると、エミリーが初めて自分からキスをした。

わたしはこれまでの人生において、もっとも愚かでもっとも分別を失った決断を下したのかもしれない、とエミリーは思った。けれども心では、幸せが高らかに歌っていた。わたしはほんの数カ月前に知り合ったばかりの男性との結婚を承諾した。彼のことをなにひとつ知らないのに。

だけど、なにも知らないけれど、すべてを知ってもいる。

「あなたが正しいのかもしれない」エミリーはからかうように言った。「もしかすると、あなたの申し出とミスター・ヒズロップの申し出を比べてみるべきかもしれないわ。もちろん、彼の申し出が結婚だと確信しているわけではないけど」

リュシアンは彼女を引き寄せた。

「あいつがきみに触れたら、串刺《くし》しにしてやる」われながら驚くほどの激しさだった。

「それなら、ミスター・ヒズロップを救うためにあなたと結婚しないとね」エミリーが声をあげて笑った。「わたしのお気に入りの手袋職人のためにも」

「きみはぼくを愛しているから結婚するんだ」リュシアンは言った。問いかけを含んだ声はかすかに震えていた。

リュシアンの唇の下でエミリーの唇が震える。彼女はささやいた。「あなたを愛しているからよ。それに……あなたがわたしを愛しているからだわ、リュシアン」

彼はドレスとシュミーズ越しにでもボタンの形が感じられるほど、エミリーをきつく抱きしめた。そして、ついに口にした。

「そうだ。なんということだろう、エミリー。ぼくはきみを心から愛している」

ホルカール王家の跡継ぎカーシー・ラオ・ホルカールを披露する集まりは、リーデンホール・ストリートにある東インド会社の本部、〈イースト・インディア・ハウス〉で開かれた。馬車が向きを変えてリーデンホール・ストリートに入ると、ブレクスビー卿はこのうえなく朗らかになった。

ギャビーは無言でクイルの隣に座り、彼の手を握ったらひどく無作法だろうかと考えていた。これからのことを思うと、不安でしかたがない。あれこれ案じていると、もう少しで到着するというとき、クイルが大きな手で彼女の手を包んだ。たちまちギャビーの心に温かな明かりがともった。

東インド会社はお披露目《ひろめ》のための出費を惜しまなかったようだ。小さな石造りの中庭には、派手な制服を着て奇妙な平たい帽子をかぶった小銃兵がずらりと並んでいた。一行が入っていくと、兵士たちがいっせいに小銃をまっすぐに持ち替え、気をつけの姿勢を取った。ギャビーは身震いして、彼らの前を急ぎ足で通り過ぎた。

玄関広間の壁には、全面にガラス製の飾り戸棚が置かれていた。従僕に外套を渡すと、彼女は飾り戸棚のひとつに近づいた。なかに飾られていたのは、宝石をちりばめた鳥のコレクションだった。ルビーやガーネットがはめこまれている。

そのとき、ギャビーの耳に誰かの声が届いた。「これは東インド会社博物館からの展示品でございます。博物館もリーデンホール・ストリートにありますので、よろしければどうぞご覧くださいませ」

ギャビーはあとずさりした。堂々とした姿の執事が目の前にいた。

「これらの品々は、セリンガパタムからの略奪品なのかしら？」

執事が肯定のしるしにお辞儀をした。「さようでございます。贈り物として王妃さまに献上され、特別にお許しをいただいてここに飾られています」

クイルがやってきて、彼女の肘に手を添えた。「なにを見ているんだい、愛しい人？」

ギャビーは怒りに燃える目で答えた。「この鳥に見覚えがあるの」ルビーをちりばめたおんどりの像を示す。「セリンガパタムが占領されたときに奪われたのよ。子供のころにこれで遊んだことがあるわ」彼女は突然向きを変えると、残りの飾り戸棚を無視して建物の奥へと歩き出した。

会場に入っていった一行は、招待客の出迎えが終わったばかりだと知った。ギャビーたちが困惑していると、頬の肉が垂れさがり、ウエーブのかかったわずかな髪を首のうしろで束ねているひとりの男性が急いで近づいてきた。

「これはこれは、ブレクスビー卿！」男性はいかにもうれしそうに叫んだ。「きみが来ることをひそかに願っていたんだよ。われわれのささやかな努力をぜひ見てもらいたいと思っていたからね」

ブレクスビーが会釈をした。「チャールズ、こちらこそ招いてもらって光栄だ。ところで、紹介させてもらってもかまわないかな？　厚かましいとは思ったが、今夜は知人にも同行してもらっているんだ」

ギャビーのほうにちらりと視線を投げかけたとたん、チャールズ・グラントの顔が暗くなった。それでも歓迎の言葉を口にする。「本当かい？　このささやかな集まりに、敬愛する友人リチャード・ジャーニンガムのご令嬢を連れてきてくれるとは、このうえない喜びだ」ギャビーに頭をさげた。彼女も膝を引いてお辞儀を返す。

クイルは、ブレクスビーの口もとに小さな笑みが浮かんだことに気づいた。

ブレクスビーが口を開いた。「チャールズ、わたしがガブリエル・ジャーニンガムを連れてきたことに……今はデューランド子爵夫人だが、きみなら気づくだろうと確信していたんだ。そして、見つかった王子に挨拶してほしがるだろうとね。それから、こちらがデューランド子爵だ」

クイルにはグラントが、自分たちがこの部屋に入ってきたときより若干不気嫌になっているように思えた。クイルは礼儀正しく会釈した。

ブレクスビーの声にはいたずらな喜びが見え隠れしていた。「さて、時間を無駄にはしたくないから、さっそく子爵夫人を彼女の大切な子供時代の友人に――」

ところがブレクスビーは、よく響く声に邪魔をされた。「ここでお会いできるとは、なんという喜びでしょう。それに相変わらずお美しい」ギャビーの前で低く頭をさげたのはヘイスティングズ大佐だった。「今日は東インド会社にとって幸せな日です」続いてクイルに話しかけた。「本当に！　総督も実に喜んでおられますよ。われわれは王子カーシー・ラオを見つけ出しました。彼はまもなく本来いるべき正当な場所、ホルカールの王座に就くでしょう。まもなく！」

チャールズ・グラントが歯ぎしりしていることに気づき、クイルは興味を引かれた。けれども、ヘイスティングズ大佐は気づかなかった。「ミスター・グラント、ぜひわたしにお任せいただきたい。わたしがこちらの美しい子爵夫人を、彼女の子供時代の友人であり、われわれの名誉ある客人であるインドの王子に引き合わせましょう！」

ギャビーが助けを求めてクイルを見たが、大佐は彼女を人々が集まっているほうへ引っぱっていった。ついていこうと向きを変えたクイルは、袖に手が置かれるのを感じた。

チャールズ・グラントだった。「ここできみに会うとは思わなかったよ、デューランド。きみは東インド会社の者とは、あらゆる接触を避けることに決めたとばかり思いこんでいたが」彼の口調はそっけなかった。

「そのとおりです。しかし、感動的な瞬間になるに違いないこの場面は見逃せなかったものでしてね」クイルは穏やかに続けた。「ぼくの妻が子供時代の友人と再会するんですから。弟のようにして育った少年と」

その件に関して、グラントにはなにも言うことがない様子だった。

「その少年のことは、妻からよく話を聞いています」クイルは考えこむようにつけ加えた。「ぼく自身も会うのが待ち遠しいですよ」

彼はまだ袖に置かれたままのグラントの手をちらりと見た。グラントがようやく手を離す。

クイルはごくわずかに頭をさげた。「では、失礼」ギャビーを捜すために、人ごみに入っていった。

クイルは会場にいる多くの人々より背が高かったので、すぐにギャビーと大佐を見つけた。ふたりはおそらくカーシー・ラオと思われる、クイルのほうに背を向けている少年の前に立っていた。ギャビーはちょうど深くお辞儀をしている最中で、クイルのいる場所からは表情が見えなかった。続いてカーシーも、儀式用の剣を邪魔にならないよう巧みに脇によけてお辞儀をした。ギャビーが美しい笑みを浮かべる。クイルは困惑して眉をひそめた。

彼は足を止め、王子とヒンドゥー語で話しているらしい妻を見つめた。ヘイスティングズ大佐の目が涙に濡れているのは、幼いころからの友人同士が再会した感動的な場面に心を動かされているせいだろう。

クイルはあちこちに集まっている人々のあいだを縫ってギャビーのそばに立った。彼女が瞳を輝かせてクイルを見あげ、甘い声で言った。「考えてもみて！　カーシーがここにいるのよ。こんなに大きくなって。教えてもらわなければ、すぐには彼だとわからなかったでしょう。もちろんそうよね。最後に会ってからずいぶん時間がたっているんですもの」

グラントがクイルの肘のあたりから顔を出した。満面に笑みを浮かべている。「長く行方の知れなかったわれわれの王子と会って、満足していただけたようですな、子爵夫人」チャールズ・グラントの声には、心からほっとした響きがあった。

「まあ、満足しないわけがありませんでしょう？」ギャビーが無邪気な目をして言った。「カーシーとはほんの子供のころに会ったきりだったんですもの。とても感銘を受けましたわ。彼が」手をひらひらさせた。「すっかり優雅になって、外見も立派で、ふるまいも王子らしくて」

カーシーと呼ばれた少年がギャビーにほほえみかけた。これまで見たなかでも最高の替え玉だ、とクイルは認めざるをえなかった。大きな茶色い目をして、生まれながらの威厳を備えた彼は、まさに人々がインドの王子として期待する姿だった。いったいどこで見つけたのだろう？　ジャイプールの貧民街でないことは確かだ。

クイルはかぶりを振り、そっとその場を離れた。考えが間違っていないなら、彼の妻は行方不明だった王子の出現に、思った以上に深くかかわっているらしい。実際のところ、そもそもギャビーがグラントを操ってあの少年を見つけさせたのだと言われても、クイルは驚かないだろう。自分を英国政府に次ぐ存在だと考えているなら、グラントももはやこれまでだ。レディ・ガブリエル・デューランドは彼よりはるかにうわてなのだ。

それからほどなくして、インドの王子は東インド会社から提供された、宝石をちりばめた王冠を正式に授与された。ヘイスティングズ大佐が、インド総督リチャード・コーリー・ウエルズリー本人によってこのときのために書かれた手紙を代読した。

「〝イングランドの力添えにより、カーシー・ラオ・ホルカールがその世襲の権利を回復せしことは〟」ウェルズリーの大げさな言いまわしが続いた。「〝イングランドの正義と名誉において、誠に称賛に値するものである〟」

カーシー・ラオ・ホルカールのそばに立つギャビーは、満足と誇らしさで顔を輝かせていた。彼女は役員たちひとりひとりに優雅にお辞儀をして、彼らが行方不明の王子を見つけ出し、カーシーを正当な地位に就かせたことに対する喜びを何度も繰り返し伝えた。

帰りの馬車のなかで、子供のころの友人に再会できるのがどれほどすてきなことかと息を弾ませて話すギャビーに、クイルは皮肉な視線を投げかけただけでなにも言わなかった。だが、ブレクスビー卿も愚か者ではなかった。推し量るようにギャビーを見つめていたが、ついにはクイルに向き直った。「あの男が何者か知っているのかね？」

ギャビーのおしゃべりが止まる。

クイルは肩をすくめた。

「いいえ。ですが、王位を継ぐ候補者としては優れているように思えます」

ブレクスビーがギャビーに視線を戻し、にこやかにほほえみかけた。「子爵夫人、われわれはあなたがインドからこちらへ到着してすぐに、ミセス・マラブライトの家を訪れた事実をつかんでいるのですよ。当然ですが、東インド会社の役員たちにはその情報を教えていません。しかしながら、あなたはまんまとわれわれを出し抜いたようですね。違いますか？」

「なにをおっしゃっているのかさっぱりわかりませんわ」ギャビーが威厳をこめた口調で応じた。

「ホルカール王家の跡継ぎであるカーシー・ラオ・ホルカールは、サックヴィル・ストリートのミセス・マラブライトの自宅で幸せに暮らしていました。そこからデヴォンに移ったのです」ブレクスビーが言った。「外務省としては、そのまま放っておくことに異存はありませんでした。東インド会社があの少年を担ぎ出して名目上の指導者に据えようとしているというあなたの懸念は正しいと判断したのです。しかし実を言うとわたしは、あなたがチャールズ・グラントの連れてきた王子を、偽者だと指摘するに違いないと期待していたのですよ、子爵夫人」

ギャビーがクイルに身を寄せて彼の手を取った。「東インド会社はもう少しでカーシーの居場所を突き止めそうになっていました。ですから、なにか手を打たなければならなかったんです」

「だがいったいどうやって、彼らに別のカーシーを見つけさせたんです?」

ギャビーは恥ずかしそうな顔をした。「彼ならすばらしい指導者になりますわ」

「その点を問題にはしていません。ただ、あの少年が何者なのか興味があるのですよ」

「彼の名前はジャウサント・ラオ・ホルカール」ギャビーが言った。「トゥコジ・ラオ・ホルカールの庶子のひとりなんです」

「トゥコジには確か、非嫡出の息子がふたりいたのではなかったですかな? どちらを王座に就かせるか、どうやって決めたんです、レディ・デューランド?」ブレクスビーの声はそっけなかったが、失礼な口調ではなかった。

「難しい選択ではありませんでした。ご存じかもしれませんが、ジャウサントの弟はおとなしくて、ホルカールの領地を手に入れようとする東インド会社の圧力をかわせないでしょう。一方、ジャウサントは恐れを知りません。それに、とても演技が上手なんです。今夜の彼がどれほどうまくやったか、あなたもご覧になったでしょう? 従順なふりをするのがうまいんです」

ブレクスビーが悲しげな笑みを浮かべた。

「われわれよりあなたのほうが、ずっと詳細な情報を得ているようですね」

「それほどたいしたものじゃありませんわ。思いついたことがあったので、数人に手紙を書いただけです。ジャウサントの母親のトゥラシ・バイも含めて。彼女は実質的にあの地方をおさめているんです。これからも実権はトゥラシ・バイが握って、ジャウサントが軍隊を統制することになるでしょう」ギャビーはいったん言葉を切った。「もちろん、ジャウサントが東インド会社の領土に侵攻しようと考える可能性もあります。ブンデルカンドに興味を持っているみたいですから」

クイルはにやりとして妻を見おろした。「一介の女性にすぎないきみが、そんな複雑な問題に思いをめぐらせることもないだろうに」

ギャビーは唇を噛み、クイルを無視した。「ブレクスビー卿、英国政府がこのままジャウサントに統治を任せておく可能性はあるとお思いですか？　はっきり申しあげて、カーシーがホルカールの王座を引き継ぐのは無理なんです！」今や彼女の声には、クイルが想像もしていなかった情熱があふれていた。

「まったく、あなたにかけるのは称賛の言葉しかありませんよ、レディ・デューランド。しかし、図らずもわたしは思っていたのです。この事実を知らせれば、政府のほかの者たちに過大な負担をかけてしまうのではないかと。ご存じのようにわたしほど年を取ると、だんだん記憶が曖昧になってくるのですよ。今あなたと話していたことすら、忘れてしまうかもしれません」

ギャビーがそっとクイルの手を握った。「ありがとうございます」彼女はささやいた。「レディ・デューランド、当然ながらこれは仮定の話ですが、今後あなたがホルカールの宮廷から……つまりトゥラシ・バイから手紙を受け取る機会があれば、英国政府と情報を分かち合っていただけるでしょうか？」

「そうするのがふさわしいと判断すれば、どんな方法でも喜んでお手伝いしますわ」

ブレクスビーのため息は、子爵夫人の書簡から外務省が今後どれだけの情報を期待できるか、彼が正確に理解したことを示していた。「それにしても、なんとも興味深い夜でしたな、レディ・デューランド。わたしがまもなく今の地位を退くつもりだとご存じでしたか？」

「そのご決断については、夫が話してくれたと思います」ギャビーは引退間近の大臣に優しくほほえみかけた。

「決意していてよかった」ブレクスビーが笑いながら言った。「このままではあなたがわたしを単なるお飾りにして外務省を牛耳るのではないかと、心配するところでしたよ」

ギャビーの口から楽しそうなかすれた笑い声がもれた。「まあ、ご冗談を！ わたしはただ、かわいいカーシーを守ろうとしただけだとわかっていらっしゃるでしょう？ イングランドの外交政策に干渉しようだなんて、そんな野望は抱いていませんわ」

馬車のなかに一瞬、沈黙が流れた。

ギャビーは夫の肩に頭をもたせかけた。ふたりとも信じていないかもしれないが、それは彼女の本心だった。政治にかかわっている暇はない。クイルに関する、次の計画に取りかからなければならないのだから。

22

〈フォーティチュード号〉からイングランドの地におり立ったスダカールは深い安堵感を覚えた。心身ともに疲れ果てる長旅だったのだ。カルカッタはせわしなく駆けまわる人々であふれ、非常に不快な場所だということが判明した。紳士たちはそれぞれが――乗っている輿《こし》の前を行く従僕たちや、荷物を運ぶ人夫《バーリ》も含めると――二〇人もの使用人を引き連れ、通りには叫びや怒鳴り声がこだましていた。たいまつ持ちにやけどさせられそうになったり、主のために道を空けさせる先払《ナキーヴ》いに押しのけられたりと、おちおち散歩もできない。通りをゆっくり進む象たちにはとくにうんざりさせられた。歩きながら排泄《はいせつ》する傾向があるからだ。

正直なところ、村が恋しかった。あそこなら偉そうにしている人物はひとり――リチャード・ジャーニンガム――しかいない。それに彼が連れ歩くのは、道を空けさせるためのナキーヴひとりと、日よけの傘を持たせるための小姓ひとりだけだ。スダカールはつねづね、ジャーニンガムはひどく退屈な男だと思っていた。だが、あれほど尊大な態度を取るようになるとは想像もしていなかった。

街の喧騒に驚いたのとは対照的に、スダカールにとって〈フォーティチュード号〉での船旅は想定の範囲内だった。乗客は四人で、まるで海に浮かぶ小さな村にとらわれているかのように不安に駆られ、偏見に満ち、感傷的になっていた。初めのうち、イングランド人たちは彼を無視した。相手が自分より階級が低いと見なすや軽蔑した目で見るたぐいの人々が、よくそういう態度に出るものだ。スダカールにはなじみの反応だった。ジャーニンガムも同じような侮蔑に満ちた態度を取っていたからだ。スダカールが村で唯一の、英語を話すチェスの対戦相手だと気づくまでは。

出港して数週間もすると退屈でたまらなくなったのか、三人のイングランド人は年長のインド人のほうへ近づいてきた。イングランド人たちはみな若く、東インド会社軍での務めを終えて母国へ帰るところらしかった。そうはいっても、長いあいだ従軍していたわけではなさそうだった。まもなく、四人は毎晩一緒にカードゲームに興じるようになった。

少なくとも若者たちのひとり――マイケル・エドワーズ――は、内心でそのインド人に驚きを感じていた。かなり感心していたと言っていい。スダカールはきちんとした身なりをしていて、礼儀正しく知的だった。いや、知的どころではないかもしれない。マイケルがつい小さな嘘をつくたびに、その男は不快そうに目を光らせた。だが、東インド会社軍での働きに関して真実を口にできる者がいるだろうか？　それは無理だ。大胆不敵な攻撃に出たと、話をでっちあげざるをえない。さもないと軍隊生活が、現実にそうであったとおり、期待外れで面白みのないものだったと知れてしまう。

船が埠頭に着くと、マイケルを含む三人の若者は、スダカールにロンドンの曲がりくねった通りを案内してやると約束したことも忘れ、黄昏《たそがれ》のなかに足早に消えていった。その夜遅く、姉のジニーに現地での戦いの話――もちろん、そのままではあまりにつまらないので多少は尾ひれをつけて――をしている途中で、マイケルはふと約束を思い出した。話の内容のなにかから、スダカールを連想したのだろう。彼は膝を打って悪態をついた。

「どうしたの?」ジニーは尋ねた。彼女は利発な女性だった。記憶にある弟はいつも内気で、戦場で勇ましく手柄を立てたと聞かされても、にわかには信じがたいと思っていた。

「船で一緒だったインド人の老人のことをすっかり忘れていた」マイケルが言った。「無事にたどり着けるようにしてやると約束したのに……どこだったかな? 確か、セント・ジェームズ・スクエアだったと思うんだが」

「あら、公園の向こう側ね。立派なお屋敷がある地区よ、マイケル」

弟は肩をすくめた。「きっと執事かなにかのおじなんだろう。ところでさっきの続きだけど、ぼくがその王《ラジャ》を捕虜にしたあとに起こった出来事を話してあげるよ」

スダカールは、船で出会ったイングランド人たちが手助けしてくれると本気で期待していたわけではなかった。若くて愚かな男たちだ。彼らの助けは必要ない。貸し馬車が列をなして客待ちをしている場所を、治安官が教えてくれた。

スダカールはすぐに、ロンドンのほうがカルカッタの何十倍もひどいと気づいた。馬車と馬と通行人たちが場所を求めてひしめき合っている。騒音はカルカッタの通りよりずっと耳障りだ。これほどまでに急いで、しかも危険を冒して、馬たちはいったいどこへ向かおうとしているのだろう？　一台の四輪馬車が猛烈な速度で近づいてきて、スダカールの乗った馬車ともう少しでぶつかりそうになった。スダカールが振り返ると、すでに遠ざかった馬車のうしろにしがみついている従僕のひとりが、バランスを崩しかけているのが見えた。もしぶつかっていたら、あの男は馬車から落ちて死んでいたに違いない。今になってみれば、悪臭を放ちながらのろのろ歩いていた象がひどく安全に思えてくる。

三〇分後、スダカールはかなりの上級職らしい使用人と顔を合わせていた。彼はリチャード・ジャーニンガムと同じくらい堅苦しそうに見えた。スダカールは丁寧にお辞儀をした。

「子爵夫人がわたしの到着をお待ちだと思うのですが」

コズワロップはマイケル・エドワーズよりはるかに賢明だったうえに、上流社会の人々の階級を判断することに人生を費やしてきていた。ひと目見ただけで、スダカールがインドでは貴族に等しい地位にある人物だとわかった。頭を掲げている様子からして違うのだ。

コズワロップはお辞儀を返すと、従僕に向き直って指示した。

「ジョン！　こちらの紳士のお荷物を〈東洋の間〉に運びなさい」

スダカールはそっと片手をあげた。「自分で運びます。ありがとう」

「残念ながら、子爵ご夫妻はご在宅ではありません。よろしければ軽いお食事はいかがでしょう？」

食堂で軽食をとったスダカールは、明日の午前中にでも、子爵夫人の都合のいいときに呼んでほしいとコズワロップに伝言し、静かに〈東洋の間〉へさがった。

「申し分ない礼儀作法だ」その夜、コズワロップはひとりつぶやいた。心が広いというのはスダカールのような態度を言うのだろう。実のところ、彼のなかではインド人もアイルランド人も同じ部類に入っていた。〝彼らは雇うな〟とよく父が口にしていたものだ。だが、人生には例外がつきものでもある。


突然の訪問客があったとコズワロップから聞いても、クイルはなにも言わなかった。彼はギャビーの顔がうれしそうに輝いたことと、スダカールが空いているなかでもっともいい部屋に通されたことに気づいた。コズワロップに好印象を与えるとは、よほどの人物らしい。クイルはギャビーとともに彼女の部屋へ入り、ドアが閉まるのを待って口を開いた。

「それで、ミスター・スダカールというのは誰なんだ？」呼び鈴に手を伸ばしてマーガレットを呼ぼうとするギャビーを、彼はさりげなく止めた。

「スダカールのことなら全部話したわ！」化粧台の前に腰をおろしながら、ギャビーが声を高めて言った。「インドにいたときの、いちばん大切な友人なの。毒物に詳しいお医者さまよ。思い出した？　早く会いたいわ。こう言うと奇妙に聞こえるかもしれないけれど」恥ずかしそうな視線をちらりとクイルに向け、髪をおろし始めた。「実の父より、彼のほうが恋しいの」

「きわめて立派な人物らしいな。だが、なぜミスター・スダカールがイングランドにいるんだ？」

クイルは無表情を保ち、視線をギャビーに据えて返事を待った。彼女が顔を赤らめいるように見えるのは気のせいだろうか？

「スダカールはカーシーを救う計画に手を貸してくれたのよ。つまり、わたしは彼に手紙を書いて、トゥラシ・バイの息子をイングランドへ来させる手配を手伝ってあげてほしいと頼んだの。スダカールはそのとおりにしてくれたわ。それで——」

「それならミスター・スダカールはどうして、ホルカールの新たな世継ぎが指名されたあとで到着したんだ？」

「これでもできるだけ早く来てくれたのよ」ギャビーがきっぱりと言った。「当然だけど、彼にはいつでも訪ねてきてと伝えたわ。それと、〝ミスター・スダカール〟と呼ぶ必要はないのよ、クイル。姓と名に分かれた名前を持つインド人はほとんどいないの」

クイルはゆっくりと移動して優美な化粧台に座る妻のうしろに立ち、彼女の髪に手をすべらせた。「申し訳ないが、事態がさっぱり理解できないんだ。スダカールが年配の紳士だということはわかった。彼に船旅はきつかっただろう。なぜそこまでして訪ねてきたんだい？」

「あら、わたしのためよ。わたしがそうしてほしいと頼んだから」ギャビーがすばやく答えた。

「きみが頼んだ理由は？」クイルはまるで織る前に絹糸をほぐすように、慣れた手つきで妻の金茶色の髪をすいた。

ギャビーは返答をためらっていた。

「もしかしてスダカールは、奇跡の薬を携えてきているのかな？」

彼女は唇を噛んだ。「そんな言い方をしないで」

「ほかにどう表現すればいい？」

「わたし……わからないわ」

「ぼくたちにわかっているのは、それもぼくが捨てたほかの薬と変わらないということだ。ギャビー、ぼくたちはきちんと理解し合ったと信じていたのに。もうたくさんだよ。イングランドの薬屋が作ったものだろうと、インドの奇跡の治療師が調合したものだろうと、二度と薬はのまない。スダカールの腕前やきみと彼の友情に関係なく、のむつもりはないんだ。いかなる状況においても」

「だけど、今度のは違うのよ」ギャビーは必死で言い、化粧台の鏡越しに夫と目を合わせた。「スダカールは、わたしが訪ねた薬屋たちみたいな詐欺師じゃないもの。薬に大麻なんてまぜないわ」

「ミスター・ムーアはインドの大麻を使っていると自慢していたんだろう？　それならスダカールの薬にも大麻が入っているかもしれない」

クイルの手が肩に置かれるのを感じ、ギャビーはびくりとした。落ち着きなさい、と自分に言い聞かせる。

「真の問題は、きみがもう薬を買わないと約束していたことだ」

ギャビーの心臓が激しく打ち始めた。

「スダカールに手紙を書いたのは、あなたと約束したよりずっと前なの」

クイルの声は鋼のように冷たく無慈悲だった。「ギャビー、きみは言っただろう？　『これ以上どんな薬も買わないと約束するわ』と。きみがそう言ったんだ」

「スダカールの薬は買う必要がないわ」ギャビーは小声で言った。顔が燃えるように熱い。

「そういう問題じゃない」クイルが不意にギャビーから離れて歩き出し、窓に背を向けて立ち止まった。「なにより不愉快なのは、きみがぼくに嘘をついたことだよ」

「嘘なんて――」

「知っていたのに、言わなかった。カーシー・ラオに関してついた嘘とは別物だ」

「カーシーのことで嘘なんてついていないわ！」

「故意に省略することも嘘になるんだよ」クイルが続けた。「昨日ブレクスビーに、東インド会社の連中がカーシー・ラオの居場所を見つけたと聞いたのに、きみはジャウサント・ホルカールのことや彼を王にする計画をぼくに話さなかった」声は厳しく、暗い庭園を見おろす彼の背中はこわばっていた。「きみはぼくを信用しきれなかったんだ。ブレクスビーに連絡されるかもしれないと考えた」

ギャビーは震えながら息を吸いこんだ。「違うわ！　あなたに嘘はついていない――」

「やめてくれ」鞭《むち》を振りおろすように鋭い声が部屋に響いた。「これ以上、嘘をつかないでほしい。一度でいいから、自分が悪かったと認められないのか？　きみはぼくとの約束を破ったんだ」クイルが振り返ってギャビーを見つめた。

自分の心臓が激しく打つ音が聞こえた。どっと涙があふれてくる。

「わたしはそんなつもりじゃ――」

「言い訳はたくさんだ。どんなに善良な動機があろうと、嘘は許されない。この家に来てからというもの、きみはあたり前のように偽りばかり口にしている。ぼくは別に」クイルの声が優しくなった。「きみが卑劣な目的のために嘘をつくと言っているわけじゃないよ」

ギャビーはすすり泣きをのみこみ、思わず叫んだ。「そんなことはしないわ！」

「わかっている」

「わたしがついた唯一の嘘は、あなたのためだった。スダカールのことを言わなかったのは、彼がイングランドへ来るのをあなたが許してくれないとわかっていたからよ。それに、スダカールはもう出発していると思ったから、あなたに話してもしかたがないと考えたの。彼はあなたの偏頭痛を治せるかもしれないわ。わからない？　手紙によれば、スダカールの使った薬が――」

「ぼくにわかっているのは、もう妻がなにを言っても信じられないということだ」深い井戸に石が落ちていくように、その言葉はギャビーの胸に響いた。「絶えずきみを疑って、本当のことを言っているのか、それともぼくのためにだまそうとしているのかと頭を悩ませるだろう」クイルの口調は残酷だった。

ギャビーの目にさらに涙がこみあげてきたが、彼女は泣き声をあげまいとこらえた。「わたし……わたしは……」いったいなにを言えばいいの？　嘘をついたのは事実だ。クイルの言葉を借りれば、事実を故意に省略した。

「ジャウサント・ホルカールの件は話すつもりだったわ」ギャビーは苦労して声を落ち着かせた。「でも、ただ何通か手紙を書いただけだし、わたしは自分ひとりで手配するのを楽しんでいたの。驚かせたかったのよ。それが嘘になるとは考えもしなかった」

「まさにそこだよ。きみは嘘を避けるべきものだとは思っていない。そうだろう、ギャビー？」

ギャビーはまばたきをして涙を払った。「ひどい嘘はついたことがないわ」恥ずかしいほど甲高い声になった。「父のせいで習慣になってしまっているの……」泣き声をあげてしまいそうになり、そこで言葉を切らなければならなかった。

「きみの父上は間違いなく、欺かれてもしかたがない人物だ」クイルは歩いていってギャビーの前に立ち、そっと彼女を立たせた。「でも、ぼくはそうじゃない、ギャビー。暴君じゃないんだ。政府のためになにをするつもりか前もって聞いていても、きみを裏切りはしなかっただろう。父親のせいで、きみがこそこそしてしまうのは理解できるよ。だけど、ぼくたちが互いに不誠実だと、結婚生活は混乱するばかりだ」

クイルは彼女の髪に、それから涙で塩辛い頬にキスをした。胸の奥から言葉を絞り出す。

「ギャビー、この世のどんなことより、ぼくはきみとの結婚がうまくいってほしいと願っているんだ」

ギャビーが彼の腕のなかに身を投げ出して、激しく泣き始めた。「わたしもよ」むせびながら言う。「あなたに嘘をつくつもりなんてなかった。あなたを信じているの、本当よ！わたしがどれだけあなたを愛しているか、わかっているはずだわ、クイル！」

クイルは胸に奇妙なうずきを感じた。「ぼくもきみを愛している、ギャビー」

「ええ、知っているわ」ギャビーが泣きながら続けた。「だからこそ……あなたがわたしを愛していると知らなければ、あんなことはしない……。ただ驚かせたかっただけなの。あなたがわたしを愛していて、わたしのことを頭がいいと思ってくれているから……そういう意味のことを言ってくれたでしょう？　だからわたしは自分にも賢明なことができると、あなたに示したかったのよ！」

「わかった」ベッドのほうへ戻りながら、クイルはゆっくりと言った。ギャビーを引き寄せて膝に座らせる。「きみがホルカールの王位継承に関する計画を話さなかったのは、ぼくが――」

ギャビーがさえぎった。

「あなたは女性が東インド会社の役員になるべきだと言ったじゃない！」

クイルは彼女をさらに引き寄せ、サテンのようにつややかな髪にキスをした。「どうやらぼくの責任らしいな」彼はちゃかすように言った。「もう二度ときみの知性を称賛しないでおこう」

ギャビーが顔をあげて彼を見た。「まあ、クイル、あなたって……」彼女はしゃくりあげた。「どうしようもなくあなたを愛してしまうのも不思議はないわ」

クイルは唾をのみこんだ。脚の不自由な男を愛するのは、ぼくの妻のようにとんでもなくロマンティックな女性でなければ無理だ。「ハンカチが必要だな」ぶっきらぼうに言って、彼女の手にハンカチを持たせた。

ギャビーがふたたびクイルの肩にもたれた。ようやくすすり泣きがおさまってきたようだ。「明日の朝、あなたは治療を受けないとスダカールに話すわ」

「きみが手紙を書いたあとで、問題が自然と解決したと言ってはどうだい？　きみの友人に無駄な航海だったと思ってほしくないからね。それに実を言うと、ぼくの……問題の、思いがけない解決法がかなり気に入っているんだ」膝の上のかぐわしい体にまわした腕に力をこめた。「とくに、その問題をぼくのとびきり知的な妻が解決してくれた点が気に入っている」

けれどもギャビーは、胸が締めつけられるような不安を感じていた。「これ以上嘘をつかないと約束したら、わたしたちの結婚生活がうまくいく可能性はまだあると思う？」

クイルが頰を濡らす最後の涙を優しくぬぐってくれた。「ぼくたちの結婚はすでに、予想していたよりずっとうまくいっているよ」ささやいて、唇までキスでたどっていく。「ぼくは……」彼はためらってから続けた。「誰かに対してこんな気持ちになれるとは知らなかった」

「ああ、クイル、嘘をついてごめんなさい。本当に悪かったわ。二度とあなたに不誠実な態度を取ったり――」

クイルがギャビーの髪にささやいた。

「わかっているよ。きみがぼくに小さな嘘をつくのは、それだけの理由があるからなんだ」

ふたりはしばらく座っていた。ギャビーの喉から、ときどきまだすすり泣きがこぼれた。

やがて彼女は、震えながら長いため息をついた。

「レディ・シルヴィアならこんなときになんて言うかわかる?」

「ぼくには思いもつかないよ」クイルは皮肉まじりに言った。

「『お茶の時間よ。おなかが満たされなければ、喜怒哀楽すらまともに表せませんからね』」

ギャビーはレディ・シルヴィアの吠えるような言い方をかなりうまくまねた。「呼び鈴を鳴らして、マーガレットを呼ばないと。鼻がサクランボみたいに真っ赤になっているに違いないもの」彼女はクイルの胸に顔を押しあてた。

「そうは見えないよ」妻の貴族らしい小さな鼻を指でなぞりながら、クイルが言った。「それにお茶は欲しくない。お茶を飲むにはずいぶん遅い時間だからね。ぼくが欲しいのはきみだ、ギャビー。ぼくに必要なのは妻なんだ」

クイルに見えるのは金色がかった茶色の長いまつげと、ほころび始めた笑顔だけだった。

ギャビーが腕を伸ばしてクイルの首にまわした。キスをしかけたが、彼の唇まで数センチのところで止まる。

「どうかしら。わたしはお茶が欲しいわ」

「ギャビー」クイルの声は危険なまでに穏やかだった。

「きっと目が腫れているわ。湿布を持ってきてもらわないと」

「ギャビー！」クイルはうなった。彼は身をかがめ、赤くなったギャビーの目にキスをした。華奢な指がクイルの首筋で協奏曲を奏でている。それから……彼女が唇をゆっくりと開き、甘い口づけを誘った。

このほうが紅茶よりずっといい。ふたりは結婚生活を修復し、落ち着かせ、協力して新たな模様を織りなし始めた。

しばらくして、果てしない甘さはなにか別の、もっと熱くて奔放なものに変わった。ギャビーは息をのんで抗ったものの、いつのまにか服を脱がされていた。けれども恥ずかしさは徐々に薄れ、やがてかすれた声でしどろもどろに抗議するだけになり、最後にはすべてを忘れて情熱をあらわにするようになった。クイルは妻に、ふたりでなら彼女が夢見ていた以上の経験ができることを教えようと決意したらしい。

そのもくろみは信じられないほどの成功をおさめた。うまくいきすぎたかもしれない。自分の上にギャビーを引き寄せるころには、クイルの全身は激しく燃え盛る炎に包まれていた。だが彼女の規則的でない動きは、快感より苦痛をもたらした。それでも、彼は耐えに耐えた。

しかし、どんな男にも我慢の限界がある。

ギャビーは不意に仰向けにされ、気づくとクイルの心地よい重みにのしかかられて身動きが取れなくなっていた。彼が押し入ってきたとたん、歓びの炎が下腹部に広がる。

「だめよ」ギャビーは泣き声をあげたが、たちまちクイルの動きにとらわれ、喉からほとばしるのは悦楽の叫びだけになった。螺旋を描きながらどんどん高みへと押しあげられ、クイルの荒々しいうめき声とともに頂点に達した。その直後、ギャビーの首もとに顔をうずめた彼が、かすれた声でつぶやくのが聞こえた。

「これはどんなものよりも価値がある、ギャビー。どんなものよりも」

彼女は返事をしなかった。

そのあと眠りに就いた夫の温かい体をすぐそばに感じながら、ギャビーは目を開けたまま横たわっていた。

頭がどうにかなりそうなほど不安だった。もしまたクイルが発作に襲われたら……わたしは彼のもとを去らなければならないだろう。あるいは、愛し合うのをやめるかだ。だけど、あの憂いを帯びた瞳に笑みが浮かぶところを二度と見られないなら、生きていても意味がないと思えてくる。考えれば考えるほど思考がもつれ、心は息苦しい絶望から固い決意へ、さらには激しい罪悪感へと揺れ動いた。

カーテンを通して夜明けの光がゆっくりと差しこんでくるなか、ギャビーはクイルの顔を慎重に観察した。先ほどより血の気が引いているのではないかしら？　眠ったままクイルがうめくのを耳にして、ギャビーは凍りついた。寝返りを打って息を詰まらせる彼に、すばやく室内用の便器をあてがう。彼女は濡らした布をクイルの額に置くと、便器の中身を空けてすすぎ、ベッドへ駆け戻った。無言で自分を責めながら、また布を濡らして絞る。それからさらに二度、彼が吐いたものを処理した。

ギャビーは朝の一〇時になってようやく部屋をあとにしたが、くまのできたクイルの真っ白な顔が頭から離れなかった。彼女が触れるとびくりとして、中身をすべて吐き出そうとして胃が暴れるたびに苦しそうに顔をゆがめていた。ギャビーの前では威厳を失うまいともがき、けれどもついには苦痛に屈してしまうクイルの姿を、彼女はずっと見守り続けた。一度、目を開けた彼が言った。「自分を責めてはいけないよ、愛しい人」ギャビーは驚いて飛びあがった。まさかクイルは、わたしの心が読めるの？　確かにわたしは自分を責めていた。そのことを考えると、決まってひどく胸が苦しくなる。ふたりは愛し合い、結果としてわたしは偏頭痛を引き起こす共犯者となった。わたしがいなければ、クイルは今も書斎で仕事をしていただろう。半ば死んだように暗闇に横たわっているのではなく。

そうやって自分をとがめたおかげで、ギャビーの心からためらいが消えた。ふたりとも、こんなことを続けてはいられない。クイルのもとを永遠に去ることもできるけれど……スダカールと話してみることもできる。ふたつの選択肢のうちどちらを選ぶかは、悩むまでもなかった。

「とんでもない考えだとしか思えない」ギャビーがこれほど腹を立てているスダカールを目にしたのは初めてだった。「本人に知らせず、まして同意もなく薬を与えるべきではない」

「そうでもしなければ、クイルは薬をのまないわ」彼女は決然として言った。「彼が苦しむ姿にはもう耐えられない。実際に目にしていないから、あなたにはわからないのよ」

「本人が選んだ道だ」

「でも、クイルは理解していないの」ギャビーは懇願した。「イングランド人で、この国以外の場所で暮らした経験がないんですもの。インドの薬で治るとは信じられないのよ」

「治るかもしれない、だ」スダカールが訂正した。「それに実を言うと、主要な成分はインドのものではないのだ。損傷の種類によっては効かないだろう」

ギャビーは食いさがった。「だけどあなたの話を聞くかぎり、どちらにしても体に害はないんでしょう？　それなら、試してみてもかまわないはずよ」

「わたしの理解が正しければ、薬が体にこれ以上の損傷を与えることはないだろう」スダカールが言った。「確かに、身体的に害を及ぼすことはほとんどない。だが、患者には自分がどんな治療を受けるかを選ぶ権利がある。わたしは本人の承認を得ずに治療はしない。それに、この薬は死に至る危険性のある毒からできているのだよ、ガブリエル。間違った者の手に渡れば、人を殺す道具になりうる。そういった状況を考えれば、危険を冒すかどうか、患者本人が決めることがよりいっそう大事になってくるのだ」

「クイルのためなの」ギャビーは必死で反論した。今にもヒステリックに叫び出しそうだった。眠れなくて疲れ果て、罪の意識が脳に不快なリズムを刻んでいた。

「われわれは……」スダカールが言い直した。「わたしは自分の意志を曲げてまで無理強いはしない。今朝はまるで父親にそっくりなものの言い方をしているぞ、ガブリエル」

「お父さまにそっくりですって！　お父さまなら誰かを心配したりしないわ！」ギャビーは叫んだ。声に出してしまうとほっとした。「ロンドンへ来る船に乗ってからずっと考えていたの。お父さまはわたしのことなんか気にかけていないわ。今までだって一度も！」

「愛情の問題は関係ない。きみの父親は、村人それぞれになにが最良か知っているのは自分だと信じている」スダカールが指摘した。「そして相手が同意しようがしまいが、必ず自分の思いどおりにするんだ」

胸が痛くなるような静寂が広がった。

「わたしとお父さまを比べるなんて、信じられない」涙はすっかり乾き、ギャビーは頭を高くあげた。

「見たままを口にしているまでだ」スダカールに妥協するつもりがないのは明らかだが、優しい声が返ってきた。「きみの夫がわたしの薬とかかわりたくないと言うなら、彼の知らないところで与えるべきではない。選択権は彼自身にある」

「お父さまはみんなに選ばせるの」話をそらしていると承知しながら、ギャビーは反論した。「だけど出した結果が自分の意見と違えば、その人たちを村から追い出すのよ。わたしのしていることがそれと同じだとは思えないわ。クイルを愛しているの。愛しているからこそ、これから一生彼が苦しむところを見るなんて耐えられない。わたしは……わたしはクイルのもとを去らなければならないわ」

「その場合、結婚に終止符を打つのはきみの選択ということになる。わたしは死を目前にしたつれあいから逃げ出す者たちを何人も見てきたが、そのたびに同情を覚えたよ。愛する者が苦しむ姿を見守る以上につらいことはない」

ギャビーは唇を震わせた。

「ごめんなさい、スダカール。思い出させるつもりはなかったのよ」

「わたしの息子が亡くなったのはずいぶん昔の話だ」スダカールが疲れた声で言った。「時は過ぎてゆく」

ギャビーは言い張った。「それでもあなたは死に瀕《ひん》していたジョホールに、ありとあらゆる薬を試したじゃないの。わたしが屋敷を抜け出したときのことを覚えている？　あなたはわたしが持っていった薬をジョホールに与えたわ。彼にはあなたのしていることがわからなかった。知っていれば拒んでいたはずよ！　ジョホールはわたしの父を嫌っていたんですもの」

「ジョホールは……ジョホールは死にかけていた。もはや自分で選択できない状態だったのだ」

「わたしには違いが理解できないわ」ギャビーは激しい口調で言った。

けれども、スダカールの表情は変わらなかった。「違いはある。誰かに……明らかに死にかけていない誰かにこっそり薬をのませるというのは、きみの父親が好みそうな行為だ。きみは、どうするべきかいちばんよく知っているのは自分だと信じる男のもとで育った。彼が決めた規則に従い、彼の信奉するキリスト教を信じ、彼が定めた道徳規準を守るように教えられたのだ。父親の望むままに。きみが父親と同じ行動に出るなら、わたしは落胆せざるをえない」

「ああ、スダカール、クイルとわたしのあいだに起こっていることは、それとはまったく違うの。だって、わたしは彼を愛しているのよ！」ギャビーは叫んだ。

「同じように思えるが」スダカールが図書室を見まわした。「こうしてまたきみに会えた以上にうれしいことはないよ、ガブリエル。結婚して、自分の家にいるきみを見られてよかった。だがわたしは、明日の朝には村へ戻るつもりだ」

ギャビーは断固として言った。「だめよ。夫と話をしてくれるまで帰ってはだめ」

「たとえ話をしたとしても、彼の心は変わらないだろう、ガブリエル。これまでの経験から、イングランド人はなじみのない治療法を試すのをひどくいやがるものだと気づいたんだ。その治療法が、彼らの言う〝東方〟のものの場合はとくにそうだ」スダカールが顔に同情を浮かべて彼女をのぞきこんだ。「残念だが、きみは彼の苦痛に慣れるしかないだろう」

スダカールの言っていることは正しい。いわゆる偽医者の治療をかたくなに拒むクイルの姿を思い出しながら、ギャビーは思った。スダカールがインドから持ってきたからではなく、自分が非常に頑固だからという理由で、クイルはどんな薬も絶対にのまないだろう。宣言した以上、彼は決して心変わりをしない。

ギャビーは背筋を伸ばして右手を差し出した。「その薬が欲しいの。お願いよ、スダカール」頭のなかで、父の厳しい声がこだましている気がした。

スダカールが首を振った。「だめだ」疲れきった声で言う。

ギャビーは胸が熱くなるのを感じたが、あきらめなかった。「わたしはあなたの息子に薬を持っていった。それはジョホールを愛していたからよ。あなたにも、わたしに薬を渡してほしいの。わたしは夫を愛していて、彼を傷つけるつもりなんてない。あなたはその薬が害を及ぼさないと言ったわね」

「きみのためにならない。きみは恐ろしい間違いを犯そうとしているのだよ、ガブリエル」

「あなたの家に行って、わたし自身もコレラにかかる可能性があったわ。ジョホールに薬を持っていったことで、死んでいたかもしれなかった」ギャビーは感情のこもらない声で言った。

そして、手を差し出したまま待った。

スダカールが視線を落とした。小さな赤い袋に手を伸ばし、なかから瓶を取り出した。

「これはわたしの選択よ」ギャビーは言った。「わたしがしたことを知れば、クイルはほぼ確実にわたしから離れていくでしょう。それでも、彼を苦しみから救うためにできることはすべて試したと思えるわ。いずれにせよ、治療法がないならクイルのもとにはいられないもの。このまま結婚生活を続けることはできないのよ」

「結局はきみも父の子らしい」スダカールが悲しげに言った。「きみの父親が最初の妻と結婚したのは、彼女の魂を救うためだと知っていたかな？　なかなか村人をキリスト教に改宗させられなくて、彼はかわいそうなバーラと結婚したのだ。夫になれば彼女の宗教を決められるから」

「知らなかったわ」ギャビーは言った。「でも――」

「うまくいかなかった」スダカールはなにかを思い出しているようだ。「バーラはきみの異母兄弟にあたる子供を亡くし、その子のいない人生に耐えられずにみずから命を絶ったのだ。きみの父親が人々の魂の救済より輸出業に力を入れ始めたのは、そのときからだった」

スダカールの言葉はギャビーの胸に突き刺さったが、彼女は平静を装った。「あなたの話を聞いて、お父さまのことがますますいやになったわ。でも、わたしはお父さまの娘であると同時に、あなたの娘でもあるのよ、スダカール。クイルを愛することができるのは、あなたとジョホールがわたしを愛してくれたから。ジョホールが病に苦しんでいたとき、あなたは彼の意見に関係なくあらゆる治療法を試したでしょう？　わたしはあなたと同じことをしているの、スダカール。それなのに拒むなんて、公平じゃないわ」

重苦しい沈黙が部屋じゅうに立ちこめた。

「きみが正しいのかもしれない」スダカールが認めた。「人を思いやる心がつねにきみの動機になっているのは事実だ。幼いころからきみは慰めを求めて、あまりにも深く、あまりにも早急に愛情を抱いていた」彼はギャビーに瓶を渡した。「この瓶には、成人男性ひとりの二回分の薬が入っている。きっかり半分を量らなければならない。正しい分量なら害はないが、量を間違うと患者を殺しかねない。二回目は四八時間後に、一回目の薬が効かないことがはっきりした場合のみ与えなさい」

「二回目は一回目が効かないときだけね」ギャビーは繰り返した。「薬の効き目がないかどうかは、どうやったらわかるの？」

「たいていの場合、患者は薬をのんでまもなく半ば眠ったようになり、その状態が一二時間から二四時間続くだろう。深く眠るのが最初の二、三時間であるかぎり危険はない。わたし自身、この治療法は二回しか試したことがないのだ、ガブリエル。片方は効果があったが、もう片方はうまくいかなかった。患者は薬が効いているうちに、頭痛をもたらす行動に出なければならない」スダカールはまっすぐにギャビーの目を見つめた。「わかったかい、ガブリエル?」

彼女はうなずき、小さな瓶を見た。「中身はなんなの?」

スダカールが肩をすくめる。「先ほども言ったとおり、これは毒なのだよ。アマガエルから採れる特別な毒だ。アマガエルは獲物を深く眠らせてから食べる。人がごく少量を服用すればなんらかの理由で、脳の傷ついた部分が眠ってしまうようだ。そうすると、ふたたびある動きに耐えられるようになる。わたしはこれを木から落ちた若い男に与えた。怪我のあと、腰より下に頭をさげると必ずひどい頭痛を起こすようになっていたんだ。彼の場合は薬が効いた」

ギャビーは唾をのみこみ、脳の一部が眠ると知ったクイルがどんな反応を示すかは考えないようにした。少なくとも、薬をのんでほしいともう一度彼に頼むべきかどうかという問題は解決した。クイルはこれに触ろうともしないだろう。

「お願いよ、スダカール。少なくとも一週間はロンドンにとどまってもらえないかしら?わたしの夫は偏頭痛を起こしていて、これから数日間は具合が悪いと思うの。だけどあなたには、わたしがどんな人と結婚したのか知ってほしいのよ」

「きみがこの決定についてもう一度考えてみると約束するなら、喜んで滞在しよう、ガブリエル」

ギャビーは頭をさげた。「ありがとう、スダカール。だけどわたしがお父さまのようにふるまっていると思われるのは、本当に残念だわ」

スダカールは自分の要望に対してギャビーが返答を避けたことに気づき、ため息をついた。「きみを娘と呼べるなら、さぞ誇らしい気持ちになるに違いない。わたしにとって、きみは大切な存在だ。きみの父親なら邪悪な心から生じることでも、きみの場合は愛に端を発している。さあ、少し休ませてくれないか、ガブリエル。この年老いた脚は、まだ海の上にいるような感じがしているのだよ」

ギャビーはスダカールの額にキスをすると、そっと部屋を出ていった。小さな瓶を握りしめて。

23

クイルはすばらしく官能的な夢を見ていた。ベッドに横たわる彼の服をギャビーが脱がせている。彼女はバラ色の光に包まれていた。背後から光が差しているのではなく、ギャビー自身が輝いているかのように肌が光を放っている。

そのとき、クイルは彼女が服を着ていないことに気がついた。彼はシャツのボタンを外すギャビーの胸を見つめた。手を伸ばして触れようかと考えたが、ただ横になって見ているのも楽しい。

「ギャビー」クイルはつぶやいた。口から出た声はとてもゆっくりとしていた。

「なあに？」ギャビーはシャツの袖に悪戦苦闘している。

「どうしてそんなにバラ色なんだい？」

「なんて言ったの？」夢のなかの妻は少しいらだっていた。クイルの袖を引っぱると、彼女の乳房が揺れた。

「きみは中世の聖人みたいだ」クイルはくすくす笑った。頭の比較的冷静な部分が、こんなふうにくすくす笑うのは子供のとき以来だと気づいていた。「ぼくは聖人と結婚したんだな……中世の聖人と。気に入ったよ」声がしだいに小さくなっていく。「もちろん中世の聖人たちは服を着ていたけれどね。少なくとも、ぼくの見た絵ではそうだった」

温かい手に頰を包まれたかと思うと、ギャビーの顔が視界に現れた。「クイル、大丈夫？　言っていることが支離滅裂よ」美しい瞳は心配そうだ。

「もちろん、大丈夫に決まっているじゃないか。ぼくは人生で最高の夢を見ているんだ。ところで、ずっとそうしているつもりなのか、愛しいギャビー？　夢のギャビー《ギャビー・オ・ドリームズ》と呼ぶべきかな？　それともドリーム・ギャビー？」クイルはまたくすくす笑った。

彼女の顔が視界から消え、どこかでパチンという音がした。ようやく袖を緩められたらしい。もう片方の袖口に取りかかる夢のギャビーを見つめながら、クイルはぼんやりと考えた。どうしてもあの豊かな胸に触れなければ。彼はのろのろと片手を引っぱりあげ、彼女の乳房にあてた。

ひどくゆっくり進行する夢だ。夢のなかの妻がなにをしようとしているにせよ、それを経験するまで目が覚めないことを祈るしかない。クイルは彼女のなめらかな脇に沿って手をすべらせ、指のあいだからこぼれて見えるバラ色の光に魅了された。

やっと袖が片づいたようだ。クイルがじっとしていると、彼女は次に身ごろと格闘し始めた。

「ああ、夢の乙女よ」クイルは呼びかけた。

「なんですって？」夢のギャビーの顔が視界に戻ってきた。

「これは夢だから、うまく動けないと思う」

彼女は驚いた様子だった。

「ズボンのボタンを外しましょうか？　そうすれば気分がましになるんじゃない？」

「いい提案だ」クイルはつぶやいた。少なくとも体の一部はちゃんと機能しているらしい。よかった。なんと言ってもこれは夢なのだから、腕と同じで体にも力が入らなければ、それこそ悪夢になってしまう。

数分後、クイルは一糸まとわぬ姿になっていた。夢のギャビーも同様だ。「すばらしい」彼は小声で言った。

彼女のほうは、クイルほど緊張を解いていないようだ。しばらく彼の目をのぞきこんでいたが、やがて口を開いた。「クイル、今からあなたにキスをするわ」

「わかった」

そして夢のなかの妻はそれを実行に移し、クイルもキスを楽しんだ。片手をあげて彼女の肩に置き、優美なヒップまで背中をなでおろしさえした。

「これは夢だから、できればもう少し刺激があるといいな。もう少々勢いが欲しい」クイルは物憂げに言った。

「わたしにはどうすることもできないわ」夢のギャビーがふたたび心配そうな目になった。「あなたが上になったら、そんなふうに感じられると思う？」

クイルは検討した。「いい考えだな」優しく言う。「本物のギャビーをこれほど愛しているのでなければ、本気できみを好きになるかもしれないのに」

それを聞いた夢のギャビーが朗らかに笑った。「あなたに愛する人がいると聞いてうれしいわ」彼女の瞳はぬくもりのある金色がかった茶色になっていた。本物のギャビーと同じ色だ。彼女がぼくにキスをする……なかなか上手だ。こんなキスをされたら、男は自分の妻に申し訳なく感じてしまうだろう。

「最初から彼女を好きだったわけじゃないんだ」

夢のギャビーが驚いたように目を見開いた。「そうなの？」

「ああ」クイルはうなずいた。すると、どういうわけか軽くめまいがした。「もう一度胸をぼくにこすりつけてくれないかな？」

彼女が眉をひそめた。「その、好きじゃなかったという話をもっと聞かせて」それは依頼ではなく命令だった。

「頼んだことをしてくれないなら話さない。なんといっても、これはぼくの夢なんだから」

夢のなかの妻はむっとしたようだったが、言われたとおりクイルの上に身を投げ出した。

「いや、そうじゃない」クイルは異議を唱えた。「ああ……それでよくなった。興奮するときみの瞳がブランデーの色に変わると知っていたかい？　面白いな。本物の妻と同じくらいいらだっているみたいだ。だけど、きみはギャビーのようにはふるまわない。たとえば、ぼくが途中で議論をやめると……」夢見心地でそう言うと、彼女の脚のあいだに指をさまよわせた。たちまち、なにを言おうとしていたのかわからなくなる。「本物のギャビーと議論をしていう最中に、ぼくの胸に乳房をこすりつけてほしいと頼んだら、彼女は言うとおりにしてくれると思うかい？」彼は首を振った。「ありえないね。おまるを投げつけられるのがおちだ」

夢のギャビーの瞳が、霞がかかったようにぼんやりとしてきた。少なくとも特定の触れ方に対しては、妻とまったく同じ反応をするらしい。「好きじゃなかったという話をもっと聞きたいわ」彼女がはっと息をのんで小さく震えた。

「ああ、そのことか」クイルは脚に力が戻ってくるのを感じながら、妻への——つまり、夢のなかの妻への——愛撫を続けた。「ギャビーと結婚しなければならなかったんだ」おざなりに言うと、少し動きを強くしてみた。

夢のギャビーが叫びをあげて彼の肩にしがみつく。クイルの言葉がすぐには頭に入ってこなかったのか、一瞬の沈黙が広がった。

「どういうこと？　結婚しなければならなかった？」

彼女の口調は鋭かった。クイルは顔をあげて夢のなかの妻の目をのぞきこみ、懸命に焦点を合わせようとした。彼女を包むバラ色の光に、今では金色の細い筋が入っている。クイルは優しく言った。「中世の聖人たちには、そんなふうに体全体を取り囲む後光はついていない。これまで見たなかでいちばん大きくてすばらしい後光だ。きみは天使なのかもしれないな。ぼくは死んだのか？」

「いいえ、わたしは天使じゃない」夢のギャビーがかなり怒っている口調で言う。「それにあなたも死んでいないわ、クイル」

「その後光なら、自尊心のある天使はみんなうらやましがると思うよ」クイルは請け合った。そこで、なにをしていたところだったのかを思い出した。明らかに力を取り戻しつつある。クイルはなんとかもう片方の手も動かして、彼女のヒップへと伸ばした。

「クイル」彼の天使がひどく険しい声で言った。「わたしはあなたの結婚の話が聞きたいの」

「そうだった」クイルは応じた。彼がなでるたびに、彼女を包む光から金色の火花が飛び散った。まぶしくて目がくらむ。クイルはまぶたを閉じた。「ぼくたちは父の死の床で結婚した。ロマンティックとは言えないよ」

「まあ、結婚しなければならなかったというのはそういう意味だったのね!」間違いなくほっとしている声だ。けれどもクイルは、完全に正直になるべきだと感じた。夢のなかの妻に嘘をつくのは、自分自身に嘘をつくのと同じことだ。

「いや、そうじゃない」クイルは両手をさまよわせて彼女のヒップをつかみ、熟練した動きで小さく突きあげた。脚に力が戻ってきた。「ぼくがギャビーと結婚しなければならなかったのは、ピーターがいやがったからだ。ピーターというのはぼくの弟だよ。きみを下にしてもいいと思うかい?」

夢のギャビーが反対しなかったので、クイルはゆっくりとした動きで彼女を反転させた。だがそうするだけでも相当な努力が必要で、しばらく夢のなかの妻の上に横たわっていた。幸い、彼女を押しつぶして呼吸を奪っているのではないかと心配する必要はない。なんといってもこれは夢なのだから。とんでもなくいい気分だ。

ただし、夢のギャビーはまだわずらわしい質問を続けていた。

「ピーターはギャビーが太っていて不器用だと思ったんだ」クイルは説明した。「ぼくは、とにかく結婚するべきだと弟に言った。ぼくの妻は女相続人なんだよ。ぼくは金はいらないが、ピーターには必要だ」夢のギャビーの首筋に顔をうずめていたので、クイルは彼女の表情が見えなかった。ところが、彼女はクイルの下で突然身をよじり始めた。現実の女性たちが太って不器用だと言われたときと似通った反応だ。

クイルは苦労して頭をあげた。「ぼくはピーターの意見に賛成しなかった。初めから、ギャビーは官能的な体つきをしていると思っていたからね」夢のなかの妻に慌てて離れていってほしくなかった。なにもかもがこんなにうまくいっているのだ。

彼女は少し体の力を抜いたように感じられた。重ねた唇を開きさえした。ふたりは夢のギャビーを包む光の色が、赤より金に近くなるまでキスをした。クイルはまた目を閉じて、彼女の肩に頭をもたせかけた。「一度に全部はできないよ」陽気な口調で文句を言った。「ひどく疲れた。だけど、これは今まで見たなかで最高の夢だよ。おかしなことを言うと思われたくはないんだが」

「さっき、好きじゃなかったと言ったのはどういう意味だったの？」

クイルの体ですっかり目覚めているのは一箇所だけだった。

「今すぐきみのなかに入りたい。きみに任せても大丈夫かな？」

そういう問題に関しては、夢のなかの妻は本物の妻と同じくらい不慣れらしい。小さな手を不器用に動かし、ようやくその場所にクイルを導いた。彼は全身の力を振り絞って突き進んだ。背中に汗が噴き出す。

「くそっ」クイルはつぶやいた。「夢であろうとそうでなかろうと、きみは今までに知っているどんな女性よりもすばらしい。もちろん、本物のギャビーを除いて。きみは彼女と同じ感触なんだ」クイルはじっくり考えて言った。「だけど、最高なのは本物のギャビーだ」

夢のギャビーは前より幸せそうに見えた。「クイル、わたしに動いてほしい？」彼女が訊いた。だがそこで、なにか思い出したらしい。「実は、夢のなかの女性は自分から動けないのよ」なめらかな声で言い、クイルの背筋を指でたどった。

「しばらく横になっていよう」クイルは提案し、ふたたびまぶたを閉じた。体のなかでもっとも活動的になっている部分が、怒りの信号を発して抗議してきた。クイルはなんとか力をかき集め、夢のなかの妻の後光が金色に変わるまで何度か前に突き進んだ。そしてまたがっくりと崩れ落ちた。

今や夢のギャビーはクイルの背中じゅうに指を走らせ、肩にキスをしている。「好きじゃなかったというのがどういう意味だったのか、本気で知りたいの」ふたりの体のあいだに手を差し入れ、説得を試みた。

「そんなことをされると、なにも拒めなくなるよ」クイルは重々しい口調で言った。彼女の動きのせいで力がみなぎってくる。クイルはいつのまにか両膝をつき、いつもはあまりしないやり方で愛を交わしていた。動くたびに夢のギャビーを包む光がどんどん金色味を帯びていく。彼はその様子を魅入られたように見つめていた。クイルがなかに押し入るたびに彼女は体をのけぞらせ、目を閉じてかすれた小さなうめきをもらした。

のろのろと進行する夢にとらわれた状態はまだ続いていたので、クイルは現実に本物のギャビーを相手にするときより、はるかに自制心を働かせることができた。そうでなければ、今ごろはすっかりわれを忘れていただろう。だが、これは夢なのだ。頭のどこかで、起こっていることをぼんやりと見ている自分がいた。クイルは両手を夢のなかの妻のヒップの下にすべらせ、彼女を少し持ちあげた。たちまち夢のギャビーが叫びをあげ始め、彼女の体から四方に火花が飛び散るのが見えた。クイルは甘美な締めつけを感じ、彼女の指に肩をきつくつかまれるのを感じながら、何度も突き進んだ。やがて夢のギャビーの姿は、文字どおり強烈な光のかたまりと化した。

「くそっ」クイルは小声で言った。「ぼくは天使と愛を交わしているんだな。まったくすばらしい夢だ。それとも、ぼくは天国にいるのか？」

夢のギャビーの髪は湿り気を帯び、額に巻き毛が張りついていた。彼女が目を——美しい目を——開け、クイルを見つめてささやいた。「わたしは天使じゃないわ」

「似たようなものだ。きみにも後光が差しているじゃないか」クイルはまだ身をうずめたままだった。そうだ、もうひとつ試してみよう。ずいぶん体力が回復した気がする。自制心も。

クイルは夢のギャビーをひっくり返して両膝をつかせると、もう一度なかに身を沈めた。

抗議する彼女の声には、本物のギャビーと同じ切羽詰まった響きがあった。「これはぼくの、夢なんだ」クイルは指摘した。「この体勢を好む女性はたくさんいる。きみもきっと好きになるだろう。ぼくがもう一度こういう夢を見た場合の話だけど」わずかながら、罪悪感がこもった口調で言う。夢があまりよくなりすぎてはいけない。ギャビーを裏切っている気がしてしまう。

自制心を保つのがだんだん難しくなってきた。夢のギャビーを取り囲む光輪はまだバラ色だが、どんどん金色の筋がまじり始めている。まだ彼女を放したくない。「初めはギャビーを愛していなかった」息があがっていたが、クイルは頭をはっきりさせようと努めた。「もちろん、彼女には愛していると言ったが」

「あなたは嘘をついたの？　どうして？」

「そうせざるをえなかったんだよ。ギャビーはどうしようもないロマンティストなんだ。ひと目見て恋に落ちたと告げれば、ぼくを好きになってくれるに違いなかった。スウィートハート、この状態をどのくらい保てるかわからない。いろいろな意味でね」自分がまたしてもくすくす笑っていることに気づき、クイルは呆然とした。「酔っ払ってベッドに入ったのかな」ぶつぶつつぶやく。「飲んでいる途中で死んでしまったのかもしれない。シャンパンを飲みすぎて……」

夢のなかの妻が肩をこわばらせた。彼女を包む光が、柔らかい金色から燃えるような赤に変わる。「あなたがついた嘘について、話し合うべきだと思うわ」彼女がとがめるように言った。

クイルは辛抱強く言った。「気が進まないな。それに、これはぼくの夢なんだ」彼は肩をすくめた。結局のところ、ここにいるギャビーは想像の産物にすぎない。クイルが夢のギャビーの体の下に両手をまわして胸を愛撫すると、彼女は息をのみ、レディらしくないあえぎをもらした。

「きみはすばらしいよ、ぼくの夢のギャビー」クイルはつぶやいた。もう話していられない。だが、この瞬間を――この夢を手放したくなかった。夢のギャビーはぎこちない動きで体を揺らしている。「未熟さではぼくの妻と変わらないな」

クイルは思わずうなり、指の跡が白く残るほどきつく彼女の腰をつかんだ。「動かないでくれ」激しく前に突き進み、押し寄せる大きな波に身を任せる。夢のなかの妻がかすかな叫びをあげたかと思うと、彼女の体から金色の炎があがった。

クイルはついに目を閉じた。天使の妻のせいで分別をなくしてしまうかもしれないと心配になりながら。

24

クイルは激しい喉の渇きとともに目を覚ました。口のなかに不快な味を感じる。彼は勢いよくベッドから脚をおろし、テーブルまで歩いていってグラスに水を注いだ。それを飲み干している途中で、夢の記憶がいっきによみがえってきた。少しのあいだ飲むのをやめ、みずからの想像力のすばらしさに思わずにやりとした。ひどく喉が渇いているのも無理はない。クイルは水をもう一杯注ぎ、まるで上質のワインであるかのように味わった。

ちょうどグラスを空けたところで衣ずれの音に気づき、ベッドを振り返った。くしゃくしゃになった髪を肩のあたりにまつわりつかせたギャビーが体を起こしていた。「おはよう」かすかな罪の意識を感じながら、クイルは声をかけた。夢のギャビーにしたように、ぼくが妻に歓びを与えられる日はめったにないだろう。

「偏頭痛は起こっていないのね!」

クイルは片方の眉をあげ、さらに水を注いだ。「頭痛が起こる理由がないからね。ゆうべは多少ポートワインを飲みすぎたようだが、酒を過剰に摂取したからといって偏頭痛は起こらない。きみも水を飲むかい？　不思議なほどおいしいんだ」

「そうなの？」ギャビーが疑わしそうに言う。

クイルは音をたててグラスを置くと、ベッドに歩み寄った。体をかがめ、彼女に軽くキスをする。それだけでは我慢できず、ベッドに腰をおろしてギャビーの髪に両手をくぐらせた。

「やり直そう」クイルはささやいた。「おはよう、奥方」

ギャビーが頰をピンクに染めた。「クイル、あなたは覚えているの？　あの、わたしたちがどんなふうに……」声はしだいに小さくなった。

「覚えているって？」

「昨日の夜、あなたとわたしは――」

「ああ、ぼくはひと晩じゅうきみの夢を見ていたよ、ギャビー。もしかして、眠ったままきみに触れたのかな？」

「実は……」

クイルが急に引き寄せたので、ギャビーは首まで覆っていた上掛けを放してしまった。

「これはこれは！」彼は声をあげた。本気で驚いたのだ。「ぼくの美しい妻がなにも身につけずに寝ていたとは！」

「あの、それは――」

クイルはうめいた。「スウィートハート、きみは襲われると思ったに違いないな。本当に申し訳ない。ぼくはまるでけだものだ。いったいなにがあったんだい？」

彼の妻はうつむいて自分の手をじっと見つめた。クイルはなめらかな肩にかかる巻き毛をそっと背中に払ってやった。「服を着ていないきみが好きだ。これから毎晩夢を見ているふりをして、真夜中にきみの服を脱がそうかな」

「クイル！」とがめるギャビーの声にはいつもの強さがなかった。

「どうした？」クイルは不意に背筋が冷たくなった。「きみを怖がらせてしまったのか、ギャビー？　すまなかった。覚えていないんだ。でも、約束するよ。今までこんなことは一度もなかったし、もう二度としない」

「わかっているわ」ギャビーの声はほとんど聞き取れなかった。

「なんだって？」

「二度と起こらないことはわかっていると言ったの」

クイルは当惑しているようだった。「なにが起こらないって？」だが、それほど興味があるわけではないらしい。「夜のあいだの無作法を償うべきかもしれないな」彼は片手をギャビーの乳房の曲線に這わせ、彼女を自分の膝にのせた。ギャビーはかろうじてシーツの端をつかみ、ウエストまで引きあげた。

ごくりと唾をのみこむ。クイルに嘘をつくのは一度だけと心に誓ったのだ。まず薬をのませて、そのあとで告白しようと。そのうえで彼に追い払われるようなら、異議を唱えず出ていくつもりだった。

「どうしてだかわからない」クイルの声はわずかにかすれていた。「きみのことしか考えられないみたいだ、ギャビー」彼女はうしろへ押され、美しい体を惜しみなくさらけ出して横たわった。「話はあとにしないか？」

「クイル……」

彼は耳を貸さず、頭を傾けてギャビーの胸に覆いかぶさった。ギャビーははっと息を止めた。抗議の言葉は喉もとで消え、瞬時に情熱がわき起こって両脚に力が入らなくなった。けれども、心臓が激しく打っているのは罪の意識を抱いているからだ。愛し合っていいのかしら？　そうすれば、スダカールの薬が効いたことがクイルにもわかる。あるいは、怪我がひとりでに治ったと思うかもしれない。

いいえ、だめよ。嘘はふたりのあいだに永遠に居座り続けるに違いない。彼と愛を交わすたびに、わたしは思い出さずにいられないだろうから。

「あなたと話をしなければならないの」クイルの頭を押しのけながら、ギャビーは言った。

「生真面目だな」彼の瞳がきらりと光った。「そんなことは忘れて……」顔にいたずらな笑みが浮かぶ。

「ええ……いいえ、だめ！」ギャビーは慌ててあとずさり、ベッドの上に戻った。「わたしたちはゆうべ愛し合ったの」単刀直入に言う。

クイルが唖然としてギャビーを見つめた。「まさか」言葉とは裏腹に、自信のなさそうな口調だ。

「間違いないわ」

「しかし、頭は痛くない。ぼくはてっきり……あれは夢じゃなかったのか？」彼がのろのろと言った。

「ええ」

「筋が通らない」

眉根を寄せるクイルを見つめながら、ギャビーは胸の痛みを感じていた。彼のしかめっ面も、どんな難問でも論理的に説明がつくはずだと確信しているところも大好きだ。しかし、やがてクイルが真実を理解したのがわかった。妻の裏切りに気づいた瞬間から、顔がこわばっていく。

ギャビーはわずかながらさらにうしろへさがり、心を落ち着かせた。わたしは間違っていないわ。やり方はよくなかったかもしれないけれど、結果的には正しかったはずよ。夜のあいだに何度も愛し合ったのに、彼は痛みを感じていないのだから。

クイルの瞳が氷のように冷たい海の波の色に変わった。「薬を盛ったんだな」にべもなく言ったかと思うと、急に身を乗り出して、ギャビーがつかんでいたシーツを引きはがした。抗議のあえぎを無視して乱暴に彼女を押して横向きに倒す。ギャビーの腰には青い痣がついていた。昨夜、クイルが情熱的に抱いた跡だ。

彼はひと言も発することなく体を引いた。灰色がかった緑だとばかり思っていた瞳が、今はどす黒くなっている。ギャビーの心臓は破裂しそうなほど激しく打っていた。死ぬときはきっとこんな感じなんだわ、と彼女はぼんやりと思った。

「スダカールの薬は効いたようだ」クイルが言った。「自分を抑えているのが、見ていてもわかった。

ギャビーはうなずいた。

「中身は？」

「聞いていない……わからないわ」

「知らないんだな」背筋が凍るような一瞬の間があった。

彼女は小さな声で言った。「スダカールはこの薬を、木から落ちて怪我をした若い男性にのませたの。その若者はかがむたびに頭痛がして苦しんでいたのよ。でも、この薬で治ったの」

「きみはいつぼくに薬をのませたんだ？」

「夕食のあと、あなたのポートワインに入れたわ」

クイルが立ちあがった。そこで初めて、自分も裸だと気づいたらしい。

「昨日の夜、きみが演じた芝居はみごとだった」

泣いてはだめよ、とギャビーはみずからに命じた。彼には怒る権利がある。

「偏頭痛を引き起こす動きをあなたにさせる必要があったの」か細い声で言った。

クイルが目を細めた。「奇妙だな。どうしてだ？」

「この薬は、脳の損傷を受けた部分を落ち着かせる働きがあるの」ギャビーはぎこちなく言った。脳が眠ってしまうというスダカールの説明よりは、ましに聞こえる気がした。

クイルはじっくり考えているらしい。「患者はその薬をのんだうえで、偏頭痛をもたらす行動を取る。そうすれば、薬が脳震盪を治すということなのか？」

「薬は脳のその部分を静めて……」ギャビーは口ごもった。損傷を受けた脚と脳に関連があると説明するのは無理だ。

「この薬が合わなかった場合、ぼくは身動きもできずベッドに横たわっていたはずなんだろう、ギャビー？」

「まあ、違うわ」彼女はクイルの目をとらえて必死で言った。「効かないとしても体に害はないの」

「スダカールはほかになんと言っていたんだ？」

ギャビーは唇を噛んだ。

「その薬のことで、スダカールはほかになにを言った？」クイルは声を荒らげていなかったが、彼女はまるで怒鳴られているかのように感じた。

「場合によっては、危険な毒になるって」ギャビーは小声で答え、懇願するようにクイルを見つめた。「だけど、彼は約束したのよ。たとえ薬が効かなくても、体に悪影響は及ぼさないと。それに、薬は効いたわ」

だがクイルは彼女に背を向け、ローブを身にまとった。「きみはぼくに危険な薬をのませた」冷淡な声で言う。「よほど必死だったに違いないな、ギャビー。ゆうべはそれだけの価値があったのか？」

ギャビーは彼の言いたいことを理解できないふりはしなかった。熱い涙が両手に落ちる。

「苦しむあなたを見ていられなかったの」

「でも、嘘をついたことに対してはなんの罪悪感もないんだな、ギャビー？　ぼくを殺すかもしれない薬をのませたときも、なにも感じなかったのか？」クイルが振り返った。その顔を見たとたん、彼女は全身が震え出した。「母がこういう薬を買ったときは、少なくとものむかどうかをぼくに選択させてくれた」

ギャビーは押し殺した声で言った。

「わたしが尋ねたら、あなたは拒んでいたでしょう！」

「そのとおりだ。絶対にのまなかっただろう」

「どうしようもなかったの。あなたが苦しむのを見るのは耐えられなかった」彼女はささやいた。

「どういうわけかきみは、ぼくが嘘が大嫌いだという事実を忘れてしまったみたいだな」愛想がいいとも言える口調だった。「だから、きみに尋ねる。ゆうべはそれだけの価値があったのか？」

ギャビーの目の前で、結婚生活が崩壊していくのがはっきりとわかった。

クイルはなおも容赦なく続けた。「思い出したよ。ぼくはきみを天使だと信じていたんだ。状況を考えれば、とんでもない冗談だ。きみは笑ったのか？　きみの笑い声は記憶にないんだけれどね」声はまるで霧を切り裂く船の舳先《へさき》のように鋭かった。

「あなたを愛しているの」ギャビーは言葉を絞り出した。

「ぼくは母を許した。愛情から薬を買ったとわかっていたからだ」クイルは言った。続きを口にする必要はなかった。

「自分にとってぼくたちの関係が不十分だから、きみは結婚を壊したんだろう？　それとも、もっと……もっと男らしい夫を望んでいたのか？」彼は自制心をかき集め、食いしばった歯のあいだから言った。

「違うわ！」ギャビーが叫んだ。「あなたが苦しむ姿を見ていられなかったの。耐えられなかったのよ！」

「きみは忘れているのかもしれないから言っておくが、前回ぼくたちは愛し合ったあと偏頭痛に悩まされなかった」クイルは指摘した。「つまり、きみにとってあの経験では不十分だったと考えざるをえない」

ギャビーは返事ができなかった。

「だが、これ以上の経験を積ませるつもりはないよ」クイルが穏やかに言った。「自分でもわかっているんだろう？　ぼくは二度ときみを信じないし、こんな環境でうまくいく結婚なんてありえない」

彼女はなんとか気持ちを落ち着けた。思っていることをはっきり言わなければ。出ていくのはそれからだ。「あなたの心を変えさせるつもりはないけれど、理解してほしいの。スダカールはあの薬があなたの害にはならないと断言したのよ。だからわたしは、嘘をつくのが正しいと判断したの」

「正しいだって！」クイルが吐き出すように言った。「くそっ、きみはうぬぼれた卑劣な女だ。正しい嘘だと！　結婚したときに、ぼくをあがめると言っていたのは嘘だったのか？」

ギャビーは涙をこらえるのに精いっぱいで、返事ができなかった。

「もちろんあのときはまだ、ぼくの怪我がきみの日常生活にどれほど影響するか知らなかったからな」

「いいえ！　関係ないわ。そんな残酷なことを口にするなんて！」彼女は突然声が出るようになった。「大切な問題に関しては、一度も嘘をついていないわ」

「きみが嘘をつくのは正しいと思われるときだけなんだな」クイルの声には荒々しい響きがあった。

「あなたがついた嘘ほどひどい嘘はついたことがない」ギャビーは反論した。

クイルが腕組みをして彼女を見据えた。「ぼくがどんな嘘をついたというんだ、ギャビー？警告しておくが、自分の誠実さには自信がある」

ギャビーは顎をあげた。「それなら、わたしと結婚したい理由で嘘なんかつかなければよかったのよ。あなたはわたしを愛していると言ったわ」

クイルは不意に、夢だと思いこんでいた昨夜の会話を残らず思い出した。

「すまなかった」しばらくして、彼は言った。「確かにぼくは、きみに嘘をついた」

ギャビーは悲しみを紛らせるために、進んで怒りに身を任せた。「あなたは人生でもっとも神聖なときに嘘をついたのよ」きつい口調で言い捨てた。「わたしが愛して結婚したいと思っていた男性を無理やりあきらめさせて、代わりに自分と結婚させた」

「無理強いしたわけでは――」

「あなたは弟と、わたしの知らないところで計画を練っていたのよ」ギャビーは言った。クイルと目が合ったが、もう涙はこみあげてこなかった。「昨日の夜のあなたは正しかったんだわ。わたしはどうしようもないロマンティストなのよ。あなたを愛していると思っていた愚かにもあなたの嘘を信じて、婚約者を振ったの。もちろん、その婚約者も嘘をついていたんだけど。彼はわたしが太りすぎているから結婚したくなかったのよね。わたしったらなんて愚かなのかしら。あなたに美しいと言われて、それを信じたなんて」

クイルは口を開いたものの、なにを言えばいいのかわからなかった。

「少なくとも、わたしの嘘はあなたのためだった」ギャビーが言った。「あなたをだまして、愛のない結婚に陥れたりしなかった。そんな恥ずべきことはできないもの」

「愛のない結婚なんかじゃない！」

ギャビーが肩をすくめた。「もはや結婚でさえないわ。あなたの考えによれば」

手遅れなのだ。今になって初めて、クイルは先ほど彼女に投げつけた脅しが本気でなかったことに気づいた。

ギャビーはベッドからおり、床から寝間着を拾いあげた。怒りの炎に包まれて、恥ずかしいという気持ちさえなくしていた。

「きみは美しい、ギャビー」クイルの声はかすれていた。

ギャビーは冷静に彼を見た。それからおもむろに寝間着を頭からかぶる。「わたしは二度とあなたを信じないし、こんな環境でうまくいく結婚なんてありえないわ」クイルの言葉をそのまま繰り返す口調には、苦々しさが感じられた。

クイルは絶望に駆られた。「あれは……きみの嘘とは種類が違う。きみがのませた薬で、ぼくは死んでいたかもしれないんだ」

「あなたの嘘はわたしの心を粉々に砕いていたかもしれないわね」ギャビーが穏やかに言った。「わたしはピーターを愛していると信じていたのに。あなたはわたしの気持ちなんて少しも考えなかったでしょう？　あなたのお父さまがどこかから見つけてきた、太って不器用な女相続人にすぎなかったんですもの。即座に拒まれて、インドへ送り返されなかっただけでもありがたいと思うべきかもしれないわね。結局のところピーターと違って、あなたはお金を必要としていないんだから」

クイルは答えを探った。

「ぼくに猛毒をのませたとき、きみはそれほど心配していなかったと思うが」

「少量なら害はないのよ。自分の目で確かめたい？」ギャビーは引き出しを開けて、茶色い小瓶を取り出した。「この小さな瓶のきっかり半分をあなたにのませたわ。体に害を与えられるほどの有害成分は含まれていないの」

「どうかな」やましさに、クイルの口調は鋭くなった。「スダカールは何回くらいこの薬を処方したんだ？　一〇〇回以上か？」

て、三人目の実験台にはぼくがふさわしいと判断したわけか？」

「きみはスダカールの劇薬をのんでも無事だった者がたったふたりいるという事実に基づい
「二回よ」

「何回だ？」

「違うわ」


ギャビーはヒステリックに叫び出したい衝動に駆られた。「ねえ、どうしてそんなに怒る必要があるの？」彼女は声を荒らげた。「あなたは治ったのよ！ わたしたちは愛し合ったけれど、そのあとも偏頭痛は起こらなかった。あなたが話していた愛人たちとも、今では好きなだけベッドをともにできるわ。どうぞ行ってきたらいいじゃない！ わたしはあなたを治したのよ！」

「腹が立つのは、妻がぼくの健康を気にもかけずに無視したからだ。きみがぼくの命にかかわる〝不正な計略〟を立てているので気をつけるようにと、ぼくはきみの父上から警告の手紙をもらっている」

ギャビーの胃がたちまちよじれた。「父と手紙のやりとりをしていたの？」

「何通か受け取った」

彼女はクイルの無頓着な口調に合わせようと努めた。

「あらそうなの？ 父はなんて？ 手紙のことをわたしに話さなかったのはなぜ？」

「父上は頭がどうかしていると考えたからだ。きみのことを――」

ギャビーは冷たく言った。「わたしをどんなふうに形容したかは想像がつくわ。あなたが父と仲よくなっていたとは思いもしなかった」

「彼の警告にもっと注意を払うべきだったのかもしれない」ぞっとするほど静かな声でクイルが言った。

ついにギャビーは我慢できなくなって、思いきり叫んだ。「ええ、そうでしょうとも！　あなたと父は似た者同士だわ。子供じみた愚痴ばかり言う、愚かな男たちよ！　あなたは薬をのまないなんてくだらない誓いを立てたらしいけど、自分の頑固さに固執しているとしか思えないわ。そして今は……せっかく治ったというのに、感謝の言葉を口にするどころか、突っ立って文句を言っているだけだなんて！」

クイルの瞳に炎が燃えあがる。「愚かだって？　ぼくが？　少なくともここしばらくは、誰かを殺そうと試みたことはないぞ！」

「あなたを殺そうとなんてしていない！」ギャビーは叫んだ。「この薬は無害なの！　害はないのよ！」

「へえ、そうかい？」低いけれども剃刀《かみそり》の刃のように鋭い声でクイルが言った。「だが、自分でのんでみようとは思わなかったんだろう？　いわゆる無害な毒をこっそりのませるほうがずっと簡単だからな！」

ギャビーはクイルと目を合わせたかと思うと、すばやく瓶のふたを開け、残っていた薬を口のなかに流しこんだ。その直後、突進してきたクイルが瓶を床に叩き落とした。

彼女は挑戦的に顎を突き出した。「おあいにくさま。薬を試すのは怖くないわ。あなたを殺そうとしたわけじゃないんですもの」

クイルの顔から血の気が引いた。「くそっ、ギャビー、なんてことをしたんだ?」彼はささやいた。「スダカールはどこにいる?」

ギャビーは肩をすくめた。クイルのそばを通り過ぎ、ベッドに腰をおろす。自分の芝居がかったふるまいが少し恥ずかしかった。「インドへ帰る途中だと思うけど」

「その薬は成人男性を想定した分量だったはずだ。そうだろう、ギャビー?」

「わたしは大人の男の人と変わらない大きさよ。ほとんど同じだわ」

「まったく違う」

「一日か二日くらいだるくてもかまわない。それでわたしがあなたを殺そうとしたと言われなくなるなら。だって、そんなことはしていないもの」けれどもギャビーの口調は、もはや反抗的ではなくなっていた。またしても癇癪を起こしてしまったと思うと、ひどく気分が悪かった。

「スダカールはどの船に乗る予定なんだ、ギャビー?」

「さあ」彼女はぼんやりと答えた。「今ごろはもう船の上じゃないかしら。でも、心配しないで。薬の効果は一二時間から二四時間で切れるらしいわ」まぶたがひとりでにさがってくる。クイルの輪郭がぼやけ、ふたりも三人もいるように見えた。彼にきつくつかまれた手が痛い。

クイルが不意に寝室のドアを開け、大声でコズワロップを呼んだ。スダカールがまだロンドンにいるかどうか調べろと執事に指示する声が、はるか遠くから聞こえてくる。めまいがし始め、ギャビーは上掛けの端を握りしめた。

それから何時間もたったように思えるころ、突然クイルがふたたび彼女の前に姿を現した。急に彼の顔が見えたので、ギャビーは思わず息をのんだ。

「その薬は視力に影響を及ぼすんだ」クイルが言った。「覚えているかい？　ゆうべ、ぼくはきみが光に包まれていると思った」

ギャビーはか細い声で言った。「わたしは本当に愚かね。そう思わない、クイル？」上掛けをさらにきつく握った。まるで嵐にもまれる船の甲板にいる気分だ。「愚かなまねをしてごめんなさい」

クイルがギャビーの両手を取ってじっと見おろし、低い声で言った。「ぼくたちはふたりとも愚かだった。ぼくがあおったせいだ。きみが死のうとしたわけじゃないのはわかっているよ、ギャビー。ぼくは腹を立てていた」

彼はギャビーの手を優しくさすり始めた。「それに、きみの言うとおりだった。ぼくは愚かな男だったよ。きみと言い争うなんて。ただ感謝するべきだったのに」

「愚かだったのはわたしのほうよ」ギャビーが言った。「スダカールがいなくてよかった。これまでも衝動的な行動を取るたびに怒られてきたわ。彼は薬をのませることに反対だったの」

「あの薬について、スダカールはなんと言っていた？　なにか覚えていないか？」

「いいえ」ギャビーの声はぼんやりしている。「正しい分量なら害はないということだけ」

「ほかには？」

「なにも」彼女がくすくす笑い出した。

「どうしたんだ？」

「あなたの耳が伸び始めているの。いやだ、クイル！　兎みたいよ！」ギャビーが目を丸くした。「自分の鼻を見てみて！」そうしてまた、くすくす笑う。

クイルはため息をついた。あの薬は自分を、言うなれば陽気な酔っ払いに変えた。ギャビーへの影響も軽度であることを祈るしかない。長い夜になりそうだ。

ところが実際は、予想していたほどひどくはならなかった。くすくす笑いとあくびを交互に繰り返して数時間たったころ、ギャビーは深い眠りに落ちた。

クイルはすっかり意気消沈してベッドのそばに腰をおろした。どうしてこんなことになってしまったんだろう？　片意地を張ったせいでギャビーがぼくを欺くはめになり、そのあげくの口論がこんなひどい事態を招くとは、いったいどんな結婚生活なんだ？

この問題に関して、ぼくはどうしてここまで愚かになってしまったんだろう？　ただギャビーを抱きしめ、薬が効いたことを祝って一日じゅう愛し合えばよかったのに。

クイルは妻を見つめ続けた。ギャビーはほとんど身動きせず、彫像のようにじっとベッドに横たわっていた。目が覚めれば、きっと元気になっているだろう。クイルはもう一度時計に目をやった。薬をのんでから、まだ四時間しかたっていない。ギャビーによれば、一二時間から二四時間は効き目が持続するとのことだった。

年配のインド人男性が寝室のドアを押し開けてなかに入ってきたときも、クイルはまだ同じ場所に座っていた。

「デューランド卿」男性が静かな口調で言った。

クイルははっとして立ちあがったが、ギャビーの手は放さなかった。「これは……」そこで口をつぐむ。こんな状況を招いたくだらない口論について、うまく説明できるとは思えなかった。

けれども、スダカールに詳しい話は不要らしかった。彼はベッドへ近づくと、ギャビーの手首を取った。力ない小さな手を目にして、クイルの胸は沈んだ。

「どのくらい眠っているんです？」

「四時間以上……ほぼ五時間になる」クイルは答えた。

スダカールは無言だったが、クイルには彼が顎をこわばらせたのがわかった。

「悪い兆候なのか？」

ふたりの目が合う。

「だめだ！」クイルの声は叫びに近かった。

スダカールが頭をさげた。「生き延びられるとは思えません。この薬は強力な毒なのです。ガブリエルにも話したのですが。体の大きさに対して、のんだ量が多すぎたのでしょう。あまりに早く眠りに落ちてしまった」

「わからないな」クイルは呆然とした。「どうしてそれが問題なんだ？」

「これはアマガエルの毒から作った薬なのです。このカエルは獲物を深く眠らせてから食べる。人間の場合には、例外なく致命的な眠りとなります」スダカールが説明した。

「ギャビーを起こすんだ！」クイルはスダカールを押しのけてギャビーの肩をつかんだ。抗議する彼の声を無視して揺り動かす。だが彼女はぼろきれのように揺れるばかりで、頭が不自然に片側へ傾いていった。

「なにか投与してくれ」クイルは命じた。「治療するんだ」

「この薬に治療法はありません。あなたは結果を受け入れなければならないのです。わたしもですが」スダカールが言った。

「それならなぜ持たせた？」クイルは激怒した。「ギャビーが衝動的なのはわかっていたはずだ。彼女が自分でのんでしまうかもしれないと、予測すべきだったんだ！」

スダカールがクイルを見つめた。「はてさて、いったいどうしてこんなことになったんでしょう。わたしが目にしたのは、夫を心配するあまり、さらなる苦しみから彼を救うためなら結婚が台なしになってもかまわないと覚悟していた若い女性でした。みずから死を選ぶ気配などありませんでしたよ」

「害がないと信じていたからだ」クイルは鋭く言った。「ギャビーはわかっていなかった。彼女に薬を与えてはいけなかったんだ」

「ガブリエルを子供だと思っているのですか？　いいや、立派な大人の女性だ。軽はずみな行動を取ったとしても、自分の責任です」

相手をにらみつけたクイルはそのときになって初めて、スダカールもまた苦しんでいるのだと気づいた。「なにか手を打たなければ」クイルは必死に言った。

スダカールが背を向けた。「わたしにはどうすることもできません」胸の底から絞り出したような言葉だった。「これまでの人生でふたりの子供たちを愛しました。ところが今や、ガブリエルまでもがジョホールのもとへ旅立とうとしています。どちらの場合も、わたしの力は及びませんでした」

クイルは顔をあげてスダカールを見た。

「ギャビーはあなたが毒物に詳しい医者だと話していた」

「確かにそうですが、これはインドの毒ではないのです。解毒法があるとしても、わたしは知りません。愛する者たちすら救えない、愚かな老いぼれなのですよ、わたしは」

クイルは老人の喉もとに飛びかかりたい衝動をかろうじてこらえた。「考えるんだ」彼は引きさがらなかった。「この毒が人間を死に至らしめる理由は？　ギャビーはただ眠っているように見えるが」

「よくわからないのです。数日間は生きている。そのあいだずっと眠り続け、結局二度と目を覚まさないそうです。実際に患者を診た経験はありません。だがわたしにこの毒をくれた男は、そういう結果になると警告していました。たとえ刺激を与えても、患者を目覚めさせられないと」

「眠ること自体に問題はないはずだ」そう言いながらもクイルは不安げな口調になった。「一週間ずっと寝ていても、健康に害はないと聞いたことがある。そうじゃないのか？」

スダカールが眉をひそめた。「水分を摂取していれば……」彼は言葉を切った。「もしかすると患者が亡くなるのは、毒そのものではなく水分不足のせいかもしれません」

「よし、ギャビーに水を飲ませよう」クイルはベッドのそばに置いてあったグラスを取り、妻の頭を抱え起こした。ところが水は、彼女の口からあふれ出てしまった。

「よくありませんね」スダカールがうめいた。「飲みこむことができないのです。どうやらわたしは、子供たちふたりともが死ぬ場面を見なければならない運命にあるようだ。わたしのジョホールは苦しんだ末に亡くなりました。だが、少なくともガブリエルは安らかにそのときを迎えるでしょう」

クイルはスダカールを無視して懸命に頭を働かせた。やがて呼び鈴を鳴らし、スプーンを持ってくるようコズワロップに命じる。スプーンが届くと、クイルはふたたびギャビーの頭を起こし、口に水を運んだ。だがやはり、水は口の端からこぼれ落ちてしまった。それでももう一度やってみた。さらに何度も繰り返し、ギャビーの寝間着がぐっしょり濡れるまで続けた。

そのとき、クイルは肩に手が置かれるのを感じた。疲れたまなざしが彼を見つめている。スダカールが優しく声をかけた。「無駄です。彼女は飲みこめません」

「そんなことはない！」クイルは吠えた。

「ジョホールの容態が悪化したとき、わたしも同じように感じました。あの子が亡くなる直前のことです」スダカールが言った。「われわれは隔離されていました。コレラにかかっていたので、村の者は誰ひとりとしてわが家に近づかなかった。でも、ガブリエルは違いました。屋敷を抜け出して、イングランドの薬を持ってきてくれました。自分の身の安全よりも、ジョホールのことを気にかけてくれていたのです」

クイルはびしょ濡れの妻に目を向けた。片手を彼女の頰にあてる。

「ギャビーならきっとそうするだろうな」

「ええ」スダカールが同意した。「愛する人たちのためならなんでもするでしょう。そして、ガブリエルはあなたを愛しているのです、デューランド子爵。あなたは幸運な人だ。彼女はあなたを愛するあまり、苦しむ姿を見ていられなかった。こういう結果になりましたが、後悔はしていないはずです」

「あなたは知らないんだ」クイルの声はひび割れていた。「ぼくが言ったことを――」

肩に置かれた手に力がこもった。「想像するに、あなたたちは口論して、癇癪を起こしたガブリエルが勢いで薬をのんだのでしょう。彼女は昔から短気でしたからね。ですが、あなたを愛していた。頭痛が治ったと知れば喜ぶはずです。治ったのでしょう？」

クイルは顔をあげられなかった。涙で視界がぼやける。「それがどうしたというんだ？」彼はかすれた声で言った。「ギャビーがいなければ……」

肩から手が外された。「わたしはガブリエルが亡くなるのをここで見ているつもりはありません。死にかけたわが子のそばについていただけで十分だ。残念ですが、今回の出来事はあなたの宿命《カルマ》なのです」

クイルは立ちあがった。喉が締めつけられたが、無理に言葉を絞り出した。

「確かなのか？　どうすることもできないというのは、絶対に間違いないのか？」

「確かです。水を与え続けるぐらいしか、わたしに提案できることはありません」スダカールが言った。「もしかすると、一滴でも喉を通るかもしれません。もしかすると、その一滴が彼女を救うかもしれません。だが、そうならない可能性のほうが高いでしょう」

クイルは歯を食いしばった。この年配のインド人の紳士を殺したところで、得るものはなにもない。

彼は会釈した。「ギャビーが目を覚ましたら知らせよう」

スダカールも頭を垂れる。彼の声は優しかった。「ご連絡をお待ちしています」

それからすぐに、クイルは決まった動作を繰り返すことに慣れた。きっかり一時間ごとにギャビーの首のまわりにタオルをかけ、スプーンで口に水を運ぶ。そんなふうに頭を支えると、すべての水がこぼれてしまうわけではないことに気づいた。少なくともクイルにはそう思えた。

真夜中になるころには疲れきってしまい、マーガレットと交代した。自分のベッドに身を投げ出して、途切れがちの睡眠を取る。二時間後、はっと目を覚ました彼は、ギャビーの部屋へ続くドアに慌てて目をやった。もっとも寒く暗い時間帯だ。物音が聞こえなかっただろうか？　ギャビーが目覚めたのか？

ドアの向こうに目を凝らしてみると、なにも変わっていないことがわかった。マーガレットが腕にギャビーを抱えていたが、その頭は片側にだらりと垂れている。クイルを振り返ったメイドの顔は疲労で青ざめていた。

「だんなさま」彼女は絶望のにじむ声で言った。

「やすんでいいぞ」クイルは言った。「夜が明けたらこちらへ来るよう、コズワロップに伝えてほしい」彼はギャビーの首の下にタオルをたくしこんだ。

朝早く、クイルは従僕に命じてロンドンでいちばんの医師を呼びに行かせた。偏頭痛の診断を依頼した大勢の医師のひとりだ。

ドクター・ウィンは痩せて骨ばった男性で、長い顎と鮮やかな青い目をしていた。「興味深いですね」彼は小さな瓶を見ながら言った。「非常に興味深い事例です。アマガエルの毒とおっしゃいましたか？」ギャビーの脈を取って、心音に耳を傾けた。「昏睡《こんすい》状態にあるようです。コーヒーは試しましたか？　コーヒーや濃い紅茶で患者の目を覚まさせるのに成功したことがあります」

それからの二時間、クイルは妻の口から茶色い液体がこぼれ、白いタオルにしみを作る様子を見つめ続けた。変化はなかった。

ウィンがため息をつき、髪に手を走らせて率直に言った。「東洋の毒はひどく厄介です。

わたしにはほとんど知識がありません。根拠のない実験的な方法を試すわけにもいきません し、残念ながらわたしに施せる処置はなにもありません」実はこういう慎重な点こそ、クイルが何年も前にドクター・ウィンを認めた理由だった。彼はつぶした雀蜂《すずめばち》やインドの大麻をまぜた薬をのませようとはしなかった。ただ頭痛を受け入れるほうがいいと助言したのだ。けれども今のクイルは、以前とまったく感じ方が違った。「それなら実験してくれ」彼はぶっきらぼうに言った。

ウィンがためらった。「コーヒーより刺激の強いものを与えれば奥さまは……。これは毒と毒を戦わせるも同然だということを理解していらっしゃいますか?」

クイルは歯を食いしばった。「どうしても起こさなければならないんだ。どれくらいの量の水が喉を通ったかわからないんだから」

「確かにおっしゃるとおりです。脱水が原因で亡くなる可能性もあります」ウィンが言った。クイルはスプーンを取りあげたものの、手が震えてギャビーの口に近づける前に水をこぼしてしまった。「なんでもいいからやってくれないか」

腰をおろしたウィンが、両手の指を組み合わせた。「よく聞いていただかなければなりません、子爵。われわれにはふたつの選択肢があります」

クイルは力の抜けたギャビーの手を取った。

「刺激を与えるというのが、もっとも明白な解決策です」ウィンが説明した。「ですが、奥さまがコーヒーにまったく反応を示されない点を考えると、さらに強い刺激が効果的かどうか確信は持てません」

「心臓が止まるかもしれません」ウィンははっきりと言った。

クイルはギャビーの手をきつく握りしめた。

「ふたつ目の選択肢はかなり実験的な手法ですが、わたしならこちらを選ぶでしょう。少量のアヘンチンキを投与するのです。アヘンチンキは興味深い薬ですよ」ウィンは考えこむように言った。「少量なら眠くなる程度ですが、大量だと毒になりえます。それに当然ながら常習性が高く、やめられなくなる可能性があります」

「催眠作用のある薬を投与する理由はなんだ？　妻はすでに眠っているんだぞ」

「睡眠を誘発する毒を無効にする場合があるからです。どういう仕組みでそうなるのか、まだ解明されていませんが」

「危険性は？」

「危険はありません」ウィンが言った。「ですがもしアヘンチンキが効かなければ、ほかの刺激を与えてもまず無理でしょう。奥さまはさらに深い眠りに落ちてしまわれるかもしれません。そしていずれは……。どちらをお選びになるか、ご自分でお決めください」

「いや」クイルの声はかすれていた。「もう決めている。ギャビーにアヘンチンキを与えてくれ」

「薬が効く可能性がかなり低いことはご承知のうえですね？」

クイルはうなずいた。ウィンが小型の鞄を開ける。医師が妻にアヘンチンキを投与する様子を、クイルは無言で見守った。

「結果はいつわかる?」

「すぐにでも」ウィンは穏やかに答えた。「奥さまにもう少し水を差しあげてはいかがでしょう?」

やることを与えて気をそらすための提案ではないかといぶかりながらも、クイルは言われたとおりギャビーの口にスプーンで水を運んだ。

一時間が過ぎた。クイルはベッドのそばに座り、顔色に変化はないか、目を覚ます兆候がうかがえないかと、一心にギャビーを見つめ続けた。重く残酷な運命の宣告が徐々に胸にしみていく。

彼女はもうここにいないのだという事実を、クイルはゆっくりと理解し始めていた。美しい魂はすでにギャビーから離れ、体は抜け殻になってしまったのだ。

「妻は死んだ」二時間後、クイルはかすれ声で言った。

ウィンが首を振った。彼はベッドの足もとに立っている。

「亡くなってはいらっしゃいません」

だが、クイルは医師の言葉をほとんど聞いていなかった。「部屋から出てもらえないだろうか」感覚が麻痺している。「アヘンチンキは効かなかった。ぼくは……ぼくたちに残されたわずかな時間を、妻とふたりきりで過ごしたい」

ウィンはなにか言いかけて思い直したようだ。

「階下《した》でお待ちしています。必要なときはお呼びください」

クイルは呆然としたまま、長いあいだ無言で座っていた。どのくらい時間がたったかわからない。スプーンで水を口に入れるときを除いて、彼はギャビーに目を向けなかった。表情のない顔を見るのはつらすぎる。その代わり、金色の光の輪に包まれる彼女の姿を思い描いた。そうしていれば心が安らぐはずだ、とクイルは自分に言い聞かせた。ギャビーはまわりを取り囲んでいたバラ色の光と同じように、彼の指のあいだからすり抜けてしまったのだ。残ったのは……残ったのはただ……。

不意にクイルの喉からかすれた叫びが飛び出した。

「だめだ、だめだ！　天使になってはいけない、ギャビー。ぼくにはきみが必要なんだ」

静寂が答えだった。同時に、彼は自分を恥じた。今の感情のほとばしりを使用人たちに聞かれなかっただろうか？

クイルはギャビーに視線を戻した。ドアの向こうで屋敷じゅうの者たちが聞いていてもかまわない。彼女は死んだ――死んでしまったのだ。ぼくを残して。こんなにも早く。喧嘩をしたり笑い合ったりしていたほんの一瞬の合間に、ギャビーはぼくを置いて行ってしまった。

「だめだ！」クイルは大声で叫んでいた。悲痛な思いをあらわにしたことは一度もなかったが、それは黙っていられないほどの苦しみを経験していなかったからだ。「行ってはいけない、ギャビー。戻ってくるんだ。お願いだ、お願いだから、ぼくを置いて行かないでくれ。

人生は」心の底からわき起こった言葉は喉で引っかかってよじれ、口から出たときには不明瞭になっていた。「きみがいない人生なんてなんの意味もない。きみを愛しているんだ」

プライドはすべて消え去った。「きみがいなければ、ぼくは誰ともなにも話さなくなるだろう。きみがしたようにぼくを笑わせてくれた人は誰もいなかった。世界から色が消えてしまう……」ついに声が出なくなった。クイルはベッドのギャビーのそばに横たわり、彼女の胸に頭をもたせかけた。心臓の音がかすかに聞こえる。

そしてとうとう、とてつもない疲労と絶望のなかで、彼は眠りに落ちていった。遠くのほうで聞こえる鼓動に、この世に残っているギャビーの最後のかけらに耳を傾けながら。

何時間もたったのかもしれない。あるいはほんの数分だったのかもしれなかった。夢のギャビーがクイルを呼ぶ声がした。「来てくれるとわかっていたよ。もう一度きみに会えるとわかっていた」彼はつぶやいた。

返事は聞き取れなかった。クイルは目を開けようとしたが、ひどく疲れていてまぶたを持ちあげられなかった。

「妻が亡くなったんだ」彼は夢のギャビーに話しかけた。「現実のギャビーはぼくを置いて行ってしまった。ぼくにはもうきみしかいないみたいだ」いったん途切れた声に、やがて落ち着きが戻った。「消えてくれ、夢のギャビー。妻がいないなら、きみを欲しいとは思わない。愛しているのはぼくのギャビーひとりだけなんだ」

夢のギャビーがどこかいらだたしげな声を発した。クイルは夢のなかで首を振って繰り返した。「きみを欲しいとは思わない。消えてくれ」

「なんですって？」夢のギャビーが言った。まるで面白がっているように聞こえる。

こちらも努力するべきだろう。まぶたを開けたクイルは、とたんに視界に入ってきた手を困惑して見つめた。よく知っている手だ。ほっそりして覚えの早い指。

呼吸するのも忘れ、彼は視線をあげた。

「おはよう、だんなさま」声がした。妻の声だ。ギャビーの温かな瞳がクイルに笑いかけている。

「ああ、神さま」彼の声には祈りと感謝がこもっていた。

妻が眉をあげた。『おはよう、ギャビー。よく眠れたかい？』って訊かないの？　せっかく教えてあげたのに、全部忘れてしまったの？」

「大丈夫なのか？」クイルはかすれた声で尋ねた。

「いいえ」ギャビーの声からからかうような調子が消えた。「わたしは愚かだったわ、クイル。あなたに謝らないと。目が覚めてからずっと、そのことを考えていたの。あなたに嘘をつくべきじゃなかった。それに、怒りに任せてあんな行動を取るべきではなかったわ。スダカールの薬が深刻な結果を招く可能性だってあったのに！」

クイルは彼女を見つめた。「実際にそうなったんだよ、ギャビー」

「あの薬で？」

「スダカールは、きみが死ぬだろうと言った。ぼくたちでは救えないと」

「船が出港する前に彼を見つけたの?」

「ああ。彼は——」

 ギャビーが肩をすくめる。「いつでも悲観的なことを言うのよ、スダカールは。わたしなら大丈夫、クイル。少なくとも、あなたが上掛けからおりてくれれば体を起こせるから、元気なところが見せられるわ」

 クイルは動こうとせず、なおも彼女を見つめていた。「二度ときみをベッドから出さないほうがいいのかもしれない」そっと口を開き、両手でギャビーの顔を包んだ。「ああ、ギャビー、心から愛しているよ。知っているかい? ぼくはきみがいなければ生きていけない」

 ギャビーは夫にほほえみかけた。「それなら、あなたもわたしを愛しているのね?」

「嘘なんて絶対についてはいけなかったんだ。だけど、今ではよかったと思っている。きみを操ってぼくと結婚させることができたからね」ギャビーにキスをしながらクイルが言った。

「嘘じゃなかったのよ」彼女は優しく言った。

 クイルがキスをやめ、ほんの少しだけ顔を離した。

「あなたはわたしを愛していたんですもの。自分で気づいていなかっただけ。覚えているでしょう?」ギャビーはささやいた。「燃えあがり、痩せ衰え、そして息絶えかけている」

 クイルは思い出した。どうしようもなく弟の婚約者と結婚したかったことを。彼はうめいた。「きみの言うとおりらしいな。そうするために、紳士らしからぬふるまいをしたことを。

めてきみを目にした瞬間と今とでは、愛する深さがまったく違うんだ」

「まあ、クイル」そう言ったところで唇を奪われ、ギャビーは息ができなくなった。けれどもすぐに顔を引き離した。「ねえ、ベッドから出たいわ」元気を取り戻して言った。

ところがクイルには別の考えがあった。「きみがぼくを治してくれた。愛する妻が治してくれたんだ。だからぼくは一日じゅう、ひと晩じゅう、それに明日もずっと彼女と愛し合うつもりだ」

ギャビーが身じろぎするのをやめて瞳を輝かせる。「わたしもあなたを愛しているのよ。知っていた？　あなたを深く愛しているからこそ、あんな愚かなまねをしたんだわ」

クイルはにやりとした。「今、屋敷じゅうの毒を処分させているところなんだ。重いものも片づけるべきだろうな。ぼくの妻は気性が激しい」ギャビーの唇に向かってささやいた。

「子供たちが受け継ぐんじゃないかと心配だよ」重心を移し、彼女を背後の枕《まくら》にもたれさせた。

「クイル！　放してちょうだい！　ベッドから出たいの」

「一緒にここにいてほしい」クイルの声は官能的な響きに弾んでいた。

「だめなの」ギャビーが言った。

「二度ときみをぼくの目の届かないところへ行かせるつもりはない。そうだ、ベッドのなかで暮らそう」

「どうしてだめなんだ?」クイルはもがくギャビーを仰向けに横たえ、鼻やまぶたに口づけた。抗議の声はおぼろげに届いていたが、夢中になるあまりほとんど聞いていなかった。

クイルの注意を引くために、ギャビーはしかたなく大きな声を張りあげた。「クイル、放してくれないと困るのよ! スダカールの薬のせいだと思うんだけど……大きな湖を丸ごとひとつ飲んだような気分なの。だからどうしてもお手洗いに行かないと!」

彼はひどく愉快になって、妻の首もとに顔をうずめたまま身を震わせて笑い出した。

暴れるギャビーの脚が未来の子供たちの誕生を危うくさせる行動に出て初めて、クイルは横に転がって彼女を自由にした。

だがそれでも、今日の計画を変更するつもりはなかった。いや、今日だけでなく一週間にしよう。ぼくは美しい妻を持ち、大勢の子供を作れる健康な男なのだ。まったく、楽しい務めになるだろう。

ふたりには一生という長い時間があるのだから。

25

果物売りのカマスは、ガンジス川のほとりに横たわる恋人たちの姿に気づいた。ふたりは誰にも見られていないと思っているらしい。彼は興味を引かれ、険しい山道をのぼる足を止めた。女のほうはイングランド人らしく、真珠のように白い肌をしていた。あちらの国ではマンゴーの大きさほどもある雹《ひょう》が降ると聞く。そんなものに頭を打たれているから、イングランド人はみんな愚かなふるまいをするのだ。カマスは目を見開いた。どうやら雹も彼らの体の機能までは傷つけなかったらしい。

まあいいだろう。ため息をつき、彼は自宅までの細く曲がりくねった小道をふたたびのぼり始めた。頭がどうかしたイングランド人のジャーニンガムが数カ月前に亡くなっていてよかった、とカマスは思った。あの老人はこの手のことを嫌っていた。カマスの娘のサリタを村から追放しようとまでしたのだ。そのときのことを思い出して、彼は鼻を鳴らした。もちろん、サリタと夫はわずか数週間後に、別の名前を名乗って村へ戻ってきた。まったく、ヒキガエル並みに愚かな老人だ、あのジャーニンガムは。自分の鼻の先より向こうはさっぱり見えていなかったのだから。

そのころガンジス川のほとりでは、日に焼けた肌をしたイングランド人の男性が仰向けになり、はるか頭上の雲を見つめていた。

「なにを見ているの？」彼の肩に頭を預けながら妻が訊いた。

「うーん」クイルはギャビーの背中に手をすべらせた。彼女がシルクで体を覆っているのに気づいていらだちを覚える。「夢のなかの妻を捜していたんだよ。どこか高いところにいて、バラ色の光に包まれながらぼくを待っているはずなんだ。彼女ならたしなみなんて気にも留めずに、日光を浴びて裸で横たわるだろうに」

「運がいい人ね」ギャビーが言った。「その女性が見つかったら教えて。将来日焼けに苦しむはめになると警告してあげたいの」

「ぼくがいなければ、彼女の将来はない」クイルは物憂げな口調で言った。横に転がり、妻の上に半分のしかかってつぶやく。「〝汝の瞳をたたえ、その額を見つめるには一〇〇年の月日を要するだろう。両の乳房をあがめるのに二〇〇年、残りにはさらに三万年かかるに違いない〟アンドリュー・マーヴェルが書いたひどく怠惰な詩の言葉だよ。〝もし時間と空間が無限なら〟、ぼくは夢のギャビーをずっと忙しくさせておくつもりだ。ふたりきりで、永遠に」

「そう」妻が瞳にいたずらな光をきらめかせた。「永遠というのは、そのすてきな夢のギャビーのもとにあるのね。わたしは別の道を行かせてもらうわ」

「なんの話をしているんだい？」

「あなたの未来の話よ」

「それがどうかしたのか？」

「来年の今ごろのわたしは違っていると思うの。もうあなたとふたりきりじゃないのよ」ギャビーがささやく。

一瞬、沈黙が広がった。ガンジス川の深緑の水にカエルが飛びこむ音がした。かすかな風に葦《あし》がそよぐ。

クイルは咳払いをした。「つまり、きみが言おうとしているのは……」

妻がほほえみをたたえた目を彼に向けた。

「確かなのか？」

「間違いないわ」

クイルは妻から離れ、全世界に向かって一糸まとわぬ姿をあらわにしながら立ちあがった。もっとも、全世界が見たがるかどうかはわからないが。「家に帰るんだ」早口で言うと、ズボンに手を伸ばしてはき始めた。

彼の妻は両肘をついて上体を起こし、声をあげて笑った。

「ジャイプールの家へ？　それともイングランドの家？」

「イングランドだ」

「イングランドへの貿易ルートを確立するのに、あと数週間は必要だと言っていなかったかしら？　それにジャウサントはあなたが王室の財務の件で手助けしてくれたことに、本当に感謝しているのよ」

クイルは草地に横たわるいたずらな妻のそばに膝をついた。「イングランドへ帰るんだよ」指先で彼女の鼻に触れた。

ギャビーがため息をついた。「とてつもなく幸せだという、あなたなりの表現なのね？」

クイルはうなずいた。「もちろんだ」

「あなたとの暮らしには通訳が必要だわ。わかっている？」

「きみとの暮らしは……至福に満ちているよ。きみはわかっているのかい？」

ギャビーの目に涙があふれてきた。ガンジス川に向かって咲くジャスミンの花がそよ風に屈し、花びらをまき散らした。水面に浮かぶ花と同じくらい甘く、クイルの唇が彼女の唇をふさいだ。

偏頭痛、エクアドルのカエル、そしてインドの王子たちに関する覚え書き

わたしのインドの王子カーシー・ラオは実際に、中央インドのホルカール地域で唯一の正統な王位継承者でした。その地域はリチャード・コーリー・ウェルズリーがインド総督を務めていた時代に、熱心に獲得を望んでいたところです。ウェルズリーはジャウサント・ホルカールを倒し、代わりに知的障害があるとはいえ嫡出子である異母兄弟、カーシー・ラオをその地位に就かせることを決めました。これらの事実を踏まえたうえで、わたしは本の構想に合うようにいろいろと調整したのです。チェリーブランデーを飲みすぎて最後には拘束され、ミルクだけを与えられていたのは、実はカーシー・ラオの父親ではなく、兄弟のジャウサントでした。そして少なくともひとりの歴史学者が、ジャウサントはカーシー・ラオの処刑を命じたあと、悲しみのあまりアルコール依存症になったと示唆しています。わたしは作家の特権を利用して、カーシー・ラオにはミセス・マラブライトのもとで、実際よりずっと長く幸せな人生を送らせることにしました。

偏頭痛との闘いは（偏頭痛という表現は、中世英語で書かれた『the mygrame and other euyll passions of the head』のなかで初めて言及されています）少なくとも二〇〇

〇年前から詳細な記録が残されています。この物語以前にクイルが遭遇した、ショウノウやくしゃみ粉、蛭、インド大麻、アヘンなどを用いた治療法は一八〇〇年代に、偏頭痛に苦しむ患者に対して実際に行われていました。クイルのような偏頭痛の原因——もちろん、普通でないことはわかっています——が現実にありうるのかどうか、興味を持たれた方がいらっしゃるかもしれませんが、性交後に起こる偏頭痛の症例が確認されています。それらの詳しい症例に関して、わたしはドクター・オリヴァー・S・サックスが書いたすばらしい本『Migraine: The Evolution of a Common Disorder』を参考にさせていただきました。スダカールが用いたアマガエルの毒に関しては、まったくの創作であることをつけ加えておきます。一九九八年に『ザ・ニューヨーカー』が、疼痛《とうつう》管理の未来はエクアドルのカエル、トリコロールヤドクガエル（the Epibpedobates tricolor）の毒に隠されているかもしれないと報告しました。そのカエルの毒液はモルヒネの七〇倍も強いことが証明されています。エクアドルのカエルであろうと、それほど珍しくはない治療法であろうと、偏頭痛に苦しむすべての人々がクイルのように奇跡的な治療を受けられることを心より願っています。

訳者あとがき

エロイザ・ジェームズのヒストリカル・ロマンス、Pleasuresシリーズもついに最終話となりました。『星降る庭の初恋』『花嫁は夜の窓辺で』に続き、三作目の『甘い嘘は天使の仕《し》業《わざ》』（原題Enchanting Pleasures）をお届けします。

処女作となる一作目からこの三作目まで、作者エロイザ・ジェームズは広い知識と調査力を駆使して、主な舞台となるイングランドにその当時の周辺諸国の情勢も絡めた物語を描いてきました。一作目と二作目のヒーローは双子で、素行の悪さから父親にそれぞれイタリアと東方へ送られます。一作目では、ヒーローはその経験を見こまれ、政府の密命を帯びてイタリアへ赴きました。二作目のヒーローはインドやオスマン帝国での体験を生かし、船を所有して貿易に携わっています。そしてなんといっても、ヒロインが語学オタクなのです。二作ともフランスと敵対関係にあった時期が舞台になっているため、フランス革命後の貴族たちやナポレオンの陰謀なども絡んできました。

さて、三作目となる本作では、ヒーローは生まれてから一度もイングランドを出たことがありません。しかし、ヒロインがインド生まれのインド育ち、イングランドの礼儀作法などまったく知らず、まわりを唖然とさせることもしばしばなのです。さらには東インド会社の野望により翻弄される、インドの藩王国の様子も描かれています。

デューランド子爵の長男クイルは、数年前に事故で大怪我をし、一時はほとんど寝たきりの生活を強いられていました。なんとか回復した今も後遺症に苦しんでいるため、結婚はまったく頭にありません。株の投機に関心を持ち、それで大金を得るようになったものの、紳士にあるまじき卑しい行為だと、父親からはいつも非難されています。その父が恩義のある友人の娘との結婚を命じますが、彼は後遺症を理由に断りました。結局、弟のピーターがしぶしぶ引き受けることになりましたが、乗り気ではありません。未来の花嫁の乗る船が到着したとの知らせが来たときも家におらず、しかたなくクイルが迎えに行くことになりました。ガブリエル・ジャーニンガムは宣教師でもある父の命令でインドを離れ、父の友人の息子と結婚するためにイングランドへやってきました。空想とおしゃべりが大好きなギャビーはつねに父親から厳しく叱責され、自信を失っています。結婚相手の家から送られてきた肖像画の男性はとても穏やかな目をしていて、この人ならきっと優しくしてくれるに違いないと、彼女はたちまち恋に落ちてしまいました。父から逃れ、優しい男性との幸せな結婚を夢見たのです。ところが実際に会ってみると、その男性は少しもうれしそうではなくて……。

本作では〝嘘〟が重要なキーワードとなっています。ロマンス小説ではたびたび、どうして嘘をつくのだろう、本心を偽らずに口にすれば誤解が解けるのに、と思う場面に出くわすことがありませんか？　ギャビーはよく小さな嘘をついてしまいます。なぜでしょうか？　そもそも人はなんのために嘘をつくのでしょう？　自分のため？　人のため？　相手を思いやる嘘なら許されるのでしょうか？　嘘をつくヒロインは嫌い、とおっしゃらず、そのあたりにも思いをめぐらせながらお楽しみいただけると幸いです。

二〇一二年一月

ライムブックス

甘《あま》い嘘《うそ》は天使《てんし》の仕業《しわざ》

著　者　エロイザ・ジェームズ
訳　者　白木智子《しらきともこ》

2012年２月20日　初版第一刷発行

発行人　成瀬雅人
発行所　株式会社原書房
〒160-0022東京都新宿区新宿1-25-13
電話・代表03-3354-0685　http://www.harashobo.co.jp
振替・00150-6-151594
ブックデザイン　川島進（スタジオ・ギブ）
印刷所　中央精版印刷株式会社

落丁・乱丁本はお取り替えいたします。
定価は、カバーに表示してあります。
 ISBN978-4-562-04427-6　Printed in Japan